広島修道大学学術選書45

愛、裏切り、美しい人生

―シェイクスピアの心―

熊谷 次紘

溪水社

はじめに

シェイクスピアを生んだエリザベス朝演劇は、我が国の歌舞伎よりも古い歴史を持っているが、シェイクスピア劇は今日次々に生み出される斬新な演出で世界中で多くの観客を集めており、英国古典劇としての地位を不動のものとしている。本書はそうしたシェイクスピア劇の中から、三つの円熟期の大悲劇と、初期から中期にかけての二つの喜劇を選んで、その主題、イメージと言葉、原話との比較などを通して解きほぐし、そこに描かれている愛と人生の模様、そしてその意味についての解明を試みたものである。

第一章では『ハムレット』を取り上げ、主人公ハムレットと、その恋人オフィーリア、そして彼の母親ガートルードについて解読した。この章は、意図せずして大変に長くなってしまった。この悲劇は様々な世界文学史の作品ランキングでも、必ず上位を占めるし、一位にランクされることも珍しくない劇であるが、筆者にとってもシェイクスピア劇の中で最も愛着の深い劇である。

大分以前のことになるが、この劇について書かれたものを色々と読んでいる内に、オフィーリアについての評価が著しく低く、彼女があたかもつまらない女性であるかのように書かれていることが余りに多いのに気づき、そんなはずはないが、と不思議に思われた。そして彼女を弁護したくなったのが、第二節で彼女について書くことになったきっかけである。

その後ハムレットの母ガートルードについても、彼女が夫の生前に義弟クローディアスと密通していた不貞な女、とされることが多いのに気づき、これも奇妙に思えたのが、第三節で彼女に深入りして書くことになったきっかけである。シェイクスピアを読み、演じ、観る人達の例に漏れず、私もハムレットの第一独白に強烈な衝撃を受けたが、そこに母の密通行為が書き込まれていた記憶がなかったので、そうした説が不思議だったのである。ガートルード密通説は、欧米のテキストではいまだに主流であるが、本書ではこの説をはっきりと否定している。しかし最近ではフェミニズムの側からもこの密通説には疑義が出されてきて、以前とはかなり様子が変わってきている。特に二〇〇六年出版のアーデン新版は、慎重な姿勢をとりながらも密通否定説への配慮をはっきりと示した点で、これまでのテキストとは大きく違っている。わが国ではこの問題について、東京大学の河合祥一郎氏が、その名著、『謎解き『ハムレット』――名作のあかし』(二〇〇〇年、三陸書房)の中で、本書の論旨とはまったく違った角度から、テキストにぴったりと沿って、きわめて明快、かつ正確にガートルード密通説を否定されているので、あわせて読んでいただければ幸いである。

第二章では『オセロー』を取り上げた。主人公オセローは稀にみる高潔な軍人とされており、その妻デズデモーナをこよなく愛している。第一節では、そうした主人公の愛に、倫理的退廃がしのび込み、彼が破綻するに至るプロセスを跡づけてみた。また第二節では、近年大きな議論が巻き起こっている、「『オセロー』は黒人差別の劇ではないか?」、という疑惑について、一石を投じてみた。

『リア王』を取り上げた第三章では、シェイクスピアが好んだパラドックスの技法が、コーディリアの死に集約されていくプロセスを辿ってみた。この章を書いたのは、コーディリアの最後のせりふに深い感銘を受けたのがきっかけで、その感動がどこから来るのかを突き詰めて考えてみたかったためである。

第四章と第五章では、シェイクスピアの若い時代の楽しい喜劇、『夏の夜の夢』と『お気に召すまま』をそれぞれ取り上げてみた。『夏の夜の夢』を扱った第四章では、第一節でシェイクスピアのロマンティック喜劇に共通する愛についての考え方をまず説明し、ついで愛の主題がどう展開していくかを解説した。また第二節では、この劇に施された様々な文体上の技法が、どのように愛の主題と結びついているかを、具体的に解説した。『お気に召すまま』を扱った第五章では、いわゆる「複数の視座」の問題を取り上げてみた。シェイクスピアは何事につけ、物事を見るとき、決して一つの視点にとらわれず、様々な角度から見ようとする人である。そうした彼の思考パターンは、この天才劇作家の最も大きな特色の一つとなっている。彼はこの『お気に召すまま』で、愛と人生についても、たえず複数の視点を提示していて、それは彼の奥深い人生観とつながっている。

ところでシェイクスピア研究者の間では、シェイクスピアがどのような考えを持った人であったか、その人と思想について論じることは、日記等の直接の証拠が何もない以上危険であり、学問的ではなく、なすべきではない、というタブーが根強くある。これはもっともなことで、シェイクスピアほどの複雑な天才の心が、容易に掴めるものではないことは筆者もよく承知している。しかし他方でこの興味の尽きない天才がどのような人であったか、その時々でどのような考え方をしたかを探る努力を放棄してしまうのも、逆に問題であろう。そこで本書では、あえてこの危険にもごく自然体で足を踏み込んでみた。そしてこの悲劇、あの喜劇の、このせりふ、あの詩行、あの人物、この人物をシェイクスピアが描く時、どのような気持ちで書き進めたかを想像しながら調べ、読み直してみるのは、まことに楽しく有意義であった。こうした読み方は誤解も多いに違いないのだが、様々なことが見えてくるように思われて、興味が尽きずメリットも大きかったのである。またそのようにして調べれば調べるほど、シェイクスピアの、まことに異様な、また掴みがたい、奇才、異才、天才、狂才ぶりが、随所で実感されてきた。(但し足元を掬われている可能性も高い)。

ところで本書ではフェミニズムの立場で書かれた論文に幾つか批判を加えている。これはしかし何もフェミニズムによる研究全体を批判しているわけでは全くないので、誤解のないようにしてほしい。あくまでも取り上げた論稿を批判しているにすぎない。フェミニズムの運動と批評は今日の大きな時代思潮ともいえ、シェイクスピア批評でも様々な成果をあげてきた。たとえばパトリシア・パーカーが『夏の夜の夢』に出てくるクインス=マルメロを、劇との関係で、女性、婚姻、性の角度から詳細に調査し解明した研究（*Shakespeare Survey* 56, Cambridge U. P., 1999, 39-54.）などはまことに瞠目すべきフェミニズムの成果である。本書はこうしたフェミニズムの成果を高く評価している。しかしまた、その敵視する「家父長制」批判が形骸化しているケースも少なからず見られるのも事実である。そして現代の先進国女性の立場と基準を、一六―一七世紀の文化と文学、演劇に画一的にあてはめて、未熟とも思える「学術用語」で性急に論じようとするあまり、バランスを失した議論も時おり目につくのである。こうしたフェミニズムの批評傾向については、幾つか修正を求めてみた。

本書中のシェイクスピア劇などからの引用、古文書等の引用の訳は、聖書からの引用を除いて、すべて著者自身の訳である。韻文の場合は日本語も行分けし、行の長さもなるべく原文の長さに近い範囲で訳すようこだわった。そのため一部で自由訳に近くなっている個所もある。またなるべく平易な現代語に移すようにした（これは語彙が桁外れに多いシェイクスピアの訳し方としては本来正しくないのだが、平明さを優先した）。さらに、弱強五詩脚よりも短い詩形の場合は、なるべく七―五調、八―六調など、日本語としてもリズムをつけて読める訳にこだわってみた。訳語についても従来の訳にはなかった言葉を当てたものもある。たとえば『ハムレット』の亡霊の言葉の中の“traitorous gifts”を「裏切りの贈り物」（通例「裏切りの才（能）」、「邪悪な奸智」などと訳される）としたり、『夏の夜の夢』の中の“Beetles black”を、「クロカミキリ」（通例「黒カブトムシ」などと訳される）としたのがその例である。その理由については本文を参照されたい。聖書からの引用については、日本聖書協会の新共同訳（一九九五）によった。また本書中のシェイクスピアからの原文の引用は、すべてG. B.

Evans, ed., *The Riverside Shakespeare* (Houghton Mifflin Co., 1974, 1997) によった。但し同書の編集上のカッコは省いてある。この一冊本はハーバード・コンコーダンスと連動していて、最近の他の一冊本よりも便利なためである。

なお本書では一六世紀から一九世紀にかけての古い資料に数多く言及しているが、それらは大部分米国ワシントンDCのフォルジャー・シェイクスピア・ライブラリーと、英国ストラットフォードのシェイクスピア研究所で、直接一次資料を参照したものである。

最後に挿入した挿し絵について一言述べておくと、これらは殆どフォルジャー・シェイクスピア・ライブラリーで収集したものである。一八世紀のシェイクスピア劇を題材とした銅版画（我が国で紹介されることはめったにない）と、フォルジャー所蔵の一八、一九世紀の貴重な絵画を中心にしている。これらはその作られた時代のシェイクスピア受容状況の一端を示し、本文理解の一助とすることを主たる目的としている。

目次

挿絵一覧

愛、裏切り、美しい人生

――シェイクスピアの心――

第一章　『ハムレット』の悲劇性
――ハムレットと二人の女性の愛と悲劇の意味

序　節　ハムレットと生の輝き

一、ハムレットと自己投影

文学作品にしろ演劇にしろ、それを創作する作家達にとって、読者や観客が作中人物達に自分を投影し、彼らを自分自身の人生と重ねあわせて見たり読んだりするように描けるか否かということは、一つの大きな試金石である。このことに限って言えば、そのように登場人物を描くことのできる作家ほど、力量のある作家であるといってもよい。シェイクスピアはそのような作家であるし、とりわけハムレットには、多くの批評家達が自分の姿を彼の中に読み取ってきた。いわばハムレットを論ずることで、自画像を描くのである。ハムレットから自画像を描いた人々は、有名な例だけに限っても多士済済である。特に象徴的な言葉を残したのはロマン派の詩人コールリッジで、彼は「もしそう言ってよいなら、私自身ハムレット的なところがある」と述べた。ウィリアム・ハズリットも、「ハムレットはわれわれ自身である」と書き記している。ゲーテはハムレットと彼に課せられた難題の関係を、高価な壷とそれに植え込まれた樫の木になぞらえたが、高価な壺のところには多分に彼自身の自己投影があった。W・H・オーデンは、そのシェイクスピア講義の一つで、ハムレットを演じたい役者達は「不思議だがみんな自分をハムレットと同一視しようとする」と述べた。

『ハムレット』は一体どれほど人々に影響を及ぼしてきたのだろうか。このことについて興味深い数字を紹介しよう。シェイクスピア関係で世界最大の資料を収集しているフォルジャー・シェイクスピア・ライブラリーの資料を調べてみると、タイトルに「ハムレット」が入っている出版物が、二〇〇八年七月までで、一六〇三年の第一クォートー版に始まり一六五一点登録されている。これは書籍を中心とした種類の違う出版物を示す数字であり、『ハムレット』について書かれた研究書を含んでいる。しかしこの数字には全集や選集（副題中に『ハムレット』が入っている悲劇集などを除く）は含まれていないし、また『ハムレット』について書かれた無数の記事や論文も含まれていない。またこれは実際の舞台やテレビ、映画など他のメディアは除外した数字である。（但しビデオになったものは含まれている。）二〇〇一年以降に限ると一一一点が登録されていて、英語圏だけで二一世紀に入って以降は、一ヶ月に一点強の割合でハムレットをタイトルに含んだ出版物が発売されたことになる。これほどの作品となると、ハムレット自身は言うに及ばないが、脇役の登場人物達でさえも、生身のわれわれ普通の人間よりも、人々の心に及ぼす影響ははるかに大きいと考えたほうがよいように思う。

主人公ハムレットを知れば知るほど、たとえ自分とは随分違うと分かっていても、つい彼の中に自らの姿を見出したくなる人が多い。また劇の中に自らがかつて遭遇した状況や状態を見出してしまいたくもなる。それは青春の輝きと悩みであったり、人生における危機との遭遇であったり、あるいはまた不運との闘い、過酷で醜い現実であったりする。またそれは人生への懐疑、熱い友情、美しい恋、そして恋人との別れであったり、親の死であったりもする。われわれはハムレットの中に、自らの怒りと悲しみ、自己陶酔、そして錯誤を読み込むかもしれない。ハムレットが経験する見えない陰謀との争いや、醜い大人の世界との出会い、運命的な悪との遭遇はわれわれ自身が遭遇したことであるかのように思えてくることもあろう。ハムレットの知的で、汚れのない、若い魂の叫びの中に、若い読者、観客は自らの声を見出すに違いない。ハムレットが遭遇する愛と性の美しさと醜さは、どこか同じようなことを自分も経験したことがあると感じる人は多い。ハムレットは母親であることをやめて女になってしまった母を、時には汚い激越な言葉で追及する。それは行き過ぎているにもかかわらず、彼の魂は本質的には汚れがなく無垢であるようにわれわれには思われる。そしてそのように純粋であるところ、美しいところが、オフィーリアとハムレットには実は共通して見られる特色である。この本質的に汚れなき美しい心こそが貴重であって、ここにオフィーリアとハムレットに共通して見られる生の輝きがある。

二、閉じ込められた自我

ところで『ハムレット』は、圧倒的にハムレット一人の劇である。たしかにこの悲劇では、主人公以外の主要登場人物達も、個性豊かにくっきりと描写されている。クローディアス、ポローニアス、ガートルード、オフィーリア、レアティーズ、ホレイショー、オズリックらは、どの人物もその輪郭がまことにはっきりしている。しかしそれにもかかわらず、四大悲劇の中にあって、ハムレットほど舞台を独占する主人公はほかにはいない。ハムレットがいてはじめて他の人物達が生きている。

この悲劇はまた人間存在にかかわる基本的で奥深い様々な問題、すなわち愛、性、生と死、時間、誠実、貞節、友情、家族、男女の関係、母と息子、息子と父の関係、そして病める心などの問題が探究された劇となっているが、その探究はほとんどが主人公ハムレットを中心になされている。

『ハムレット』に流れている一つの大きなテーマは、いわば出口のない壁の中に閉じ込められた、若々しく、知的で鋭敏な人間的感覚である。しかも周囲の世界は腐敗と欺瞞に満ちみちている。そしてこうした彼の感覚には、この劇を書いていた時代のシェイクスピア自身の精神活動の反映がある。この閉じ込められた感覚は、

デンマークは牢獄だ。（二・二・二四三）

だが心臓よ、破裂しろ、おれは口をつぐんでいなければならぬ。（一・二・一五九）

というハムレット自身の苦い言葉に象徴的に示されている。閉じ込められたハムレットの旺盛で鋭敏な精神は、鬱屈として時に爆発的に噴出している。彼の行動にはいつもやり場のない憤激が隠されている。それが彼を陰鬱にしているし、また冷笑的な態度に走らせてもいる。

彼が周囲の人々と話すとき彼の言葉は屈折しており、多くの場合意味が少なくとも二重になっていて、二通り以上の解釈が可能である。それは彼の屈折した心理の反映でもある。彼が真直ぐに本心を語るのは、友人ホレイショーだけであり、独白のときや「私室の場」で怒りを母に直接ぶつけるときにも、彼の言葉には複雑な陰翳がある。またどこをとっても彼の本心が見え隠れする。そこには多くの場合辛辣なとげが隠されている。

ハムレットの言葉に流れているのはまことに良質の、壮大な精神活動であり、最高の知性である。作者のシェイクスピアは執筆時には年齢がハムレットよりかなり上だったのだが、シェイクスピアはどこまで自分をハムレットに重ねたであろうか。また重ねなかった部分はどこであろうか。これは特定の難しい問題であるが、少なくともシェイクスピアはハムレットの若さの限界については、はっきり意識していた。母を責め過ぎて父の亡霊にたしなめられるハムレットには、そうした彼の限界が感じられる。

この劇はデンマーク、ポーランド、ノルウェー、イングランドの間で、武力衝突の危機が日常的に存在していた時代の設定になっている。それが劇の暗い背景をつくっている。

三、ハムレット、恋人、母親

この『ハムレット』の章では、まずハムレット自身の「狂気」の問題を扱い、次に彼の恋人オフィーリアと母親ガートルードという二人の女性をめぐる問題を、彼が語る言葉、および女性達が語る言葉を手がかりに考えてみたい。そして彼らの言葉を通して、彼女達とハムレットとの関係を探ること、またこの劇における女性達の役割の意味について考えてみることが、ここでの目的である。『ハムレット』に登場してまとまったせりふを語る女性は、劇中劇に登場する王妃役その他の端役を除けば、ハムレットの母ガートルードと恋人オフィーリアの二人のみである。シェイクスピアの四大悲劇では、全体にまとまったせりふを語る女性の数は決して多いとはいえない。『オセロー』ではデズデモーナ、待女エミリア、売春婦ビアンカの三人、『リア王』では、リアの三人の娘（ゴネリル、リーガン、コーディリア）である。数の上では『マクベス』がもっとも多く、三人の魔女、魔女ヘカティ、マクベス夫人、その待女、マクダフ夫人である。このように、登場人物としての女性達の数は限られている。がしかしここには重要な問題がある。それは四大悲劇のどの劇においても、その劇の最も重要な部分に深くかかわっている女性達が必ずいることである。彼女達は、劇の核心部に位置していて、仮にその存在がないと劇そのものが成立しえなくなるほど決定的に重要である。『ハムレット』においてはとりわけそうであって、二人の女性は、主人公ハムレットの精神活動の奥深くまで入り込んでいる。

第一節　ハムレットの「狂気」の謎[1]

一、狂気と正気

ハムレットは父の亡霊から、彼の叔父で現在の王でもあるクローディアスが、父を暗殺して王座を簒奪した事実を告げられると、父の復讐を果すために狂気を装うことにする。しかしその後の彼の言葉と行動は、単に狂気を装っているだけとは思えない、著しく異常なところがあり、本当に彼は狂気を装っているだけなのか、それとも彼の精神の中に何か異常なところがあるのか測りがたい場合がよく出てくる。これをどう見るかをめぐって、これまでハムレット批評史の中で様々な解釈がなされてきた。その多岐にわたる議論の歴史を、今ここであらためてむし返すことはできないが、最近ではハムレットが母のガートルードの部屋で父の亡霊を見るのは、憑依によるものだとする新説までが出されてきた。ハムレットは物の怪に取り憑かれているというわけである。[2] これは近年めざましい成果をあげてきた、いわゆる新歴史主義の方法を使った読み方の一つで、当時の時代の文脈に文学のテキストを入れて読み直して出てきた解釈である。確かにシェイクスピアの生きたエリザベス一世時代とジェームズ一世の時代には、狂気は悪魔が取り憑いたものとする考え方があった。しかし上の説は当時の時代状況をあまりに大きく見過ぎている。というのも、『ハムレット』にはデンマーク人サクソ・グラマティカスの『デンマーク史話』[3]という原話がもともとあって、それはシェイクスピアの時代からさらに四〇〇年昔の一二世紀末に書かれたものであることは、よく知られた事実だからである。この原話の中にすでに、ハムレットにあたる主人公が復讐のために狂気を装う話が出ている。またハムレットの複雑な意識の流れと行動には、どこかシェイクスピア自身がハムレットの中に、非常に強く自らの感性を投影していると思われるふしが濃厚にある。ハムレットには悪魔、物の怪の類が取り憑いているなどとしてしまうと、もはやわれわれが戯曲の主人公として彼を論じる意味もなくなってしまいかねない。ハムレットが見た亡霊は悪魔ではなかったか、という疑いをハムレットが当初抱いたにしても、ハムレットの佯狂は、シェイクスピアがこの戯曲を書いた時代の憑依の風説とは、まず無関係である。むしろ亡霊の出現の方が、エリザベス朝演劇の復讐劇によく見られる時代性の強い特色であった。亡霊を見たのもハムレット一人ではない。

『ハムレット』はシェイクスピアの数多い戯曲の中でも、狂気への言及が最も多い作品である。「狂気」（"madness"）と「狂気の」（"mad"）の二語を合計した言及はハーバード・コンコーダンスで四四回にも及んでいて、その頻度は他の作品に比べてきわだって多い。また他にも、「錯乱」（"lunacy"）、「乱心」（"distemper"）、「忘我」（"ecstasy"）、「逆上」（"distraction"）、「精神錯乱」（"confusion"）などの関連語がしきりに現われる。それらはオフィーリアの発狂に言及した少数の例外を除けば、ほとんどハムレット自身に関連して使用されている。こうした狂気への言及の異常な頻度は、必ずしもそのままハムレットの病的異常性を示すものではない。というのもそれは彼が狂気を装う結果でもあるからである。しかし登場人物達が彼の狂気に言及するとき、それをわれわれはどう理解したらよいのか判断に迷う場合がしばしば起こってくる。その典型的な箇所は、他ならぬハムレット自身が、レアティーズに対して、彼の父ポローニアス殺害の経緯について、全く矛盾した釈明を公然とおこなう場である。なんとハムレットが多数の人々の前で平然と嘘を言う。(4)

許してほしい、君には悪いことをした。
だが君も紳士として、許してほしい。
ここにいる者みな知っているし、
また君も聞き及びに違いないが、僕はひどい精神錯乱に
悩まされている。はっきり言おう、確かにぼくは
君の心情と名誉を乱暴に傷つけ、不快にしただろう。
しかしそれは僕の狂気のせいだった。
ハムレットがレアティーズを侮辱したのか？ 断じて違う！
もしハムレットが本来の己れを失っていて、
己れ自身でなくなったままレアティーズを侮辱するとすれば、
ハムレットがそれをするのではない、ハムレットは否定する。
ではだれがするのか？ ハムレットの狂気だ。それならば、
ハムレットも侮辱を受けているのだ、
彼の狂気はあわれなハムレットの敵なのだ。（五・二・二二六―三九）

彼のこの弁明は明らかな偽りを含んでいる。なぜなら彼の狂気は彼にとっては装いに過ぎなかったはずだからである。彼はそのことを、ポローニアスを殺害した「私室の場」で母ガートルードに、

ぼくは本当は気は狂っていない、

狂ったふりをしているだけだ。（三・四・一八七―八八）

と明言しているのである。このポローニアス殺しを狂気のせいにすりかえるハムレットの釈明には、一八世紀古典主義を代表する大文豪サミュエル・ジョンソン博士の有名な批判がある。彼は「ハムレットにはもっと違った弁解をしてほしかった。虚言に身を隠すのは、立派な凛々しい人物の性格にはふさわしくないと私は思う」とその不誠実に不快感を示してみせたのである。[5] ジョンソンはみずから編纂した『シェイクスピア全集』（一七六五）の序文で、シェイクスピアの天才を大いに称揚する一方で、彼の「欠点」を幾つも数え上げてみせた。その真っ先にあげたのが、シェイクスピアが道徳を軽視し、戯曲を通して民を教え諭すことをせず、ただ楽しませることばかりに気をつかうという「欠点」であった。[6] 古典学者ジョンソンは、文学、戯曲の持つべき道徳的効用と、その果すべき啓蒙の役割というものを非常に重んじた人であったが、まさにその面目躍如といったところである。そうしたジョンソン博士にしてみれば、ハムレットのこの釈明は道徳に反すると写ったのである。しかしわれわれはまた、初めて公然と抜け目なく狡猾に立ち回れるようになったハムレットの政治的成長ぶりをここに読み取り、広い心でこの虚偽の釈明を許容することもできよう。ハムレットの立場からすれば、クローディアスという父の仇を前にしての御前試合である。どこに罠が仕掛けられているかも定かでないところで、本当の自分の姿をさらけ出す必要などさらさらないだろう。ただ事情はどうあれ、レアティーズにとっては父であるポローニアスと、妹であるオフィーリアという二人を、ハムレットの行為がともに死に追いやった事実には間違いがない。だからハムレットの弁明には、もっと誠実さを求めたくもなる。その意味ではジョンソンの批判も当然であると言えなくもない。しかしながらこの弁明にもまた、彼の他のすべてのせりふと同じように、彼の心の底からの声を幾ばくか、聴き取ることはできないであろうか。

ハムレットはまた最終幕で、水死した恋人オフィーリアの葬列に遭遇すると、我を忘れてその墓穴に飛び込み、レアティーズと乱闘をくり広げてしまう。そのハムレットの異常な興奮ぶりを見て、母ガートルードは、

逆上しているだけだわ、
しばらくああして発作で荒れ狂うけど、
ほどなく金色の雛をかえした雌鳩のように、
すっかりおとなしくなって押し黙り、
気も沈んでしまいます。（五・一・二八四―八八）

と叫んでいるが、彼女は先に自分の部屋でハムレットの激しい非難を受けて、ハムレットに

信じておくれ、もし言葉が息で、息が命で
出来ているなら、私はおまえの今の言葉を
息にする命など持っていない。（三・四・一九七―九九）

と約束した通り、彼が気の狂ったふりをしているのを隠す目的で、こう述べるのだろうか。それとも亡霊に驚くハムレットを見た時、

まあ、気が変になった！（三・四・一〇五）

と彼女が感じたように、彼の狂気を本当に信じているのだろうか。[7] ハムレットには、本当に狂気の要素があるのか、それともないのか。あるとすれば、その実体は一体どのようなものなのか。

ハムレットと対照的なのは、恋人オフィーリアの狂気である。大切な父ポローニアスを愛するハムレットに殺されたオフィーリアは、その激しい衝撃がもとで精神に異常をきたしてしまう。この彼女の異変は、心のバランスが完全に崩れてしまい、人格そのものまでもが破壊され変化してしまったものである。しかしハムレットのいわゆる狂気は、そのようなものとは根本的に性質を異にしていて、彼の高い徳性と理性は終始一貫しており、それは最後まで失われることはない。そうした気品ある彼の、公然たる虚言が気になって仕方がなかったのがジョンソン博士だったのである。

ハムレットは父の霊から暗殺事件の真相を告知されると、狂気を装う決意をホレイショーらに語り、たとえ自分が奇矯なふるまいをしても、そのわけを知っているかのようなそぶりをいささかもしてはならぬ、と口止めまでする。しかし、その後の彼の一連の行動は、佯狂と真意とが密接にからまっていて、その区別が容易でないばかりでなく、肝心の佯狂自体にも、その目的と効果のほどを考慮すると、疑問に思えることが多い。もともと狂気を装う前から彼は気が滅入っていて、いわゆるメランコリーと呼ばれる憂鬱質の傾向が彼にははっきりと見てとれる。その原因はどこにあるかを考えてみると、(1) 父である英明な先王の死に対する悲しみ(彼が黒い喪服を身につけているのはこのためである)、(2) 母と叔父クローディアスの早すぎた再婚に起因する母への失望(当時は女性が義理の兄弟と再婚することはいわゆる「近親相姦」とされた)、そしてそれにともなう女性不信、(3) 叔父の陋劣な性格への嫌悪、(4) 王位継承権を簒奪されたこと、という四点に帰着する。これらは互いに関連しあっているが、特に母ガートルードと叔父との近親性交渉的行為と、一月もたたぬ内に母を再婚に誘った叔父の陋劣さに対する憎悪が、この段階では主因をなしていて、父の死は衝撃的ではあってもまだ付随的な出来事にすぎない。王位継承権の簒奪は重大な意味を持っているとしても、これだけで憂鬱質が表面化したとは考えにくい。確かにハムレットは、母と叔父の再婚で女性全体に対して不信感を抱くにいたっていて、愛と性のはざまで苦々しい思いをつのらせている。そしてそれは好きなオフィーリアとの関係にも大きな影響を及ぼしている。そのことは彼の憂鬱を深めている。しかしだからといって、オフィーリアに対する「恋煩い」が主因となって、彼に憂鬱の気質が現れたわけではない。

二、佯狂は目的に有効か?

父の霊よりその死因を知らされたハムレットにとって、復讐と国家の秩序の回復が重大な課題となる。このため彼は狂気を装うことにする。だからその佯狂の目的は、可能な限り真意を叔父や周囲の人々から隠し、叔父を油断させ、機会をうかがうことであるはずである。彼が装った狂気はしかし、こうした目的に役立っているであろうか。結論を先に言えば、実はそれはほとんど何の役にも立っていないと言ってよい。というのは肝心のクローディアスが少しも欺かれないのである。(8) 彼の佯狂はまず、オフィーリアに対して恋煩いに落ちたと見せかけることに始まっており、観客はそれを、彼女が父ポローニアスに、ハムレットの異常な振舞いを報告する場で知らされる。(挿し絵1はこのハムレットの振舞いを描いたロバート・スマークの銅版画(一七八三)である。)ポローニアスはこれを典型的な恋煩いの症状であると思い込む。

拒絶されまして、手短かに申すと、

1. ロバート・ スマーク（1752―1845）原画、C. テイラー彫版、『ハムレットのオフィーリアに対する振舞い』（2幕1場）、「私の手首を取り、しっかり掴んで」（1783）。スマークはジョン・ボイデルの有名なシェイクスピア・ギャラリーに多くの絵画を残している。

By permission of the Folger Shakespeare Library

まずは悲嘆にくれる、次は食事も咽を通らぬ、
次は不眠症、かくして心身衰弱、
かくて心は上の空、かく変化して転落の一途、
ついに狂気の沙汰、うわ言をわめく有様、
みなが嘆いておるという次第でして。（二・二・一四六―五一）

オフィーリアへのハムレットの奇妙な振る舞いは、（そこに彼の本心が見え隠れするにしても）彼が恋煩いを演じたものであって、この限りでは彼の奇策は成功しているようにもみえる。しかしこの佯狂に欺かれるのは、実際にはポローニアスただ一人にすぎない。[9] またハムレットは「友人」ローゼンクランツとギルデンスターンには、王位を叔父に奪われたことが、気が変になった原因である、と説明している。だがそれは公然の事実にすぎず、彼らにしてもこれにだまされるわけではない。彼が装ったはずの狂気は、周囲の人々にはただ常軌を逸したあるまじき言動と映るのであって、彼らはそれぞれの立場からその原因は何かと怪しむのである。そうしたハムレットの挙動はかえって人々の猜疑を招いていて、とりわけクローディアスは、油断するどころか、かえって疑惑をつのらせるばかりである。たとえば三幕一場でのオフィーリアに対するハムレットの振る舞いをとってみよう。彼はその鋭い嗅覚で、たちまち彼女が囮に使われていることを見抜いてしまう。だがそれなら彼はどうしてあの「尼寺へ行け」に象徴されるような乱暴さで、オフィーリアを扱う必要があるだろうか。彼が隠れているに違いないクローディアスやポローニアスをあざむいて油断させようというのであれば、恋煩いに陥った姿を見せるだけで、必要にして十分な行動となったはずではないか。ところが彼は実際には、一方では隠れているはずの二人に痛烈な風刺を浴びせかけ、他方では母に対する失望に端を発した女性不信を、見

当違いにも、事情を何も知らないオフィーリアにやみくもにぶつけて、それで「気が狂った」というのである。

知っているぞ、お前らの厚化粧、たっぷりとな。神様に授かった顔も、自分の手で塗りたくっては別の物にする。踊り狂う、ふりふり歩く、甘ったれる、神様のお作りになった物に妙なあだ名はつける、浮気をしてもしらを切る。ええい、もう沢山だ、おかげでおれは気が狂った。（三・一・一四二―四七）

これがどれほど見当違いであるかは、先に上げた『ハムレット』の原話、サクソの『デンマーク史話』や、そのフランス語翻案、フランソワ・ド・ベルフォレの『悲劇物語』[10]の主人公達と比べてみると分かりやすい。『デンマーク史話』では、ハムレットにあたる主人公アムレスは、狂人の若者を終始巧妙に演じ続けている。彼は友人の助けで、幼なじみの娘を囮に使った陰謀の情報をあらかじめ手に入れている。そして森の中でその幼なじみが出てくると、彼は潜んでいるスパイ達をうまく欺いて彼女を引き離し、誰もいない湿原に連れこんでいくと、そこで思いを遂げてしまうのである。この話は簡略化されてベルフォレの物語の主人公アムレットにも踏襲された。これらの典拠の主人公達は、このように未開の時代に、抜け目なく、またこざかしく立ち回る、野蛮で動物的な若者である。それをシェイクスピアは、恋人に激越な怒りを爆発させ、普通の女性にはとても聞くに堪えない罵言を浴びせかける、驚くべき人物に変貌させてしまった。

もともと王子であるハムレットが、身分の低いオフィーリアを相手に恋煩いの病に陥って苦しむ根拠は薄いのだが、それにしてもこの場での彼の振舞いは、愛を拒んでいるのはオフィーリアではなく、実は彼の方であることを[11]、自らクローディアスに知らせるようなものである。当然にも二人の様子を隠れて見ていたクローデ

ィアスは、だまされるどころか、

恋だと？ あれの気持ちはそっちの方には向いておらぬ、（三・一・一六二）

と、ハムレットの異常性が恋によるものではないことを察知して、即座に彼をイングランドに送り、そこで殺害させることを決心している。ここでのハムレットの佯狂はこうして作戦としては事実上まったくの失敗に終わっているのである。

三、佯狂以前と以後の同一性

またここで指摘したいのは、ハムレットが狂気を装うと明言する一幕五場以前にも、彼の言動には佯狂の時の言動と少しも変わらない特徴が、すでに幾つも散見されることである。狂気を装った彼は、劇中劇の場でクローディアスとの間で、

王　ハムレットよ、機嫌はどうじゃ？
ハム　まことに最高、カメレオンのように空約束のご馳走をたらふくいただいて。鶏だってこんなには太りません。（三・二・九二―九五）

という会話を交しているが、このハムレットは最初にクローディアスと、

王　そこでわが甥で息子のハムレットだが――

ハム　［傍白］親戚以上だが、親近感はない。

王　額にいつまでも雲がかかっているのはどうしたのじゃ？

ハム　いえ陛下、この息子、さんさんと日がまぶしくて。（一・二・六四―六七）

という対話を交わしたときのハムレットと、その言葉の使い方の質において何ら変わるところがない。ここでの「この息子、さんさんと日がまぶしくて」とは、カメレオンの話と同じく、クローディアスが、ハムレットが継ぐはずだった王位を奪った上で、彼を息子扱いにすることを、痛烈に皮肉ったものである。また彼が亡霊と初めて会う時の前後での興奮ぶりも、異常な状況下であるとはいえ、到底尋常とは言えず、ホレイショーは亡霊について行こうとする彼を引き止めて、亡霊が彼の理性を奪い、狂気へと引きずり込む可能性を示唆するほどである。ホレイショーは次のように語っている。

もしかして、荒海に誘い込むつもりでは。
いかがなさいます、暗い海に突き出た
背筋も凍る断崖の絶壁にいたるや、
何やら恐るべき姿に形を変じて
ハムレット様の正気を失わせ、
狂気の底に引きずり込むとしたら？（一・四・六九―七四）

ハムレットは異常な感情の高ぶりの中で、ホレイショーを振り切って亡霊のあとについていくのである。

四、佯狂と精神活動の相貌

シェイクスピアはそれではハムレットの佯狂で何を意図したかであるが、その真の目的は、実はクローディアスをあざむくハムレットを描くことにあったのではなく、はっきりとハムレットの性格を描くことにあり、また彼の精神活動の相貌そのものを描くことにあったのである。ハムレットの佯狂に含まれる異常性の問題は、彼の復讐の遅れと密接に関連している。そこで先のレアティーズに対するハムレットの弁明が、必ずしも政治的虚言ではないことを裏付ける根拠を挙げてみたい。そのことはこの複雑な主人公を理解するための一助となると思われるのである。確かにケネス・ミュアも指摘したように、大悲劇においては観客は少なくとも主人公にまず共感することが期待されていて、(12) 行きすぎた欠点のあら捜しは、主人公を誤解することに繋がる恐れがあるのは事実ではある。しかし他方で、シェイクスピア悲劇が主人公の性格悲劇であることも動かせない事実であって、オセロー、リア、マクベスにはそれぞれはっきりとした性格的欠点を指摘することは、むしろ容易である。そして彼らほど顕著ではないにしても、ハムレットにもやはり欠点があると言えるのである。彼自身が高貴な人間にひそむそうした欠点について、次のように語っている。

こうした人々は、
いわばただ一つの欠点を刻印されていて、

それは生来備わったものか、運命の星の仕業か、
他では彼の長所はまことに美しく純粋、
人の限界を越えて果てしないというのに、
そのたった一つの欠陥のために、
世間の目には堕落と映り、ごく微細な悪のせいで
高貴な本体すべてが疑わしくなり
恥ずべき屈辱を招いてしまうのだ。（一・四・三〇―三八）

シェイクスピアの描こうとしたハムレットの姿は、オフィーリアの次の言葉にも、ある正確さをもって語られている。

ああ、あの高貴なお心がすっかり壊れてしまった！
宮人の、武士の、学者の、憧れ、褒め言葉、剣、
この美しい国の希望の星とも薔薇とも仰がれ、流行の鏡、
容姿の手本として、誰もが見つめるお方だったのに、
すっかり、すっかり乱心されてしまった！
そしてこの私は、なんとみじめであわれな女、
あの方の心地よい誓いの甘い蜜を吸ってきたのに、
気品にあふれたあの高貴なお心も

まるで調子が狂って耳障りに響く鈴のよう。
咲き誇る青春の比類なき姿が狂乱の嵐に
吹き散ってしまった。ああ、なんて恨めしい、
今まで見てきたあの方を、こんな姿で見ようとは! (三・一・一五〇—六一)

このオフィーリアの嘆きの中に描かれた理想の王子としてのハムレット賛美は、やや型通りの観はあるものの、この劇からわれわれが受けるハムレットの印象とぴったり一致していて、その意味で彼女のこの嘆きの詩はまことに美しく響いてくるし、従ってわれわれは彼女の言葉を素直に受け取ることができる。(13) 問題はその理想の人が錯乱の嵐に蝕まれ、無残にも理性を失っていることである。もちろんオフィーリアが佯狂の事実を知らない以上、彼女の言葉のこの部分は割り引いて聴く必要もあるわけだが、しかしそれにしても彼女はやはり一面の真実を見ているのは確かである。またポローニアスは、ハムレットの策にだまされ恋煩いが原因とすっかり思い込んでしまう愚かな老人として描かれているが、彼が次のように、激情は人の身を苦しめるとしているのは、恋煩いの誤解を差し引くと、ハムレットの行動にある種のヒントを与えてくれる。

これはまさしく恋の熱にのぼせたしるし、
その荒々しい本性はしゃにむに前に突き進み
自暴自棄な企ても物ともせん、
世の中のどんな激情にも勝って
人の身を苦しめる。 (二・一・九九—一〇三)

この「激情」（"passions"）という言葉に注目したい。ハムレットはシェイクスピアの創り出した主人公達の中でもとりわけ知性豊かであるが、彼の明敏な思考は余りに活発であるために、ともすれば抑制が利かなくなる傾向がある。それは狂気を装おう前であれ後であれ関係なく見られる傾向であって、たとえば次のような、ごく短いせりふの中の口調にさえも認めることができる。

頼む、何としても聞かせてくれ！（一・二・一九五）

何か汚いことがあったらしい。夜よ、早く来てくれ！
その時までは、はやる心よ、じっとしておくのだ。（一・二・二五五―五六）

急いで教えて下さい、空想や恋の思いより速く
翼に乗って飛ぶかのように
復讐へと突き進むために。（一・五・二九―三一）

このように、彼の思考は先走って敏感に、気ぜわに回転しているので、はやる心を抑えきれなくなる傾向が顕著に見られるのである。こうした彼の気ぜわさは、逆説的だが実は彼の復讐の遅れと表裏をなすのであって、シェイクスピアはそのことを示唆するかのように、上の引用の直後に、亡霊に次のように警告させている。

そなたの気持ちは
よく分かったぞ。これでもしそなたがじっとして動かぬなら、
忘却の川の岸辺に根を下ろし怠惰に太った草よりも、
鈍いことになろうぞ。（一・五・三一―三四）
そしてハムレットの気早さは性急さと血気につながり、遂には激情となって噴出するに到るのであって、彼はそれが自分の弱点であることを、自らホレイショーに告白しているほどである。
血気と判断力が
いい按配に調和を保っている者にこそ幸あれだ。
そういう人々は、運命の女神の吹く笛ではありえない、
気紛れに押さえる穴次第で音を出すのとわけが違う。
激情の奴隷ではない者がいたら、その者こそ
ぼくの心の底の友、そう、真の友というもの、
そして君こそその人だ。（三・二・六八―七四）

ハムレットが彼の言葉通り「激情の奴隷」であることは、少し彼を注意して見れば、ただちに明らかになってくる。[14]この劇で自制心がうまく働かなくなった彼が、激情と興奮に身をまかす場面は、亡霊との会見の前後、囮のオフィーリアと出会う「尼寺の場」、劇中劇の直後、ガートルードと面会する「私室の場」、オフィーリア

の墓穴に飛び込む場、そして最後の復讐の場と、計六度にも及んでいるのである。ポローニアス殺害は祈っているクローディアスを刺せなかった直後の出来事であって、明らかに異常な興奮のさ中での行動であり、これはハムレットの重大な過失と言ってよいほどである。サクソ・グラマティカスの原話では、祈るクローディアスを刺しそこねる場にあたる話はないのであって、ポローニアス殺害に当たる場だけである。しかもサクソの原話での主人公アムレスは、母の私室に入るときは、最初からスパイを警戒しており、愚鈍を装っている。彼は雄鶏をまねて藁の敷物の上を飛び回り、その下に隠れているスパイを探し出して上から刺し、引きずり出して切り殺している。その後死体を切り刻んで熱湯で茹でたあげく豚に食わせたというのだから、(15)その手口はハムレットよりもはるかに冷徹でありまた野蛮でもあって、ハムレットのように激情に駆られての行為ではない。『ハムレット』劇ではクローディアス刺殺未遂とポローニアス殺害は、舞台上で連続して起こる事件であり、シェイクスピアはおそらくここでハムレットの遅延と性急さを対比しているのである。実際ハムレットは、ポローニアスを一瞬クローディアスではないかと勘違いしさえしている。

王妃　まあ、なんてことをしたの？
ハム　なに、知るもんか、こいつめ、国王か？
王妃　まあ、なんてせっかちに血生臭いことを！（三・四・二五―二七）

ハムレットにはこのように、激情に駆られて性急で「血生臭い」（"bloody"）行動にも、ためらいなく走る一方で、思索にふけり行動力が鈍るというパターンがはっきりと認められる。彼はこの弱点に再びこの後触れるのだが、それは亡き父の霊が彼に与えた、「母に危害を加えるな」という戒めを、彼がまさに破っている最中に、その霊に咎めを受ける時なのである。

厳粛なご命令、至急実行に移すべきなのに、
怠け者の息子が何もせず、激情に時を過ごして
放っているので、叱りに来られたのでしょうか？　（三・四・一〇六―〇八）

ここでの「時」（"time"）とは無益な時の浪費のことを指していて、[16]これと並置してハムレットは遅延の理由に「激情」を挙げて、みずからその弱点を認めていることに注目したい。[17]この章の冒頭で、彼のレアティーズに対する弁明を掲げたが、その中の「狂気」（"madness"）という言葉を、ジョンソン博士は「狂気の装い」とだけ読んでしまったのである。そのために彼はハムレットのこのせりふの持つもう一つの重要な側面を見落としてしまい、彼を不誠実となじったのである。そうではなく、ここでの「狂気」を「激情」に置きかえて読んでみると、この弁明は単に政治的虚礼であるばかりではなく、実は彼の切実な声も反映している事実がはっきりと見えてくる。[18]

許してほしい、君には悪いことをした。
だが君も紳士として、許してほしい。
ここにいる者みな知っているし、
また君も聞き及びに違いないが、僕はひどい精神錯乱に
悩まされている。はっきり言おう、確かにぼくは

君の心情と名誉を乱暴に傷つけ、不快にしただろう。
しかしそれは僕の「激情」のせいだった。
もしハムレットがレアティーズを侮辱したのか？　断じて違う！
ハムレットが本来の己れを失っていて、
己れ自身でなくなったままレアティーズを侮辱するとすれば、
ハムレットがそれをするのではない、ハムレットは否定する。
ではだれがするのか？　ハムレットの「激情」だ。それならば、
ハムレットも侮辱を受けているのだ、
彼の「激情」はあわれなハムレットの敵なのだ。

しかもハムレットはこのすぐ前で、この謝罪のきっかけとなったオフィーリアの墓での顚末について語る時も、自らの無謀さがこの激情に思わず我が身を委ねてしまった結果であるとホレイショーに認めている。

だがホレイショー、あのレアティーズには
我を忘れてしまい、とてもすまなかったと思う。
というのもあいつの姿が我が身と重なって見え
ひしひしとこの胸が痛くなる。あれには許しを乞いたい。
だがやつの嘆きが余りに度を越していたために
こっちもついひどい激情に身を委ねてしまった。（五・二・七五－八五）

ハムレットはこのように、我を忘れてしまったのである。われわれはハムレットの瞑想癖が優柔不断を生み、それで復讐が遅延するという説に余りに慣れすぎていて、彼の行動には、佯狂の仮面に一部隠れてはいるものの、著しく常軌を逸した激しさがあることを見落としがちなのではないだろうか。あるいは逆に、彼には実際は「行動力がある」ことを強調しすぎるのではないだろうか。ハムレットは我を忘れて行動に走る、それも激しい行動に走る、というところがある。フォーティンブラスやレアティーズとの比較で言えば、ハムレットは三幕では同じホレイショーに自らが激情の奴隷であると告白した通り、彼の場合「血気と判断力」(“blood and judgment”)の均衡がうまく保たれていないのであって、判断力は彼らよりもはるかに優れているにもかかわらず、血気そのものは彼ら以上にあり余っているところがある。彼には通常考えられている以上に、激越で強靭な気性が隠れているように思われる。それは直情径行的頑迷さと乱暴さを含んでいて、われわれがリアやオセローの性格の中に、もっと明確な形で見出すことのできる激越な強靭さである。それは長所というよりもむしろ短所なのであり、たとえば好きなオフィーリアに激烈な怒りを噴出させるハムレットの姿は、どこか愛するコーディリアに怒りを爆発させるリアの短慮を想起させないであろうか。それはまた激情の中でデズデモーナを殺害するオセローの性格にもつながっていく、度を過ぎた頑迷さでもある。デズデモーナは殺される直前に、オセローの様子を「血なまぐさい激情」(“bloody passion”)と表現した。そしてハムレットのこの直情径行的気質を、このようにリアやオセローのそれと合わせて考えてみると、これがあるいはシェイクスピア自身にも多分にあった気質だったのではないか、そして比類なき優れたバランス感覚を数々の戯曲で存分に示してみせたシェイクスピアにしてさえも、彼自身「激情の奴隷」にすぎないことを、ちょうどハムレットがホレイショーに語るようにして、嘆かざるをえない時が確かにあったのではないか、と疑われてくるのである。ただシェイクスピアには、それを抑制するもう一つの冷静な視点が、たえず働いてはいたのだが。

挿し絵2は、フォルジャー・シェイクスピア・ライブラリーのニュー・リーディング・ルームに飾られている、ジョージ・ロムニー（一七三四－一八〇二）作『自然と熱情に付き添われた幼児のシェイクスピア』（一七九一－九二）である。ここでの「熱情」は"passions"である。

2. ジョージ・ロムニー（1734－1802)、『自然と熱情（Passions）に付き添われた幼児のシェイクスピア』（1791－1792)。この絵には、ベンジャミン・スミスによる銅版画も存在している。
フォルジャー・シェイクスピア・ライブラリー所蔵。
By permission of the Folger Shakespeare Library

第二節　悲劇の美しきヒロイン像
――オフィーリアの真価

一、様々なオフィーリア達

ハムレットの苦悩は、母ガートルードの不実を抜きにして語ることはできないが、同じように彼の悲劇は彼の恋人オフィーリアの悲劇を抜きにして語ることはできない。非業の死を遂げるオフィーリアは、『ハムレット』の演劇史、批評史、絵画史において様々に演出され、また描き出されてきた。

オフィーリアはとりわけその女性らしさと精神に異常を来した姿が強調されて演出されてきている。彼女がそのように病に落ちた姿で舞台に登場する場面では、ローレンス・オリビエの演出がそうであったように、白い服を着て野の花で作った花輪で身を飾りたて、髪を振り乱して登場するという演出方法がよく取られてきている。そして彼女は幾つもの抒情的な唄の断片を気まぐれに口ずさむのである。しかしその唄には不意に性的な連想も入り込んでくる。彼女はまた手にした花を配ってまわる。第一クォートー版（一六〇三）はテキストとしては信頼されていない、いわゆる「悪いクォートー」であるが、この版では彼女はリュートを弾きながら登場するというト書きが付いていて、そうした演出もしばしば行われている。こうしたオフィーリア演出はすでにエリザベス時代に始まったものであり、その伝統にはそれぞれ象徴的な意味があると考えられている。たとえば白い服装は処女性を表すし、彼女が手にする花は、その美しく咲きほこる青春期の女性らしさと愛を示しており、その花々を配って歩く行為は、愛の幸せと楽しかるべき青春が突如として奪われ終焉したことを表している。また女性の振り乱した髪は、エリザベス時代とジェームズ一世時代の舞台では、心に錯乱を来したか、凌辱を受けたか、のいずれかの象徴であったが、オフィーリアの場合は前者である。

ところで実際の演出においてはこうしたオフィーリアも、愛に破れた失意の女性としての色彩を強く出すか、それとも純真で無垢な美しい乙女としての側面を前面に出すかで観客の彼女から受ける印象は大きく変わることになる。エレイン・ショウォルターによれば、女性が初めて公の舞台に立つようになった一六六〇年から一八世紀初頭までは、オフィーリアを演じて最も評判のよかった女優達は、実生活でも実際に失恋を経験して間もないとの噂のあった女性達であったという。中でも最高の演技として永く語り継がれたのは、スーザン・マウントフォートという女優が一七〇二年に演じた伝説的オフィーリアである。彼女は恋人の裏切りによって精神に異常をきたしたが、ある晩看守のもとから抜け出し、まっしぐらに劇場へ直行し、まさに四幕のオフィーリアの場が始まるその時にらんらんと狂おしい目を輝かせ、よろめくように舞台に飛び出してきたというのである。当時の記録によると、彼女はまさしくオフィーリアその人であって、役者、観客ともに驚嘆する迫真の演技だったという。その後彼女はほどなくして死亡した。(1) いささか話が出き過ぎていてにわかには信じがたいが、それに類した迫真の演技が当時の舞台にすでにあったために、こうした伝説も生まれたのである。

しかしながら、一八世紀後半になると、こうした激しいオフィーリア像はほとんど姿を消すことになる。古典主義の時代に入ると、もっと理性的な演出が優位を占めるようになり、女性の性の激しい力を強調するのではなく、端正さと純真さ、優美さを前面に出す、穏やかな、しかし感傷的でステレオタイプなオフィーリア像が主流となった。一七八五年には名優サラ・シドンズ夫人(一七五五—一八三一)は、オフィーリアの狂乱の場さえ優雅な威厳をたたえて演じたという。(挿し絵3はシドンズ夫人の肖像画。)

3. 作者不詳、『サラ・シドンズ夫人』30 x 24 7/8 in.（1785頃）。トーマス・ゲインズバラの原画を模写した油絵。
By permission of the Folger Shakespeare Library

キャロル・キャムデンによれば、心に異常をきたしたオフィーリアが示す様々なしぐさは、エリザベス時代の人々には、恋煩いの病（love melancholy）が高じて精神のバランスを失った女性達に起こる特有の古典的病状と一致していると考えられたであろうという。オフィーリアがのどを詰まらせてせき払いをしたり、胸苦しさを和らげようと胸を叩いたり、涙を流し、たえず語り続けたり、古謡の断片を口ずさみ、気まぐれに堕落した空想にふけったりしながら、最後には水死するというのは、いずれも恋煩いの女性達に顕著な症状とされていたのである。(2) ただオフィーリアの場合、父の死の知らせが殺害者ハムレットの名とともに届いたことが発病の原因であり、単に恋煩いだけで彼女の病が説明できるわけではない。これに関連して古くからオフィーリアについての精神分析学的な解釈もなされてきている。「オフィーリアの精神の異常は父の死によって引き起こされたのか、それともハムレットに愛を拒否されたことによったのか、それともこの両方が原因なのか」という疑問に、明快な説明で答えたのは、フロイトを踏まえた精神分析学者セオドア・リッツだった。彼は「彼女を病に追いやったのは、父の死自体ではなく、むしろハムレットによる父の殺害であって、彼女は彼を愛しており、また彼の愛に希望を託していたのだが、今や彼女はハムレットと決して結婚することはできなくなったばかりか、なお悪いことに彼を憎まねばならぬ義務を負ったのである」として、彼女が心に異常を来した根拠を明らかにした。(3) 彼はまた、オフィーリアを「ハムレットが鏡に映った像」であるとみなし、オフィーリアの中に「女性の発達段階における危機的な葛藤」を読み込んでいる。彼によればシェイクスピアは、オフィーリアの、「父に愛着を抱く娘」から、女として彼女に充足感を与えてくれる恋人を求める女性へと移行していく能力」に焦点を当てているのであって、その葛藤は、ハムレットが母親に抱くエディプス・コンプレックスによる葛藤と平行しているという。フロイト的分析はまた他方で極端なオフィーリア解釈を生んだ。レベッカ・ウェストは、シェイクスピアはオフィーリアを「はすっぱな娘」として描いており、ハムレットと性体験を持つ「ふしだらな女」としてわれわれが理解するよう意図していると主張して、オフィーリアの繊細な感受性と清新さを否定しさった。[4] 主人公達の性体験を織りこむ演出自体は、今日改作劇や映画などで広く取り入れられている。これは性意識が当時とはすっかり変化してしまい、またマルチメディア時代を迎えている今日、シェイクスピア劇の多彩な受容の形の一つとして興味深いが、[5] ただシェイクスピアの本来の意図の解釈としては正しくはない。この問題については後に詳しく検証する。

二、「従順なオフィーリア」は正しいか？

しかしいずれにしても、細かな分析を行なう学者達の間では、これまで一般にはオフィーリアに対する評価はごく低かったというのが実情である。彼女の性格には複雑さは見られないとされ、その控えめと無垢は称賛されるよりもむしろ否定的に見られることが多かったのである。ハムレットの複雑きわまりない圧倒的なせりふの量にくらべて、オフィーリアには分析の対象となるせりふの量がわずかしかなく物足りないという事情もあった。[6] そしてつまるところ、オフィーリアは臆病で、父の言うことを聞きすぎて、自己主張が少しもなく、まったく受け身の女性でしかないとされ、こうした否定的な見方はたとえば、「オフィーリアは他の大部分の登場人物達の語り口を持ち合わせてはいない。彼女は言葉少なで、簡素でまっすぐであり、従ってとりわけ傷つきやすい」[7] とか、「シェイクスピアは彼女をマイナーな人物としてしか描いておらず、彼女を観客が忘れそうになるほど僅かしか登場させていない」[8] とか、また「生来臆病なために、彼女は出来事全体に驚愕してしまったのである。そして父の指示に従順であったために、ハムレットが無言のうちに愛と理解と助けを求めてきたのに、これに応えることができないのだ」[9] という指摘などに表れている。オフィーリアはこうして、「性格の不完全さ」、「未熟」、「臆病」、「従順」など性格の欠点が指摘されるだけに止まる場合もある。[10] しかしハムレットは果たしてオフィーリアに理解と助けを暗に求めていたと言えるであろうか。シェイクスピアがハムレットをそのように描いたとはまず思えないし、またそもそも彼女がそれほど価値のない女性であれば、なぜハムレットはあれほど彼女への愛を屈折した形で語ったのかの説明も難しくなる。

大胆で強い意志を持った女性達の多いシェイクスピア劇の中にあって、オフィーリアの性格は確かに目立って穏やかであり、受け身である。彼女は父ポローニアスの言いつけ通り、ハムレットからもらった贈り物を彼に返そうとしたりまでする。彼女はせりふも多くないし、父や兄レアティーズに従順で、彼らからの「ハムレットに注意するように」との忠告を素直に聞き入れている。しかしそれは彼女の性格的欠点と呼べるほどのものであろうか。人間は多様であって、様々な女性がいて当然である。オフィーリアの行動を全体として眺めてみて、彼女に非ありと言えるかについては、大いに疑問がさし挟まれてよい。

また学者達の間で不評だったオフィーリアが、他方で実はシェイクスピアの作品を題材にした絵画史では、とりわけ異彩を放ってきた。ロンドンのテイト・ギャラリーが所蔵するミレーの「オフィーリア」は、水に流される彼女を繊細に描きあげ特に人気が高く、同美術館の看板作品となっているが、他にも彼女は男女を問わず画家達の想像力をかき立て、多くの名画を生み出してきている。エレイン・ショウォルターによれば、オフィーリアは実はシェイクスピアのヒロイン達の中で、おそらくもっとも頻繁に絵画の題材になり、また引用されてきた女性であるという。[11] 演劇史においてもまたオフィーリアは、わが国の大正時代の伝説的女優、松井須磨子のオフィーリアなど、数々の名演技、名優を生み出し観客を魅了してきた。仮にシェイクスピアがオフィーリアを魅力に乏しい女性に描いたとすれば、こうした演劇史、絵画史に残る華麗な数々のオフィーリア像をどう説明したらよいか難しいし、劇自体の流れからも、なぜあれほど知的なハムレットが墓穴に飛び込むほど本当は彼女に惹かれていたのかを説明するのも難しい。『ハムレット』批評の中での彼女の不人気とは裏腹に、われわれがシェイクスピア劇の中でもっとも印象深い女性として、まずオフィーリアを思い浮かべるのは何故であろうか。それは単にハムレットの恋人であるというに止まらない、何か深くわれわれに訴えかけるものが、彼女の姿の中にあるからである。

最近になって、ようやく学者の間でもオフィーリア復権の動きも少しずつ見られるようになってきた。フェミニズム批評は全体的にオフィーリアには冷淡であるが、しかしショウォルターの斬新な論文を契機に、オフィーリアをこれまでとは違った新しい視点から見直すものも出始めている。またインターネットの普及で、英語のサイトにオフィーリア関係のものが多数現われるようになり、若い女性達がいかに自分達をオフィーリアに映して見ようとするか、そうした女性達がいかに多いかが明らかになってきた。ここではフェミニズムの視点からではないが、そうした見直しの流れに沿って、オフィーリアに対するネガティヴな批評に対し、彼女の好ましい面にもっと光を当て、またハムレットにとって彼女の持つ意味の大きさを問い直すことによって、彼女の本来の価値を正当に評価し直してみたい。そしてオフィーリアがわれわれの心に深く訴えてくるのは一体なぜなのかを明らかにしてみたい。

三、ハムレットの愛

ハムレットは畏敬する父王の死後、母がその性格芳しからぬ叔父とたちまち再婚したことで深く傷つき、そのことが彼の女性を見る眼を変えた。そして叔父の父王暗殺を知ったことは決定的にその心の傷を深めた。それは、母親に対する「おお、なんと悪辣な女!」(一・五・一〇五)[12]などのせりふに窺える。彼は復讐を果たすために、狂気を装うことに決める。こうした事情が、彼とオフィーリアの関係を困難にしているし、彼の真意を測りがたいものにしている。そのことがまた二人の愛を悲劇的な結末に終わらせることになる。一方オフィーリアは、多分母は早く亡くしたが、厳しいけれども娘思いの父とやさしい兄の愛情をいっぱいに受け、おそらく（のちに彼女がソングで示唆するような）田園風景に囲まれて幸せに生まれ育ち、これから様々な経験を積んでいくはずの、（多分まだ一〇代か二〇代初めの）若々しい女性という設定になっている。二人の愛は破局に終わるが、それは内部から生じたというよりも、外部の力によって引き起こされたものである。外的要因がなかったら、二人の愛は幸せが約束されていたはずである。もともとハムレットとオフィーリアの愛は、近き将来美しく咲きほこり豊かな実りをもたらすはずだった。二人の関係はそのような前提に立っている。シェイクスピアは、二人の愛が本来はそうした理想的なかたちとなっていたはずの愛であることを、十分に窺わせる描き方をしているのである。われわれが悲劇に終わるオフィーリアの運命に深い感銘を受けるのは一つにはそのためである。

オフィーリアとハムレットの恋は、実りなきまま悲しい結末に至る。そもそも劇全体を通して舞台では、二人の恋の様子は間接的にしか観客には知らされない。確かにハムレットが彼女に、優しい真心のこもった言葉をかけていたことは、示唆されてはいる。けれども実際の舞台では、二人の間で愛の言葉がかわされることは一度もないのである。幕が開いてからの二人の最初の出会いさえ、間接的で異常なものであって、オフィーリアの報告によって観客は初めてそれを知らされる。ハムレットは黙ったまま彼女の手を握りしめ、顔を見つめたり額に片手を当てたりなど奇妙な動作をくり返したのちに、悲しげなため息をつき立ち去ったという。それはあたかも彼女に最後の別れを告げたかのようである。

第三独白の終りのところで、ハムレットはオフィーリアの姿を認めて、いまだ彼女が囮になってそこにいると気付かず、言葉をかけている。

しっ、待て、
美しいオフィーリアだ。水の妖精よ、きみの祈りに
この身の罪も含めてほしい。（三・一・八七―八九）

この「しっ、待て、美しいオフィーリアだ」は、瞑想のあとふと彼の口をついて出た言葉であって、ハムレットのオフィーリアに対する本心を彼が自らの言葉で語っていると思われる箇所である。ここは「尼寺の場」の入り口で、彼はこのあとすぐに探られていることに気付き、オフィーリアに激しい罵言をあびせることになる。しかし、ここで彼はオフィーリアを「美しい」（"fair"）と形容し、また森や泉にすむ女精ニンフに喩えている。シェイクスピアはこのニンフという言葉に悪いイメージを連想して用いることはまずなく、それはふつう女神でありまた水の精である。こうした喩えの中に、ハムレットが本来恋人にそうあってほしいと願う姿について抱く意識が表われていて、このことは、彼がオフィーリアに真実こころ惹かれていたことを示している。この「美しいオフィーリア」という表現は、五幕一場でハムレットが葬列に出会い、埋葬されるのがオフィーリアその人であると知った瞬間に、再び彼の口をついて出ている。彼はその時彼女の墓に飛び込んでいる。

オフィーリアへの屈折した思いを伝えるもう一つの例は彼が狂気を装った中で送った彼女への手紙である。読んでいるのはポローニアスである。(13)

わが魂のこうごうしき女神、うるわしきオフィーリア――

そのま白きみ胸にこの詩をささぐ

……………………

星が火であることを疑え、
太陽が動くことを疑え、
真実は嘘つきではないかと疑え、
だがわが愛は決して疑うな。
親愛なるオフィーリアよ、僕はこんな韻律合わせはうまくない。
このうめきを詩にするすべを知らぬ。だが誰よりも一番、
切に君を愛している、信じてくれ。さらば。
　こよなくいとしき人よ、この肉体が続くかぎり
　永遠に君のしもべ、ハムレット　（二・二・一〇九―一二四）

弱強三詩脚のこの詩は、恋人に送るありきたりな恋愛詩で、当時流行していたスタイルをもじったものにすぎず、お世辞にも褒められたものではない。もともと佯狂の中で、第三者に見せるために書いた目くらましの恋文なので、それは当然である。地動説がいまだ普及せず、トレミーの天動説がまだ広く受け入れられていたこの時代にあっては、上の詩の最初の三行はいずれも「ありえないことを仮に疑うにしても」、という意味になる。しかしここには、ルネッサンス的懐疑主義が向かう方向が示唆されていて興味深い。しかもこの詩は逆説的に、ハムレットがどれほどオフィーリアを愛しているかを伝えるものとなっている。もっともこの詩はみかけほど単純ではない。この手紙は欺くために書かれたものなので、そのわざとらしさから、彼の愛を疑うなと

は、逆説的に実は愛していないという意味も含みうるからである。[14] いわば、裏の裏をかくかたちでオフィーリアへの愛を語ったものと理解される。わが愛を疑うな、というのはハムレットの本心である。しかし全体として見るとこれは本来愛する女性に書くような手紙ではない。オフィーリアが戸惑ったのは当然なのである。

それにしても二人が舞台で会うのは実際には二度しかなく、最初はいわゆる「尼寺の場」であり、彼は不当にも残忍きわまりない罵りを彼女にあびせかけている。それはキャロル・キャムデンの言葉を借りれば、「感じやすい女性であればとうてい平静に忍ぶことなどできない罵言」である。[15] もう一度二人が会うのは「劇中劇の場」であるが、彼はこの時は彼女に対しては、卑猥なからかいのみに終始している。いずれの場でも、二人の間に正常な会話は成立していないが、問題はいずれもハムレットの側にあるのであって、彼がオフィーリアに正常な優しい言葉を舞台でかけることは遂にないのである。彼がオフィーリアに対する本当の気持ちを公然と表明するのは、彼女がすでに世を去った後の埋葬の時だけである。第一次アーデン版の『ハムレット』の編者エドワード・ダウデンは、このような二人の愛を、「不思議この上ない愛の物語」とした。[16]

四、オフィーリアの愛

確かにシェイクスピアは、オフィーリアを、喜劇『お気に召すまま』のロザリンドに代表されるような、才気に溢れ強い意志を持ち、男達を翻弄する女性としては描いてはいないし、せりふの量自体も限られている。しかしそれはこの劇ではオフィーリアに限ったことではない。ガートルード、クローディアス、ホレイショーなど、どの人物をとっても、他の劇の、たとえばイアーゴーやエドマンドに匹敵する強靭な個性はない。それはどこまでもこの劇はまずハムレット中心の劇であり、彼らはハムレットとの関係において初めて重要な存在感を得ているからである。シェイクスピアはこの悲劇では他の彼の作品に類を見ないほど、主人公ハムレット自身を描くことに全力を傾注した。このためにハムレットに圧倒的に長いせりふを与える結果になり、他の登場人物達のせりふは全体に量的にも少ない。それにもかかわらず、シェイクスピアはオフィーリアをはじめ、この劇の様々な登場人物達をまことに生き生きと描いている。それは円熟期の筆のさえと言うべきものであろう。シェイクスピアはオフィーリアを、簡潔に、そしてまことに卓抜な筆致で描き上げている。

オフィーリアがハムレットに純真な愛を抱いていることは、観客にもただちに分かるようにシェイクスピアは描いている。ポローニアスは、娘がハムレットに夢中らしいので、さかんに抑制しようと忠告するが、彼女の気持ちはひとりでに、奔放にこぼれ出てくる。

オフィ　あの方は最近私に優しい愛情のしるしを沢山下さいましたの。（一・三・九九―一〇〇）

オフィ　しきりに愛を打ち明けてこられますの、とてもご立派な態度で。
ポロ　近ごろはやりのご立派さでな、いいかげんにしろ。
オフィ　それにお言葉が真実である証拠として、数々の神聖な誓いを立てて下さって。（一・三・一一〇―一一四）

それでも彼女は、父や兄からの、ハムレットには警戒するように、との忠告にすなおに従う。それは彼女が父や兄と幸福な親子、兄妹の関係にあるからである。しかし彼女が父の忠告に、「そう致します」と従うとき、その演出で舞台効果に大きな違いが出てくるはずである。行間を読めば、彼女はハムレットの好意を受け入れたい気持で一杯なところに、父から交際を控えるよう強いられ、大きな戸惑いを覚えつつ、到底受け入れ難い忠告に、いたたまれない気持で痛々しくこのように答えている。一方ポローニアスはもともと娘のことが気がかりで仕方がないどこにでもいる老いた善良な父親に過ぎないが、オフィーリアはそうしたポローニアスを、おせっかいに過ぎるとしても自分にとっては立派な父親として、尊敬してもいる。彼女が温かく好ましい家庭に育ち、父、兄と、親子、兄妹の深い情愛と信頼のきずなで結ばれていることが、自然に観客には伝わってくる。母親についてはほとんど言及がないので正確なところは不明であるが、早く世を去ったと見てもよい(17)。それだけに彼女が父や兄の忠告に従順なのはごく自然である。もちろんポローニアスには生来の愚かしさに加えて老人特有の症状があり、レアティーズの性格にも欠点があることははっきりしている。しかし、ポローニアスの一家は、もし大事件に巻き込まれることがなかったならば、ごく普通のどこにでもある平和な家庭であったと思わせる家庭であって、親子の絆、兄妹の絆の固さは、ほとんど理想的といってよいほどである。少なくともシェイクスピアはそのようにまず描き、更にその後にこの家庭を悲劇に巻き込んだのである。

ポローニアスは一幕三場で、ハムレットに対して無警戒なオフィーリアを馬鹿にして、彼女のことを「うぶな小娘」、「赤ん坊」と呼んで彼女にハムレットとの交際を禁じている。これは策士ポローニアスらしい老獪さと成長してきた娘の心が見えない無理解から出た警告であるが、また他面娘を案ずる父親の懸念から出た言葉でもある。彼はこうした態度に出てしまったことを後に次のように後悔し、彼女への謝罪の気持もにじませている。

すまぬことをした、もっとしっかりと冷静に
殿下を観察しておけばよかった。お前をただもてあそび
潰してしまうだけと案じてしまった。つまらぬ疑いだった！　（二・一・一〇八–一〇）

もっともこれはハムレットの異変に気が動転しての後悔であり、彼はこの後彼女を囮に使うという愚行をおかし、高い代償を払うことになる。

オフィーリアには、『リア王』のコーディリアのような強さはないし、『オセロー』のデズデモーナほどの大胆さもない。しかしそれは、彼女の純粋さと清浄無垢の価値を下げることにはならない。というのも、彼女にはこれらの女性達と違って、好きなハムレットの置かれた状況の深刻さを判断する材料が、ほとんど何もないからである。コーディリアの場合は姉達の欺瞞と裏切りを見せつけられている。デズデモーナは、少なくとも肌の色と年齢、国の違うムーア人と結婚に踏み切るのに、勇気と大胆さを必要とした。だがオフィーリアには、自らの意思だけで行動する必要を認めるに足る判断の材料、そのための情報は、完全に閉ざされているのであって、現国王がハムレットの父を毒殺したことなど知るよしもない。いままで自分に好意を寄せ優しい言葉をかけてきたハムレットが、突如として理由も分からないまま変貌してしまうのである。

またもう一つ重要なことは、ハムレットとオフィーリアの間柄は、いまだ本人達を含めて、誰もが認める許婚の関係にまで進んでいないばかりか、恋人同士といえるのかどうかさえも疑わしい段階でしかないことである。オフィーリア自身、ハムレットの求愛に明確に応える返事をした形跡もいまだない。もう少し進んだ段階であれば、父に対して彼女から少なくとも迷いの言葉が出るか、あるいは父を拒む態度を示したはずである。二人の関係は、やっと互いに信じてよいかも知れない愛の言葉や贈り物をかわし始めたところであり、本当の

交際が始まるはずの前の段階にあるというのが実態である。オフィーリアはハムレットからの求愛を受け、やっと愛の深まりを感じはじめたところだったのであり、恋人同士と言える境目ほどのところまでに来ていたというのが実情である。そうした相手の男性が、突如奇怪きわまりない態度を取り始めるとき、彼女が驚愕するのは当然であって、それを信頼する父に告げにいくのも不自然ではない。彼女は父ポローニアスの忠告を受け入れて、ハムレットの手紙を退け、近づくのを拒んだと父に説明しているが、これも愛の深まり始める段階として、愛を確かめる一つの手段にもなりうる程度のことに過ぎない。逆に突如として変貌し、愛を拒否するのはまさしくハムレットの方にほかならず、彼女は何も分からないまま、悲劇に襲われるというのが実態である。こうして「尼寺の場」の最後で彼女はハムレットの変貌ぶりを、「気品に溢れたあの高貴なお心も／まるで調子が狂って耳障りに響く鈴のよう。／咲き誇る青春の比類なき姿が狂乱の嵐に／吹き散ってしまった」（三・二・一五七–六〇）と述べたのである。ハムレットの言葉の暴力にオフィーリアは受け身一方であり、彼女がこの場で語るせりふも、この彼女自身の悲しみとハムレットの狂乱について述べたせりふを除けば、すべて短い受け答えばかりである。彼女はハムレットが興奮のきわみに至ると会話も不可能となる。

五、オフィーリアとエフタの娘

二幕二場でオフィーリアの父ポローニアスが、役者の一座が到着したことをハムレットに知らせにくる場面がある。彼はハムレットの気晴しを図ろうという魂胆である。しかしそのニュースはすでにハムレットはローゼンクランツらから聞いて知っているので、ポローニアスの見え透いた意図を読んで彼を翻弄する。その際二人の間に一見奇妙な会話がかわされる。ハムレットは鼻歌まじりである。

ハム　やあ、イスラエルの裁き人、エフタ殿、結構な宝をお持ちだったな！
ポロ　どんな宝を持っておりました？
ハム　つまりだ――
「きれいな娘が一人いた
こよなくその娘を愛でていた。」
ポロ　［傍白］まだ娘のことを。
ハム　間違っていなかったかな、エフタ殿？
ポロ　私めをエフタとお呼びなら、確かにこよなく愛でておる娘が一人ございます。
ハム　いやいや続きはそうじゃない。
ポロ　ではどんな風に続きますんで、殿下？
ハム　つまりだ――
「神のみぞ知る、その定め」
その次は、
「よくあることだが、こうなった――」
どうなったかはこの敬虔な歌の第一節を見れば分かる。ほらちょうどいい気晴しに役者達がやってきた。
（二・二・四〇三―二〇）

ここでハムレットが口ずさんでいる唄の断片には、オフィーリアの副筋をシェイクスピアがどのように作劇しようとしたかを知る上で、重大な意味が隠されているので、この問題について少し詳しく述べてみたい。このソングが、旧約聖書の『士師記』（一一・三〇–四〇）にある士師エフタの物語に基づいたものであることは古くから知られている。[18] 士師とは裁きびとのことで、むかしイスラエルの民をおさめた統治者である。このソングは一五五七年にロンドンに設立された書籍出版業組合の登録に二項目の記録があって、一つは一五六七–六八年（『エフタの娘、その死の唄と題するバラッド』）、もう一つは一六二四年の記載（『イスラエルの士師、エフタ』）である。このソングはその後幾度も印刷がくり返された。これとは別に、フィリップ・ヘンズロウ（劇団『ローズ座』の所有者）は、その有名な日記に、一六〇二年に劇作家のトーマス・デッカーらが、エフタの物語に基づく悲劇によって報酬を得た、という記録を残している。この劇は、デッカーとアントニー・マンディーという二人の劇作家の共作であることが分かっている。[19] つまりどうやら、エフタの娘を題材にした悲劇が、ロンドンの舞台で、シェイクスピアの『ハムレット』の上演とほぼ時を同じくして上演されていたらしいのである。だからこの物語は、バラッドと舞台の両方で、ロンドン市民の間にかなり広く知られていたことになる。次にハムレットが口ずさむバラッドの、もとのソングの全文を示してみよう。[20]

[1]

どこで読んだかそのむかし、
　イスラエルの士師エフタには、
かわいい娘が一人いた、
　こよなくその娘を愛《こ》でていた。
　神のみぞしる、その定め、

よくあることだがこうなった、
大きないくさがはじまって、
隊長殿に選ばれた、選ばれた。

[2]

さてもエフタが命ぜられ、
師団の頭になったとき、
誓いを立てた、主の霊に、
もしも勝利をおさめたら、
再び生きて帰れたら、
最初に戸口に現われて、
私が出会った生き物を、
焼き尽くして献げます、献げます。

[3]

戦いすんで勝ちいくさ、
いさんで故郷に帰ったら、
娘がドアから走り出て、
急いで父に会いにきた、

鼓を鳴らし笛を吹き、
高い音色に縞模様、
一緒になれた嬉しさに、
踊りをおどって喜んだ、喜んだ。

[4]

エフタは気付いた真っ先に、
最初に見たのはわが娘、
髪かきむしり衣さき、
悲鳴をあげた、痛ましく――
涙にくれて父は言う、
おまえがわしを打ちのめす！
おまえにゃ胸がはり裂ける、
どうしてよいか分からない、分からない。

[5]

娘よわしは取り決めた、
高きにいます神様と、
犠牲を捧げる約束を、

破約はならぬ背かれぬ――
　仰せのとおりなさいませ、
悩みなさるなご準備を、
むごき誓いを果たすべく、
神のご意志は逆らえぬ、逆らえぬ。

[6]

父さま敵に勝てたのは、
　高きにいます主のおかげ、
どうぞ私を生贄に、
　約束正しく守るため、
　娘は言った、このように、
そうなさいませ恐れずに、
たとえ私であろうとも、
神との約束果されよ、果されよ。

[7]

ただお願いがございます、
　荒れ野に私は出かけたい、

三月の間さまよって、
　わたしと同じ娘らと、
　処女《おとめ》であるのを悲しみに。
　行くがよい、とエフタは言う、
　そして娘は出ていった、
　最後の日まで嘆くため、嘆くため。

[8]

やがて最期の時が来た、
娘が犠牲になるその日、
かくて処女は殺された、
約束すべてを守るため。
　年に三たびは処女らは、
　かの地で娘の死を悼む、
　永遠に、とも人は言う、
　その娘《こ》のために、いつまでも、いつまでも。

このソングは、聖書の『士師記』の物語とは微妙に異なるところもあるが、ほぼその内容を踏襲している。ジェンキンズによれば、当時エフタの話は聖書の物語の中でも、安易な誓言や偽誓に対する戒めとして、最も有

4. 旧約聖書「士師記」11章、「娘の出迎えを受けるエフタ」。『主教の聖書』（1568）より。

By permission of the Folger Shakespeare Library

名な話の一つであったという。一五六八年に出た『主教の聖書』には、エフタを出迎える娘を描いた絵が掲載されている（挿し絵4）。

このソングと聖書を比較すると、次のような違いがある。聖書では父を迎えに出てきた娘は踊りながら鼓を打ち鳴らしているが、ソングでは鼓と笛で迎えている。これは中世からルネッサンスにかけて一人で同時に鼓（テイバー）を鳴らし笛（パイプ）を吹くというスタイルが確立していたので、それに合わせて変更されたのである。また聖書では娘は二ヶ月野山をさまようとあるのが、ソングでは三ヶ月になっている。さらに聖書では年に四日間娘達が嘆くしきたりができたのに対し、ソングでは年に三度である。しかしこれらはいずれも、話の筋の基本的な流れに関わる変更ではない。

ハムレットはこのソングの第一スタンザを断片的に口ずさんでいるにすぎない。しかし彼はポローニアスをエフタに見立てて、オフィーリアをその娘になぞらえている。従ってシェイクスピアがここでそれとなく示唆しているのは、まさしくオフィーリアが処女のまま死ぬという彼女の運命である。劇はいまだ二幕二場であり、舞台上でハムレットはまだオフィーリアの運命を、ハムレットの口を通して潜ませていることになる。オフィーリアとエフタにその後のオフィーリアの運命を、ハムレットはまだオフィーリアと会ってさえいない。しかしシェイクスピアはすでにこの段階で密かの娘には共通するところが多い。二人ともに高い地位の父があり、その彼らの軽率な行為が娘に災いを招いている。二人ともに音楽を好む。ただしこの歌の中のエフタの娘は鼓と笛で舞っているのに対し、オフィーリアはソングを幾つもうたう（第一クォートー版はオフィーリアがリュートを弾くことも指示している）という違いはある。またいずれも運命に翻弄された結果、野にさまよい、悲しい死を遂げる。エフタの娘の物語では、とりわけ娘が処女のまま犠牲になったことが強調されているが、この点はシェイクスピアがオフィーリアもそのように造形したことを裏付ける確証である。このことはまた、オフィーリアが埋葬される際、疑わしい死であったにかかわらず、「処女の花冠」（"virgin crants"）と「乙女の撒き花」（"maiden strewments"）（五・一・二三二―二三三）を許されていることともぴったりと符合している。そこにシェイクスピアの意図があったとすべきである。このように見てくると、ハムレットとオフィーリアの間に体の関係があったとする解釈は、現代的な演出上の工夫としてならともかく、シェイクスピアの意図に照らすと誤りであると断定してよいことになる。なおオフィーリアが後に、若い娘が体を許して捨てられる歌をうたうが、このソングについては後で触れる。

ハムレットはエフタのソングを口ずさむことで、その娘をオフィーリアに比較しているが、上のハムレットとポローニアスの会話から、この唄がかなり広く知られていたことがうかがえる。シェイクスピアはその歌詞の断片をハムレットにほぼそのまま唄わせているわけだが、それは当時、エフタの悲劇が民間でよく唄われていたことと無関係ではなかったはずで、当時の観客の中には、ハムレットの唄がエフタのソングとすぐに分かり、その意味を理解する者もかなりあったと考えてまず間違いない。ハムレットがこれを唄うこと自体が、彼自身の女性忌避の態度をよく示していると考えてよい。

六、オフィーリアと原話

『ハムレット』の原話は北欧伝説で一二〇〇年頃にデンマークでまとめられたサクソ・グラマティカスの『デンマーク史話』（*Historiae Danicae*）にさかのぼる。それは一六世紀後半にフランソワ・ド・ベルフォレによってフランス語に翻案された[21]。これは厳密な訳ではなく、様々な書きかえと付加を含んでいたが、これが英国にも入ってきて演劇化されたのである。しかし現存している英語訳の最も古いものは、訳者未詳の『ハムレット物語』で一六〇八年の出版であり、これはシェイクスピアの劇上演以後のものである。そのためシェイクスピアが基にしたのはいったいどのような形のものだったのかはよく分かっていない。シェイクスピア劇の前に別のハムレット劇があったことも推測されていて、『原ハムレット』と呼ばれている。エリザベス時代は翻訳の著しく盛んな時代だったので、ベルフォレの英語訳が『ハムレット』以前にすでに出ていた可能性はきわめて高い[22]。この物語はシェイクスピアの時代にすでに遠い昔となった時代の異国の地の出来事を扱っている。それは非キリスト教時代の、人々が殺戮と戦乱に明け暮れた野蛮な狭く閉ざされた世界である。

オフィーリアをサクソ・グラマティカスの原話『デンマーク史話』やベルフォレの翻案に登場する娘と比べると、オフィーリアがいかに生命を吹き込まれているかがよくわかる。先に第一節でもハムレットとの関係でこの史話に簡単に触れたが、オフィーリアとの関係でもこのエピソードは大きな意味を持つので、今少し詳しく見てみたい。

そもそも上に述べたポローニアス、オフィーリア、レアティーズの平和な家庭は、サクソ・グラマティカスやベルフォレにはまったく存在していない。したがってシェイクスピア自身がポローニアスの家庭を創作したことはほぼ確実である。これら二つの伝説に登場する娘は、物語の細部で多少異同があるが、いずれの場合もポローニアスに当たる人物とは何の関わりもない。またレアティーズにあたる人物はいない。この娘には名前さえない。

サクソ・グラマティカスの史話では、彼女はハムレットにあたるアムレスと幼馴染みの娘であるが、アムレスを森で待ち伏せて誘惑し、その本心を探り出すよう命じられている。彼女は物語全体でここに登場するだけにすぎない。彼女が囮に使われるのはオフィーリアの場合と同じだが、しかしその後の物語の展開は、「尼寺の場」とは似ても似つかぬものである。彼はこの娘をスパイの目の届かない湿原に誘い、彼女と性的関係を結んでしまう。二人は一緒に育った仲なので、互いに親近感を抱いていたという。彼が二人の関係を秘密にするよう口止めすると、娘は進んでその約束を守る。こうしてアムレスは、彼女の協力のおかげで、うまく陰謀を切り抜ける。この娘はアムレスが彼女と性関係を持ったことを否定してくれたので、彼が事実を語っても、それは狂気のしるしと受け取られたという。娘をめぐるエピソードはこれで終わるのであって、彼女はオフィーリアのように精神を破壊されるようなこともない。他方ベルフォレの翻案では、主人公アムレットは娘と幼馴染みで、双方ともに相手に好意を抱いていたために、彼女から陰謀を知らされる。その後の展開は湿原に誘うくだりが省かれるなど話はごく簡単になっているが、二人が性的関係を持ったことは同じである。

ここで最も重要なことは、シェイクスピアが原話に存在したこうした娘とアムレスの性的関係の部分をハムレットとオフィーリアの関係ではすっかり消しさって、「尼寺の場」に取って変え、二人の関係を質的に変貌させたことである。

なお、原話では娘の性格はほとんど何も分からないといってよく、シェイクスピアの描いたオフィーリアの、あふれる優美と気品、生気、息づかいとは、およそ比較にならないのである。オフィーリアはこのように、もとの話から大きな変貌をとげた女性なのである。

七、ハムレットと生殖の忌避

父の亡霊はハムレットに初めてガートルードとクローディアスの罪について語るとき、次のように述べる。

だが貞淑というものは、情欲が神々しい姿で
誘惑しても、決して心を動かすことはないが、

　　邪淫は、輝く天使と連れ添っても
　　天上のベッドにあきあきして
　　ごみ溜めを漁るもの。（一・五・五三―五七）

ハムレットの亡き父の亡霊は、ここでいわば性を、貞淑と邪淫という二つに分けて示している。貞淑の方は、神聖な床を固く守りいかなる誘惑にも心を動かすことがないが、邪淫は天使と連れ添ってもごみ溜めを漁るというのである。これはハムレット自身の考えとまったく一致しているとみなしてよい。なぜなら彼は亡き父王をハイペリオンに比すべき偉人として畏敬していたからである。彼によればごみ溜めを漁る邪淫はこの上なく醜悪であって、そのように腐れた肉欲に耽っているのが母と叔父である。邪淫がもたらす性の退廃と腐敗を彼は激しく嫌悪するのだが、その嫌悪感はもちろん母への苦々しい思いによってもたらされたものである。彼は母の性生活にまで立ち入って、それを邪淫として厳しく責めている。

　　いや、脂によごれたベッドで
　　くさい汗にまみれて腐敗にどっぷりつかって、
　　きたない豚小屋で睦言をくりながら、
　　情を交すとは！（三・四・九一―九四）

これは先に引いた亡父の霊の言葉と質的には同じだが、彼の追及の仕方は亡き父の意思に反していて行き過ぎも甚だしい。それにしても、彼は性と生殖そのものを否定しかねないほどである。彼にとって貞潔でないこと

は不正直と同じ意味である。そうした心情を彼は屈折した様々な言葉で語っている。ポローニアスとの会話で、

ハム　犬の死骸にお天道様がうじ虫をうみつける、口づけするのに格好の腐れ肉だからな――おまえには娘があったな?
ポロ　はい、ございますが。
ハム　日なたを歩かせるなよ。娘の物思いもおおいに結構だが、思いがすぎると身重になるからな、気をつけるがいい。（二・二・一八一―八六）

と彼が述べているのも、生殖を忌避する彼の心情の一つの表われである。それが不当にも激烈な怒りという不幸な形で、何も事情を知らないオフィーリアに向けられたのが「尼寺の場」である。彼はオフィーリアに、隠れている叔父達への威嚇も込めながら、

尼寺へ行け、どうしてそんなに罪びとを生みたがるのだ。（三・一・一二〇―二一）

と、あたかも女性が産むのは罪びとばかりであるかのごとく声高になじっているが、これは先に太陽が犬の死肉にうじ虫を生ませると述べたのと同工異曲であって、生殖の忌避の表われであると解してよい。

いわゆる「尼寺の場」での彼の怒りは、直接的には隠れているクローディアスらに向けられた怒りである。しかしハムレットは母を通して女性不信に陥っていて、そうした不信感と怒りが、いわば囮になったオフィー

リアという対象を得て爆発している。従って、彼がオフィーリアに対して残忍きわまりない言葉を吐き怒りを爆発させるのは、オフィーリアへの個人的な愛とは別次元の理由によっている。ハムレットの中で、人格としての女性と、性としての女性が、いわばバランスを失い分離してしまっているともいえる。女性の厚化粧の醜さや虚飾への嫌悪感は激烈である。しかしそれはオフィーリア個人に向けられたのではなく、表をどぎつく飾ってはいるが実は母と同様（と彼が思い込んでいる）内面の醜い女性達に向けられたものである。その激烈さには、憂鬱的気質の裏返しとも言える突発的激情という彼の心の病の傾向も関与している。そのためにオフィーリアへの不当きわまりない悪罵が含まれているわけであるが、かといって、彼の佯狂と、彼の中に存する病的要素と、彼の本心というこの三つの要素に境界を定めるのは難しい。

「尼寺に行け」については、この「尼寺」は女郎屋の隠語であるという説明が古くからなされてきた。しかしこの説には近年、テキスト編纂者達の多くは反対の立場をとっており、ハムレットは文字どおり、オフィーリアに尼僧院へ行けと言っているのだ、と主張されるようになってきた。たとえばヒッバードは「ハムレットはここでまさしく文字通りのことを言っているのである。尼僧院に入ることによってのみ、オフィーリアは決して罪びと達を産まないですむ。尼僧院はここでは女郎屋の意味で使用されているのではない」としている。[23] 性、結婚、そして生殖を忌避するハムレットがここに込めている意味は、尼僧院は純潔を保ち、結婚せずにすみ、性がもたらす退廃と腐敗から免れることのできる唯一の場所だという。少なくともそのように理解することで、オフィーリアに怒りをぶつけるハムレットのここでの態度に、明確な一貫性を認めることができる。

だがそうは言っても、ここに遊女屋の意味はまったくないと断定することはやはり難しい。なぜなら、『オックスフォード英語大辞典』の記述によれば、「尼寺」（"nunnery"）には確かに比喩的語意として、「売春宿」の意味が存在していたからである。しかもその意味でのこの英語大辞典の初例は、一五九三年である。これは

『ハムレット』が書かれる八年ほど前である。第二例に挙がっているフレッチャーの例は一六一七年で、「近くに古い尼寺がありますよ。——何です、それは？——売春宿で。[24]」となっていて、尼僧院にこうした意味が当時はっきり存在していたことには疑問の余地がない。そうである以上、『ハムレット』のこの箇所でも、裏の意味としてこの意味が響いていないと断定することはできないことになる。少なくとも観客の中には、この言葉を聴いて、つい娼家を連想する観客が何人かはいたとしなくてはならない。その場合彼らは、盗み聴きの存在に気付いて激怒したハムレットが、その怒りのあまり、彼女に対して辛辣な皮肉を込めたと思ったはずである。ただハムレットの愛を確かめたいオフィーリアにとって、六度も繰り返されるこの言葉は、表の意味だけでも、あまりに衝撃的であるにはちがいない。

八、花言葉とソング

精神を回復不能なまでに破壊されたオフィーリアは、様々な花を配りながら幾つもソングを歌う。それぞれの花には花言葉があり、彼女は追従、忘恩、悲しみ、後悔、偽善、不実など象徴的な意味をこめて、相手にふさわしい花を配っている。（挿し絵5はこの場を演じた一八世紀の女優レシンガム夫人である。）その中でオフィーリア自身との関係で重要なのは、ヘンルーダ（“rue”）である。

あなたにはヘンルーダ。そして私にもこれを少し。日曜日の恩寵の草ともいうわね。
その花をあなたは私とは違った意味で身につけるの。（四・五・一八一－八三）

5. 作者不詳、『レシンガム夫人のオフィーリア』4 15/16 in.（1777－1780）。
「花を配るオフィーリア」（4幕5場）。デルフト焼きをもとにした絵。
By permission of the Folger Shakespeare Library

ヘンルーダの花言葉は、「悲しみ」と「後悔」である。長い間彼女がこの花を与えるのはガートルードであり、また幾らかを自分のために取っておくと考えられていた。この場合、「悲しみ」はオフィーリア、「後悔」はガートルードに当てはまる。二人は違った意味でこの花がふさわしい、というのである。

この考え方は、一八七七年にアメリカの碩学H・H・ファーネスが詳細な説明をして以来、長い間定説になっていた。第一次アーデン、ケンブリッジ、リバサイド・シェイクスピア、ペンギンなどの各版はこの説である。しかし第二次アーデン版のジェンキンズは、オフィーリアがこの花を与えるのは国王クローディアスの方がふさわしいという異説を出し、これを受けてオックスフォード版もこのクローディアス説を支持した。(25) それは三幕三場でクローディアスが兄殺しの罪の深さに目を向け祈ろうとするのを、「後悔」とみなしてのことである。しかし、オフィーリアは「悲しみ」と「後悔」という二つの意味を区別して配ってはいるが、もともと語源的には“rue”の「悲しみ」と「後悔」は深い関係にあり、『オックスフォード英語大辞典』は、名詞としては、二つの意味を別項目として区別してはいない。とすれば、「後悔」の中に「悲しみ」を持った人物、または「悲しみ」の中に「後悔」も含んでいる人物にこそこの花はふさわしいはずである。そうした「後悔」に該当するのは、ハムレットの反逆やオフィーリアの運命に「後悔」を覚えることのできる人物、そして彼女と「悲しみ」も共有できる人物がふさわしい。その人物としてはやはりガートルード以外には考えられず、クローディアスではありえない。そして事実ガートルードは、オフィーリアが異常を来したとの知らせを受けて、次のような後悔と悲しみの言葉を口にしているのである。

［傍白］私の病んだ心には、これが罪の本性だが、
どんな些細なことも何か大変事の前触れに思えてしまう。

深い罪の意識があると、疑念が次々に沸いてきて、
どう隠そうとしてもつい外にこぼれ出てしまう。（四・五・一七－二〇）

純真なオフィーリアの身に異変が起こったことが、王妃に、心の奥底に閉じ込めておいたはずの、深い罪の意識を目覚めさせたのである。またオフィーリアはヘンルーダの別名、「日曜日の恩寵の草」（"herb of grace a' Sundays"）を上げているが、「恩寵」を必要としている人としては、クローディアスではなくガートルードの方がふさわしい。そしてこの花言葉に示される深い悲しみに耐えられなかったことこそが、オフィーリアに悲劇を招いたのであって、それが彼女の姿を象徴的に示している。またこうして花を配って歩く姿に、この悲劇の中にあって、美しさと輝きを失わないオフィーリアの存在の深い意味がある。オフィーリアはまたういきょうとおだまきを配っているが、その花言葉はそれぞれ追従と忘恩であり、これはクローディアスに配ると考えられている。

こうした花言葉の細部に至るまでこまやかに気づかうシェイクスピアの描写は、どこかレオナルド・ダ・ヴィンチやボッティチェルリの絵画を思わせる。宮廷の陰謀と偽善との関係では、オフィーリアがこの場に登場する直前、ガートルードに報告にきた紳士が次のように述べている。

父君のことを多々口にされ、陰謀の話がある、
とも言われるし、せき払いしては胸をたたかれて
些細なことにも立腹され、意味のはっきりしない
怪しげなことを申されます。（四・五・四－七）

このように、オフィーリアがその最期まで維持した清浄さによって、宮廷内の虚偽を映し出しているのが、彼女のこの場の異常な姿なのである。清新な彼女が精神を破壊され死にいたる姿は、同時に彼女をとりまく世の中にはびこる悪徳と不正の存在、クローディアスの偽善を象徴的にはっきりと示すものとなっている。オフィーリアの存在の意義がいかに大きいか、ここにも明らかである。

オフィーリアのソングは、「あなたの愛が本当だって、何で分かるのかしら」を除いては、ほかに存在が確認されているものはない。これらのソングはどれも伝統的なバラッドであると考えられている。彼女のソングは、歌詞の断片にすぎない「すてきなロビンはわたしの喜び」を含めると七つあり、そのモチーフは二つである。一つは恋と失恋の悲しみ、もう一つは死と埋葬で、これはハムレットとの恋愛関係と父ポローニアスの死を反映している。

恋と失恋の悲しみを歌ったソングは、恋人の愛が確かなものであるかどうか、見極めることの難しさを歌っていて、ハムレットと自分との関係を示唆している。その一つにバレンタイン・デイに男が恋人を弄んで、体の関係を結んだのち裏切るソングがある。

明日はうれしいバレンタイン
　朝も早くにいそいそと
乙女の私はあなたの窓辺
　さあ、もうあなたのバレンタイン

服を引っかけ起き出す彼は
　部屋の扉をそっと開け、
中に入って、出てきた娘
　二度と乙女に戻れぬ身（四・五・四八―五五）

この後ソングでは、男は娘との結婚の約束を反故にして、娘は男の裏切りを悔しい思いでなじっている。このソングにはこうした明確な一つの筋があるが、しかしこれをもってオフィーリアとハムレットとの間に実際にあった出来事と受け取るのは行き過ぎである。精神分析学者ノーマン・ホランドは、このオフィーリアのソングについて、「意識的な自己抑制が低下すると、愛は精神的なレベルでよりも性的なレベルで回想される」という一般説を紹介したが、[26] これは正鵠をえた指摘であろう。しかし同時にここでシェイクスピアは、回復不能なまでに精神を破壊されたオフィーリアが、ソングといういわば一種のベールを通して、正気であれば抑制して外に出すことのない性的欲求を無意識に表に出す、という描き方をしている。つまり、精神に異常を来した女性による生々しい性の描写という方法は避けて、ソングというベールで性の意識をやわらかく包み込んで彼女の気品が損なわれないように配慮し、たくみにバランスをとっているのである。（挿し絵6は、唄を歌いながら柳の木に花冠をかけようとするオフィーリアを描いた、一八世紀後半の銅版画である。）

なお一九世紀後半にすでに、ニューヨーク州の州立障害者施設に勤務していたケロッグ医師は、異常を来したオフィーリアの言葉が、臨床の現場での患者達にみられる言葉やしぐさと酷似した迫真のものであると指摘して、シェイクスピアの描写の確かさに感嘆している。彼はピアノに向かって歌を口ずさむ女性の症例も報告している。[27]

6. ロバート・スマーク（1752−1845)、『オフィーリア』「その花冠をしだれた柳にかけようとして」（4幕7場）（1783)。
By permission of the Folger Shakespeare Library

シェイクスピア劇でのソングへの言及は、ロス・ダフィンの『シェイクスピアのソングブック』（二〇〇四）によると、曲数にして一四五曲あり、言及回数では歌詞がごく一部出てくるだけのものや、同一ソングへの複数回の言及を含めて二二〇回ほどにのぼっている。[28] しかし現実をそのまま歌ったソングはほとんどない。ソングはその性質上、劇中の出来事を間接的に反映するのが普通であって、あった事実を直接そのまま歌うわけではないのである。とはいえ、シェイクスピアはこれらの歌を、オフィーリアの深層心理の表れとして挿入しており、「すてきなロビン」はハムレットと重なっているし、死者と埋葬をモチーフとしたソングでは、ポローニアスの葬儀の寂しさを示唆している。

オフィーリアのこれらのソングは、劇全体の中できわめて重要な役割を果たしている。この悲劇にはハムレットとオフィーリアの愛以外には、恋愛らしい恋愛は存在していない。中でも観客の情緒に深く訴える場面は、この場しかない。ここでのオフィーリアの哀調を帯びたソングは、陰鬱で暗澹としたこの劇にあって、観客にとって重要な息抜きとなっているばかりでなく、悲劇の深い意味を観客の心にしみこませる。これらのソングなしには、『ハムレット』の悲劇の本当のよさは演出できないほどこの場は重要であり、それはとりもなおさずオフィーリアの役割がまことに大きいことを意味している。それは彼女が本来貞潔で、美しく、また気品ある女性であるからこそ、可能になっている。そうした彼女が精神を破壊されるところ、その落差の大きさにこそ悲劇性があり、彼女のうたうソングが人生の悲しみと人生の美しさのコントラストを鮮明に写しながら、観客に深い感銘を与えることになるといえよう。ここには生の明るさと暗さ、生と死のコントラストがあり、それはまたオフィーリアのソングのモチーフそのものにも存在している。楽しかるべきバレンタインの日が一転して失意へと暗転し、また親しい人の悲しい死を迎えている。

九、フェミニズムのオフィーリア批評

最近の批評の大きな流れにフェミニズム批評がある。ただ一口にフェミニズムといっても、これは本来、女性の立場から男女の真の平等、女性解放をめざすとされる先進国を中心とする世界的な社会文化改革運動であり、広範多岐にわたる政治運動でもある。それは最近の情報革命に象徴される先進国での科学技術の高度な発達で、女性に史上例がないほどゆとりが生まれたことから強まった女性の権利拡張運動である。このためそこに集まる女性達にも様々な主義、立場、主張があり簡単にはひと括りにできないのが実情である。その文芸批評も女性解放を目指すための発言であるために、従来になかった新鮮な主張がなされる反面、ゆるやかながら政治運動でもあるために、運動体特有の画一的で先鋭化した議論に走ってしまうこともあるという特徴がある。『ハムレット』についても様々な発言がフェミニズムからなされており、そのすべてを把握するのは容易ではない。そこでここではフェミニズムからのオフィーリア批評の中でも、特に目立つ主張をいくつか紹介し、その斬新さと問題点を考えてみたい。

フェミニズムの立場からオフィーリアが論じられるとき、その主張には共通した次のような特徴がある。それはまず、ルネッサンス時代は父権社会、男性中心社会であり、女性は支配され抑圧されて生きていて、それは家父長制（patriarchy）という社会と家庭の仕組みのためである、とされる。ルネッサンスの文学も、女性は二の次に描かれているだけという構造になっている、というのである。シェイクスピア劇、特に悲劇の世界は男性が作り出した男性中心の家父長制社会であり、男性達が権力を握っている。『ハムレット』の世界でも特にオフィーリアはその中で翻弄されるという。

こうした主張の背後には、本来女性は男性と対等の権利、時間、発言の権利があるが、それを現代社会では

阻害されているため、これを実現する運動の中で過去の文学も読み直し、ルネッサンスは女性抑圧構造なのでその歴史も書き直す、という問題意識がある。このため特に「家父長制」は男性が女性を家庭に閉じこめ苦しめてきた悪しき制度として、徹底的な批判の対象になる。[29]

ただここで言われる「家父長制」という概念は、七〇年代に始まったいわゆる第二波フェミニズムの運動が作り出した概念であって、それまでの社会学、人類学で使われていた意味での「家父長制」の概念とは大きく違っている。それは厳密な学問的概念というよりも、要するに「男性が女性を支配するために作り出してきた男性中心の社会的、家庭的権力システムの総体」というほどのゆるやかな意味の概念である。そのため、あらゆる時代、地域のそうした制度、システムを全て含みうるという特徴がある。運動が作り出した概念であるため、それは「女性からみて解体、否定すべき（だった）男性優位の現在（および過去）の家庭の状況」というのと大差ない。そして当然ながら個々のフェミニストによって、それをどう考えるかには大きな温度差がある。

こうした立場からオフィーリアの行動を見るとどうなるか。これはオフィーリアにどれほど共感できるかで同じフェミニスト批評でもかなりの違いが出てくる。しかしこの立場を徹底させていくと、オフィーリアは魅力の乏しい女性としか評価されなくなる。家父長制の中でオフィーリアは、男性達の思いのままにされ、父親や兄からくり返し訓戒、警告を受け、二人に純潔までも支配されている。単独で行動を起こすこともないし、またできない。世間知らずで、クローディアスと父親にはハムレットに仕掛けた罠に使われるし、恋人には売春婦呼ばわりされ尼寺にいけと罵られる。彼女は自らの意思を持たない、家父長制に完全に支配され家庭に閉じこめられたステレオタイプな女性で、家父長制という性差別制度のみじめな犠牲者である。ほぼこのような主張に落ち着き、オフィーリアは冷ややかな扱いにさらされたのである。[30]

こうした解釈の線に沿って、一九八七年にマーガレット・クラークが悲喜劇『ガートルードとオフィーリア』を発表すると、その異色性が折りからのフェミニズム運動の流れに乗って九〇年代前半に大きな反響を呼んだ。『ハムレット』という男性中心社会の劇を、登場する二人の女性を主役とする女性中心の劇に転換して描いた斬新さが注目を浴びたのである。今日から振り返ってみると、この劇はカナダで盛んなシェイクスピア改作劇の一つに過ぎず、メロドラマ風の安易なパロディーであるとの感が強い。しかし当時はフェミニズムの運動に大きな影響を及ぼしたし、その後も忘れ去られたわけではなく、この作品がきっかけとなってクラークはフェミニズム運動のリーダー的存在の一人となった。

このパロディー劇では、オフィーリアはまず家父長制の中で育った臆病で世間知らず、母親を早く失い性の知識にも乏しく、どこにでもいる未熟ないささか出来の悪い娘という設定で始まっている。ハムレットは登場しないが、語られるイメージは劣悪で、とんでもないおしゃべりでわがまま、気まぐれで暴力的な手に負えない若者である。ガートルードはこの息子を、はなはだしく溺愛しており、息子（と自分）の身の安全をはかるため再婚したのだという。彼女は打算的で世知にたけた中年女性で、未熟なオフィーリアに、ハムレットが彼女に向ける性欲の扱い方を含めて、出来の悪い息子への対処の仕方を母親代理よろしく指南したりもする。そしてオフィーリアはハムレットの子供を妊娠し、堕胎し、気が変になって自殺するという筋書きである。フェミニストのクラークは、家父長制の中で自立を妨げられた若い娘がたどる運命はこの程度のものだと、オフィーリアのパロディーを通して示し、「家父長制」を告発してみせたのである。こうしてこの改作劇は一種の政治的プロパガンダとしての役割を果した。[31]

しかしシェイクスピアの『ハムレット』劇で、もっとテキストに沿って、異変に襲われたオフィーリアの場で彼女が大きな役割を果すのはなぜかを、フェミニズムの立場から、よりきめ細かく説明し、この場を高く評価する批評も幾つか出ている。そうした批評に従うと、オフィーリアは精神に異常を来たすことによって、自らを抑圧から解放するのだとされる。この場合の抑圧とは「家父長制」、父権社会からの抑圧である。そこから解き放たれることで、彼女は舞台の中心を占有することになる。彼女の異変は宮廷に甚大な混乱をもたらし、ガートルードに罪を認めさせ、レアティーズを復讐に駆り立て、クローディアスを一層の退廃へと追いやっていく。彼女は溺死することでデンマークの宮廷を汚染している毒から解放されており、最終的には従属的地位を拒否したのだ、とされる。彼女の姿は「家父長制」に対する女性の抵抗の姿として読むことができるのだという。しかし女性である彼女とガートルードのこの悲劇の中での死は、男性達の死に比べ積極的でもなくまた中心的でもないことはしっかりと見届ける必要がある、という。そして他の悲劇、喜劇、ロマンス劇もまた、女性の立場から再解釈されなければならない。ほぼこのような主張が、フェミニズムの中でオフィーリアを好意的に解釈する批評の主要な論点となっている。こうした解釈は一九八〇年代の半ば頃から出され始め、それまでになかった斬新性で注目を集め現在に至っているが、今もなお説得力を持っており、フェミニズム批評の到達した重要な成果となっている[32]。

とはいえもともと時代の大きな制約の中で書いていた男性劇作家の戯曲を、このように女性を十分に描いたかどうかという視点からのみ読み込もうとすると、やはりどこかに無理が生じてくるのも事実である。今後こうした主張を修正し補う視点もまた出されてよいはずである。そうした別の解釈を可能とする視点を以下に少し述べてみよう。

いささか唐突な話になるが、仮にシェイクスピアが現代に生き返って今の世の中を眺めたら、と想像してみたくなることがある。彼はテレビ、電話はもとより、パソコン、インターネットの情報革命など何一つ知らない。歴史にしてもフランス革命、ナチス、世界大戦、原爆投下など何の知識もなく、ジェンダー・フリー思想に基づく現代の男女平等主義はもとより、近代市民革命を通して広まった今日的な意味での民主主義も聞いたことはなかった。音楽にいたっては古典音楽もロマン派も現代音楽も何も知らなかった。シェイクスピアが今日の洗濯機や電子レンジ等の文明の利器の数々を見たらどんな劇を書いただろう。道化ヨリックが家族計画、産児コントロールを知ったら、「これでみんなゆとりができますね、子供はいなくなるけどさ」などとへらず口の一つでも叩いただろうか。また文学ではイプセンもボーボワールもローリングも読んだことがない。これほど時代の制約を受けていたシェイクスピアに、現代の人権思想を求めても、どだい無理な話なのは自明である。とすれば、彼の作品にはむしろ山ほど差別が出てきてよいはずだ。

ところが不思議にも、わけても現代的な概念である「差別」の意識が、彼の中にあったのかを根ほり葉ほり調べてみても、確かに今日の基準からするとそうした様々な表現が数多く出てはくるのだが、それを否定する別の視点もはっきり書き込まれていることが多く、どうも差別主義者であったとは言いにくいのである。四〇〇年も昔の彼の中に、である。これはまるで奇跡のような話ではないか。一体どうして彼は、これほどの驚異的な先進性、先見性を持つことができたのか。

しかしその謎解きは、意外なほど簡単である。シェイクスピアは実は人種差別主義者でも性差別主義者でもなく、人間の姿と心百態をあるがまま忠実に、自然に鏡をかかげて描こうとしたヒューマニスト、人文主義者、人間主義者だったのである。豊かな想像力に恵まれた彼は、ダ・ヴィンチやミケランジェロと同様、人間をそのありのままの姿で描くことに最大の関心があった。このように考えると、なぜオセローが、奴隷売買が広がり始めた時代に、白人社会の中の他者であってしかもなお大悲劇の主人公でありえたのか、障害者差別容疑の濃厚なリチャード三世が、なぜあれほど生き生きと活躍しえたのかという疑問がおのずと氷解する。また家庭の中に閉じこめられていたはずの女性達が、差別的に描かれる一方で、喜劇は女性が主人公と言われるほど、生彩を放って活躍しえたのかという疑問も、おのずと答えが明らかになってくる。喜劇では男性の登場人物達は、男性なら眼を被いたくなるほどだらしない人物が少なくない。

シェイクスピアがいかに時代の先を読んでいたか、その先見性の凄みは、現代からはなかなか見えにくい。この点について、すでに一九世紀後半に名優ヘレナ・フォーシット（レディー・マーティン）（一八一七－一八九八）が、その著書『シェイクスピアの女性達』（一八八五）の中で、女性役を少年俳優達が演じていた歴史に触れて、次のように述べている。

シェイクスピアは『無知な同時代』を越えて先を見ていたに違いありません。いまにきっと本物の女性達が最良の感性をこれら理想的な女性像に投入して、その役にふさわしく、彼の女性らしさへの信念を、生きた現実として輝かしく演じきって証明してくれる、そんな日が必ず来ると見通していたに違いないのです。

男の心で男の口から出てくる女性のせりふなんて。考えただけでぞっとするじゃありませんか！　本当にシェイクスピアが気の毒です。彼は自分が創造した華やかな女性達が、こうして台無しにされ、不当に演じられ、ぶち壊しになるのをじっと我慢していなければならなかったのですから。(33)

挿し絵7はこの著書の扉ページに掲載された彼女の肖像画である。ヘレナ・フォーシットはオフィーリアをパリで演じて高い評判をえた女優でもあった。シェイクスピアは実際には喜劇で女性の男装という方法も使って、その改善策も図ったし、また当時の少年俳優達は、いわゆる児童劇団ではなく演技の質は非常に高かったとされているのだが、それにしても彼が女性を女性の言葉で生き生きと描こうとしたことに疑問の余地はない。

先に見たようにフェミニズムからの主張では、「家父長制」はオフィーリアを身体ごとその中に囲い込んで抑圧しようとするが、彼女はソングの場面で、精神の異常という非常手段に訴えて、そうした女性差別の枠組みに積極的に抵抗し、解体しようとするのだ、とされた。

しかしそのように読んでしまうと、どうも都合が悪いというか、説明しにくい大きな問題が一つ出てきてしまう。それは彼女の異変が、彼女を囲い込んでいるはずの「家父長」の父が（恋人によって）殺害された衝撃で引き起こされたことである。確かにポローニアスは高齢者特有の症状も見られ、ハムレットに徹底的に馬鹿にされるし、「家父長制」の代表者にも見える。しかしオフィーリアにとっては、彼はいつも娘の身を案じてくれるかけがえのない父である。彼女のソングにはそうした父への思い、その突然の死を深く悼み悲しむ娘の心情が痛切に表現されている。

お髭は真っ白、雪のよう
かしらもま白き亜麻の布
　逝ってしまったお父さま
　今は涙も涸れ果てた
どうぞあの世で安らかに！　（四・五・一九五–九九）

この娘としての、父への痛々しい愛情の表現は、「家父長制」への抵抗、解体という基準では、うまく説明できない。彼女は、抑圧していたとされる父親から「解放される」ことは、心に異変が起こっても、無意識の中でさえ、少しも望んでいたわけではないことがこのソングでわかる。

7. ヘレナ・フォーシット（レディー・マーティン）（1814−1898）。自著『シェイクスピアの女性達』（1885）の口絵より。1880年にパリでオフィーリアを演じて大成功を収めた。

By permission of the Folger Shakespeare Library

むしろ彼女が無意識に激しく抵抗したのは、「家父長制」では必ずしもなく、もっと一般的な事実、クローディアスに代表され、また父も事情を知らずつい加担し彼女も巻き込まれてしまった、宮廷の中の悪徳と陰謀の存在、一言で言えば広い意味での悪の存在であった、と考えたほうがうまく説明できるのではないか。ここで注目したいのは、彼女の心の純粋さは、ハムレットとみごとに対をなしていることである。彼女はその純粋な心と若さで、悪の存在に無意識に激しく抵抗している。この点では彼女はハムレットと同様に激しく闘っているとさえ言える。一人は意図せずして悲劇的に、もう一人は英雄的に。この意味で若きオフィーリアの死は、若きハムレットの死と並んで、まさしく劇の中心的な位置を占めている。悪を憎みそれに命がけで抵抗するという点で、そして心が限りなく純粋であるという点で、オフィーリアとハムレットは一体であると言ってもよい。また、オフィーリアには、実は愛と幸せな将来を夢見た心やさしい女性が、意に反して突如悪意の世界に巻き込まれ、その愛を二度と取り戻すことのできない運命に落ちて苦しむという、女性であれば誰でも経験するかもしれない悲しみと失意が、象徴的に、そして芸術の極致というべき巧みな技法で描出されている。

フェミニズムが規定する、男性による女性抑圧の仕組みとして、解体し打倒されるべき家父長制という概念を、いったん横において、この『ハムレット』に描かれているポローニアスの家庭のあり方を考えてみよう。するとここからどんな風景が見えてくるだろうか。なぜこれほどポローニアスは娘に注意を与えるのだろうか。それはかわいい娘のことが心配でたまらないという親の心からである。と同時に電子メールのような情報伝達手段も発達した警察組織もない周りは、実は若い娘なら命にもかかわる危険に満ちみちた世界だからでもある。レアティーズの心配も父と同じである。パリへ留学するが兄としてかわいい妹が気がかりでたまらない。また兄のことが心配だからオフィーリアも兄に注意を促すのである。父、兄、娘がお互いの身を案ずるのに何も不思議はない。

しかしこの「家父長制」の家庭では、彼女がたとえ抑圧されていたとしも、その中にとどまる限り少なくとも生命の危険に晒されることはない仕組みのはずだった。しかし彼女はそこに止まったにもかかわらず、悲劇が起きたというのが実態である。それでは彼女はもっと自己主張して、家父長制から抜け出る努力をすれば、そして身体の囲い込みを脱すれば、身を守れたのであろうか。そのような問い自体がこの劇に関するかぎり無意味ではあるが、しかしシェイクスピアの劇では、その「抑圧」を積極的に脱しようとして失敗しやはり悲劇に見舞われる女性達がいる。それはジュリエットであり、デズデモーナである。しかし喜劇『夏の夜の夢』ではハーミアが、『お気に召すまま』ではシーリアが、大胆に脱出し、成功して好きな男性との幸せな結婚にたどり着いてしまう。

しかしシェイクスピアの悲劇の世界では、たとえ「家父長」であっても実は少しも安全ではなく、悪の存在があれば、同じように悲劇に襲われる男性達がいる。それはポローニアス自身であるし、リア王であり、また眼を潰されるグロスターである。グロスターには彼が抑圧している娘はいないが、差別しているエドマンドという婚外息子がいる。グロスターは虫けらのように死に追いやられる。「家父長」ポローニアスの死は悲劇の「中心的な死」かといえば少しもそうではなく、彼も虫けらのように、いや、ネズミのように、死んでいく。

ルネッサンスの家族制度は、何も女性に不利な制度としてのみ成立し機能していたわけではない。現代からみればまことに古ぼけた制度に過ぎないが、それは様々な時代的制約のもとで社会秩序の維持をはかる必要からつくり出されてきた制度だったはずで、女性を苦しめる打破すべき「家父長制」としてのみ概念規定できるわけではない。女性の自由な恋愛は、ルネッサンスの家族制度のもとでは、危険と隣り合わせとみなされ、犠牲にされたのは事実だが、それは男性の場合でもあまり違いはなかった。女性の問題に限って言えば、その家族制度は時代的な多くの制約の中で、むしろ産む性である女性を生命の危険からしっかり守るという、きわめて現実的で重要な機能も持っていた。そこではとにかく女性が安心して子供を出産し、また育て、そして老後に至るまで一生を安心して過ごすことを可能にし、また保証するという、女性にとってもきわめて有利な側面も併せ持っていて、歴史の中で一定の役割を果していたのである。出産をコントロールする科学的な情報も術もない閉ざされた世界で、女性達にはどうしても妊娠から出産、育児の期間、そして老後を安心して過ごせる場所が必要だった。その産む性である女性、そして「家父長」の母でもある女性を、ないがしろにしてよいわけがなかった。制約はあってもそうした制度の中で美しく成長していく多くの女性達がいた。他方男性も制約のない自由を享受できたのは実際にはごく一部に過ぎなかった。ルネッサンス時代には女性達は男性から抑圧されて支配されていただけと見なしてしまうと、歴史をゆがめ客観性を欠いてしまうことは自明である。

歴史を認識するのに主体の立場がその認識に反映するのはやむをえないし、ある程度当然でもあろう。しかしだからといって主体の立場からばかりの主張がまかり通ってよいということにはならない。その危険性については、われわれ日本人はたとえば日中関係、日韓関係の問題でも十分に経験済みである。七〇年代からのいわゆる第二波フェミニズムの運動はウーマンリブを越えて様々な社会変革をもたらしてきた。日本の場合まだ世界的に見ると男女平等が大きく遅れていることは事実であるし、女性の権利の主張はまだしばらく様々な改革を社会にもたらすはずである。しかし主体性論が行きすぎるとフェミニズムも客観性を逸脱するという陥穽があり、また対象の分析が不十分であると、女性の眼だけで見た視野の狭い画一化した主張に陥る恐れと隣りあわせである。やはりバランスの感覚と英知をいつも働かせることが男女ともに肝要である。

オフィーリアの身に異変が起こったのは、根本的には悪意の存在によって、愛が永遠に失われ、それが彼女の純粋で美しい心にくり返し強烈なダメージを与え、やさしい心をずたずたに引き裂いたからである。彼女の心はそれに耐えられなかった。それはいつの時代にも、またいつでも、われわれ自身にも襲いかかってくるか

もしれない危険である。オフィーリアは精神を破壊され、涙を流しつつなお幸せを夢見て、

何もかもうまくいくといいわね。みんな我慢しないとね。でもお父様を冷たい土の中に寝かしたって思うと涙が止まらないの。兄さんだって知るでしょうし、じゃあいろいろ教えて下さって有り難う。さあ馬車に乗るわ！　ではご婦人の皆さま、お休みなさい。お休みなさい、お休みなさい。（四・五・六八―七三）

と語り、「みんな我慢（"patient"）しないとね」としているが、このように悪の存在で精神を病み「忍耐」（"patience"）を強いられて涙が止まらなくなる運命は、「家父長」の権化であるリア王の身にも起こったことである。

我慢せねばならぬぞ、皆この世に泣きながら出てきたのじゃ。（四・六・一七八）

一〇、オフィーリアの真価

オフィーリアは「尼寺の場」では猛然と挑んでくるハムレットに、小さいうそを言わざるをえなかった。しかしそれはただ父を信じ、父に忠実であったからである。彼女がまた本当はハムレットの愛を信じていたことも明らかである。父を信じ愛を信じることは彼女の長所であり、美徳なのであって、彼女にはいささかの落度もない。彼女はもともと悪徳や犯罪、奸計、罪の意識などとは無縁である。ところが彼女は、肝心なことを何一つ知らされないまま、謀略に利用され、恋人に愛を拒否され父を殺されるという事態に遭遇する。汚れない

8. マーカス・ストーン（1840－1921）、『オフィーリア』（1888）。ストーンは当時人気の画家で、この絵も19世紀末のロンドンで、リトグラフで様々なサイズで販売された。腕の下にはリュートの一部が描かれているが、オフィーリアが舞台でリュートを弾きながらソングを唄う伝統は、すでにシェイクスピア存命中に始まった。この絵はストーンもそうした舞台を見たことを示している。

彼女の愛の痛ましい悲劇は、この劇でもっとも観客の心を動かす出来事の一つであり、『ハムレット』の中に起こる大きな悲劇として、芸術的にも円熟期を迎えたシェイクスピアの力量を存分に示す、まことにみごとなつくりとなっている。ハロルド・ジェンキンズは「オフィーリアの変わらぬ愛が捨てられる副筋は、まことに美しく構想され、また美しく造形されていて、シェイクスピア劇の中でも最も強く心に訴えてくることの一つに数えられる[34]」と述べている。

彼女は勇気と行動に欠けるように見えるが、しかし純真さ、すなおさ、優しさ、気品、均整のとれた性格、賢明さ、慎ましさ、たしなみ、誠実、ユーモア、汚れのなさ、無私の心、深い感受性、美しさと輝き、そして失われてしまったが将来に向かっての秘めた可能性など、女性として、人間としての様々な美徳と魅力を備えていて、むしろ彼女に欠点を探すことの方が難しく、ハムレットの将来の妻としてまことにふさわしい資質を備えている女性である。シェイクスピアはそのような女性として彼女を描いているし、そのことは異変の起こった彼女を見て兄レアティーズが、

　　ああ5月のバラよ！
かわいい娘、やさしい妹、愛らしいオフィーリア！（四・五・一五八―五九）

と嘆く言葉、また彼女の埋葬のとき、そのなきがらに花を撒きながらガートルードが述べる、

かぐわしい人にかぐわしい花を。さようなら！
あなたにはハムレットの妻になってほしかった。

花嫁の床をこの花で飾ってあげたかったのに、
墓に撒くことになろうとは。（五・一・二四三―四六）

という別れの言葉によく表わされている。またそれはその折に墓に飛び込むハムレット自身の行動と

おれはオフィーリアを愛していた。たとえ兄弟が
四万人集まってその愛情を全部合わせても、
おれの愛にかなうものか。（五・一・二六九―七一）

という言葉にもはっきりと示されている。

オフィーリアは一見弱い女性に見える。しかしこれから経験を積んでいくはずの若い女性達に、力がないことだけを理由に厳しく批判することは妥当ではない。また弱そうに見え実際に感性も細やか、時に細やか過ぎることが欠陥なのか、ということも問い直したい。社会の中には強くない男性もまた無数にいる。そうした男達はそれでは無価値なのか。また欠陥があれば果たして価値はないのかも問い直さなければ、オフィーリアの本当の価値は見えにくい。『ハムレット』は男性中心の劇で、女性のオフィーリアは軽くしか扱われていないとする議論は、少し劇の進行に注意を払えば、大きな誤解であることがわかる。第五幕で何も知らずにユーモラスに墓掘りと会話をかわすハムレットが、実はいかになお人生の真実を知らないか。彼はその墓がオフィーリアの墓であることを知らない。彼女の墓に飛び込むレアティーズとハムレット。ここではこの二人が象徴的に彼女と同じ運命を辿ることが示唆されている。彼女の死の持つ重みはこうして、劇の最後に至るまでハムレ

ットを、そしてレアティーズを深く支配し続けている。彼女の死は、まさにこの悲劇の中核にある。現代は女性も強く生きることを求められる時代であるが、強くない女性達、そして男性達が無数にいて、そうした人々も様々な可能性を秘めて生き生きと輝く時が来る。そうした眼で見るとき、オフィーリアは疑いなくシェイクスピアの描き出した女性達の中で最高の女性の一人なのであって、その彼女の劇的ダイナミズムが、シェイクスピア劇の絵画史で描かれた女性達の中で、彼女が最も多くの名画を残してきた根拠となっている。（挿し絵8は一九世紀末に描かれたそうしたオフィーリアの名画の一つである。）

第三節　魂に黒い汚点を隠す女――ガートルードの悲劇
――ハムレットの母親はどこまで「罪深い」か

一、意外に複雑なガートルードの問題

(1)何が問題か?――近親性交渉、密通、再婚

最初に断っておきたいことがある。それはガートルードをめぐる愛と再婚の問題は、思いのほか多岐にわたっていて、彼女がどこまで罪深いか、または罪深くはないのかを見定めるのは、見かけほどやさしくはないということである。

ガートルードをめぐっては誤解されやすいことがある。それはハムレットが、彼女を指して「脆きもの、汝の名は女!」と独白したことに大きな原因がある。この言葉から、ハムレットは彼女と女性一般を弱いものだと考えていたと誤解されるのである。ガートルードのせりふの量がごく少なく、第一フォリオ版で全四〇四二行中わずか一五七行しかなく、四%にも満たないこともある。[1] このために、ガートルードは劇の中での性格描写も、またその役割も弱いと見なされて、一九世紀から二〇世紀前半にかけての批評ではほとんど顧みられることがなかった。

しかしながら、ハムレットの独白をよく注意して聴けばすぐに分かるが、ハムレットは、ガートルードが「弱い」と言っているのではなく、「脆い」と言っている。そしてこの場合の「脆い」とは、一人の男性に対して貞節を通そうとしない、一人の男性を愛し続けることができない、すぐに心変わりする、という特殊な意味

である。彼はここでは女性とは弱いものだとは言っていない。

ガートルードは一九世紀から二〇世紀前半にかけての批評では伝統的に軽く扱われていた。上に述べた「弱い女性」という誤解に加えて、彼女は悪気のある女性ではないが、夫の生前に夫の弟と密通を犯してしまい、近親性交渉という罪も犯した浅はかな女性である、とされてきた。しかし一九五〇年代頃から彼女の持つ独特の複雑さが、特に女性達の間で、次第に注目されるようになった。

ハムレットの母親が本当はどのような女性だったのか。彼女は劇の中でどんな役割をにない、それがどんな意味を持っているのか。劇をみれば一目瞭然ではないか、との声が聞こえてきそうである。ある意味ではそうである。しかし今日のようにメディアが巨大に発達すると、色々な演出が可能である。映画を含めてこの劇の様々なバージョンを見ると、その演出の数ほど色々なガートルードがいる。それはそれでよい。演出家が自らの解釈で劇を演出しないようでは、演出家として失格であろう。

しかしわれわれはやはりテキストに一度は立ち返ってみて、シェイクスピアが意図したガートルードは、一体どのような女性だったかを確かめておくことは有意義であろう。そうした時、彼女に妥当な評価を下すためには、実は多少まわりくどい、また退屈かもしれない周辺事情の話を積み重ねてみたほうが近道なのである。いくつかの事柄、要素を考慮しつつ、幅広く検討しないと、足元をすくわれかねないのがガートルードである。ハムレットにとってもわれわれにとっても、ガートルードはシェイクスピアが投げた途方もないくせ玉である。彼女を安易に批判したり、また弁護したりすると、主観的な議論、事実をゆがめた一方的な判断に陥ってしまう危険性が非常に高い。

彼女をめぐる問題は多面的である。しかしそれらをよく見ていくと、愛と結婚、そして性をめぐる、文化、宗教、政治、倫理、歴史、演劇と文学、芸術など、様々な問題が出てきて、まことに興味がつきない。そうした意味で、彼女はシェイクスピアの作り出した女性達の中でも、ひときわ異彩を放っている女性である。それはまた、愛と性、結婚をめぐる問題は、だれにも身近な事柄でありながら、まことに奥深くまた妖しく得体の知れないものだということでもある。

ガートルードにはまず、近親婚、あるいは近親性交渉（incest、一般には近親相姦と訳される）[2]の「罪」があるとされる。義理の弟との間に性交渉があった、という非難である。この点で彼女は、ハムレットが責めるように、罪深い、と言ってみよう。するとそれは倫理と法律の問題になり、また聖書とキリスト教のかかわる問題になる。それを現代との比較で判断しようとすると、それは結婚と性をめぐる歴史と文化の評価が、避けて通れない問題になってくる。

また彼女には、夫存命中にクローディアスとの間に密通（adultery、一般には姦通と訳される）[3]があった、またはなかったと言ってみよう。これには実際二つの説がある。するとそれは、テキストのどこにその根拠があるのか、という劇文学の解釈の問題になる。また仮に有罪である、または無罪である、と言ってみよう。するとそれは当時と現在の法律が絡んでくる。今でも法的に、姦通罪が存続している国が、韓国（廃止の方向）や、イスラム圏の国々（廃止の見通しはない）などにある。

また彼女の再婚には問題はない、と言ってみよう。するとそれは、再婚をめぐる当時の社会意識や、現在とルネッサンス時代の教会の再婚に対する態度の問題が、どうしても絡んでくる。二〇〇五年にチャールズ皇太子とカミーラ夫人が再婚した。この時イギリス国教会が、浮気をして再婚したこの二人の男女に、どう対処したか。後に触れるがそれを見れば、この問題の難しさが分かる。またハムレットが告発してやまないように、再婚が早過ぎる、と批判してみよう。するとそれは愛の倫理の問題、社会の慣習、法律、政治の問題が絡んでくる。女性は日本や韓国では現在でも法律上、離婚または夫との死別後、原則として六ヶ月間は再婚は禁止されている。また彼女の再婚には、新王の、前王の妃との再婚、という著しく政治的な意味あいがある。それをどう見るか。

ガートルードは、陰謀と悪徳と不正が隠れるデンマークの宮廷で、夫の死後、大人の息子（王位を継承していたかもしれない）を「連れ子」にして、わずか一ヶ月足らずで早々と先夫の弟との再婚に踏み切った。そんなガートルードという一人の母親、一人の女性の愛と性にかかわる問題を、しっかりと把握し、できるだけ正しく判断するためには、上述のような問題を一つ一つていねいに解きほぐしてみたほうが賢明である。話をいたずらに複雑にしてしまいそうだが、『ハムレット』という四〇〇年前に書かれた世界文学史上の、文字通りの金字塔を、現代の眼で正しく読み解くためには、こうした手続きを避けて通ると、まじめな議論としては通用しなくなってしまうかもしれないのである。

(2) 魂の中の黒い汚点

「私室の場」でのハムレットとガートルードの会話は、対話というよりも、ハムレットの一方的な追及である。ハムレットは、

さあ動いちゃだめだ、鏡を掲げてあげよう
心の一番奥底が見えるはずだ。（三・四・一九―二〇）

と彼の目的を告げる。（挿し絵9はハムレットが母の私室でポローニアスを殺害し、母を追及する三幕四場を描いた銅版画（一七九〇）。）彼は苛烈な言葉で母の不実を責めたてることで、彼女の改悛をせまる。ガートルード

はハムレットの度を過ぎた追及を受けて、最初こそ母の威厳で切り返そうとするが、ついに耐えられなくなって、

ああハムレット、もうやめて！
お前は私に魂の奥底にまで眼を向けさせる、
そこには黒いまだらの汚点が見えてきて
どうしてもその色が抜けてくれない。（三・四・八八―九一）

と心の奥には実は罪悪感がはっきり存在していること、彼の言葉が自分の魂の奥を覗き込ませたことを認めている。この章では、ここでガートルードが見たという、魂にこびりついてどうしても色が抜けない、幾つもの黒い汚点とは一体何であったか、その正体を突き止めることを最終的な目的としたい。実はこの黒いまだらの汚点（字義通りには「粒状の汚点」）は何であったかは、曖昧ではっきりしないとされてきた正体不明の汚点なのである。(4)

二、ハムレットにとって理想の父母、あるべき夫婦の姿とは

ハムレットにはいわゆる四大独白と呼ばれるものがある。その第一独白は、彼が母ガートルードの早すぎた再婚によって、いかに苦しみぬいているかを述べたものである。ハムレットがいかにこれを深刻に受け止めているか、その事情がこの独白には余すところなく吐露されている。それは彼を女性不信に陥れて苦しめる。こ

9. チャールズ・アンセル、『母の私室でのハムレット』（3幕4場）、（1790）。
By permission of the Folger Shakespeare Library

の苦しみは、父が暗殺された事実を知る前からすでに始まっている。

こんなことになろうとは！
たったの二ヶ月、いや、それほどもない、二ヶ月もない、
あれほどたぐい稀な国王、今の王を怪物サテュロスとすれば
日の神ハイペリオンにも比すべき方、母上への愛情の深さは
風がその顔に強く当たるのさえ心痛められたほど。それというのに！
思い出さねばならぬのか？　母上は父上にすがっておられた、
あたかも食欲がその食べるもので
さらに増すかのようだった。だのに一月もたたぬ内に——
おお考えたくもない！　脆きもの、汝の名は女！——
たった一月前、母上はまるでニオベーのように涙にくれて
父上の亡骸について行かれて、その時の靴も
まだ真新しいままというのに——まさしくその母上が——
なんとしたこと、理性の働きをもたぬ獣であっても
もっと長く嘆いただろうに——叔父と再婚してしまった。
父上の弟とはいえ、父上とは似ても似つかぬ男、
このハムレットとヘラクレスが似ていぬほどにも。
たった一月で、真っ赤に泣きはらした眼の

不実のきわみの涙が、まだ乾きもしないというのに
結婚してしまった。――おお、なんたるよこしまな速さだ、
かくもすばやく近親邪淫の床に急ぐとは、
これがいいはずがない、いい結果を生むはずがない。
心臓が張り裂けそうだ、口をつぐんでおくしかないとは。（一・二・一三七―五九）

これは母の不実と女性の脆さを呪阻したものだが、この独白でよく分かることは、ハムレットは結婚と夫婦の在り方についての理想、そのあるべき姿について、はっきりした考えをもっていることである。父母という存在、妻、そして女性という存在は、彼にとっては本来かけがえのないものだった。彼にはそれぞれについて、確固としたあるべき理想があったのである。この独白には彼にとって父母、そして夫婦の理想の姿がどのようなものかが間接的に述べられている。それは徳高い父と母が、夫としてまた妻として互いをかばいあい、慈しみあう姿である。ハムレットは父をギリシャ神話の神ハイペリオンに喩えているが、母ガートルードについても、父の野辺送りの折に亡骸に泣いて付き添った姿を、やはりギリシャ神話のニオベーに喩えている。そこに理想の姿がある。それはガートルードが夫の死に涙にくれた姿が、ハムレットにとっては母が父を愛していた証しと映っていたことを示している。そうした父母の在り方、夫婦の在り方、愛の在り方こそが、ハムレットにとって理想であるしまた当然のことでもある。そもそも第一独白においては、いまだ叔父による父殺害の事実は明らかになってはいない。父の死だけなら、このように屈折したせりふにはならないし、王位を叔父に簒奪されただけなら、まったく別の反応になったはずである。のちにクローディアスによる父暗殺の事実を知ったことは、彼にとって母が父殺しの犯人と再婚したことを意味し、それはすでに始まっていた彼の苦しみを大

きく増幅させることになる。そしてとりわけ母のあるべき姿、あるはずの姿が崩れさったことが、劇全体を通してハムレットの苦悩の大きな源の一つとなっている。その意味ではガートルードはこの劇の中心に位置しているといってよい。

ところでこうしたハムレットをエディプス・コンプレックス（男の子が持つ父を殺して母を独占したいという無意識の欲望）から説明する解釈が行なわれたことがある。(5) この解釈は大変魅力的で、今でもしばしば言及されることがあり、部分的には有効であるが、しかし二つの点でその論拠に大きな問題性をはらんでいる。その一つは、その前提となる「父を殺したい欲望」が、彼には全く存在しないことである。彼の尊敬した父はすでに死んでおり、彼が「殺したい父」は仇として復讐しなければならない義理の「父」にすぎない。またもう一つは、ハムレットがガートルードを責めるのは、「母を独占したいという欲望」からではなく、あるべき理想の母、本来の母の姿に戻って欲しいという切実な願いによるものだからである。彼には既に好きなオフィーリアという女性が存在していて、母を独占しなければならない理由がない。

三、「近親性交渉」は許されない、か？
――ガートルードの涙

(1) ハムレットのこだわり

ハムレットにとって母の叔父との再婚が許せない一つの大きな理由は、先ほどの第一独白の最後にあったように、それがエリザベス時代の基準では、近親婚、近親性交渉（"incest"）にあたると考えられていたからである。いわゆる近親相姦である。このことについてはその後父の亡霊も、

いやしくもデンマークの王の寝所を
放縦とけがれた近親邪淫の床にしてはならぬ。（一・五・八二─八三）

と確認しているばかりか、ハムレットは最後にクローディアスを刺し殺す時にさえこれにこだわっていて、

やい、この近親邪淫の人殺しめ、呪われたデンマーク国王、
この毒を飲みほせ！これか、きさまの真珠とは？
母上の後を追え！
［王死ぬ（五・二・三二五─二七）

と述べているほどである。このようにガートルードには、「近親性交渉」という重大なモラルの問題があることになっている。しかしこの言葉は、ガートルードには一体どの程度当てはまるかを見定めるのは、実は見かけほど容易なことではなく、宗教と政治を巻き込んだ複雑な背景をよく確かめる必要がある。

間口を広げすぎないように、ここでの禁じられた「近親性交渉」という話題を、なるべくガートルードとクローディアスのケースに限定し、またなるべく「女性が夫との死別後、夫の兄弟と性的関係に入ること」を中心に話を進めていこう。また「近親婚」についても主としてそうした義理の姉妹と義理の兄弟との再婚に焦点を当てて、話を進めていくことにしたい。

二人の「近親性交渉」については、さしあたっては、当時のイギリス社会の基準では近親相姦と考えられていた、というほどの理解でよい。

しかしながら、これを現代の基準に照らすとどうなるかは全く別の問題である。義理の兄弟と姉妹の結婚は、イギリス国教会ではかつては配偶者が死亡した後も禁止していた。しかし現在ではイギリスでも、また米国のどの州でも、（法は言うまでもなく教会も）これを禁止しているところはない。つまり後に詳しく触れるが、現代であれば離婚または死別した相手の義理の兄弟、姉妹との結婚は、英米いずれの国でも法律上は完全に認められている。これは現在の日本でも法律上全く同じである。ガートルードの場合、最初の夫は亡くなっているし、現在なら日本、英国、アメリカ、ヨーロッパ諸国、いずれにおいても、この種の近親婚だけであれば咎めを受けることはない。従ってハムレットのような追及を今日行なうとすれば、それは人権問題に発展しかねないのである。

それではどうしてガートルードは「近親性交渉」のそしりを受けなければならなかったのか。このことには、実は性と結婚をめぐる、長い歴史が背景にある。

(2)『デンマーク史話』でも近親性交渉

まず『ハムレット』の原話、サクソ・グラマティカスの『デンマーク史話』であるが、ここですでにクローディアスとガートルードにあたる人物達の場合について、この「近親性交渉」という言葉は使われている。この史話はシェイクスピアが直接参照した資料ではなく、『ハムレット』にさかのぼること四世紀、現代からは八世紀も昔の物語で、そこに描かれた世界はルネッサンス期の英国とは何も関係がない。しかしこのように一三世紀始めのデンマークでも、義理の兄弟と義理の姉妹の性的関係は「近親性交渉」にあたるとされていた。このサクソの史話では、クローディアスにあたるのはフェングという人物、ガートルードはゲルーサという女性であるが、フェングによる兄ホーベンディル王殺害は、密かな毒殺などではなく待ち伏せによる殺害で、それも公然と行われている。ゲルーサがフェングを受け入れた経緯についてはサクソは何も説明していないので不明だが、二人の関係については次のように記されている。

こうして兄を殺害する機会が訪れると、フェングはその血なまぐさい手で彼の兄殺しの欲望を満足させた。それから彼は虐殺した兄の妻をわがものとして、不自然な人殺しの上に近親性交渉という罪を塗り重ねた。
（サクソ・グラマティカス、『デンマーク史話』）[6]

そしてこの「近親性交渉」という言葉（incest）はベルフォレのフランス語訳、訳者未詳の英語訳にも踏襲された。こうした事情からトーマス・キッドの作とされる『原ハムレット』劇にも、おそらくこの言葉が使用されていたであろう。従って要するにシェイクスピアはこのように、これら既存の物語にどこかで触れて、そこにあった言葉をそのまま踏襲したのはまず確実である。このようにもともと義理の姉妹と義理の兄弟の性的関係を「近親性交渉」とみなし、その結婚を禁じるべき近親婚とする考え方は、英国ルネッサンス社会を越えて、中世ヨーロッパ世界にも広く及んでいた。

(3) 根拠は旧約聖書『レビ記』

それではどうして中世からルネッサンスにかけてのヨーロッパで、義理の兄弟と義理の姉妹との間の性交渉が忌むべきものとされていたのか、ということになるが、それは実は中世やルネッサンスに限られた問題でもなく、もっとはるかに古い歴史に根ざしている。キリスト教世界に話を限ると、それは次にあげる旧約聖書『レビ記』の「いとうべき性関係」によって大きな根拠が与えられていた。これは男性に近親の女性への性行為などを禁じる立場から書かれたものである。

肉親の女性に近づいてこれを犯してはならない。わたしは主である。

母を犯し、父を辱めてはならない。彼女はあなたの実母である。彼女を犯してはならない。

父の妻を犯してはならない。父を辱めることだからである。

姉妹は、異父姉妹、異母姉妹、同じ家で育ったか他の家で育ったかを問わず、彼女たちを犯して、辱めてはならない。

孫娘を犯して、辱めてはならない。自分自身を辱めることだからである。

父のもとに生まれた父の妻の娘を犯してはならない。彼女はあなたの姉妹である。彼女を辱めてはならない。

父方のおばを犯してはならない。彼女はあなたの母の肉親である。

おじの妻を犯してはならない。おじの妻に近づいてはならない。彼女はあなたのおばである。

嫁を犯してはならない。彼女は息子の妻である。彼女を犯してはならない。

兄弟の妻を犯してはならない。兄弟を辱めることになるからである。

あなたは一人の女性とその娘との両者を犯してはならない。またその孫娘を取って、彼女たちを犯してはならない。彼女たちはあなたの肉親であり、そのようなことは恥ずべき行為である。

あなたは妻の存命中に、その姉妹をめとってこれを犯し、妻を苦しめてはならない。

月経の汚れを持つ女性に近づいて、これを犯してはならない。

人の妻と寝て、それによって身を汚してはならない。

自分の子を一人たりとも火の中を通らせてモレク神にささげ、あなたの神の名を汚してはならない。わたしは主である。

女と寝るように男と寝てはならない。それはいとうべきことである。

動物と交わって身を汚してはならない。女性も動物に近づいて交わってはならない。これは、秩序を乱す行為である。

あなたたちは以上のいかなる性行為によっても、身を汚してはならない。

(『レビ記』一八・六・二四、新共同訳、日本聖書協会(7))


このように旧約聖書では、母、継母、姉妹、異父姉妹、異母姉妹、孫娘、おば、息子の妻、兄弟の妻、妻の連れ子およびその娘、妻の姉妹(妻の存命中)との性交渉を禁じているわけであるが、ここでの禁止の対象には血縁関係ばかりでなく姻戚関係も含まれる。そしてこの中で、「兄弟の妻を犯してはならない。兄弟を辱めることになるからである。」とある一八章一六節が、ガートルードとクローディアスの関係に該当することになる。

ただここで旧約聖書が禁止しているのは、具体的にはどのような場合かについては多分に曖昧さが残っている。女性(妻)から見た場合に、それは夫が存命中の密通のことなのか、あるいは最初の夫と離婚したあとのその兄弟との性交渉なのか、また再婚なのか、それとも夫と死別した後の性交渉または再婚なのかなど様々なケースがあり、禁じられているのはこの内の一部のケースだけなのか、それとも全てなのかはこの『レビ記』ではっきりしていない。このことが後に教会がこれをきわめて厳しく解釈する根拠となっていったのである。またその罪の重さであるが、『レビ記』には第二〇章に死刑に関する規定が別にあり、近親者の性行為についても関連した記述がある。その中では、たとえば「嫁と寝る者」（義理の父のこと）、「一人の女とその母とを共にめとる者」、「自分の姉妹、すなわち父または母の娘」をめとる者、などのように、明確に人倫に反し、社会秩序を乱すと考えられる性関係については、それらの行為を犯した者は死罪にあたるとしている。しかし、「兄弟の妻をめとる者」については、「汚らわしいことをし、兄弟を辱めたのであり、男も女も子に恵まれることはない」（『レビ記』二〇・二一）としているだけで、具体的な罰則についてはモーセは何も触れていない。この点は、微妙ではあるが他の死罪とした近親性交渉の事例とははっきりと違った記述になっている。ガートルードの場合もしたがって、死罪にあたるほどの罪ではないのである。

(4)旧約聖書には逆のケースもある

しかし問題はもう少し複雑である。というのは、同じ旧約聖書でも『申命記』になると、今度は兄弟が「子供を残さずに死んだ」という条件がある場合に限ってではあるが（従ってガートルードのケースとは違うが）、「夫の死と家名の存続」のために、逆に夫と死別した女性が夫の兄弟と再婚することを命じているからである。モーセは次のように述べる。

兄弟が共に暮らしていて、そのうちの一人が子供を残さずに死んだならば、死んだ者の妻は家族以外の他の者に嫁いではならない。亡夫の兄弟が彼女のところに入り、めとって妻として、兄弟の義務を果たし、彼女の産んだ長子に死んだ兄弟の名を継がせ、その名がイスラエルの中から絶えないようにしなければならない。（『申命記』二五・五―六）

このようにここでは義理の兄弟と義理の姉妹の結婚は、いとうべき性行為として非難されるのではなく、逆にどうしても果さなければならない義務に変わっている。夫の兄弟にとってもことは重大で、もし死んだ兄の妻をめとることを弟が拒否するなら、町の長老達に門の前に呼び出される。「申命記」はさらに次のように続けている。

もし彼が、「わたしは彼女をめとりたくない」と言い張るならば、義理の姉妹は、長老たちの前で彼に近づいて、彼の靴をその足から脱がせ、その顔に唾を吐き、彼に答えて、「自分の兄弟の家を興さない者はこのようにされる」と言うべきである。彼はイスラエルの間で、「靴を脱がされた者の家」と呼ばれるであろう。(『申命記』二五・八―一〇)

このような子供がないまま夫に先立たれた女性は、夫の兄弟と再婚すべきであるという考え方は、『マタイによる福音書』(二二・二四)や『マルコによる福音書』(一二・一九)など、新約聖書にも受け継がれている。「兄弟の妻をめとる」という行為はこうして家名の存続の必要という条件が加わると、「してはならない」から、「しなければならない」へと一八〇度逆転してしまう。これは夫を亡くした妻の立場からは亡夫の兄弟との再婚の権利にさえなる。(日本でも戦中から戦後にかけて、いわゆる戦争未亡人が、生活の安定と家名の存続のため亡夫の兄弟と再婚することが珍しくなかった。)

聖書においてもこのように、「いとうべき性関係」といっても、兄弟の妻に限ってはことは単純ではない。もともと『レビ記』でモーセが「兄弟の妻を犯してはならない」と告げ、これをいとうべき性関係の範疇に含めた時、まずもって妻の夫が生存していること、つまり同時に密通でもある場合を想定していたのではなかったかと思われてくる。

ガートルードには、亡夫の家名を継ぐはずだったハムレットという長子がいて、『申命記』のこのケースは当てはまらないわけだが、ただ近親性交渉の問題が一筋縄ではいかないことがこれでよく理解されよう。

(5) ローマ・カトリック教会の態度と王侯貴族の対立

しかしこの近親婚に関係した旧約聖書の記述に対して、教会が取ってきた姿勢には大きな変遷の歴史があり、この近親性交渉の問題はさらに複雑な様相を帯びてくる。ローマ・カトリック教会の結婚に対する態度は、こうした聖書の記述に必ずしもそのまま忠実だったわけでもない。上述のように聖書の記述自体が様々な解釈を容れる余地を残していることもあって、むしろ教会の態度は、聖書の記述よりもはるかに厳しくなる傾向が著しかった。もともとキリスト教の中には、結婚を、生涯に一度限りの秘蹟とする思想と併せて、それを性欲という罪による人間の堕落とみる思想が、根深くあるためである。そして九世紀から一二世紀にかけてのヨーロッパでは、結婚を人間の堕落とする思想の方が優勢を占めて、近親婚の禁止の範囲は、聖書の記述をはるかにこえて、「親のまたいとこの子」（第三いとこ）にまで及んだほどであった[8]。夫を亡くした女性と義理の兄弟との再婚についても、ローマ・カトリック教会が破門の措置をとることは珍しいことではなかったのである。すでに七二一年にはローマで開かれた教会会議で、兄弟の寡婦、継母、義理の娘、いとこと結婚した者を破門に処している。

ところがこうした聖書とローマ・カトリック教会による厳しい禁止と制限にもかかわらず、現実の世俗社会、とくに王侯貴族の世界では、これに従ってばかりはおれない事情があって、教会との衝突がしばしば起こった。その事情とは、王侯貴族は彼らの持つ大きな特権の維持と、財産の継承・拡大をめざしたい、という事情である。王権や特権を世襲化し安定させるためには、時として近親婚はきわめて有利に働くのである。王侯貴族の世界では、結婚はとりわけ家と家の間の契約であり、財産の世襲と拡大が結婚においては最優先されるばかりでなく、それはよく政治的色彩も強く帯びた。このため近親婚は必ずしも珍しいことではなかったのである。同類の近親婚は古くはエジプト王朝の例が有名であるが、[9]中世からルネッサンスにかけてのヨーロッパでもそうした近親婚はしばしばくり返された。そして教会の禁止する近親婚の範囲が広いこともあって、教会の立場と王侯貴族の婚姻がよく衝突したのである。[10]ガートルードとクローディアスの近親婚にも、そのような政治的意味合いを容易に見て取ることができる。

そうした近親婚で英国史上もっとも有名な実例は、シェイクスピアも『ヘンリー八世』として劇化したヘンリー八世(一四九一―一五四七、在位一五〇九～四七)のケースである。彼は次々に六人の妻を取りかえていき、その内二人を処刑した英国ルネッサンス期の王であり、エリザベス一世(『ハムレット』が書かれた時の女王)の父である。

ヘンリーは次男であり、もともと王座に就くはずではなかった。彼の父ヘンリー七世(一四五七―一五〇九、在位一四八五―一五〇九)は一六〇三年のエリザベス一世の死まで続くチューダー王朝を興した人である。彼は一五〇一年に皇太子アーサーを一五歳の時、スペインの王女で一六歳になったばかりのキャサリン・オブ・アラゴンと結婚させた。しかし病弱なアーサーは六ヶ月もたたない内に病死してしまう。二人はその若さのために、実際の夫婦関係を結んだかどうかも疑問とされている。若くして寡婦となったキャサリンを故国スペインに送り返すと、莫大な持参金も一緒に返さなければならないため、ヘンリー七世は一年二ヶ月後に、彼女をまだ一一歳の次男ヘンリーと婚約させた。のちのヘンリー八世である。二人が実際に結婚したのは父王の死後一ヶ月たった一五〇九年六月、ヘンリー一八歳、キャサリン二三歳の時である。こうした二人の近親婚は旧約聖書『申命記』二五章の「兄弟が共に暮らしていて、そのうちの一人が子供を残さずに死んだならば、死んだ者の妻は家族以外の他の者に嫁いではならない」とする記述にぴったりと該当するケースのはずである。したがってキャサリンの「亡夫の兄弟」であるヘンリーは、「彼女のところに入り、めとって妻として、兄弟の義務を果た」すべき事例なので、二人の結婚は、たとえ近親婚には違いないとしても、とがめを受けることはないはずであった。

しかし彼女の妊娠と出産には不幸が続いた。彼女は結婚後まもなく妊娠が分かったが、この子は死産であった。次に彼女が出産した男児は二ヶ月足らずで亡くなった。次に彼女は流産する。そののち生まれた男児も夭逝した。次に生まれたのは女の子で彼女だけは生きのびた。後に「血なまぐさいメアリー」と呼ばれたメアリー女王（一五一六―一五五八）である。こうして彼は世継ぎの王子が得られなかったことから次第に心が彼女から離れていき、彼女との離婚を考えるようになる。ヘンリーとキャサリンの夫婦関係はそれでも、ヘンリーがアン・ブリンと公然と同居し始めた一五三一年七月まで、二二年間にわたって続いたのだが、シェイクスピアの劇『ヘンリー八世』には、ヘンリーが彼女から心が離れた理由を述べるくだりがある。彼はここで彼とキャサリンとの関係が「近親性交渉」にあたるために、キャサリンが幾度も懐妊したにもかかわらず、ついに二人には男児が恵まれなかったのではないか、という疑念にとらわれてきたと語っている。彼の妃キャサリンが、夭折した兄の皇太子アーサーの妻だったために、ヘンリーとキャサリンの結婚に「近親性交渉」の疑いがあるとしたのである。この疑念は彼の心を深く突き刺し、彼の胸は押し寄せる様々な思いにかき乱されたという。

まず、神が余を
お気に召しておられず、妃の胎が余の男児を宿しても、その生命には、墓場が死者を葬るのと同じ務めしかせぬよう、自然の力にお命じになったのではないかと思えた。というのも妃が男児を懐任するとそのまま胎の中で死んでしまうか、さもなくばこの世に出るやほどなく命を落としたからだ。

そこで余は、これは天罰であろう、この王国は、(世に冠たる世継ぎに恵まれてよいのに)余の子孫では繁栄せぬのかもしれぬ、との思いにとらわれた。(『ヘンリー八世』二・四・一八七―九七)

ヘンリーは『レビ記』に先に触れた通り「兄弟の妻をめとる者」については、「男も女も子に恵まれることはない」とあることに深くとらわれたのである。そのころ彼の前に現われたのがキャサリンの侍女アン・ブリン(一五〇七―一五三六)である。彼はアンとの再婚を企てる。これがイギリス人なら誰もが知る英国史上に残る大スキャンダル、「ヘンリー八世と六人の妻達」の発端である。ヘンリーはキャサリンとの結婚自体がそもそも近親婚で無効であったという口実を作り、時の法王クレメンス七世に婚姻無効の許可を願い出た。しかしローマ側はこれを認めなかったために、数年後ヘンリーはローマと袂をわかち、カンタベリー大主教トーマス・クランマーに結婚無効を認めさせ、アン・ブリンと再婚し、こうして英国ではイギリス国教会が成立し今日に至ることになる。ヘンリーは要するに世継ぎの男児が欲しかったのである。

ところがここにもう一つゆゆしい問題があった。それはヘンリーがアン・ブリンとの再婚前に、彼女の姉で

10. J. フーブレイケン（1698－1780）、『ヘンリー八世妃アン・ブリン』14 3/4 x9 in（1738）。天使の足元に横たわるのは処刑されたアンの首で、手前の斧は処刑の方法を示唆。ヘンリーは処刑法を火刑から打ち首に切り替えた。この絵は彼女の没後2世紀を経て既存の絵を参考に描かれたもので、必ずしも生前の実像を写しているわけではない。作者のJ.フーブレイケン（1698－1780)はオランダ人で、18世紀を代表する銅版画家の一人。英国史上の著名人を好んで描いた。

By permission of the Folger Shakespeare Library

11. ジョージ・ガウワー（c.1540―1596）、『エリザベス一世』「篩（ふるい）肖像画」（1579）。フォルジャー・シェイクスピア・ライブラリー所蔵。
篩は処女性の象徴。古代ローマで、炉の女神ウェスタに仕えて、祭壇の聖火を守った処女達（Vestal Virgin）の一人Tucciaが、水を篩でこぼさず運び、純潔を証明したという故事による。女王の処女性を讃えるとともにイングランドをローマ帝国に譬えるのに使われた。
By permission of the Folger Shakespeare Library

あるメアリー・ブリンを愛人の一人としていたことである。このことは当時のローマ・カトリック教会の定義では、やはり近親性交渉の範疇に入ることだったのである。それは先に引用した『レビ記』の中にある「あなたは妻の存命中に、その姉妹をめとってこれを犯し、妻を苦しめてはならない」（一八・一八）という個所の、「妻」の概念の中には内縁関係も含まれると拡大解釈されていたためである。これにより皮肉にもヘンリーは一つの近親性交渉を解消することで、もう一つの近親性交渉行為に入っていくことになる。こうして再婚したアンは、結局女の子を出産しただけで（後のエリザベス一世女王）、その後は死産と流産をくり返した。ヘンリーにとっては、キャサリンの悪夢の再現である。彼には神がまたしても「近親性交渉」のために男児を彼に授けることを禁じた、と思えたようである。アンはその気位の高い強烈な個性も災いしてヘンリーの不興を買い、後に逮捕され処刑されるが、その罪状の中には、姦通罪とともに彼女の兄ジョージとの「近親性交渉」までもが含まれていた。ヘンリーはこのジョージも、他の「姦通を犯した」とされる人々とともに処刑した。今日ではアンが逮捕された罪状は、すべて陰謀による汚名であったと考えられている。（挿し絵10はアン・ブリンを描いた一七三八年の銅版画である。）しかしエリザベス一世はこの経緯から、「近親性交渉」の罪を二重に犯した母親と、別の意味で二重の「近親性交渉」の罪を犯した父親から生まれた娘、という刻印を押されていたのである。[11] こうした事情から、近親婚の罪についてはエリザベス時代の英国の人々は非常に敏感であった、と考えなければならない。ガートルードの「近親性交渉」は、エリザベス時代にはこのような眼で庶民から見られていたのである。残念ながらわがシェイクスピアもそのような眼で見ていたことは、右に引用したヘンリー八世のせりふからも明らかである。（挿し絵11はジョージ・ガウワー、『エリザベス一世』で「篩（ふるい）肖像画」と呼ばれており、数多い彼女の肖像画の中でも最も美しい肖像画の一つで、篩は女王の処女性を象徴している。）

(6) 近親婚のその後の行方――「ガートルード」達の涙が止まるまで

ガートルードの近親婚そのものを考えようとすると、「余りにも早い再婚」、「クローディアスによる兄殺し」など別の要因が絡んでくるために、混乱をさけるための注意が必要である。そこでこうした他の要因をいったんすべて捨象して、問題をこの「配偶者死後の義理の姉妹、兄弟の近親婚」に絞って一般化してみよう。するとこれには二つのケースがある。一つはガートルードのように寡婦が亡夫の兄弟と再婚するケース、もう一つは夫が妻と死別したのち妻の姉妹と再婚するケースである。現在では広く認められているこの種の結婚も、それが広く承認されるに至るまでにはイギリスでも長い歴史を必要とした。

一般に近い血族間では幼い頃から共に暮らしてきたことやその類推から、互いの性交渉には自然と強い嫌悪の情が根づいている。これは性交渉は互いの人格までも独占し、他を排除しようとする独特の強烈な性質があるために、血族間でそれが行われると、家庭内の人間関係と社会に大きな混乱が生じるからでもある。こうして血族間では自然に性交渉は慎まれる。こうした嫌悪感と慎みは、その類推から姻戚にも及んでいく。こうして義理の兄弟、姉妹間でも、義理とはいえ兄弟、姉妹という血縁関係に近い関係にあることで、心理的に性交渉は嫌悪され、慎まれるのが一般的である。しかし他の条件が加わると、もともと血族ではないために、現実問題としては再婚問題は発生しやすい。『申命記』が夫と死別した子供のない女性に、家名存続を目的に、義理の兄弟と再婚する権利を認めているのも、そうした事態が実際に発生して大きな問題になることがあったからである。

英国ではこうした近親婚はしかし、男女いずれの場合も、エリザベス時代はもちろんその後も長い間日陰扱いであった。それはイギリス国教会が、ヘンリー八世の例があったにもかかわらず、やはり聖書を厳しく解釈し、近親婚を姻戚も含めて全面的に禁止したからである。一五六二年にロンドンで聖職会議《コンボケーション》が開かれたが、そこで三九条の宗教信条書が決定された。[12] その最後に、教会法による血族および姻戚の結婚を禁止する範囲の一覧があった。それは以下のようになっていた。

血縁姻戚表[13]

この表の誰であろうとも、結婚することは聖書とわれわれの法によって禁止される。

男は結婚してはならない。	女は結婚してはならない。
1　祖母	1　祖父
2　祖父の妻	2　祖母の夫
3　妻の祖母	3　夫の祖父
4　父の姉妹	4　父の兄弟
5　母の姉妹	5　母の兄弟
6　父の兄の妻	6　父の姉妹の夫
7　母の兄の妻	7　母の姉妹の夫
8　妻の父の姉妹	8　夫の父の兄弟
9　妻の母の姉妹	9　夫の母の兄弟
10　母	10　父
11　継母	11　継父
12　妻の母	12　夫の父
13　娘	13　息子

14	妻の娘	14	夫の息子
15	息子の妻	15	娘の夫
16	姉妹	16	兄弟
17	妻の姉妹	17	夫の兄弟
18	兄弟の妻	18	姉妹の夫
19	息子の娘	19	息子の息子
20	娘の娘	20	娘の息子
21	息子の息子の妻	21	息子の娘の夫
22	娘の息子の妻	22	娘の娘の夫
23	妻の息子の娘	23	夫の息子の息子
24	妻の娘の娘	24	夫の娘の息子
25	兄弟の娘	25	兄弟の息子
26	姉妹の娘	26	姉妹の息子
27	兄弟の息子の妻	27	兄弟の娘の夫
28	姉妹の息子の妻	28	姉妹の娘の夫
29	妻の兄弟の娘	29	夫の兄弟の息子
30	妻の姉妹の娘	30	夫の姉妹の息子

この表は、女性が結婚するのを禁ずる相手の第一七項で「夫の兄弟」をあげ、男性が結婚するのを禁ずる第一八項で「兄弟の妻」をあげている。こうしてガートルードとクローディアスのような近親婚は教会法で一律に禁止された。この表はその後同じ頃英国で大主教トーマス・クランマーを中心にまとめられた『イギリス国教

会祈祷書』(*Book of Common Prayer*)(一五四九～一五六二)の中にも掲載され、時代によって少しずつ形を変えながら二〇世紀まで引き継がれていった。ただし、義理の兄弟、姉妹の結婚は、教会に申請すれば例外的に特別免除を認められることもないわけではなかった。たとえば先のヘンリー八世とキャサリン・オブ・アラゴンがよい例である。ヘンリー七世の時代はまだ英国もローマ・カトリック教会の時代であった。息子ヘンリーとその死亡した兄の嫁であった寡婦キャサリンの婚約について、ヘンリー七世はローマ法王ユリウス二世に特別免除を願い出て、一五〇四年に特免状の発行を受けた。こうしてこの婚約は成立した。同様にガートルードとクローディアスの場合も、一二世紀以前のデンマークが舞台なので、論理的にはローマ・カトリック教会に特免状の発行を願い出ることは可能だったはずである。ただし兄殺し、王殺しの犯罪を背負い、「主に結ばれて」(『コリントの信徒への手紙一』七・三九)もいないクローディアスに、そのような可能性を想定してみてもまったく無意味であって、犯罪の絡むガートルードの早すぎる再婚は、当然無効である。

一方英国での民事関係の法律について言えば、特に禁止する法律は一九世紀に入るまではなかった。といってこうした婚姻が自由だったわけではもちろんなかった。英国ではこの種の結婚に対しては伝統的に根強い拒否感が抱かれ続けた。現実問題として結婚するケースも少なくなかったのだが、無効とされることがしばしばあったのである。また当然聖職者が反対することが珍しくなかったので、こうした近親婚を望むカップルがフランス、イタリア、ノルウェーに渡り結婚することがよくあった。しかし一八三五年になって、この年以降の近親婚を全面的に無効とする法律ができた。逆に言えばそれまでは無効とされなかった例も多かったということでもある。R・トラムバッハによれば、男性側の場合では、一八世紀から一九世紀にかけてのロンドンで、妻に死別された夫が、子供達にとって最も望ましい継母は妻の姉妹であるという理由から、その再婚を希望する訴えが幾度も出された。これは中産階級には分かりやすい理屈であったが、貴族階級は結婚を法人扱いとみなし、従姉妹との再婚の方が望ましいとする立場から反対であった。[14] こうした事情から、義理の兄弟姉妹間の再婚を合法化しようとする法案をめぐって、一八五〇年以降二八回にわたって衆議院での可決と貴族院での否決が執拗にくり返されている。それは抵抗の歴史でもあり、実際に義理の兄弟や姉妹との結婚を望みながら、非合法の壁にはばまれて、涙を流す人々が少なからず存在したということでもある。こうしてやっと一九〇七年に至って、まず男性に限って、死別した妻の姉妹との再婚を認める法が成立したのである。女性の場合は、死別した夫の兄弟との再婚が合法化され、「ガートルード」達の涙がようやく止まったのは、さらに遅れて一九二一年のことである。その後一九三一年の結婚法の改正で、姻戚であれば、義理のおじ、おば、姪、甥との結婚も可能になっている。これに伴ってイギリス国教会の教会法も、一九四九年までには同様の改正が終了している。[15] なお現代の英国では、一九八六年に改正された婚姻法が最終的なもので、そこでは次のように近親婚を禁止している。これで分かる通り今日では血族だけが禁止の対象となっていて、姻族との結婚は問題とはされなくなっている。[16]

男は結婚してはならない	女は結婚してはならない
母	父
娘	息子
祖母	祖父
孫娘	孫息子
姉妹	兄弟
異父母姉妹	異父母兄弟
おば	おじ

半おば	半おじ
姪	甥
半姪	半甥

だが先に見た通りエリザベス朝の結婚観では、ガートルードのような「近親性交渉」は、『レビ記』の記述からばかりでなく、イギリス国教会の教会法が近親婚の範疇に入れて厳しく禁止していたことから、一般の人々の間では禁忌すべきものと強く意識されていた。そうした意識のもとにシェイクスピアはガートルードを造形した。したがってガートルード自身が罪の意識を吐露した「黒いまだらの汚点」の中の大きな「汚点」の一つに、その罪悪感ははっきりと含まれていた。しかしくり返すが、このことだけに限れば、という条件付きであるが、現在なら法的にもイギリス国教会の姿勢からも、イギリスでは、いや日本でも欧米でも、ガートルードの再婚が近親婚を理由に無効となることはまったくありえないのである。[17]

四、「ガートルードには密通の罪もある」、は正しいか？

(1)ガートルード密通説をめぐるミステリー

ところでガートルードには「近親性交渉」の「罪」に加えて、「密通の罪」もある、とする説がある。しかもこれは、これまで長い間英米の主だった『ハムレット』の版の編者達の解説で主流を占めてきた考え方なのである。しかしこの項では、この説は誤りであり、「ガートルードが魂に隠し持つ黒いまだらの汚点、彼女の罪の意識の中には、密通の罪は含まれていない」ことを論証するのを目的としたい。

ここでいう密通とは、先ほど断ったように、単に先王存命中にガートルードがクローディアスと密会して親しい会話を交わした、という程度のことではなく、ガートルードが夫存命中にクローディアスと性交渉を持ったという、いわゆる姦通の意味である。密通説では、ハムレットもそのように考えている、とされている。こう書くと、そんな印象はこの劇からは受けなかったが、と思う読者が多いだろう。しかし他方で、いや亡霊が確かそんな話をしていた、と主張する読者もあるかもしれない。

確かにこの悲劇では先王の亡霊が、弟クローディアスの卑劣な行為を激しく非難する時、その言葉からは、クローディアスが兄王の生前にガートルードと情を交わしたように受け取れないこともない箇所がある。そして劇全体を通してもただ一箇所だけだが、亡霊は密通があったかのような言葉を、クローディアスについてははっきりと使っている。それは当然ガートルードとの関係のことを指している。

そうだ、あの近親邪淫の、あの不義密通の獣め、
巧妙な言葉の魔術と、裏切りの贈り物とで――
おお、よこしまな知恵と贈り物よ、これほど
たぶらかす力があろうとは！――まこと操正しく見えた
わが妃の気持を、やつの恥ずべき欲情になびかせた。
おお、ハムレット、なんとした堕落であろう、
この父の方は婚礼の式に立てた尊き誓いそのままに、
清浄な愛を固く守り通してきたというのに、
そのわしを離れるや、転落して行ったのだ、

わしに比べれば天の授けた資質のまことに貧しい
あんな卑劣なやつに！
だが高き操は、たとえ淫らさが神々しい姿で
言い寄っても、決してこころ動かすことはない、
しかし欲情は、輝かしき天使とともにいようとも、
天国のしとねにも飽き果てて、
ごみ溜めをあさるもの。（一・五・四一―五七）

問題は父の亡霊がここで語っていることは、彼の生前の出来事だったのか、それとも毒殺事件の後の出来事だったのかということである。

(2) 密通説の経緯とその根拠は？

ガートルード密通説に従えば、その決め手はこの一行目で、「不義密通の」にあたる“adulterate”という言葉が使われていることだという。これは実際にはガートルードのことではなく、クローディアスに言及したものであるが、もし兄の存命中に弟の彼にその字義通り、道ならぬ行為があったとすれば、それは当然ガートルードも密通の罪を犯していたことになる。しかもそれは単にクローディアスが人妻と関係をもっただけの不倫行為であるにとどまらない。彼は兄の目を盗んで兄嫁と関係をもったのだから、それはまさしく旧約聖書『レビ記』が「兄弟の妻を犯してはならない」として厳禁した近親性交渉そのものにも該当し、ガートルードもにわかに罪深い、人倫にもとる行為を犯した女ということになってしまう。それは今日の基準によっても、同じ密

通でもチャールズ皇太子とカミーラがダイアナ妃に対して犯した罪よりも、もっと罪深いことになる。余談になるが、チャールズ皇太子とカミーラ・ボウルズは再婚するにあたって、セント・ジョージ礼拝堂で密通の罪を犯したことを告白しなければならなかった。二人は二〇〇五年四月九日に結婚式を挙げた。その祝福式の模様をCNNニュースは、二人は一六六二年の『イギリス国教会祈祷書』に基づく次の一節を朗読して、ともに配偶者のある身でありながら密通の罪を犯したことを告白した、と大々的に報じた。

神聖なる主よ、私達はまことに嘆かわしいことに、あなたのみ心に背いて数多くの罪と邪悪な不正を、思いと言葉と行為によってしばしば犯し、当然にもあなたは激しくお怒りになられましたが、私達はここに慎んで罪を認め、深く悲しむものです。[18]

しかしながら、ガートルード関しては、ここでは反対に、密通の罪はなかったことを論証したい。そしてガートルードに着せられてきたぬれぎぬを晴らし、彼女を弁護することにしたい。

ガートルード密通説は古くからあった。一九〇四年出版のA・C・ブラッドレーの『シェイクスピアの悲劇』は、今日でも性格論の金字塔として広く読まれ続けている名著の中の名著であるが、彼はその中で、

彼女は単に不謹慎な早さで再婚したばかりではなく、先夫の生前すでに道ならぬことをしていた。亡霊の言葉（一幕五場四一行目以下）はこのように解するのが最も自然であり、それは殺害を語る前に述べられている。『ゴンザーゴー殺し』で王妃が、密通を働いた妻になっていないことは、この証拠に対しどれだけの効力があるだろうか。[19]

と述べている。しかしブラッドレーも根拠にしているこの"adulterate"（不義密通の）という言葉は、決定的証拠というわけにはいかない事情がある。実は当時はこの言葉はもっと一般的に、「淫らな、ふしだらな」の意味で使われることもあった。そしてシェイクスピア自身その意味でも『ソネット集』などで一度ならず使っているばかりか、この亡霊の言葉を除くと、実はこちらの意味で使った用例の方が多いのである。[20]また亡霊は、ここであたかも自らが生きているかのごとく語っているために、クローディアスとガートルードの現在の関係があたかも密通のように思われて、比喩的な意味でこの言葉を使った可能性も高い。

それはともかく、先に引用した亡霊のせりふの中にある「裏切りの贈り物」（"traitorous gifts"）と、「操正しく見えた」（"seeming virtuous"）という表現が、さらにこの説を裏付ける、とされることになる。確かにこれらの言葉だけを取り出せば、王妃とクローディアスの間に道ならぬ関係があったようにも思えよう。

上の一節を根拠に密通説を強力に提唱したのは、ドーヴァー・ウィルソンである。ウィルソンは一九一〇年代から七〇年代の長きにわたってシェイクスピア研究に大きな影響を及ぼし続けた碩学で、本書も数々の恩恵をウィルソンから受けているのだが、その彼の強い主張だったので明確な反対論が出てこなかったようである。

上の一節以外で根拠とされてきた主だったものを次にあげておこう。ウィルソンはハムレットが三幕四場で厳しく母を責める「私室の場」について、「何の行為か口には出していないが、ハムレットは密通と近親性交渉の二つを念頭に置いている」とした。彼はまた、ハムレットが友人ホレイショーにクローディアスの悪行を暴露する際に、

父である王を殺し母を娼婦にしたやつ　（五・二・六四）

と述べる時の「娼婦にした」という言葉と、幕切れで生き残ったホレイショーが、到着したフォーティンブラスら一同に事情を語る時の

お話しいたしましょう、
肉欲に溺れた、残虐で、不自然な行為の数々、
偶然の判断と、思いがけない殺戮、　（五・二・三八〇–八二）

というせりふの、「肉欲に溺れた……行為」のくだりが、ガートルードの密通を裏付ける、とした。そして彼はこの説を第一次ケンブリッジ・シェイクスピア版においてばかりでなく、一九一八年の『現代言語評論』の中の論文や、一九三五年の『ハムレットの中で何が起こるのか』などにおいてくり返し唱えたのである。[21]そしてこのウィルソンを強く支持したのが一九八二年に出た第二次アーデン版『ハムレット』のハロルド・ジェンキンズである。これはそれまでの二〇世紀のハムレット研究の総決算ともいうべき記念碑的な版であったが、この中で彼はウィルソンの説をほぼそのまま踏襲した。彼が挙げている根拠もウィルソンとほぼ同じである。そしてジェンキンズがこのようにウィルソンを強力に支持したことで、この説はそれ以降広くテキスト編者達に受け入れられるようになった。その後オックスフォード版のG・R・ヒッバード、ニュー・ケンブリッジ版のフィリップ・エドワーズらもこの説に賛同し、大方の編者がこの説を支持するという今日の状況に至ったのである。ヒッバードは「私室の場」でハムレットが責める母の「行為」の中身は「近親性交渉と結びついた密通」

であるとしているし、エドワーズも、亡霊が「わが妃の気持を、やつの恥ずべき欲情になびかせた」と述べるくだりで、「気持」（原文は"will"）という言葉には性的意味あいがあるとして、「この一節は間違いなく、二人がハムレット王存命中に既に性的関係をもっていたことを指している」と説明した。これまでの主だった版で、この説とはやや異なる見方をしたのは、ナイジェル・アレキサンダー（マクミラン・シェイクスピア）と、T・J・B・スペンサー（ニュー・ペンギン・シェイクスピア）だけである。アレキサンダーは上述の「不義密通の」への注で、「密通行為が王生前にあったことが示唆されているようにもみえるが、実際にあったか否かについては観客は最後まではっきりとは知らされない」とした。しかし彼は別の著書では密通説をはっきり支持してしまった。[22] 重要な指摘をしたのは、T・J・B・スペンサーである。彼は「劇中劇のゴンザーゴー殺しでは、求愛は間違いなく毒殺の後に起こっている」とした。つまり、求愛が劇中劇で毒殺後に起こっているので、先王の死以前に密通があったはずはない、ということになる。[23] この点については後に詳しく検証することにしたい。しかし彼もまた密通説を明確に否定することは避けている。

このように見てくると、こうした「一見ささいな」問題についても、様々な学者達がいかに細かくテキストを読み込もうとするかがよく分かって大変興味深い。しかしこのガートルード密通説については、どの論拠を取ってみても、どうも今一つ説得力に欠けるものばかりであることもまたよく分かる。

(3) ことの始まりはフランス人ベルフォレ

ガートルード密通の話題もまた、と言うべきか、その根っこにさかのぼっていくと、実はもっと複雑怪奇である。ここでも『ハムレット』の原話との関係が気になってくるが、大もとのサクソ・グラマティカスの『デンマーク史話』では、そうした王存命中の密通話はまったく存在していなかった。ところが一六世紀にこれをフランソワ・ド・ベルフォレが、「アムレット」を主人公とするフランス語に翻案した時、彼は原話にはない話を幾つも書き足し、話を面白くしようとした。その一つがフェンゴン（クローディアス）とゲルース（ガートルード）が、「ホーベンディル存命中に、忌まわしい関係にあった」とする密通話だった。このことが学者達を惑わす混乱のもとになったのである。ベルフォレのフランス語本文では次のようになっている。

そのためにフェンゴンは、こうして罰を受けずに済んだことで勇気を得て大胆になり、厚かましくも彼女と縁組みし結婚に踏み切ったが、彼はこの妃と、既に善良なるホーベンディル存命中に、忌まわしい関係にあったのであり、こうして彼の名誉に二重の悪徳で泥を塗り、二重の背信行為、近親性交渉たる密通と不忠、それに近親者殺しで良心に咎めを負わせたのであった。

（フランソワ・ド・ベルフォレ、『悲劇物語』第五巻）(24)

ベルフォレのアムレット物語は先にも触れたように一五七〇年以降何度も版を重ねているので、いわゆる『原ハムレット』劇の成立にはこの翻案が深く関わったはずである。だからこの密通の話は『原ハムレット』劇でも踏襲されていた可能性が非常に高い。ベルフォレの記述は一六八〇年の訳者未詳の英語訳、『ハムレット物語』にも踏襲されており、こうした事情が密通説を支える重要な根拠の一つにもなっている。いずれにせよシェイクスピアが手にした素材には、密通の話が入っていたことはまず確実である。従って彼はこれをどう扱うかを迫られたはずである。

(4) シェイクスピアはフランス語翻案を踏襲したか?

こうした事情がある以上、シェイクスピアがその話をそのまま踏襲したと考えることは、きわめて合理的であるように思われるかもしれない。実際密通説を唱える学者達は、ウィルソンをはじめ、この点を大きな根拠にしているのである。しかしここではあえてそうした常識に、一つの大きな疑問を挟んでみたい。というのは、シェイクスピアの『ハムレット』は、一方で素材に基づいてはいても、他方でそれとは根本から違った悲劇になっていることもまた事実だからである。誰もが知る通り、彼は劇の根幹に関わる部分においてまで原話に左右される作家ではなかった。彼はいつも自らの劇に必要と思えば原話にかかわりなく思いきって創作したし、また不要な部分は容赦なく切り捨てた。佯狂は素材から借りても、主人公の複雑きわまりない性格の大部分はシェイクスピア自身が作り出したもので、原話とは大きく違ってしまっている。その他でも、シェイクスピアの『ハムレット』だけに見出されてベルフォレには存在しないことを上げてみると、亡霊の出現、ポローニアスの家庭、毒殺事件、復讐の遅れ、劇中劇、オフィーリアの発狂と溺死、ガートルードの死など重要な出来事が少なくないのである。(亡霊、毒殺、復讐、劇中劇、狂気などは、またエリザベス時代演劇の顕著な特色をなすものでもある。)だからこの密通事件問題も、シェイクスピアがその質を変えてしまった可能性もまた否定できないことになる。兄殺しも原話では公然と決行された事件だった。問題はやはり一筋縄ではいかないと言わざるをえない。

(5) 「裏切りの贈り物」、「操正しく見えた」

しかしひとまずドーヴァー・ウィルソンやジェンキンズに合わせて、ガートルードは密通の罪を犯し、ハムレットはそれをどこかで知ったのだと仮定してみよう。すると一体彼はそれをどの時点で知ったのかが問題になる。まず一幕二場の第一独白であるが、ここではハムレットには先王生前の父母の姿は、夫婦の理想の在り方に見えていた。だからこそ彼は野辺送りする母を、ニオベーに譬えたりもしたのである。彼はこの独白で「脆きもの、汝の名は女！」と述べたが、ここでの脆さとは、愛していた夫が死ぬや、たちまちその愛を葬り去り権力を握った義弟と異常な早さで再婚した脆さだった。この脆さの中には、夫に隠れてひそかに近親性交渉を働いていたことは含まれていない。つまりここではまだ、彼は母の密通を知らない。

だからやはり彼は一幕五場で、亡霊によって初めてその事実を「知らされた」？ことになる。そして実際ドーヴァー・ウィルソンは、亡霊はここで母密通の事実もハムレットに告知したのだとして、ここにクローディアスが「裏切りの贈り物」でガートルードを誘惑した、とあることをその重要な証拠とした。

仮に亡霊が近親結婚のことばかり話していたのだとすれば、「裏切りの贈り物」と二人の兄弟の体力の比較への言及は、ほとんどその意味を失ってしまうだろう。[25]

つまりウィルソンは、夫死後であれば、ガートルードが夫の弟から贈り物をもらい、夫に劣るその義弟との再婚に傾いても不自然ではなくなる、と指摘しているのである。またジェンキンズも、亡霊からハムレットは新事実を得たのだとして、

明らかにそのこと（密通関係）がここでの話には暗示されているのであって、それ以外の意味に理解しては、「操正しく見えた」の意味を歪めてしまうことになる。[26]

と説明している。これもウィルソンと同じ趣旨で、ガートルードの貞淑さが見せかけだけであるためには、夫生前の密通がなければ、ここの非難の意味がない、というわけである。

しかしもしハムレットが亡霊のそうした重大なメッセージをこの時点で受けたのであれば、どうして彼は、この衝撃的な事実についてその後独白などで一言もはっきりとは語らないのであろうか。彼は母親の早すぎた再婚だけでも、第一独白であれほどその衝撃の大きさを痛切に語っていたのに。

(6) 密通説への反論は?

こうした密通説に対して、その存在を否定する人々がいなかったわけではない。ごく少数ではあるが、古くからはっきりと密通はなかったという立場を鮮明にする学者達がいた。

早くは一九一九年にドイツの学者ヴォルフガング・ケラーが、『ドイツシェイクスピア年報』の書評の中で、仮にガートルードに密通行為があったとすれば、亡霊がハムレットに対して、母に何も危害を加えてはならない、母は良心の呵責に苦しむにまかせよ、と述べるはずがない、母に対してもっと厳しい態度を取るよう要求するはずだ、との指摘をしている。またケラーは、亡霊がガートルードを責めているのは近親婚のことであり、エリザベス朝において義理の兄弟、姉妹との婚姻が近親性交渉として著しく禁忌されていた特殊性をよく考慮しなければ判断を誤る、としている。彼は亡霊も、ハムレットも、いつも問題にするのは近親性交渉だけであるとして、本文で二人がこの用語（"incest", "incestuous"）を使った五つの個所を引用している。ケラーの指摘はきわめて重要であったにもかかわらず、ドイツ語で書かれた記事であったこともあって、英語圏ではその後ほとんど取り上げられることはなかったし、今日では忘れ去られてしまっているのが現状である。[27]　一九二四年になるとヴァン・ダムがドーヴァー・ウィルソンを厳しく批判し、ガートルードの罪は近親婚だけであって、それ以外ではないとした。そして二〇世紀に入って義理の兄弟との再婚はもはや大きな問題にはならなくなったので、ガートルードの罪も他のところに探したくなるが、それは誤りであり、われわれは一六ー七世紀の近親性交渉の考え方をしっかり理解すべきであるとしている。ヴァン・ダムはまた、亡霊が「生命、王冠、王妃を同時に奪われた」と語ったせりふを取り上げて、仮に王妃に密通があったとすれば、それは生命を奪われる前だから、「同時に」という言葉を使うはずはない、という重要な指摘をした。彼はさらに、劇中劇に密通事件が入っていないことも重視している。論理的に言って、劇中劇の中の事件は実際の事件と並行していなければならないが、劇中劇に密通事件はないのに、ガートルードには密通があったというのではおかしい、というのである。[28] 一九三八年になるとアメリカでもジョン・ドレイパーが密通不在説の声をあげた。彼もまた、近親性交渉だけが、ハムレットが苦々しく彼女を非難する理由である、とした。そして彼はすでにケラーやヴァン・ダムが上げていた論拠に加えて、シェイクスピアが他の詩や劇、たとえば『ルクリースの凌辱』、『ペリクリーズ』、『間違いの喜劇』などで、くり返し近親性交渉の罪の恐怖について取り上げていることも裏付けになるとした。彼はまた、もしガートルードに夫生前の密通があったとしたら、彼女は殺人事件にも関知したはずだから、劇中劇で殺人事件が演じられる場面で彼女は動揺するはずだが、実際にはそんな様子は少しも見られない、従ってこのことも密通はなかったことを裏付ける、とした。[29] 二〇世紀後半になると、ガートルードの性格と性欲について、従来の説とは大きく異なった見方がなされるようになった。そしてそれを根拠にして密通はなかったとする学者達が出てきた。早くは一九五七年に、キャロリン・ハイルブランが、ガートルードは、「聡明で、洞察力があり」、「簡潔な言葉を使う分別のある女性である」として、従来の「(羊のように)愚かな動物的性質で、鈍感で浅はか」(ブラッドレー)とするガートルード像に真っ向から反対し、彼女が性生活を望むからといって愚かであるとするのは誤りであるとした。その上でハイルブランは、亡霊が「密通の」という言葉を使ったのは、あたかも自分がまだ生きているかのように語っているため、亡霊にはクローディアスとガートルードの関係がまるで密通であるかのように思えるのだ」という重要な指摘をした。これはその通りである。もっともハイルブランが主張したように、ガートルードが「聡明で洞察力があった」かどうかについては、後述するが大いに疑問の余地があるところであり、簡単に首肯できる問題ではない。しかし女性の立場から、ガートルードを「浅はかな女性ではない」と評価し直したハイルブランの先駆的意義は、非常に大きくかつ重い。[30]また一九六〇年にノルウェー人のオラブ・レークセは、ドレイパーの密通不在説を強く支持したが、彼もガートルードの性格についての伝統的な解釈に反対だった。レークセによれば、伝統的な解釈に従うと彼女は夫生前に密通を犯しており、舞台では好色な女性として演出され、また彼女は鈍感で浅薄な女性ともされるが、しかしテキストをよく検討すると、彼女には好色的、動物的なところは全くないし、また愚かしい女性でもない。夫が死んだことで、彼女は、自分自身の生活とデンマークの国事のために、巧妙にまた冷徹に行動する必要に迫られた。彼女が行なったのはまさしくそうした行為である。こうした女性が密通を犯したはずはない、とレークセは解釈した。[31]このようにガートルードの性格の分析をもとに彼女を弁護する立場は、その後フェミニズムによるガートルード再評価の流れの中に引き継がれた。一九八〇年にレベッカ・スミスは、伝統的にガートルードは映画や舞台で官能的で欺瞞的な女性として演じられてきたが、彼女はそんな女性ではない、と主張した。スミスによれば、ガートルード自身の言葉と行動から判断すると、「彼女は単に穏やかで従順な、また夫と息子によく気を配る妻であり母であるにすぎない」のであって、もしガートルードが夫生前クローディアスと性的関係を持っていたとしたら、彼女は「クローディアスが彼女と王冠を手に入れるために殺人を犯したかもしれない、と疑ったはずである。しかし彼女はそうした疑念を少しも持っていない」のである。スミスもまた、ハムレットの怒りと嫌悪感が「近親性交渉の床」にだけ向けられていることは、彼女に密通がなかったことを裏付けている、とした。[32] スミスの論は、テキストに沿って穏当なガートルード像を描いて密通を否定してみせたことは高く評価できるが、しかし亡夫との関係についての踏み込んだ分析が全く欠落していて、ガートルードの罪の意識についての説明は非常に甘い。なお、最近ではネット上でもこの問題が取り上げられており、様子がかつてとだいぶ変わりはじめた兆しがある。[33] ただ依然として今日でもなお密通説の方が、世界の学会では主流であることに変わりはないのであり、今日世界に流布しているテキストで、ガートルード密通説を明確に否定しているものは、筆者の眼に触れた限りでは皆無である。

(7) 劇中王ゴンザーゴー殺しでは

さて上に見たように劇中劇の王妃には密通がない、ということがガートルードにも密通がないことの大きな論拠にされてきた。しかしブラッドレーやウィルソン、ジェンキンズらの密通説の主張は、この劇中劇は反証にはならない、やはり密通はあるのだ、というところにその大きなポイントがある。ブラッドレーは、「ハムレットが劇中劇を計画した目的は、母親にあったのではない」とも述べている。そしてその論拠としてウィルソンとジェンキンズはそれぞれ「裏切りの贈り物」と、「操正しく見えた」の個所を上げたのであった。この主張に対しては、これまでのところ密通不在説も全く無力であったのであり、密通存在説の方が英語圏ではいまだ優勢のまま今日に至っている。

だがやはりハムレットが仕組んだ劇中劇を詳細に検討してみると、間違いなくハムレットは母の密通は知らないと言えるばかりか、ウィルソンとジェンキンズの上げた論拠は全くの誤りであることが、明らかになってくるのである。

12. フランシス・ヘイマン（1708－1776）、『『ハムレット』より劇中劇の場』（3幕2場）（1745頃）。水彩画。フォルジャー・シェイクスピア・ライブラリー所蔵。リーディング・ルームに展示されている。ヘイマンはトーマス・ハンマーの1744年版シェイクスピア全集に31葉の挿し絵を描いたことで知られる。彼はまた、ディビッド・ギャリックなど同時代のシェイクスピア役者を数多く描いた。

仮にハムレットが父生前のクローディアスと母の密通も亡霊から知らされたとすれば、この劇中劇はその証拠を得るのにも絶好の機会だったはずで、そこにハムレットが密通を仕組まなかったのは、密通がなかったことの非常に強い根拠である。しかし実はこの劇中劇にはそれ以上のものがあり、密通存在説の論拠を突き崩してしまう事実が隠されているのである。以下で密通説の論拠について、その反証を具体的に上げて、それが誤りであることを明らかにしてみたい。（挿し絵12はフランシス・ヘイマン（一七〇八－一七七六）作、『ハムレット』より『劇中劇の場』。）

劇中劇はハムレットがクローディアスの兄殺しをあばくために、それとそっくりの筋書きの劇をクローディアスに見せて、その反応を見ようと仕組んだ劇である。ここでは兄殺しではなく叔父殺しになっている。それはルシアーヌスという男が、叔父で王のゴンザーゴーを殺し、妃である義理の叔母バプチスタを手に入れる、という筋である。この劇は最初は黙劇で、もう一度は実際の劇で、二回くり返される。

まずその黙劇であるが、信頼性の高い第一フォリオ版のト書きを見ると、次のようになっている。

オーボエ吹奏。黙劇団入場。

王と王妃が大変仲睦まじげに登場し、王妃は王を抱擁。王妃はひざまずき、王に固く誓いを立てる様子をする。王は王妃を立ち上がらせ、彼女の首に頭をもたせかける。花咲く堤に身を横たえる。王妃は王が寝入るのを見てそばを離れる。程なく一人の男が入りこみ、王冠を取りはずし、それに口づけし、王の耳に毒液を注ぎ込み退場。王妃が戻ってきて、王が死んでいるのに気づき激しく動揺する。毒殺者は二、三人の無言役者とともに再び入ってきて、彼女と一緒に嘆くふりをする。死体が運び去られる。毒殺者は贈り物で王妃に求愛すると、彼女はしばらく忌み嫌うようにみえるが、結局彼の愛を受け入れる。　一同退場

(三・二・一三五—三六、SD)

このト書きの最後の部分の二つの表現に注目したい。すでに毒殺は終って死体が運び去られたところである。まずその一つは毒殺者は「贈り物で」(“with Gifts”)王妃に求愛するとあることである。つまり、ここでシェイクスピアは、毒殺者のルシアーヌスが叔母に贈り物で求愛するのは、暗殺の後であることを指示しているのである。これは一幕五場で、亡霊がクローディアスはガートルードを「裏切りの贈り物」でたぶらかした、と述べたことと一致している。[34] そして今一つの表現は、この王妃がしばらくは「忌み嫌うように見える」(“seemes loath and vnwilling”)が、最後には愛を受け入れるとあることである。それは最初は「操正しく見えた」(“seeming virtuous”)、ということであろう。これもまた劇中劇の王妃の、夫の死後に起こった求愛の時の様子である。ここで彼女は当初、ルシアーヌスを忌み嫌って操正しそうに振る舞っているので、劇中王生前の密通行為が存在したはずがない。この二つの表現は、ドーヴァー・ウィルソンとジェンキンズが、それぞれガートルード密通説の根拠とした亡霊の言葉、「裏切りの贈り物」と「操正しく見えた」にぴったりと対応している。それは国王生前の道ならぬ関係に至った時の様子などではなく、まさに毒殺事件後の求愛の時の様子なのである。シェイクスピアは亡霊にこの二つの表現を、暗殺事件の後の求愛について使わせたからこそ、この黙劇で上のようなト書きを指示したことになる。

　それではその後の実際の劇中劇ではどうであろうか。この劇中劇での王(公爵)と妃の会話は夫婦の愛をめぐっていて、妃は

　　二度目の婚礼に心が動くなど、愛などではありません、

それはいやしい利得に目がくらんでのこと。
二人目の夫にベッドで口づけを許しては、
亡き夫を二度殺すことになりましょう。（三・二・一八二―八五）

と夫への固い愛を誓う。これはハムレットが第一独白で、父と母のかつての仲むつまじい姿、そして死んだ夫にニオベーのように泣き濡れて付き添っていった母の姿を描いたのと、ぴったりと並行している。これに対し劇中王が語るのは、愛の脆さ、はかなさ、意志というものの弱さ、人の心の変わりやすさである。劇中王は、彼が死んでしまえば、妃の固い愛の誓いも別の男へと心が移り、再婚するだろう、と示唆する。

人の意志と運命は相反するのが世の常、
われらの意図もたえずくつがえされる。
思いは己のものでも、その結果はまったく別のもの。
二人目の夫に決してまみえぬと今思うていようとも
最初の主人が死ぬやその思いも消え失せる。（三・二・二一一―一五）

ここに、「最初の主人が死ぬやその思いも消え失せる」とあるのが重要で、これはハムレットの第一独白の苦々しいテーマを再確認するものでもある。ハムレットの第一独白のテーマは、「父が死んだ後の、母の心変わり」であったが、そのテーマは劇中王のせりふのテーマと変わるところはないのであって、単に密通事件が演じられない、というだけの話ではない。それはいずれの場合も王妃密通事件が入り込む余地がまったくない、ということなのである。したがって、仮にガートルードに密通事件があったとすれば、逆に、この劇中劇の意味の大半が失われてしまうことになる。亡霊に対応するのが劇中王であり、その劇中王が語るのは、彼の死後の、妻の心変わりの可能性だからである。

(8)「私室の場」のハムレット

ハムレットは劇中劇後の騒動が収まると、そのまま真直ぐ母の私室に向かっている。途中クローディアスの祈る姿を見て刺そうとするが、その時の独白でも彼は、母と叔父の関係については「近親性交渉」としてしか触れていない。こうして彼はガートルードの私室で彼女を厳しく責めるわけなので、その流れからは、この追及に密通の非難までもが含まれる可能性は、まずないことになる。しかしこの場には、ウィルソンやジェンキンズ、それにエドワーズらが密通行為のもう一つの証拠として上げる一節がある。それは彼女が一体自分が何をしたというのか、と開き直るのに対して、ハムレットが彼女の不実をなじるくだりである。

　　母上がやったことは
慎しみの優美と恥じらいを汚し、
美徳を偽善者呼ばわりし、清浄な愛の
美しい額から、その薔薇を摘みとり、
そこに烙印を押し、神聖な結婚の誓いを
いかさま賭博師の誓言に堕さしめる、
そんな行いだ。結婚の約束事からその魂を

抜き取り、美しい宗教儀式をただの言葉の綾に
変えてしまう行為だ。（三・四・四〇―四八）

これはポローニアス殺害直後の言葉で、ハムレットはここで要するに、ガートルードが婚礼の際の神聖な誓いを反古にした、と非難しているのであって、はっきり母が密通を犯したなどと言っているわけではない。しかしたとえばエドワーズは、この一節は「どこをとっても、彼が母の密通のことを忘れてはいないことを示している」としている。[35] しかしながらこのハムレットのせりふは、ガートルードの

一体何を私がしたっていうの、母に向かって無礼にも
そんなに騒々しく罵りわめくとは？（三・四・三九―四〇）

という問いに答えたものである。ガートルードのこの高飛車な口調は、少なくとも夫に隠れてまで密通を重ねた女性のものではない。彼女が魂に黒い汚点、罪の意識を隠しているとしても、それは、「一体自分がどんな悪いことをしたのか」といったんは開き直ることもできる範囲のものであることが、このせりふでわかるのである。しかもこの問題の台詞のわずか一一行前では、ポローニアスを殺したハムレットと彼女の間に次のような会話が交されてもいる。

王妃　まあ、なんて早まった、血なまぐさいことを！
ハム　血なまぐさい！　まだましでしょう、

王を殺して、その弟と結婚するのに比べれば。

王妃　王を殺すだって！

ハム　ええ、母上、そう言ったんです。（三・四・二七—三〇）

ハムレットはポローニアス殺害を母に咎められて、逆に、王を殺して、その弟と再婚するのはもっと血なまぐさく悪いことである、と応酬している。この「王を殺して」はハムレットは母が殺人事件に実際に関与した、と言っているわけではなく、単に比喩的に使っているだけだが、その非難の心理はこれまでの彼の心理と少しも変わるところがない。彼が問題にしたのは、第一独白でも、また劇中劇でも、父の死後、母が異常な早さで卑しい叔父との「近親性交渉」に走った不実であったし、この場でもその趣旨は同じである。そして今やクローディアスが父の殺害者であることが判明したために、それだけ一層批判の厳しさが増したのである。つまるところ、ハムレットは父が死んだ後の母の行為を責めているのであって、これで彼が父生前の母の行為を責めているのではないことが、はっきり分かるのである。またガートルードがここで「王を殺す」というハムレットの言葉の意味が分からず驚いていることにも注目したい。彼女は夫が殺されたことについては、何も知らないこともこれで分かる。

(9)「父を殺し母を娼婦にした」と「肉欲に溺れた」は？

密通説がもう一つの根拠としてきたのは、先に触れた通りハムレットが第五幕でホレイショーに、「父である王を殺し母を娼婦にしたやつ」と語っていることであった。ウィルソンはこの「娼婦にした」（"whor'd"）に王妃密通の意味を読み込んだ。当時「娼婦にする」（"whore"）には「人妻と密通をはたらく」という意味もあったのである。しかしハムレットがここでクローディアスの犯した罪を上げている順序に注目してみたい。彼はまず、「王を殺し」を先にあげ、次に「母を娼婦にした」と非難している。密通事件が仮にあったとすれば、少なくともここでは時間的順序では逆になっている。ハムレットは先ほどの母との応酬でも、「王を殺して、その弟と結婚するのに比べれば」と、父暗殺事件を先に上げ、その後に母と叔父の関係に触れていた。だからもし密通があったとすれば、この二つのせりふとも、時間的に起こった順序を反映してはいないことになる。もっともこれは父暗殺の方が母を娼婦にされたことより重大事なので、父に先に触れたという可能性もある。しかしハムレットは実は同じことをフォーティンブラスの軍を見たとき、またも同じ順序で、

　　ならばどうしてじっとしておれよう、
父を殺され、母を汚されたこの俺が、（四・四・五六―五七）

と独白しているのである。それればかりではない。更に亡霊もまた、暗殺された経緯を、

　こうして余は、寝ている内に、弟の手によって、
命と、王冠と、妃とを同時に奪われた、（一・五・七四―七五）

と語っている。ここで亡霊は生命と王座と王妃を奪われたのが同時だったとしているが、王妃はやはり最後である。仮に先王の生前既に王妃とクローディアスが道ならぬ関係にあったとすれば、それはこの順序と「同時に」という表現には大きな違和感が残ることは、先に触れたようにヴァン・ダムが指摘した通りである。また

その一方の当事者であるクローディアスが何かこの問題について触れてもよさそうだが、彼も劇全体を通してこの問題については一言も語らない。それどころか彼もまた逆に、罪の許しを神に祈ろうとする独白で兄殺しの動機に触れて、

わしはまだ殺人を犯して得た
その利益を、今も手にしたままなのだ、
わしの王冠と、野望、そしてわしの妃とを。（三・三・五三—五五）

と述べるのである。ここでもシェイクスピアは王妃との出来事を最後に廻している。シェイクスピアが素材にあった密通事件を自らの劇に折り込んだのであれば、一度はその出来事が先に起こったことを示唆してよかったはずだが、実際には彼はまったくそうはしなかった。このように少なくとも二幕以降でシェイクスピアは、密通事件を加えることには少しも関心がなかったか、むしろ意図的に加えることを避けたことが明らかである。

このように見てくると、ガートルードが魂の中に見た黒いまだらの汚点、彼女の罪の意識の中には、夫生前のクローディアスとの密通は含まれてはいなかったことが、分かるのである。

しかしながら、である。実はガートルードは意識の中に、密通による罪の意識そのものではないが、あたかも密通を犯したかのような、そうした気持を、はっきりと隠し持っていた。その意識は黒い汚点として、彼女の魂の中にこびりついて抜けなかった。それがどのようなものであったかを、次に述べてみたい。

五、再婚に隠された、黒いまだらの汚点の秘密
――愛の倫理への違背

(1) 夫と死別後の再婚は？

ガートルードに密通がなかったことは上に述べた通りである。それでは彼女の黒い汚点、罪の意識は、近親性交渉だけだったのであろうか。姦通不在説を主張した学者達は実際、上に見たとおりこぞってガートルードの罪は近親性交渉だけであると強調していた。しかし彼女の「黒いまだらの汚点」は英語では“black grained spots”であって、複数あることになっている。この点ではむしろ密通説の方が、汚点が少なくとも二つになるので合理的であるようにも思われよう。しかし、実は彼女の罪の意識には、まだ他にも根拠があるのである。ここでは今度は、夫に先立たれた女性の再婚、という問題に焦点を絞って、別の黒い汚点の存在を見てみたい。その場合、問題の所在を鮮明にするために、すでに触れた近親性交渉の問題はここでは一切排除しよう。つまり、話を寡婦の再婚、という問題だけに限定してガートルードのケースを考えてみたいのである。

まず一般的に言ってキリスト教世界では、寡婦の再婚はどう考えられてきたかを見てみたい。当然のこととはいえ、聖書はこの問題については穏やかに説いており、

その再婚は、相手が「主に結ばれている者」に限るという以外に特に制限はつけず、認めている。新約聖書では、

妻は夫が生きている間は夫に結ばれていますが、夫が死ねば、望む人と再婚してもかまいません。ただし、相手は主に結ばれている者に限ります。(『コリントの信徒への手紙一』七・三九)

となっている。夫と死別した女性の再婚はこのように二千年の昔から聖書の上では公認されていた。しかし実際にはこの当然のことが、必ずしも当然ではない時代が長く続いた。一六世紀から一七世紀にかけての英国でも、夫と死別した女性の再婚は、今日に比べ周囲から冷たい目で見られることが多かった。それはなぜか、ということになるが、これは現代もカトリック教会などの伝統の中に脈々と流れている、結婚は原則として生涯にただ一度限りの秘跡、というキリスト教の思想が、当時のイギリス国教会にも非常に強く表れていて、その拘束が女性に対して、特に強く及ぶ傾向があったためである。しかしその一方で、寡婦の再婚や再再婚は、実際にはよく見られる日常茶飯事的な事柄であったし、また周囲から勧められることでもあった。それは何よりも、寿命が当時は今日とは比較にならないほど短かったために、女性が若くして夫を亡くすことが頻繁に起こっていたためである。そうした女性達は死者にふさわしい礼を尽くす期間を経たのち、生活基盤の安定などのため再婚していったのである。[36] たとえばヘンリー八世の最後の六人目の妻となったキャサリン・パーは、二人の夫と死別した後、ヘンリー八世と三度目の結婚をしたのである。そして三年六ヶ月後、ヘンリーと死別した。その後彼女は以前の意中の恋人であったトーマス・シーモアと再婚した。四度目の結婚である。今度こそ、と幸福を夢見た彼女はしかし、産褥のために三六歳の若さで自らも命を落とした。現代は女性の自立が進み、離婚による再婚がありふれた風景になっているが、当時は寿命の短さのために死別による再婚がありふれた風景だった。このようにガートルードの場合も、再婚すること自体に問題があったわけではなく、またハムレットも母の再婚それ自体を批判したわけではない。ハムレットが批判したのは、「早すぎた再婚」である。しかもクローディアスのような卑劣な男性との再婚だった。

(2)「早すぎた再婚」の意味と、もう一つの大きな魂の黒い汚点

二幕二場でポローニアスが、クローディアスとガートルードに、ハムレットの狂気の原因を突き止めたと報告に来る場面がある。クローディアスはそれを聞きたがるが、ポローニアスはその報告をする前に、いったん舞台から出ていく。するとガートルードは次のように述べる。

他にわけがあろうとは思えませんわ、
あれの父の死と私らの早すぎた結婚以外には。（二・二・五六―五七）

ポローニアスが突き止めたというハムレットの狂気の原因は、父の死と自分達の早すぎた結婚以外にない、と彼女は自分の推測を打ち明けているのだが、そこに彼女の心にこびりついている黒い汚点の秘密がある。この場でハムレットの狂気の原因をこのように推測するガートルードと、立場の違うクローディアスとの間には、実際にはそれぞれの不安の内容に大きな隔たりがある。二人は同じではない。ガートルードは王妃の座を維持したいという打算から、夫の弟と再婚した。彼女は四〇代後半か五〇代前半の女性であると思われるが、夫に先立たれたこの年齢の女性であれば、息子の心への影響は気になっても、再婚に心が動くこと自体は、あまり不自然ではない。急死した先の夫は、実は再婚相手に殺されていたわけだが、そうしたことを彼女は知らなかった。彼女が最も恐れているのは、再婚が早すぎたことであり、実際彼女の最大の問題は実はその再婚の早さに隠されている。他方のクローディアスは、兄である先王を殺害したことを、ハムレットが感づいたのではな

いか、という大きな疑念を抱いている。早すぎる結婚は王位を得るための手段にすぎず、その後ろめたさも兄暗殺を抜きにしては語れない。二人の結婚はいずれにしても汚れに汚れた結婚である。

ハムレットは先に上げた第一独白で、最初は「たったの二ヶ月、いや、それほどもない、二ヶ月もない」(一・二・一三八)のにこのようになってしまった、と述べる一方で、「一月もたたぬ内に」(一・二・一四四)母は結婚してしまった、とも述べている。ここには矛盾があるとされることもあるが、彼が語っているのは、母が再婚した時は、父死後一ヶ月も経っていなかった、そして現在からみて見てまだ二ヶ月も経っていない、という意味であって何の矛盾もない。従ってガートルードは、彼女は夫の死後、一月にも満たない異常にすぎる早さで再婚に踏み切ったことに間違いがない。王妃の座の裏には、単に軽率であるという言葉では到底すまされない、深刻な常識の逸脱と退廃が見え隠れしている。

先王はガートルードを深く愛していた。それは「婚礼の式に立てた尊き誓いそのままに、／清浄な愛を固く守り通してきた」(一幕五場)という亡霊の言葉通りであり、ハムレットが第一独白で「母上への愛情の深さは／風がその顔に強く当たるのさえ心痛められたほど」(一幕二場)という言葉を待つまでもない。また先王が人格にすぐれた人であったことにも疑問の余地がない。典拠のベルフォレの『悲劇物語』でも、サクソの『史話』にまでさかのぼっても、彼に相当する王達は心清く志の高い人物なのである。他方ガートルードもそうした先王を深く愛していた。それはハムレットが同じ第一独白で父生前のガートルードの様子を、「母上は父上にすがっておられた、／あたかも食欲がその食べるもので／さらに増すかのごとく」と描いた通りである。ガートルードはまた、ハムレットが父の埋葬の折りの彼女の様子を、同じ独白で、「母上はまるでニオベーのごとく涙にくれて／父上の亡骸について行かれて」と描いた通り、夫の死を深く悲しんだ。この事実にも間違いがない。最近のフェミニズムの批評では、母親と女性の立場からガートルードを擁護するあまり、ハムレットのこうしたせりふに見られる態度を、四〇代後半から五〇代前半の女性の性を理解しない、いわば未熟な息子の幼さであるかのようにみなす傾向も見られるが、[37]ここでハムレットが語っていることは、その独白という形式からも文脈上の重要性からも、文字通りに解する必要がある。そしてハムレットが問題にしているのは、死者の霊に対し、そして死者の生前の愛に対して、残された者はまずそれにふさわしい礼を尽さなければならないという、愛の倫理上のごく当然の厳粛な責務のことである。

死者に礼を尽くすにあたっては服喪の期間というものがある。長い結婚生活を共に過ごした夫婦であれば、配偶者の死に礼を尽くす責務は、死者に対する礼の中でも最も重く厳かなものであり、子供や親を亡くした時以上に尽くすことが常識的にも求められる。ここで思い出されるのは、一九世紀のビクトリア女王が夫君アルバート公を一八六一年に亡くした後の服喪である。女王はその後自らの死まで四〇年の長きにわたって喪に服した。彼女のこの極端な服喪のために、ビクトリア時代には民間に広く極端に長い服喪が定着し、それがモデルとなってその後の服喪の慣習を決定づけたほどである。その影響は現代日本の喪服の形態や服喪の習慣にまでも、様々な影響を及ぼし続けている。若い女性の場合はそれでも、喪に服するのはなるべく短くしようとする傾向があった。それはやむをえないことである。しかし年配の女性達の場合は、長い年月をともに過ごしたことの重みから夫の死を厳粛に受け止め、はるかに長い期間喪に服することが多かった。彼女らの中には、時として女王と同じように生涯喪に服する女性達も、少なくなかったのである。[38]こうしたビクトリア時代の慣習は極端にすぎるにしても、ガートルードの場合は一月も喪に服していないばかりか、一月もたたない内に再婚までしてしまっており、その常軌を逸した異常性は際立っている。日本、韓国などでは女性の再婚は、いまだに前婚の解消又は取消しの日から六ヵ月を経過した後でなければ、できないことになっている。つまりガートルードの再婚は、現在の日本などでは完全に無効なのである。[39]ビクトリア時代では夫を失った女性は一年間は外での社交等を避けることが習わしになっていた。このように女性に待婚期間を設ける文化を持った国は、今日でもイスラム教圏の国々をはじめ少なくない。これには言うまでもなく根拠があり、もし女性が妊娠していた場合、産まれてくる子供が誰の子供かで、その後の育児や遺産相続のあり方が違ってくるので、その判別ができないと大きな混乱と争いが生じてくる恐れがあるためである。このため歴史的に女性には男性とは違った慎みが求められてきたのである。エリザベス時代には、女性の再婚を禁止する明確な法的根拠があったわけではないが、女性に何かと制限の多かった当時、服喪と再婚に一定の慎みが求められたことは想像に難くない。ましてやガートルードの場合は、双方ともに長い年月にわたって深く愛しあった仲の配偶者、夫である高潔な国王の死である。その服喪をたった一月足らずで切り上げたばかりか、一月足らずで再婚までしたガートルードには、このため夫とハムレットの愛に対する深い裏切りの気持が、心の奥に深く突き刺さって残ったのである。これが愛の倫理に対する違背行為であることを彼女は感じながら、またそれが悪いことであることを知りながら、継続して再び王妃の座にとどまることができる魅力に彼女は目がくらみ、背信的に現実に妥協してしまったことになるのである。

しかし仮に彼女が現実に妥協していなかったら、何が起こっただろうか。兄弟殺し、王殺しに始まった悪徳に汚れた一大政治事件、反逆事件である。それはまた別の陰惨な出来事になっていたことは容易に想像できる。『ハムレット』の原話は少なくとも八〇〇年以上昔の史話であった。類似した事件が、実際に遠い昔に起こった可能性がある。ガートルードに類似した立場に立たされた女性が、多分実在したはずである。いずれにしてもこの出来事は、悲劇を避けることができない状況下にあった。そうしたぎりぎりの状況、彼女の身にも危険が迫ったかもしれない時、そして夫とハムレットに対する愛が試された事態に直面した時に、彼女は毅然とした態度でこれに臨むのではなく、悲しいことに愛の倫理に違背する道を選んでしまった。彼女はクローディアスの求愛の背後に彼の悪徳が潜んでいることは知らなかった。しかし彼女には夫が死んだことで、自らの王妃としての地位が消滅したことへの不安があった。クローディアスには混乱を避けるために早く彼女と結婚する必要があり、彼女を急がせたが、彼女はそれが亡夫への背信行為、背徳的行為であることを強く感じながら、しかしその説得に安易に乗った。国のためという大義名分が、彼女の心の隠れ蓑になった。それは彼女の変わり身のはやい、巧妙な、動物的で、機敏な行動でもあった。彼女のこの敏捷さをハムレットは、

おお、なんという邪悪な速さだ、
あんなに器用に近親邪淫の床に急ぐとは、（一・二・一五六–五七）

と評している。例の近親性交渉に触れた個所でもあるが、ハムレットが問題にしているもう一つの点、その再婚までのガートルードの器用で敏捷な行動（ハムレットは“dexterity”という言葉を使っている）、変わり身の速さに注目したい。これは単純に四〇代、五〇代の女性の性の問題ではない。こうして彼女は亡くなった夫への愛と服喪の義務とを封印した。いや、封印しようとした。しかしながらこの彼女の汚れた行為は、彼女の心の中で罪の意識となり、黒々とした汚点を残した。そしてこれが彼女が自分の魂の中に見た汚点の中でも、とりわけ大きな汚点だった。その正体は愛の倫理への違背行為であり、夫とハムレットの愛に対する裏切りである。

この罪の意識はしかも、あたかも密通行為を犯したかのような意識でもあった。確かに彼女は密通を犯したわけではない。しかし夫が死亡した後でも、妻が亡夫の喪に服している限り、亡夫は彼女の心の中で生き続けている。そのために、服喪期間中には他の男性は彼女に手を触れることができない。それは彼女にとって、密通を犯すのと同じ重みを持つからである。ましてや夫の兄弟ともなると、彼女にとって服喪の期間は、彼は彼

女の近親者という立場にとどまることになる。だから夫が死亡した後も、夫の兄弟はこの期間はなおさら彼女に触れることができなかったはずなのである。(40)

クローディアスとの再婚は、当然愛によるなどという甘いものではなかった。それは地位を守り、身を守るための打算が主たる理由であった。それはしかし当時の支配層の結婚、再婚はもともと愛によるところはほとんどなかったので、打算であることだけで彼女を責めることは必ずしも適切ではない。しかし彼女は自分の再婚が、わが子ハムレットの心情に大きく背きそれに大きな打撃を与え、また彼の利益にも反することもうすうす感じていた。それを承知でクローディアスの黒い誘惑に負け、早すぎる再婚に踏み切ったことも、彼女の心の底に小さからぬ黒い汚点を残したのである。

(3) 亡霊はなぜガートルードを断罪しないのか？

クローディアスによる暗殺事件を伝えた亡霊は、生前の妻ガートルードの罪についても厳しく非難はしたものの、彼女に対しては激しい行動を慎むようハムレットに次のように釘を刺している。

> しかしいかにそなたがこの復讐を遂行しようとも
> そなたの心まで汚してはならぬ、また母に対しては
> 何事も企ててはならぬ。母のことは天にあずけ、
> その胸にやどる良心のとげが母を苛み
> 苦しめるに任すがよい。(一・五・八四-八八)

このようにおだやかに母に処するよう強く警告する亡霊の口調には、妻に対する怒りよりも悲しみの気持の方がはるかに強くこもっている。そして「私室の場」で厳しく母を咎めるハムレットの前に現われた亡霊は、

　　だが見よ、そなたの母は驚きで呆然としているぞ、
　　おお、母さんとその心の葛藤の間に割り込みなさい、
　　体が弱い者ほど空想は一層強く働いてしまう、
　　さあ話しかけるのだ、ハムレット。（三・四・一一二―一一五）

と彼の行き過ぎた行為を強くたしなめ、妻だった彼女への心遣いといたわりまで示している。この亡霊の口調は、彼が妻に対する思いやりの気持を、いまだ失わずにいることを示している。亡霊は実は死してなお妻であったガートルードを愛していることがこれで分かるのである。このように亡霊はガートルードが彼の死後取った行動を驚き悲しみながら、しかしなお愛する気持を持ち続けているために、彼女には姿を見せることもできないし、また彼女を断罪することもしないのだと言ってよい。しかしそれだけガートルードの罪は深いとも言えるのである。

(4) 婚礼の誓約の拘束力は？

ところで先王の亡霊とハムレットは、婚礼の時にガートルードが立てた誓約を問題にしている。しかしこの誓約だけを取れば、それは死別の時までを拘束すると考えることが妥当なので、実は亡霊とハムレットの非難はその点では必ずしも的を射たものではないとも言える。

イギリス国教会には、一五四九年に総本山カンタベリー寺院の大主教トーマス・クランマーによって最初にまとめられた、『イギリス国教会祈祷書』があることは先にも触れたが、この中では婚礼の手順も細かく決められていて、婚礼の際の誓約の言葉もそこに含まれている。（その後この祈祷書は様々な改変が加えられ、全世界のイギリス国教会およびその系列の教会で利用され続けて、今日に至っている。）この誓約は一五八二年にシェイクスピア自身も一八歳で結婚した際、ストラットフォードの聖トリニティー教会で、新妻となったアンが立てるのを聞いたはずの誓約である。若きシェイクスピアの結婚式に想像で参列してみると、身重のアンは次のように誓いを立てた。

私（ことアン）はあなた（ウィリアム）を今日この日よりわが夫とし、あなたを私のものとして、よい時も悪い時も、富める時も貧しい時も、健康な時も病の時も、死によって私たちが別れるまで、愛し、慈しみ、またあなたに従います。主の聖なる定めに従い、ここに慎んで誓約致します。

（『イギリス国教会祈祷書』「婚礼の形式」、一五四九年、一五五二年[41]）

この誓約は驚くほど今日の誓約に近いが、ここに「死によって私たちが別れるまで」とあるところが重要で、これは誓約が二人を拘束するのは死別の時まで、と考えてよい根拠となりうる。婚礼の誓約は、必ずしもガートルードを夫の死後まで拘束するものではなかったといえる。しかしだからといって、死者に礼を尽くす必要が彼女になかったとは到底言えない。ガートルードはそこのところで愛の倫理を踏み外した。

今日の教会での結婚式では、誓約の言葉は自分達で選択することが可能で、その場合「死によって」という言葉を避け、「二人に生あるかぎり」などの表現にするのが一般的である。中には安易に男性、女性それぞれの誓いの言葉に「生涯にわたり」など、自分の一生を指す表現を含める人達もあるが、これは配偶者の死後までも自分を拘束することになるので、そうした表現は避けた方が賢明である。

第二章　苦悩する愛
――『オセロー』の悲劇の意味

第一節　愛の倫理と言葉
――高潔なオセローの愛の退廃

一、『オセロー』の人気と魅力、そして今

『オセロー』は、シェイクスピアの数多い劇の中でも、初演当時から今日に至るまで、いつも高い人気が衰えることがなく、絶え間なく上演され続けてきた稀な悲劇である。すでに一七世紀には、最も多く言及がなされた悲劇であったし、同時代に『オセロー』を模倣した劇も幾つか作られたほどであった。そして今日でも最も人気の高い劇の一つである。人気の秘密は色々と考えられる。まず、緊密な劇構成による無駄のない筋の運びがある。劇は一幕と二幕で周到に準備され、三幕において一気に頂上へと駆け昇ると、その後半から四幕にかけて直線的に主人公は破滅への道を突き進み、五幕で大団円を迎える。そこには観客の心を引きつけずにはおかないパラドックスが、幾つも用意されている。高位の傭兵将軍ムーア人と、ヴェニスの元老院議員の娘の

駆け落ちと結婚というセンセーショナルな出来事。身分の違い以外に黒い肌のムーア人（シェイクスピアは黒人と同一視していたと見られている）と白人女性の、肌色の違いを超えた異人種間結婚という現代の人種問題、異文化問題と同じテーマもここにはある。二人の語る純粋な愛の言葉。ムーア人オセローの高潔な性格と態度、そして彼の語るきらびやかで堂々としたせりふ。その主人公を舌先三寸で言葉巧みに陥れる悪魔に似た部下イアーゴー。コールリッジが動機なき悪意とまで呼んだ彼の悪事と動機の異常な不釣り合い。とりわけ見どころ、聞きどころとなる「誘惑の場」の、オセローとイアーゴーの間でかわされる絶妙なせりふのつくり。この場を境に奇怪な姿に変貌し、疑惑と嫉妬に身悶えする主人公。秘密の込められたハンカチの作り出す偶然。何も知らない美しく無垢な新妻デズデモーナを襲う悲しみと柳の歌。そして最後に、主人公が妻を愛し続けながら絞め殺すという衝撃的な結末。デズデモーナも最期まで夫を愛しながら死んでいくという不条理。

演出家達にとってこの悲劇は、シェイクスピア劇の中でも最も信頼して舞台にかけることのできる劇であり、実際成功する確率が非常に高い傑作なのである。また舞台俳優達にとっても、主人公のオセローと、彼を陥れるイアーゴーという、この対照的な二人の登場人物は、非常に魅力的で、迫真の演技を可能にしてくれる役でもある。

ただイアーゴーの誘惑のせりふがあまりに巧妙に作られているために、ともするとこの劇ではイアーゴーが主人公オセローを圧倒してイアーゴーの劇になり、オセローがいかにも愚かしい人物見えてしまいかねない。（実際一九九五年の映画改作版『オセロー』では、監督のオリバー・パーカーは、ケネス・ブラナー演じるイアーゴーを主人公にして、セクシャルなスリラー映画に作り直してしまった。）このために、この劇ではオセロー役の役者には重厚な高いレベルの演技力が要求され、このことがこの悲劇の演出を非常に難しいものにしている。

また今日『オセロー』は、二〇世紀後半の時代の流れの影響を強く受けている。アメリカで一九五〇年代に始まり六〇年代にピークに至ったアフリカ系アメリカ人達による公民権運動と、その後の彼らの地位向上運動の大きなうねり、そして南アフリカ共和国での一九九一年のアパルトヘイト廃止、九四年の全人種参加の総選挙実施とマンデラ大統領のもとでの黒人政権の誕生などを通して、世界的に黒人の権利と人権に対する認識が大きく高まった。こうした流れを受けて『オセロー』は、近年人種差別問題との関係で取り上げられることが多く、この問題への明確な態度を抜きにしては演出することも難しい劇となっている。『オセロー』には人種差別的な表現があり、またムーア人＝黒人と白人の肌色の対比がこの劇のテーマの一つになっているために、今日では教育現場でのその扱いには十分な配慮が必要であるとの認識が、広く共有されるようになっている。[1]

こうした流れを受けて、八〇年代以降は『オセロー』の演出史についても、黒人俳優達がどのようにこの役を演じてきたかという視点から、再評価が行われた。そしてその過程で、一九世紀に最初にオセロー役を演じて大きな成功をおさめたアフリカ系アメリカ人（後に英国に帰化）の名優、アイラ・オールドリッジ（一八〇七?―一八六七）の特異な存在と経歴が、脚光を浴びてきている。彼は長い間英語圏の上演史では軽視されていたが、それは彼が差別を受けていたことに加えて、彼が瞠目すべき名声を博したのが、差別的な英語圏の舞台ではなく、ヨーロッパ（特に黒人差別の意識が低かったドイツ語圏）とロシアの舞台においてであったため、彼の業績の全貌を辿る作業が言葉の壁に阻まれて非常に困難だったこともあった。[2]（挿し絵13はオセローを演じるオールドリッジを描いた貴重な絵（一八三〇頃）で、米国国立肖像画美術館に展示されている。作者のH・ブリッグス（一七九二―一八四四）は、英国ダラム出身の画家で、肖像画を数多く手がけた。）

オールドリッジは黒人最初のシェイクスピア劇役者である。彼はニューヨークの解放黒人で藁工芸品商、一般信徒説教師の家庭に生まれ、少年時代から役者になることを夢見ていた。しかし人種差別の激しい母国では舞台に立つことを断念し、一八二四年一七歳の時に英国に移住することを決心し、リバプールに渡り、翌一八二五年ロンドンの舞台に立った。しかし彼はここでも差別を受けたため、やむなく地方都市の劇場に移り、同じ年に一八歳にしてブライトンのロイヤル劇場でオセロー役を演じ、英国でシェイクスピア劇の主人公を演じた最初の黒人俳優となった。この時はさすがに評判は芳しくなかったが、一緒に演じた『オルーノコ』（奴隷に売られた黒人王子の悲劇）の主人公役では、高い評価を得た。彼はまたグラスゴー大学に一八ヶ月ほど在籍している。同時代の演劇界の大御所エドマンド・キーンに、彼はオセローの演技でその才能と演技力を認められた。一八三三年にキーンがロンドンのコベント・ガーデンでオセロー役を演じて倒れた折に、オールドリッジは弱冠二六歳にしてオセロー役をロンドンの大舞台で演じ、シェイクスピア上演史と人権史に時代を画することになった。オールドリッジ以前は、オセロー役は一六〇四年の初演以来、すべて白人俳優が、肌を黄褐色に塗りムーア人に扮して演じてきていたのである。この後もしかし彼は、その恵まれた才能にもかかわらず、劇場の根強い黒人差別に阻まれてロンドンの舞台にはほとんど立つことができず、長い間ブライトン、マンチェスター、ランカスター、リバプール、エジンバラ、ニューカッスルなどの地方都市で、喜劇的で貪欲な奴隷役（今日の黒人俳優なら屈辱的と見なすような役）も演じながら活動していたが、一八五二年になって英国を離れてヨーロッパに渡った。そしてブリュッセル、ケルン、フランクフルト、ベルリン、ウィーン、ミュンヘンなどドイツ語圏の都市を中心に、ベルギー、スイス、ハンガリー（ブダペスト）、チェコ（プラハ）、スウェーデン（ストックホルム）ポーランドなどヨーロッパ各地の舞台で、シェイクスピア劇ではオセロー、リア王、マクベス、シャイロック、リチャード三世などを演じて、驚異的な成功をおさめた。その後彼はモスクワをはじめロシア各地の舞台にも立ち、しかもロシア語でオセローなど幾つかの役を演じて大きな賞賛をかちえて、シェイクスピア劇をロシア各地で演じた最初の俳優ともなった。特に彼のオセローは、「オールドリッジの舞台の後では、白人が演じるオセローを見ることは不可能だ、名優ギャリックでさえも。」との劇評も出るほど、高い

13. ヘンリー P. ブリッグス（c. 1791—1844）、『アイラ・オールドリッジのオセロー』（1830頃）。米国国立肖像画美術館（スミソニアン博物館）所蔵。
NATIONAL PORTRAIT GALLERY, SMITHSONIAN INSTITUTION

評価を受けた。彼はトルストイとも親交を結んでいる。その高い演技力で彼はまた、ヨーロッパとロシアで数々のメダルと勲章を受け、ベルギー国王レオポルド一世の愛顧も得て、プロシャ学士院会員等に選ばれ、黒人で初めて勲爵士の称号を得るなど多くの栄誉に輝いたのである。彼の一生はまた黒人差別との闘いでもあり、彼は生涯を通して奴隷制度廃止運動への大きな資金援助を続けた。現在ワシントンDCのハワード大学には、アイラ・オールドリッジ記念劇場が設置されており、またボルティモアのモーガン州立大学にはアイラ・オールドリッジ劇団が存在している。

二、『オセロー』解釈の二つの伝統的立場と新たな批評

主題の観点から『オセロー』は、伝統的に大きく分けて全く相反する二つの立場から説明されてきた。その一つは、シェイクスピア劇の性格批評の原点となったA・C・ブラッドレーの、『シェイクスピアの悲劇』（一九〇四）の解釈に沿う流れの立場である。この悲劇論は世に出てからすでに一〇〇年以上を経過しているが、今読み直してみてもまことに新鮮であり、実際今日でも多くの読者を引きつけ続けていて、英語圏の学生達の間でも広く読まれている名著の中の名著である。

ブラッドレーはオセローを、シェイクスピアの悲劇の中で、「どこか巨大なところがあって、われわれにミケランジェロの人物達を想起させる」主人公達の間に置いた。彼はいわば、「英雄時代の生き残りであって、後の世の小さな時代に住んでいる」と言うのである。この立場からの説明では、主人公オセローは、誤りは犯すけれども、終始偉大な人物であり、威厳にみちたほぼ完全と言ってよいほど高潔な軍人でありまた恋人である。ブラッドレーは実は、『オセロー』の劇全体としての印象については、イアーゴー的世界観が強く支配し

過ぎていることに、大きな苛立ちを隠すことができなかったのだが、しかし彼はオセローの性格上の欠点と洞察力の欠如を大きな問題として取り上げることなく、首尾一貫して彼が取った行動に共感と同情を示したのであった。彼は、「誘惑の場」以降でさえ、オセローは最初の二幕に特徴的な威厳をほとんど失うことなく、高潔で英雄的な姿のままであり、オセローがデズデモーナ殺害の場で身を委ねる激情は、「憤怒」ではなく「正当な怒り」であるとした。オセローが彼女を殺すのは、「憎悪によってではなく、名誉のため、名誉に加えて愛のため」なのである。(3) ブラッドレーはこうしてオセローを讃えはしても、彼の人格と罪を批判することにはきわめて慎重であった。この流れに沿う批評は、その後も強い支持をえて今日に至っている。ただこの流れの批評家達でも、全面的にオセローを擁護することはまずなく、どこかにオセロー自身の落度や性格、あるいはその言語等の問題性を指摘するなど、その擁護に条件をつけているのが通例である。E・J・A・ホニグマンは、オセローがシェイクスピア劇の登場人物の中でも最高の詩人であると考えているが、しかし他方で「オセローの言語は、シェイクスピアの悲劇の主人公の中では、他の誰よりも危険なほど大仰である」とし、また「私はそれを鈍感で野蛮なエゴティズムであるとは呼びたくないが、それは直接的な「高潔性」よりももっと複雑なものであるとの印象を受ける」とした。(4)

他方これとは真っ向から対立するもう一つの伝統的な批評の立場がある。それはオセローを、たとえばアルバート・ジェラードの言葉を借りて言えば、「知的明敏さも、心理への洞察も、それどころかありきたりな良識さえも欠如している」(5) として、オセローに様々な欠陥を指摘し、彼の性格と行動に厳しい批判と非難を加える立場である。こうした立場は、一九二七年のT・S・エリオットによる有名なオセロー批評を契機に顕在化した。エリオットは、彼のエッセイ「シェイクスピアとセネカのストイシズム」(一九二七)の中で、自害するオセローの最後のせりふの中に、「恐るべき人間の弱さの露呈」を指摘して、ブラッドレーとはまったく異なるオセロー像を提示したのである。彼によればここでのオセローは、「道徳的というより審美的態度をとって」いるのである。[6] 彼のこの言葉は、二〇世紀『オセロー』批評の転機となり、その後F・R・リーヴスなど著名な批評家を含む、エリオットの見方を発展させた多くの批評が現れた。こうしてブラッドレーに代表される伝統的な見方は感傷的に過ぎると批判された。R・B・ハイルマンは、オセローの破局を彼の性格の欠陥の中に求めて、彼の表面的な高潔性の裏には、傲慢さ、自己中心主義、エゴイズム、自己愛などの欠陥があると指摘し、[7] またS・L・ベセルは、最初イアーゴーの使っていた悪魔に関連したイメージ群がしだいにオセローに移っていくことを指摘し、彼は好むと好まざるとにかかわらず、悪魔の側に立たざるをえなくなり、最後には地獄に落ちるのだとした。[8]

ドーヴァー・ウィルソンは、この批評の変遷には、二〇世紀前半の二つの世界大戦を経験したことによる、人々の人間観の変化が、深く関係しているとした。ナチズムの独裁政治によって生まれた冷笑主義のせいで、高潔な人間というものを、人々が素直に受け入れることが難しくなり、また他方でフロイト心理学の出現で、素朴で統一的な人間の性質という概念を、容易には受けつけなくなったのだと説明したのである。[9] 二〇世紀の前半にはこの二つの批評の流れはほぼ確定的なものとなった。この相反するオセロー批評の二つの伝統的立場は、『オセロー』解釈の根幹にかかわっていて、この劇の主題について論じようとする時、避けて通ることができない問題となっている。

一九八〇年代に入ると、新たな批評が次々に現れてきた。特に顕著なのは、『オセロー』が人種差別の観点から盛んに取り上げられるようになったことで、これによってオセロー批評は全く新たな様相を呈するようになった。世界的な人権意識の高まりの中で、『オセロー』に人種差別の劇ではないかという疑惑がかけられて、大きな議論を呼んできたのである。この問題をめぐる批評の混迷は今も続いており、本書でも第二節で詳しく取り上げる。

この第一節ではしかし、一旦人種問題は脇において、焦点をオセローのデズデモーナに対する愛そのものにあて、一体そこに何が起こったのかをまずよく見てみよう。それはイギリス社会、イタリアのヴェニスの社会において、人種的に異邦人、他者であったムーア人に、シェイクスピアは悲劇の主人公としてのほとんど完璧といってよいほどの資質を、その語るせりふの格調高い詩とその堕落を通して、みごとに実現しているからである。

三、オセローの悲劇性

作者のシェイクスピアは、われわれがこの悲劇をどのように見ることを期待していたかをまず考えてみたい。シェイクスピアが描こうとしたオセロー像とその悲劇性は、どこに求めたらよいのか。一般的に言えば、いわゆるオセローの高潔性はやはりそのものとしてシェイクスピアは描いている。彼を「途方もない愚人」とみなしてしまうと、その愚人と結婚したデズデモーナも愚かな女性であったことになり、一幕三場のヴェニスの公爵の前での二人の釈明の場は茶番に過ぎなくなり、この劇の悲劇性そのものが消失してしまう。それはシェイクスピアが意図したオセロー像ではなかった。この劇の真価はオセローを矜恃をもった高潔な武将として演じてこそ、われわれにもっとも生き生きと伝わってくる。

騙されて愛する妻を殺害するオセローの最後の行為そのものは、まことに愚かしい。この悲劇のカタルシスはしかし、誇り高い武将が、そうした愚かしく軽率な行為に引きずり込まれて、激しく苦悩した末に破滅するという、その落差の大きさによってこそもたらされている。

また、オセローに重大な性格的欠点、弱点があるにしても、そのことがただちに、オセローの高潔性と矛盾するわけではないことも指摘しておきたい。シェイクスピア悲劇は性格悲劇であるし、それはむしろ魅力でもあって、シェイクスピアはハムレットにおいてさえ、小さからぬ性格的欠陥を、観客が無意識のうちにも感知できるよう性格造型していることは、第一章で見た通りである。性格に欠陥のない主人公は実際、シェイクスピア悲劇には一人としていない。

この劇をシェイクスピアの意図に沿って演出するためには、まずオセローを演ずる役者が、一幕、二幕をはじめとするオセローの、美しく堂々とした詩的せりふを、その意味通りに、朗々と響き渡らせることができなければならない。オセローのこれらのせりふが、空疎でしらじらしくしか響かない演出であっては、この悲劇の持つ独特の巨大なカタルシスの核心を舞台で作り出すことは到底できない。オセローの高潔さと巨人性、加えてその詩の音楽的美しさが、シェイクスピア劇の他のどの人物にも勝って、迫真性をもって演出されるとき、シェイクスピアの意図に沿ったオセローが舞台に立ち現れることになる。従ってオセローを演ずる役者は、堂々たる体躯の持ち主であることが、望ましい条件ともなっている。

四、病める愛の諸相とオセローの言葉

(1) デズデモーナを殺害するオセローの醜怪さ

確かにイアーゴーの騙しの手口は、まことにみごとに作りあげられているので、オセローのデズデモーナ殺害はまず避け難いことのように思われる。オセローは、「誰が自分の運命を避けることができようか?・」（五幕二場）と語っているが、彼の転落はその言葉通り、彼の運命であると言ってもよいのかもしれない。しかしわ

れわれにはまたそう言い切ってしまうと、どこか気がかりなところが残る。失墜したオセローは、いかにも醜悪に感じられる時がある。彼の破滅は本当に欺かれたことだけによるのか。彼はこの上なく巧妙な詐術の犠牲者に過ぎないのか。どうして彼には異常に残忍で、野蛮、獰猛にさえ見える瞬間があるのか。劇の中では彼自身を含めて数人が彼の嫉妬を「怪物」("monster") とよび、彼の行為を「奇怪な」("monstrous") と呼んでいる。実際彼は、最初の二幕において如何に高潔であろうとも、三幕以後は、獰猛で奇怪な姿に変貌するのは事実である。彼は最初の二幕では高い理想を持った、有能な軍人である。彼の沈着、冷静さは際立っている。だがシェイクスピアの描く悲劇は、外的な要因によって起こるだけではない。どれほど立派な人物であっても、内在的な欠陥や退廃を免れることができるわけではない。

また注目したいことは、オセローは崩壊していく過程で、悲劇に繋がる重大な部分を、いつも自ら編み上げていくことである。劇の流れで如何に必然的に見えても、自分を愛している妻を殺害するという筋立てで、シェイクスピアはこれを単に欺かれたためとはしていない。一体彼が無実の妻を殺害するに至る過程で、その内面に何が起こったのか。彼が崩壊していく内在的根拠はどこにあるのか。この章ではこの問題を、いわゆる彼の性格上の欠陥とは一旦切り離して、彼の言葉に現われる幾つかの特徴を手がかりにしながら洗い出してみたい。そして彼が外見上も著しく冷酷醜怪に見えてしまうのは、彼自身の内面にある種の退廃が起こるためであることを明らかにしてみたい。

(2)「合理性」の陥穽

第三幕第三場はいわゆる「誘惑の場」である。この場でイアーゴーは、嫉妬とざん言の卑しさを説きながら、他方でデズデモーナとキャシオーの仲が疑わしいと巧妙に仄めかす。そして自分の心の中の考えは、決して明かすつもりはないと断言してみせる。これに動揺したオセローは、イアーゴーの示唆を懸命に否定しようとする。

おれを山羊と取り換えるがいい
仮にもおれの魂の問題をおまえの推理に合わせて
そんな根も葉もない膨れあがった邪推に
委ねるくらいなら。（三・三・一八〇―八三）

ここで彼は、イアーゴーの暗示を何とか追い払おうとしている。だが、この言葉はまた、彼の心の中に疑惑が芽生えたことも示している。愛は彼にとって「魂の問題」であったし、そうであるべきはずでもある。意識の表面では彼は決して「根も葉もない膨れあがった邪推」に身を委ねることはないと考えてはいる。しかし彼は事実上、妻への疑惑という未知の領域へと足を踏み入れている。イアーゴーに言葉の真意を問いただすことで、オセローはデズデモーナが不義を働いた可能性を、想定せざるをえなくなっている。シェイクスピアがここで描き出しているのは、疑惑を抱くことによって、意識下の魂に、退廃が忍び込みかねないオセローの姿である。オセローがここで、イアーゴーの考えに、「推理」（“inference”）という論理学の用語を使っているのは象徴的であって、これ以降のオセローは、彼のあまり得意としない「合理的」、「論理的」思考を通して、愛を判断しようとし始めるのである。

いや、イアーゴー、

おれは疑う前に見る、疑ったら証明する。
その証拠に基づいて、道はただ一つ、
直ちに愛と手を切るか、疑惑と手を切るか！（三・三・一八九―九二）

ここで彼が使っているのは三段論法（syllogism）であるが、[10]こうした態度は、いわば証明という論理のプロセスに、魂の問題であるはずの愛をおいてしまうことであろう。オセローにとって、その愛の最良の部分は、論理を超え分析を拒否する全体的統一性の中にこそあるが、彼はこれを分析的論理的プロセスに乗せている。それはオセローが、ここでも彼とデズデモーナの関係にはいかにも不似合いな、「証明する」だとか、「証拠」などという言葉を使うところに露呈している。そしてイアーゴーがこのようにオセローを堕落させていく時用いる手段こそ、彼が得意とする一見合理的な擬似論理である。イアーゴーとオセローの衝突は、擬似論理と精神性の衝突であると言ってもよい。オセローの中では、合理的な思考を通して、愛の肉体的な側面が精神面から遊離し、対立し始めて、これを支配するようになってくる。欺かれたオセローは、デズデモーナとの愛を完全なものとしていた非論理の世界から滑りおちて、イアーゴーと同じ「合理的」な眼で周囲を見ることを余儀なくされる。そうした歪んだ眼で眺めると、デズデモーナとキャシオーの関係が、いかにも怪しく思われてくる。とはいえ彼は、本来の自分の視点を完全に失ってしまうわけではないので、激しい苦痛なしには、イアーゴーと同様の眼でデズデモーナを見ることはできない。シェイクスピアがここで描いているのは、そうしたオセローの姿である。

彼が合理性の斜光の中で二人の愛を眺め始めると、彼らの間にある肌色、民族、慣習、年齢の差の違いを強く意識せざるを得なくなる。それらは当然にもこれまでは気にもとめなかった。というより彼はそれらを、

「魂と魂」（一・三・一一四）の愛によってたやすく超えていたはずだった。しかし「合理」的思考の回路に入り込むと、彼は急に劣等感に捉えられ、己の力では如何ともし難い自分の弱みに思い到らざるをえない。

　　　　　多分俺の肌が黒く、
　伊達男達のような柔らかい物腰がないためか、
　それとも齢も傾きかけて人生の谷間へと
　差しかかったので（まだ大したこともないが）、
　あれは行ってしまったのだ。（三・三・二六三—六七）

彼が二人の愛を不自然なものと感じるのは無理もない。というのも彼らの愛が輝いたのは、二人がそうした肌色、民族、慣習、年齢の差を乗り越えて結婚したからであって、「合理」性のレベルで見る限り、彼らの愛は確かに不自然であるには違いないのである。少なくともデズデモーナの父ブラバンショーには、想像もつかないことだった。

　ブラ　——自然の情に反し、年も国も違い、
　信用も何もかも捨てて、見るも怖がっていた奴と
　恋におちるなんぞあるわけがない！　（一・三・九六—九八）

オセローがイアーゴーに「眼に見える証拠」（"ocular proof"）（三・三・三六〇）を求めるとき、彼は事実上イ

アーゴーに「合理」主義の角度から自らを攻撃させる足場を与えている。行き過ぎた合理主義が、自然な感じる心よりもかえって真実から離れてしまうことは、われわれが日頃よく経験するところである。ウィリアム・ワーズワースはその『序曲』(一八〇五)の中で、合理的な思考《リーズン》を、次のように二つに分けた。これは彼が若き日に合理主義に走り、道を誤った苦渋の時代を顧みた後年の省察である。(11)

理知《リーズン》、だがかの偉大で素朴な理性《リーズン》ではなく、
論理と微細な分析で、輝かしくなくもない
仕事をなすあのもっと劣った力が、
すべての偶像の中で、成長する心に
こよなく心地よい時がきた。
この方法で得られる
明白な恩恵にとどまる者は
心貧しき人であろう。……
……今はただ、
真理の友たるよりも、虚偽の敵たるを誇り、
心で感じるより、判決を下す
機能には、危険が伴わざるをえぬと
示唆すればよい。(『序曲』、Vol. XI, 一二三―二七)

ここではさしあたってワーズワースが、劣った力としての「理知」には、それが心で感じることを止め、判決を下そうとするとき、危険が伴わざるをえない、としていることに特に注目しておきたい。イアーゴー的「合理」主義は、上の引用に当てはめて言えば、理性にではなく理知に属するであろうが、しかし実際は理知と呼びうるものよりもっと卑しい。彼はいわば虚偽を真実に見せかけるために、論理を利用しているに過ぎないからである。とはいえ論理は一般的に言っても、使い方次第で、虚偽を真理に見せかけるトリックができるのであって、ワーズワースも、そこに危険性を見ているのである。その意味でイアーゴーの虚偽の「合理」主義は、ワーズワースのいう劣った理知と無関係ではないのである。オセローは、その虚偽性の見極めができず、彼自身の魂の世界を犠牲にして、イアーゴーのこうした「合理」主義を受け入れている。オセローが、それと気付かぬ内に、危うい論理と分析に依存し始め、心で感じるよりも、判決を下すかのように愛と向き合う時、彼には危険が伴わざるを得なくなる。イアーゴーが巧妙に使う論理には、言うまでもなく事実に確たる根拠があるわけがなく、それはただ歪んだ事実の断片を寄せ集めたものにすぎない。豊かな感性をこそ長所とするオセローは、イアーゴーの差し出す取るに足りぬつぎはぎの「証拠」に惑わされる。

イアーゴー　もし真実の扉にまっすぐつながる裏付けと、強力な状況証拠でご満足なさるなら、ないこともありません。

オセ　不実だというはっきりした理由を出せ。　（三・三・四〇六―〇九）

こうして見てくると、オセローの性格には、確かに高い知性は感じられないのはある程度事実である。それを彼の性格的欠陥と呼ぶこともできないわけではない。しかしそれは通常の生活レベルでは、少しも問題にならない範囲の「欠陥」でしかない。

彼は形ばかりのイアーゴーの論理に、足を掬われるのと並行して、激情に身を委ねている。そしてイアーゴーは、合理性ということに、いつも性的意味あいを絡み合わせてくるのである。

イアーゴー　いや、これは夢にすぎません。
オセ　だが以前にやったことの結果だ。
イアーゴー　疑いは十分です、夢にすぎませんが。
それにはっきり証明できない他の証拠を
強める役には立ちましょう。
オセ　あいつめ、八つ裂きにしてやる。（三・三・四二七―三二一）

(3) 失われていく誠実さと謙虚さ――地獄と淫婦のイメージ

疑いを抱かざるをえない事態が生じると、誰でもそれが事実かどうか確かめたくなる。そのこと自体は、当然な手続きでもある。イアーゴーはそうしたオセローの心の隙につけ入っている。オセローが証拠を探そうとしたことだけで、彼を咎めることができるわけではない。こうした場合、疑惑が事実であることもあるので、賢明な人間ならなおさら、むしろ問題を波風を立てず解決しようとして証拠を探す。

だが問題は、オセローがこうした一見当り前と思われる手段に訴えるとき、彼本来の、愛を心で感じるという態度までも汚していくのではないか、と疑われることである。これは愛の倫理の問題である。

欺かれて疑惑に取りつかれたオセローは、愛したいという渇望と、激しい憎しみとの間で引き裂かれ、大きく揺れ動くようになる。この彼の動揺の大きさの中に、われわれは彼の本来の愛が、大きく変貌しているのを見る。そして彼のせりふには、まるで愛を完全に放棄するかのような、苛烈な言葉が現われてくる。次の二つのせりふで彼は愛の放棄を語っているが、そこには憎しみだけでなく野蛮な復讐心が伴っていて、本来彼が高い徳性と勇気、才能、それに沈着さを備えた人物であるとは、とても思えないほどである。

おれの愚かしい愛はこうして全部、大空に吹き飛ばす。
もう無くなったぞ。
立ち昇れ、真っ黒な復讐よ、地獄の穴から！
おお、愛よ、わが心に占める玉座と王冠を
残虐な憎しみに明け渡せ！（三・三・四四五―四九）

激しく荒れ狂うおれの血生臭い思いは、
断じて振り返らぬ、断じて卑しい愛には戻らぬ、
おれの貪欲な復讐が何もかも
飲み尽くすまでは。（三・三・四五七―六〇）

彼はここでデズデモーナにこれまで抱いていた愛情を、「おれの愚かしい愛」（"my fond love"）とか「卑しい愛」（"humble love"）と表現し、その愛には二度と帰らぬと明言している。そして愛の占めていた座を憎しみに明

け渡すとまで言い切っている。たとえ愛を否定する彼の言葉が、実は愛への渇望と表裏をなしていることをわれわれは承知してはいても、その言葉だけで見る限り、彼の愛は変質したのではないかと思われるほどである。この動揺の振幅の激しさ自体の中に、われわれは彼の精神的退廃の一つの形を見るべきであろう。彼は、デズデモーナをくり返し悪魔と呼び、地獄と結びつけたり、彼女から娼婦を連想したりするようになる。こうした彼が失ってしまったのは、彼がもっとも大切にすべきはずの、愛に対する率直さ、謙虚さだったのではないか。

イアーゴー　友人ですが奴の命はありません、ご命令に従って。
でも奥様のお命だけは。
オセ　くそっ、淫婦め！地獄だ、地獄に落としてやる！
さ、一緒に来てくれ、あっちへ行って
あの美しい悪魔をすぐに殺す手立てはないか
工夫したい。（三・三・四七四―七九）

オセ　ここには若く汗っかきの悪魔がいるからな（三・四・四二）

オセ　　　　さあ、誓え、そして地獄へ落ちろ、
その天使の姿には、悪魔どもさえおまえを捕えるのを
恐れるだろう。だから二重に地獄へ落ちろ。

さあ貞節だと誓うのだ。

デズ　神様がよくご存じですわ。

オセ　神様がよくご存じだ、おまえは不実だ、地獄だ。（四・二・三五―三九）

このように、三幕三場以降デズデモーナは、繰り返し「悪魔」（"devil"）と呼ばれているし、また「淫婦」（"lewd minx"）扱いにされている。ここでの彼の心の退廃には看過できないものがあり、それは必ずしもイアーゴーの詐術の巧妙さのみに帰せられるべきものではないことが、見て取れるのである。地獄への言及が余りにも多いという事実は、それらが特にデズデモーナに集中して向けられていることを考慮すれば、単に罵りの言葉のせいとして片付けるわけにはいかないことを物語っている。「誘惑の場」以降のオセローのデズデモーナに対する時の態度には、誠実さ、率直さという愛の根幹となるべき姿勢が抜け落ちてしまっている。その結果として悪魔と地獄への言及が激増しているのである。[12] 人が欺かれるとき、悪いのは言うまでもなく欺く方であるが、欺かれる側に何らかの問題が潜んでいる場合もないわけではない。オセローの場合はどうかがここでの問題で、それをどう見るかで、批評史が分かれてきた。ここではオセローがデズデモーナを悪魔呼ばわりしたり、地獄と結び付けたりするせりふの異常な多さには、イアーゴーの巧妙さを差し引いても、上述の通り、誠実さと率直さを失ってしまった彼の愛の倫理上の問題があり、その責任は小さくないことを指摘しておきたい。そこにはまた拭い難い屈辱感が隠れている。状況に流されてこうした事態に陥りかねないのは、オセローばかりでなく、誰の心の中にも潜みかねない、人間の弱さである。彼はまた四幕二場では、さらにくり返しデズデモーナを娼婦扱いしている。

この美しき紙、この最高の書物は、「淫売婦」と
書き入れるために作られたのか？　どんな罪を犯したかだと？
犯したか？　ええい、この娼婦め、（四・二・七一―七三）

オセ　厚かましい売女め！
デズ　まあ、ひどいことを。
オセ　おまえは売女じゃないのか？
デズ　いいえ、キリスト教徒ですわ。（四・二・八一―八二）

オセ　おれはおまえをオセローと結婚した、
ヴェニスのずるい淫売かと思っていた。（四・二・八九―九〇）

デズデモーナを咎めるオセローは、不貞と売春の区別さえしていない。これは一つの価値観であって、オセローの潔癖さを示すものではある。彼は、二人の会見の場を売春宿に見立ててさえいる。そして売春宿はまた地獄の連想を伴っている。

とはいえ、悪魔と地獄のイメージの多さということだけで、仮にわれわれがここにオセローの偽善や悪意までも読み取ろうとするならば、それは正しくない。オセローにとってはデズデモーナに本心を隠すことは、著しく難しいことであって、隠そうとしてもどうしても隠しきれない。それは彼自身が、デズデモーナを前にした傍白で、「ああ、本心を隠すのはつらい！」（三・四・三四）[13]と述べている通りであって、彼は偽善的態度を

取ることはおろか偽装することさえ完全にはできず、怒りを爆発させてしまう。
また彼は、デズデモーナの不貞を信じ込まされて以降、悪魔と地獄のイメージとは逆の、天使や天国に関係するイメージも、数は多くはないけれども、デズデモーナとの会話の中で使っている。ただそうしたイメージも、次にあげる例のように、地獄のイメージとともに使用するに過ぎない。

そのとき顔色を変えるがいい、
忍耐よ、なんじ若くバラ色の唇をした智天使よ、
地獄にいる如く恐ろしい顔付きをするがよい！　（四・二・六二―六四）

(4) 醜怪な動物のイメージ群とオセローの屈辱感

イメージ群研究は、批評史の中で特に一九三〇年代から七〇年代にかけて一つの大きな時代を築いた。このイメージ群研究によって、『オセロー』批評においては、イアーゴーに欺かれて以降に、もともと彼の言葉に特徴的であった動物のイメージ群が、オセローのせりふにも現われるようになることが指摘された。それらは山羊、猿、蚕、まむし、鰐、熊、夏蝿、ひき蛙などであって、オセローが語るときにはどれも、感覚的な嫌悪感や汚らわしさを伴っている。たとえば次のような例がそうである。イアーゴーは、オセローに、デズデモーナとキャシオーの関係を、

彼らが山羊のようにさかりがついて、猿のように熱くなって、
狼のように発情していても、　（三・三・四〇三―〇四）

と述べているが、オセローはのちにこれを思い出して、デズデモーナを見ながら、「山羊や猿だ！」（四・二・二六三）（四・一・二六三）と叫んでいる。

とはいえ彼がイアーゴーのイメージで考えるようになり、イアーゴーのイメージ群がオセローに移るのだとする説明は、必ずしも正しくはない。全体として見るとシェイクスピアが、イアーゴーのイメージ群をオセローに移すよう意識して書いたのではないことが分かる。嫉妬と情炎が大きな役割を占める悲劇で、この同じ話題について語る二人が、類似のイメージを使うことに、少しも不思議はない。

動物のイメージ群をシェイクスピアがよく用いるのは、何も『オセロー』に限ったことではなく、彼は『マクベス』や『夏の夜の夢』などでも非常に多く用いている。『マクベス』ではマクベス、マクベス夫人、そして魔女達の言葉の中に特によく現われているが、それぞれの登場人物達は、それぞれの口調でそうしたイメージ群を口にしている。魔女達がマクベスを欺くからといって、彼が魔女達のイメージで考え始めるために彼の言葉にも動物のイメージ群が現われるというわけではない。

イアーゴーが動物のイメージ群を使うときの口調と、オセローの口調とでは、大きな相違がある。そして二人はそれぞれ別々の心理、動機、目的で、動物のイメージ群を用いている。

イアーゴーは、動物のイメージ群を使うとき、自分が心の中で憎んだり軽蔑したりしている人々を、いわば動物のレベルにまで引き下げて見下し、軽蔑している。彼は動物達を、無能で下等な生き物、あるいは汚らわしく、こうるさい小動物（蝿、蛙など）といったイメージで表わす。異常な性欲の象徴としてもよく使っている。そうした彼にひそむ心理は、彼が話題にしている人々に対する徹底的な蔑視であったり、またそのように彼が見下す相手に対する、ひそかな優越感であったりする。彼はそうした比喩で人々を滑稽化することに大きな喜びを感じているところもある。彼は心のどこかでそれを面白がっているのである。

ちょうど今、まさに今、黒い老雄羊が
お宅の白い雌羊に乗っかってますぜ。（一・一・八八―八九）

や、手のひらを握ったな。よしよし、そうやって囁くんだ。こんなちっぽけな蜘蛛の巣でキャシオーという大蝿を捕まえてやる。（二・一・一六七―六九）

ところがオセローの場合、イアーゴーのように、人を見下すために動物のイメージを使い、優越感や喜びを得ようとする心理は、まったく見られない。オセローが動物に言及するとき、一般にイアーゴーの場合よりも遥かに醜怪であって、下劣さ、汚らわしさ、不吉さが際立っている。こうした彼に働いている心理は、主にデズデモーナを対象とした苦々しい失望であり、不貞に対する激烈な嫌悪と憎悪である。そこにイアーゴーの場合のような優越感や喜びがあるはずもない。そして、さらにオセローの心の底を探っていくと、そこには耐え難い屈辱を受けたという、屈折し、歪んだ心理が働いていることがわかる。こうした心理はイアーゴーには見られないのである。

おれのいのちが湧き出るか、涸れ果ててしまう
そのもとの泉なのに、そこから棄てられるとは！
きたないひき蛙が寄り集まって子を生む

溜め池にとっておくとは！（四・二・五九―六二）

デズ　私は操正しい妻、信じて下さいますわね。

オセ　ああそうだ、屠殺場の夏蠅みたいにな、

生みつけた途端にもう卵はかえっておるわ。（四・二・六五―六七）

上の二例では、オセローはデズデモーナをひき蛙が卵を生みつける溜め池や、夏蠅に喩えているが、オセローの屈辱感にはまた自分が妻の不義で卑しめられた結果、人間以下になってしまうと感じる心理もあって、そうした時彼は、自分自身を醜悪な動物や怪物として表わしてもいる。皮肉にもそれは、彼自身の嫉妬の醜怪さを示す表象となっている。

大事な愛する者のひと隅を、

他人に思うままに使われるくらいなら、

いっそひき蛙になって、地下牢で湿気を吸って

生きる方がまだましだ。（三・三・二七〇―七三）

オセローは屈辱感からこうしたせりふを語っているが、ここでは暗い地下牢に棲むひき蛙の醜悪な姿が、嫉妬に燃え始めた彼自身の姿と二重写しになっている。

(5) ハンカチのエピソードの象徴性――神秘化、秘儀化の意味

『オセロー』の原話は、イタリア人ジラルディ・チンティオ（一五〇四―一五七三）の『百物語』(*Hecatommithi*) に収められている「ヴェニスのムーア人」である。オセローの病める愛を象徴的に示す一つの例は、ハンカチをめぐるエピソードであるが、このハンカチを利用して騙す手口は、すでにチンティオの原話にあり、シェイクスピアはそれを自分の悲劇の中に、趣向の上ではほとんどそのまま取り入れた。しかし、細部では原話と『オセロー』との間には様々な相違がある。その大きな違いの一つは、オセローが語るハンカチにまつわる奇怪なエピソードが、原話にはまったくないことである。この部分はシェイクスピアが作り出したもので、彼はここで原話を劇化する際に、デズデモーナの気持ちの動転をより大きくしようとした。そして、オセローの屈折した心理がより複雑な陰翳を帯びるように作りかえた。ここにシェイクスピアは、オセローの隠れた嫉妬と歪んだ感情を反映させるために、ハンカチを神秘化、秘儀化した。そこにオセローの怒りと疑惑の暗黒部を反映させたと言える。オセローがハンカチにまつわる話をデズデモーナに語るときの言葉は、醜悪に歪んでいる。一幕三場でブラバンショーは、ヴェニスの公爵に、御前会議の席で次のようにオセローを告発し、彼がまじないや薬物でデズデモーナを欺いた可能性を示唆している。

　娘はまじないと香具師から買った薬物で、
　たぶらかされ、盗まれ、汚されたのです。
（欠点とて無く、眼も見え、感覚も正常なのに）
人の本性がこれほど途方もなく誤るなどとは、

魔術を使ったとしか考えられません。（一・三・六〇―六四）

これに対しオセローは、そうした事実をきっぱりと否定している。もともと二人の愛は、デズデモーナがオセローの経験をいとおしく思い、それを知った彼が率直に彼女に愛を求め、デズデモーナがそれ受け入れるというプロセスを経てはぐくまれたという。オセローは、二人の馴初めから求婚するに至った経緯を、格調高く語ったのち、次のように述べている。

彼女は私が潜り抜けた危険のゆえに私を愛し、
私は彼女が同情してくれたので愛した。
ただこれだけが私が用いた魔術です。（一・三・一六七―六九）

こうして彼は、使った魔術といえば、二人の愛の純粋性だけであったと明言して元老員議員達を説得し、ブラバンショーからの結婚の承認を得たのである。ところが彼は、ハンカチの織物には魔力があると言い出している。これでは二人の愛には、実はやはり魔術が介在していたことになる。

本当だ。その織物には魔力がある。
この世に日の巡ること
二百年の齢を重ねた巫女が、
予言の霊感が乗り移ってその模様を刺繍した。

清められた蚕がその絹糸を吐きだし
秘法家が処女の心臓から集めた
ミイラ液で染め上げたのだ。（三・四・六九―七五）

オセローがハンカチの「織物には魔力がある」と信じているとすれば、彼はブラバンショーの告発を否定できなかったはずだが、これでは彼は、その魔力によって自分をデズデモーナに繋ぎとめるために、ハンカチを彼女に渡していたことになる。それが主観的なものに過ぎないかどうかは別にして、やはり彼は二人の愛のプロセスにおいて魔術に頼っていたことになる。しかも結果として、ハンカチを失ったデズデモーナは、オセローの愛を失い、命まで落とすことになるので、ある意味では実際にハンカチの魔力なるものがあったことになる。オセローはここで、奇妙に愛を魔術のヴェールに隠そうと努めている。ブラバンショーは、「香具師」、「まじない」、「魔術」、「薬物」でオセローを告発した。こうしたものに依存することが、いかに当時でさえもいかがわしいことであったかはブラバンショーの告発に明らかである。ブラバンショーの疑念は魔術が奇怪であることを示しており、オセローもそのように考えていたからこそ、それを強く否定したはずだった。ところが彼は実際には彼の愛のプロセスに、「巫女」、「秘法家」、「予言の霊感」、「魔力」、処女の心臓から得た「ミイラ液」を介在させる部分があったことを、自ら認めている。

もっともわれわれは悲劇の劇的効果ということを考慮しなければならない。もしオセローが実は秘儀めいた部分を密かに最初から隠し持っていたのだと見なしてしまうと、それは悲劇のダイナミズムを無視した極論に過ぎなくなる。劇の流れの中で問題なのはむしろ、イアーゴーの策にはまった彼が、突如としてハンカチのいかがわしい秘儀と魔術の話を持ち出して、自分の愛を奇怪な秘密めいたものに変質させてしまい、デズデモーナを驚愕させることである。彼は前に純粋な愛を高らかに謳いあげた。しかしここに露呈した、彼の歪んだ、黒々とした心理は、それとは似ても似つかぬものなのであって、これは彼の愛が変質し、ブラバンショーが告発したいかがわしいレベルにまで堕ちてしまったことを示している。ハンカチをめぐるこの話は、嫉妬の怪物と化したオセローを象徴的に示している。

五、第五幕第二場のオセロー

(1) 高潔さと残忍さ

五幕二場の冒頭で登場してくるオセローの様子は厳かであり、その言葉には怒りは消え、悲しみが支配している。しばらく前まで彼は激しい怒りを見せていた。しかしここでのオセローは、第一幕と第二幕で見せていたのと同じ威厳をもってせりふを語り、かつての彼自身の高潔さと沈着を取り戻したかのようであり、彼に何らかの大きな変化が起こったことがわかる。この点についてブラッドレーは、オセローはキャシオーが死んだと思い込んだことで、復讐の渇望が癒されて、デズデモーナを彼女自身から救わねばならないと考え始めており、従ってこの場のオセローは「第四幕のオセローではない」と説明した。[14] この解釈は多くの議論を呼んだが、ドーヴァー・ウィルソンなど同じ考えを表明した批評は少なくない。この見方によると、五幕二場の殺害の場は、モラルの判断を下すべき時ではなく、同情すべき時なのである。というのもオセローは、あたかも司祭になったかのような気持ちの中で、デズデモーナを殺害するからである。この解釈の有力な裏付けとしてよく指摘されたのは、オセローがこの場ではもはや、イアーゴーと同様の動物のイメージ群は、使用しなくなっていることである。確かにこの場のオセローには、同情されてしかるべきところが少なくない。しかし、舞台上で殺害が実行されるとき、われわれにはオセローの姿がいかにも残忍に見えるのも事実である。もともと無実の妻を殺害してしまうというオセローの行為は、彼自身が最も自己弁護してはならないことのはずである。

ちなみにチンティオの原話では、先述の通りデズデモーナ殺害自体はイアーゴーにあたる「旗手」が行うが、オセローにあたる「ムーア人」とこの「旗手」は、殺害を事故に見せかけることに成功し（家の梁が落ちてきたことにする）、犯行はしばらくは露見しない。その後「旗手」と「ムーア人」の仲間割れが原因で犯行が告発され、「ムーア人」は逮捕され、拷問にかけられるという経過をたどる。彼は拷問にも白状せず持ちこたえたために、追放処分にされるが、ほどなくデズデモーナの身内の者達によって殺される。「旗手」も拷問にかけられて体が壊れ、家に帰されるが死亡する。このように原話の「ムーア人」は、最初こそ「徳高く、勇気があり、行いも立派」な軍人であると紹介されているが、最後には良心のかけらもない悪徳漢であったことが明らかになっている。

『オセロー』では、原話の「ムーア人」と大きく違い、主人公のオセローが、比較にならないほど高潔な人物に作り変えられている。彼は自分の罪深さを知って自害する。この行為は原話の「ムーア人」と違い、彼が激しい良心の呵責に耐え切れなかったことを示している。

(2) 詩的イメージ群の多さは自己回復の指標か？

五幕二場「殺害の場」の冒頭のオセローは、確かに以前と同様の高尚な語り口とイメージ群を回復している。しかしそれは果して彼本来の心までも回復したことを示すのだろうか。オセローの心が退廃する様子は、卑俗なイメージ群が彼の言葉に広がっていったことに示された。しかしそれが心の有りようをすべて説明したわけではなかった。イメージ群もその正確な意味の把握には、文脈に戻して読み取る必要があった。ここでもイメージ群の意味を、文脈に沿って吟味してみよう。
「殺害の場」冒頭のオセローのせりふは次のようになっている。

それが原因だ、それが原因なのだ、わが魂よ。
その名を言わせるな、清らかな星々よ、
それが原因なのだ。だがあれの血は流すまい、
雪より白く、雪花石膏の記念碑にも似て滑らかな
あの肌は決して傷つけまい。だがこの女は
死なねばならぬ、さもなくばもっと男どもを裏切る。
まずこの灯りを消し、次にこの灯りを消す。
燃える炎の使いよ、お前は消しても、
後悔すれば、またもと通り光は取り戻せる。
だが一たびお前の灯りを消すや、
卓越せる自然の技を尽くした模様よ、
お前に再び灯をともすプロメテウスの火は、
どこにあるか知らぬ。一たびこのバラを摘み取ると、
もう二度と生命の力を与えることはできぬ、
萎れる外はない。もう一度香りをかごう。
［口づけする。

ああ、芳しい、この吐息には正義の女神も
剣を折ってしまうだろう！　もう一度、もう一度。
死んでもこのままでいてくれよ。まず殺して、
それからまた愛そう。もう一度、これが最後だ。
かくも甘美で破滅した例はない。泣かずにはおれん、
だがこの涙は冷酷だ、この悲しみは神々しい、
愛すればこそ天罰を下さねば。眼を醒ましたな。（五・二・一–二二）

この場のオセローのせりふには全体に詩的イメージが多いが、とりわけこの眠るデズデモーナに向かってのオセローの独白はそうである。

しかしこの五幕二場では実は、彼のせりふには格調高い詩的表現の多さとは裏腹に、他方で著しく粗野な言葉が入り込んでもいる。それは彼が実際にはこの場で殺人を犯すことの反映に他ならない。例をあげると、彼はデズデモーナに次のように語る。

たとえ奴の髪の毛が一本一本生きていたとしても、
おれの大きな復讐心の胃袋は、その全部を飲み尽くすぞ。（五・二・七四–七五）

オセローにとってキャシオーは、その髪の毛一本一本に至るまで、もしそれらに命があるなら殺したいと願わずにはおれないほどだったわけである。この言葉は彼がデズデモーナとキャシオーの殺害を決心した理由が、

まさに「大きな復讐心」であり、その貪欲な「胃袋」を満たすためだったことを生々しく物語っていて、二人を殺害しようとするときのオセローの本音を正確に示している。そしてまた彼は、このすぐ後で、デズデモーナに「売女」（"strumpet"）という罵りの言葉を二度までも、それも殺害直前に浴びせている。この言葉は四幕二場で、彼がやはりデズデモーナに対して二度、面と向かって罵って使った言葉であり、またキャシオー暗殺が成功したと誤解した五幕一場でも、「売女め、今行くぞ。」（五・一・三四）と彼がデズデモーナを呼んだ言葉である。こうした事実は彼の魂の不純さの度合を示している。また彼がデズデモーナを締め殺す前に口走る、

うぬ、偽誓するとは、おまえはおれの心を石にする、（五・二・六三）

という言葉は、四幕での彼の、

いや、おれの心は石に変わったぞ、叩くと手の方が怪我をする。（四・一・一八二－八三）

というせりふに呼応しており、これもまた彼の意識が本質的に、四幕と五幕とで実はまったく変わるところがないことを示している。

こうしてみると、五幕二場でのオセローのせりふに、詩的な美しいイメージ群が見られることは、必ずしも彼のいわゆる自己回復を意味するものではないと言わざるをえない。確かに彼は冷静さは取り戻しているし、もしそれをもって自己回復というのなら、その限りでは自己を「回復」してはいる。だが彼は、愛の純粋さと魂の高潔さの回復という、より本質的な意味で、彼本来の自己を回復しているかといえば、そうではない。そ

れどころか、この点ではむしろ彼は五幕一場以前の彼と同じオセローであるばかりでなく、実は逆に最悪の状態に至っているといえる。

それではなぜ、彼のこの場冒頭の言葉に美しく詩的なイメージが幾つも現われたのかを考えてみよう。この場はいわば、彼の中で愛と憎しみの相剋が極点に至っている状態である。激しい相剋、葛藤は、二つの力が拮抗するために起こる。それは極点に至ると均衡が保たれて静止することがある。オセローがここで当初彼本来の威厳と冷静さを回復しているように見えるのは、そのような状態であると見てよい。このために、その相剋の一方の極にある愛は、オセローにはこの上なく輝きを増して見えている。そうした愛の対象であるデズデモーナが、当然にも彼にはまことにいとおしく、また美しく映ることになる。それは愛の純粋さによるというよりも、愛したいという願望の強さによると言った方がより正確である。

そこでどうして彼は心の平静を取り戻しながら、他方で彼の姿は著しく奇怪に見えるのかであるが、それは次のような理由によっている。

葛藤を作り出してきたもう一つの力は、デズデモーナとキャシオーに対する黒い復讐心である。彼の復讐心は徐々に募ってきて固まっていったのであって、イアーゴーに欺かれたためとはいえ、それはすでに「石と化して」いる。彼はその決心をすでに十分に固めてしまっていて、あとはただそれを実行に移すだけにすぎない。キャシオー暗殺については、イアーゴーがその実行をオセローに申し出て、すでに前の場で襲撃が行なわれている。それは失敗に終わったが、しかしオセローは成功したと勘違いしていて、その意味ではすでに彼の復讐心は半ば満たされている。ブラッドレーが言うように、キャシオーの「死」が、彼の復讐の一部を満たしてくれたことは、確かにこの平静さの一つの理由である。しかし、それは全てではない。彼はもう一つ、無意識の内に、より重要な理由を隠しているのである。それは、彼がデズデモーナをもすでに心の中で殺してしまっていて、そのために満足感をいわば先取りして味わっているのではないかと疑われることである。デズデモーナを殺害することで、彼の復讐は初めて完成するわけである。これが彼の今の状態である。愛と憎しみはこれまで相剋をくりひろげていたが、ここに来て憎しみの結果としての復讐の意図が、はっきりと固まって、それが愛に対して、明確な優越性を得るに至ったのだと言える。憎しみが極点に達し、彼はすでに心の中で復讐を果たした状態を、落ち着いた気持ちで思い描くことができる状態になっている。つまりオセローは、眠っているデズデモーナに美しい詩で語りかけながら、実は他方で彼女を心の中で殺してしまって彼の復讐心を満足させてもいる。このために実際に存在する彼女の本来の善と美がさらに輝きを増し、彼の心に美しいイメージを作り出しているし、また彼には彼女への憐れみさえも感じることができるようになっている。

こうして彼が、「雪より白く、雪花石膏の記念碑にも似た滑らかなあの肌」と述べるとき、彼が望むことは、ただ「傷つけまい」ということにすぎず、他方で彼は、デズデモーナは「死なねばならぬ」と確信しているのである。また、ちょうど「バラ」は「摘んで」しまわねばならぬのと同様、「灯り」を「消す」のである。そしてそれを再び灯してくれる「プロメテウスの火」は、「どこにあるか知らぬ」のである。

(3) 司祭のイメージの意味――復讐心の客体化と愛の倫理

しかし彼は、たしかに祭壇に近づく司祭のようにデズデモーナに近づいている。彼は少なくとも主観的には、単に復讐のためだけで殺害を実行しようとしているのではない。彼は神の名において、デズデモーナに正義の裁きを下さなければならないと考えている。

オセ　今夜はもうお祈りはすんだかね、デズデモーナ？

デズ　　　　　　　　　　　　　　　　　　　　　　　ええ、もう。
オセ　もし神様のお慈悲にお許しを乞うていない罪が、
まだ何か心に思い浮かぶようだったら、
すぐにお願いしなさい。（五・二・二五－二八）

彼女の罪は姦淫であり、その刑罰は死である。不幸にもオセローは武人であり、武人はとりわけ秩序を重んじたがる。デズデモーナのこの罪が、彼に混沌《ケイオス》、無秩序をもたらしたのであって、彼には秩序を回復しなければならないという心理が働きやすい。しかしこの点においても、彼が実際に行っていることは、「合理」性の名のもとに、心の領域を断罪することに他ならない。彼は三幕で「合理」主義的な思考の陥穽におちて、いまだそこから抜け出してはいないのであって、それを示すのが彼のこの場の冒頭での、まるで自己を抑制するかのようにつぶやく、「これが原因なのだ、これが原因なのだ」という言葉である。そして彼の「だがこの女は死なねばならぬ、さもなくばもっと男どもを裏切る」という言葉も、こうした「合理」的思考のパターンによっている。彼は、「デズデモーナは姦淫を犯した」ことを前提にしているのであって、その上に立って、彼女は「もっと男達を裏切る」というもう一つの前提を作り上げている。こうして、ゆえに「この女は死なねばならぬ」という結論を導き出す。前提が誤っている以上、結論も誤っているのであって、彼はただ論理の真似ごとを行っているに過ぎない。もっとも、ここでは彼は自分の復讐心に十分気付いてはいないし、また正義を装っているわけでもなく、自分が正しいと確信している。また彼がいまだ彼女を愛したいという気持ちを全く捨てたわけではないことも、「まず殺して、それからまた愛そう」という言葉に辿ることができる。にもかかわらず、ここで彼は自らを司祭に転換することで、彼という個人を抹消し去って、彼とデズデモーナの個人的な関係を、非個人的、客観的な関係に転換してしまうことに成功している。これが彼の「さもないともっと男達を裏切る」というせりふが、まことに忌まわしく響く根拠である。彼は個人的な復讐を客体化し、それを懲罰という正義の行為へと転換し、こうしてまだ残っていた愛したいという切なる望みを切り捨てることができたのである。こうして彼は、殺害を正当化する。自らを正義の裁きを下す神の代理に擬する彼のこうした態度は、明確に愛の倫理に違背した行為である。ここに彼の深刻な心の退廃が認められる。

(4) オセローの選択と聖書

このように自らを神の代理に擬する彼の態度について、聖書の姦淫についての記述を参考にしてみたい。というのもデズデモーナは自らをキリスト教徒としているし、オセローもそのせりふなどから、キリスト教徒であることが明らかだからである。彼が司祭のように振る舞うのもこのためである。そこでまず旧約聖書の『レビ記』であるが、主がモーセに次のように語っている。

> 人の妻と姦淫する者、すなわち隣人の妻と姦淫する者は姦淫した男も女も共に必ず死刑に処せられる。
>
> （『レビ記』二〇・一〇）

この『レビ記』に従うと、姦淫の罪を犯した男は女とともに死刑に処されなければならない。とすればオセローの行為は旧約聖書に反しているとは言えないようにも見える。しかしながら、ここで問題は神がその処刑の執行を夫に委ねているわけではないところにある。この一節の趣意は、姦淫が罪である、というところにあるのであって、妻と妻の不義の相手とを死刑に処する権利を夫に付与しているわけではない。

次に『申命記』であるが、ここではモーセはイスラエルの民に次のように語っている。

人が妻をめとり、その夫となってから、妻に何か恥ずべきことを見いだし、気に入らなくなったときは、離縁状を書いて彼女の手に渡し、家を去らせる。（『申命記』二四・一）

これらを合わせてみると、オセローが信じたような事態に直面したとき、夫が取る一つの道は『申命記』にある通り、「妻に何か恥ずべきことを見いだし」たのだから、妻を離縁するという方法を選ぶことであることが理解される。この考え方は実際、まだ彼がデズデモーナの不義を確信するには至っていない段階で、一度彼の心をよぎっている。

もしあれが手におえぬ荒鷹だとわかったら、
たとえ繋ぎ止める足緒が俺の心の琴線だとしても、
口笛を吹いて風のままに去らせよう、
着のみ着のまま餌をつけばよい。（三・三・二六〇―六三）

これはデズデモーナを「去らせる」ということである。以上は旧約聖書との関連でオセローを見てみたのだが、もう一つの方法が、新約聖書に示唆されている。それは、『ヨハネによる福音書』でのイエスの行動である。ある朝早く、イエスがオリーブ山で集まってきた人々に教えていると、律法学者達やファリサイ派の人々が、「姦通の現場で捕らえられた女」を連れてくる。彼らはイエスに、「先生、この女は姦通をしているときに捕まりました。こういう女は石で打ち殺せと、モーセは律法の中で命じています。ところで、あなたはどうお考えになりますか」と問う。彼らはイエスを試して、訴える口実を得ようとしたのである。イエスの答えはしかし、

あなたたちの中で罪を犯したことのない者が、まず、この女に石を投げなさい。

(『ヨハネによる福音書』八・七)

というものである。これを聞くと、彼らは一人また一人と立ち去ってしまい、イエスと女だけになる。その時イエスは女に次のように言う。

わたしもあなたを罰に定めない。行きなさい。これからは、もう罪を犯してはならない。

(『ヨハネによる福音書』八・一一)

ここでは女の罪が、石で打ち殺されても仕方がないほど重いことは、否定されてはいない。しかし女は最後には許されている。彼女に石を投げるほど罪のない者はいないからというのである。こうしてみるとキリスト教徒のオセローが取ることができたもう一つの道は、イエスのようにデズデモーナを許す、ということであったことが分かる。先ほどの「去らせる」というオセロー自身の言葉は、取りようによっては「許す」という気持ちも含んでいる。むろんこうしたオセローの取りえた方法というのは仮定の上でのことに過ぎないが、しかしオセローの行為の意味を見極める上で、重要な参考になる。この点について、C・L・バーバーが次のように指

摘しているのは興味深い。

英国の演劇で、……不貞行為のあった女性に対して、復讐もなされるというのは一般的ではない。私の資料では、名誉を守るために、不貞行為のあった妻あるいは親族の女性は殺すべきだ、とされているのは、六カ所しかなく、それも実際に殺される例となると更に少ない。不実な妻は尼僧院へ送られるとか、離婚されるとか、自殺をはかるとか、また多分許されるなどするのだが、……しかし普通殺されることはない。オセローは英国演劇の中では例外であって、通例ではないのである。(15)

バーバーはこのように、英国の一六―一七世紀の演劇資料をもとに、オセローのデズデモーナ殺害は、当時の英国演劇の基準に照らしてもやはり普通ではなく、例外的なケースであるとしている。

(5) 愛の倫理の条件とオセローの行為

バーバーはオセローの行為は例外であるとはしたが、不義を犯した女性が、夫や親族から殺される例が皆無だったとはしていない。またモーセの律法では、その罪が死に値するとしているのも先に見た通り事実である。今日でも類似のケースで女性が殺害される事件は存在している。もともとオセローの行為は客観的には殺人に過ぎないが、彼の行為に同情の余地がないわけではない。一般的に言えば、殺人が行われる以上それは人倫に反した行為であって、本来許されることではない。しかし仮に信じていた伴侶に裏切られた人々が取りうる行為で、人の死があって、なおかつある種の共感、同情が得られる場合がないわけではない。こうした出来事は事例ごとに様々であるが、次の二つのケースが典型的である。まず第一のケースは、彼（彼女）が相手の女性

（男性）を殺害することなく、自らの命を絶つ場合である。こうした行為が同情を呼ぶのは、たとえ自殺行為に復讐の意味が込められている場合でも、少なくともその人物が相手の異性と分ちがたく結ばれていたと推測されるからである。これは夏目漱石の『こころ』に典型的な形で見られるケースである。第二のケースは、当初愛を誓い合った関係であるかまたは実際に夫婦関係にあり、落ち度が何もないにもかかわらず、相手の異性の裏切り行為にあい、相手を殺害すると同時に自分も自害する、というケースである。オセローの場合も最後に自害するので、一見するとこれに近い。しかし、彼の場合、無実の妻を殺害するという取り返しのつかない誤りに対する償いであり、上記のケースとは微妙な違いがある。

また、分ちがたく愛で結ばれていると信じる男女が、様々な事情から同時に死を選ぶとき、それが人々に同情と共感を呼ぶことがある。シェイクスピアの『ロミオとジュリエット』はそうした愛を普遍化、永遠化したものである。それは多くの文学や演劇の重要な主題となっているし、その意味ではむしろ珍しいわけではない。この場合、男女間の強い精神的一体感こそがもっとも重要であって、それなしには人々の同情は得られない。

こうした観点からオセローの行為を見ると、彼がデズデモーナ殺害がただ一つの問題の解決の方法であると考えた時点で、それは実は自らの死をも意味し、彼自身の命を断つ必要もあることを、彼はあらかじめ意識すべきだったわけである。実際彼は、四幕の時点ではまだ、そうしたデズデモーナとの心身の一体性を語ることができた。彼は

だが俺が心を託してきたその胸、
生きるも死するもそこにかかっていて、
この命の水が湧き出るか、涸れ果ててしまう

もとの泉なのに。（四・二・五七―六〇）

と語っている。これはデズデモーナとの精神的一体性の表明であり、彼女が失われるとき自らの命も失われることを示唆したものである。オセローは確かに、愛のために命を落とすことも厭わぬ恋人達の一人である。ところが、彼はデズデモーナの命を断つという固い決心をもって彼女に近づく時、彼の心には、何としたことか、そうするためには自分の命も同時に断たねばならぬ、自分も「涸れ果ててしまう」のだという思いが、ついぞ湧いてこないのである。彼の行為は、上に引用した彼自身の言葉と、まったく矛盾してしまっているのだが、彼はそれに気付きさえもしない。ここには彼の深刻な精神の退廃と愛の倫理の放棄が存することが明らかである。それはデズデモーナと自己の一体感から、いわば自分だけを引き剥がし、相手にのみ死をもって償わせるという行為でしかない。もともとデズデモーナとは、彼にとってその程度の存在ではなかったはずなのである。

このように見てくると、オセローの悲劇は、彼が欺かれたことにあるのではなく、彼自らが、愛を裏切ったことにこそあることが明らかになってくる。愛はその性質上没個人的な「合理」主義に耐えることはできない。それは本来私的なものであって、当事者がそれを公的な問題に見立てて自ら裁くことはできない。オセローはしかし、推論を通して彼自身を、恋人、夫という立場から、司祭、裁判官の立場へと転換させている。こうして自らを非個人的な立場に立たせて、愛に判決を下す。この転換は彼の行為を救い難いものにしている。彼の失敗をイアーゴーの巧妙な策謀にのみ帰するのは正しくないし、また彼の運命とすることも正確ではない。彼の失敗は、彼の選択の失敗であり、彼は夫としてまた恋人として、愛の倫理を守ることに失敗するのである。オセローの悲劇性はここにある。

いる。

(6)デズデモーナ殺害前後のオセロー

オセローがデズデモーナを殺害する直前に、デズデモーナの眼がこの瞬間のオセローの表情と心理を捉えている。

でも怖いわ、あなたがそんな風に眼を剥いているときって
ただごとではないんですもの。（五・二・三七–三八）

このように彼は眼を剥いている。これはデズデモーナを殺害する瞬間、オセローが高潔さを失っていることを示していると言ってよい。それはブラッドレーが述べたような「彼女の見かけの上での強情さ」によって引き起こされた「正当な怒り」と呼べるものではない。そして再びデズデモーナの眼が、この時オセローがどのように見えるかを知らせる。

まあ、どうしてそんなに下唇を噛むの？
残虐なことを何かお考えなのね、身体中震わして。
何かするしるしだわ。（五・二・四三–四五）

彼は下唇を噛んで身体中を震わせている。彼がゆだねている激情は「残虐な」ものであって、それは「憤怒」と呼ぶべきものである。

オセローがデズデモーナに最後の祈りを迫るとき、彼は彼女の用意のできていない魂を殺すのは残酷だと考える。それは彼女が不義の罪で地獄に堕ちるからである。

オセ　今夜はもうお祈りはすんだかね、デズデモーナ?
デズ　　　　　　　　　　　　　　　ええ、もう。
オセ　まだ神様のお許しを乞うていない罪が
何か心に思い浮かぶようなら、
すぐにお慈悲をお願いしなさい。
デズ　まあ、どういうことかしら?
オセ　ふむ、祈るんだ、手短かにな。そこらを歩いていよう。
用意もしていないお前の霊魂は、とても殺せん。
いや、神様がお許しにならん!　お前の魂は殺さない。（五・二・二五―三二）

彼の言葉が彼女への憐れみを示していて、彼女を救わねばならぬと彼が考えているのは事実である。しかしこの憐れみ自体は実際は、復讐の渇望にとって代わられた過去の真摯な愛の、名残であり追想にすぎない。デズデモーナの強い否定で、殺人の意図が突然彼の意思を裏切ってしまうのはこのためである。

おまえは俺の心を石にする、
俺のやることは、殺人だと言わせるのか、

俺は犠牲だと思っていたのに。（五・二・六三―六五）

客観的にはオセローの行為は犠牲ではなく、まさしく殺人である。彼の内面が不純であるために、彼は自らの行為が殺人であると感じざるをえない。その不純な内面を直視すれば、彼にはデズデモーナを締め殺すことはできないはずである。そこで彼は、その行為を客観的な裁きを下すという甘美な考えで飾り、それを犠牲であると自らに納得させた。しかし彼は絞殺する瞬間に至るとそうした飾りさえもはぎとって、自暴自棄の憤怒の只中で彼女を殺してしまう。

デズ　ひと言お祈りするまで待って！
オセ　もう遅い。　　［首を締める。（五・一・八三）

先ほどのせりふでオセローは、用意のできていないデズデモーナの霊魂は殺さないとしていた。ところが彼はその最後の憐憫までも脱ぎすてて、彼女が祈る間さえも待たず首を絞めてしまう。こうすることで彼は愛の領域すべてを抹殺してしまうのである。これはオセローのデズデモーナの愛に対する裏切りと呼んでよいものである。

殺害を実行した直後のオセローは、しばらくこの上なく微妙な心理で動揺する。彼は自分は正しかったと信じ込もうとするが、他方で大きな過誤を犯したのではないかという大きな不安を覚えずにはおれない。

ああ、耐えられん！　なんと辛い！

巨大な日蝕月蝕がいま起こって、
その異変に驚愕した地球は
大きな口を開けたかもしれん。（五・二・九八―一〇一）

彼は当然の罰を下すためにデズデモーナを殺したのだと信じているにもかかわらず、正しいことをしたという確信が持てない。そして彼がこの不安を無理やり抑え込んでしまい、何か困難な仕事を成し終えたという満足感の方に身を任してしまうことは、まことに罪深いと言わざるをえない。エミリアが入ってくると、彼ははっきりと満足感を示しながら彼女に語りかけている。そして死の直前にデズデモーナが発した神聖なうその深い意味を彼が読み誤るのは、まさにこの時点での彼の如何ともし難いほどの見る目の欠如のせいである。

エミリ　まあ、誰がこんなことを？
デズ　誰でもない、私のせいよ。さようなら！
あの人によろしく。ああ、さようなら！　［死ぬ。
オセ　ふむ、どうして殺されたんだろう？
エミリ　まあ、どうして？
オセ　聞いただろう、自分のせいだと。おれじゃない。（五・二・一二三―一二七）

ニュー・ヴェリオーラム版のH・H・ファーネスは、オセローが「ふむ、どうして殺されたんだろう？」と語る行について、「エミリアを見ながら、躊躇のない厚かましさで語られる」としたフェクターのコメントを紹介している。[16] オセローの行為を一貫して弁護したブラッドレーでさえも、この箇所についてだけは、「モラルの欠如、あるいは不正直」を指摘して不満を表明している。

死にゆく強情な姦婦の唇からこうした言葉が出てきたのを聞いても、オセローが驚愕するどころか普通の驚きさえも見せないのには驚く。ここだけは、オセローへの同情もすっかり消えてしまう。[17]

しかし、オセローが驚かないことに不思議はない。むしろ、彼の様子は愛の渇望をすべて捨て去った男にはふさわしいとも言える。デズデモーナ殺害の前には彼は、彼女の潔白の誓いを偽誓だと受け取った。今度は彼女の死に際の言葉を、真実を語ったと受け取ってしまい、彼女が罪を告白したと信じて、厚かましくエミリアに「おれではない」と言い放つ。彼の愛の倫理の退廃はまことに救い難いのである。

エミリアからの情報で真実が明らかになる。オセローはイアーゴーを切りつける。しかし彼はその武人のシンボルである剣を奪われる。オセローはやっと実は自分が浅ましい殺人者に過ぎなかったことを理解する。そうして初めて彼は本当の絶望感に襲われる。（挿し絵14はエミリアに責められるオセローを描いたウィリアム・ソールターの作品（一八五七）である。）

(7) オセローの英雄的態度と人間の弱さ

T・S・エリオットがオセロー最期のせりふについて、その「自己劇化」を指摘して以来、オセローの最後の局面は大きな議論を呼んできた。エリオットが指摘したのはオセローの道徳的態度の問題である。

14. ウィリアム・ソールター（1804－1875）、『オセローの嘆き』（5幕2場）451/2 x 561/2 in.（1857頃）。油絵。ソールターは英国の肖像画家で、神話、歴史を題材にした絵を得意とした。フォルジャー・シェイクスピア・ライブラリー所蔵。

By permission of the Folger Shakespeare Library

少しお待ちを。お立ちになる前に一言か二言。
ご存じの通り私は、多少は国家のために尽してきた。
いや、それはもうよい。ただお願いしたい、ご書面に
この不運な出来事を記されるとき、私のこと、
どうかあるがままに。何ごとも酌量なさらず、
かといって何ごとも悪意で書き加えずに。どうかお伝え下さい、
賢くは愛さなかったが、あまりに愛しすぎた男だったと。
容易に人を疑う男ではなかったが、謀られて
極度に惑乱したと。その男の手は
（浅ましいインド人のように）自分の全種族よりも貴重な
真珠を投げ捨ててしまったと。打ちひしがれた眼は、
涙もろい気分には慣れていなかったが、
アラビアの木から薬の樹液が流れ落ちるように、
ぽたぽたと落涙したと。こうお書きください。
また加えてお伝え下さい、私はかつてアレッポウで、
悪意にみちたターバン姿のトルコ人が
ヴェニス人を殴りつけ、その国家を罵ったとき、
割礼したその犬の喉もとを掴み、
このように、打ち殺したと。（五・二・三三八－三五六）

エリオットはこのせりふを語るオセローに、「あるがままにものを見たくない人間的な意思」を指摘した。

オセローがここで行っていることは、自己激励であって、彼は現実を逃避しようと努めている。彼はデズデモーナのことを考えるのをやめ、自分のことを考えている。謙抑ということはあらゆる美徳の中でも最も達成し難いものである。自分を良く思いたいという欲望ほど消し難いものはない。オセローは道徳的態度よりもむしろ美的態度をとり、周囲に対して自己を劇化することによって、自分を哀れを誘う人間に転換してしまうことに成功するのである。(18)

悲劇の主人公がその死の場面で劇化されているのは当然のことであって、それなくしては悲劇として成立しない。問題はエリオットがそこにオセローの自己正当化を見て、それを人間の弱さとして批判したことである。ここでオセローが自分を良く思いたい欲望を示していることは事実である。しかし彼が「自分を哀れを誘う人間に転換してしまうことに成功する」と批判するのは、シェイクスピアの意図とは大きくずれている。エリオットはまたオセローの人間的弱さを、「恐るべき」とも形容した。それが恐るべきものかどうかは別にして、彼が人間的弱さを示すのはここが初めてではない。これより先に彼が

憎しみでやったことは何一つない、全ては名誉のためでした。(五・二・二九五)

と言うとき、彼は半ばは正しいが、半ばはそうではない。何故なら彼は間違いなく激しくデズデモーナを憎ん

だときがあったからである。彼が身を任せたのは、事実上憤怒であったことはすでに見た通りである。彼はここでも無意識に以前の己の醜い姿から眼をそらし、自己をそのありのままの姿よりも良く見ようと努めている。彼はすべては「名誉のため」であったと自己弁護しているが、この名誉への彼の執着が、彼の洞察力を曇らせ、そこに彼の無知が露呈したのも事実である。

しかしながら、この場のオセローの道徳的態度の不備を殊更に批判することにあまり意味はない。エリオットの言葉はオセローの中に謙抑の欠如を指摘した犀利な見方ではあるが、それは批評家の一つの鑑賞の仕方にとどまるのであって、その意味では意義深いが、オセローにシェイクスピアが込めた劇的効果とはずれている。事実が明らかになったことで、オセローはすでに自らの責任の重さを十分に認識している。彼は自らの命を断つことを既にはっきりと決意していて、その意味で明確な態度を持っている。この点はシェイクスピアが、原話『百物語』での犯罪隠しに腐心する小賢しい主人公のムーア人から、オセローを英雄的姿に大きく転換させた箇所でもある。その上で、オセローは人間的弱さを示しているに過ぎない。またこうした人間的弱さは、自然に心に湧きだす情緒であって、自分の意志で選択する態度ではない。従って自らの判断で選びとる倫理的態度との関連性は自ずから小さい。こうしてみると、オセローがここで道徳的態度よりも、美的態度を取るとするのは、実際にはテキストの実態とはそぐわない。オセローは自分が永遠の罰を受けるべき罪を犯したと十分に自覚している。彼はそれを避けようとするという意味での弱さを示すわけではない。次のオセローの言葉は、彼の自覚をよく言い表している。

　鞭打ってくれ、悪魔どもよ、そして
この神々しい姿を奪い去ってしまうがいい！

地獄の風におれを吹き散らせ！　硫黄であぶってくれ！
火の海の切り立った深い淵に俺を沈めてしまえ！（五・二・二七七―八〇）

オセローは、最後の審判の日には、自分は地獄に落とされて、その身を硫黄の業火に焼かれると考えており、その運命をむしろ進んで求めていることが、このせりふに明らかである。エリオットが美的態度と呼んだものは、むしろオセローが、このように正しい自己認識の上に立って、自己の運命を進んで甘受しようとする、一種の英雄的な態度を取ることから自然と出てくる美的態度である。そうした彼を自分のことをよく考えようとすると批判してみても、彼が自らの罪が堕地獄に値し破滅を意味すると固く信じている以上あまり意味はない。

なお彼がキリスト教で禁じられている自殺を行ったことをどう見るかであるが、この問題についてはヘレン・ガードナーの次の判断が適切である。

オセローの自殺は、シェイクスピア劇の中の他のどのケースよりも倫理的に弁護できるものである。これは堪え難い人生からの逃避ではなく、正義の行為だからである。――他のどんな終り方をしても、これほど二人を確かに一緒にすることはできない。――私はベイリー氏が、オセローは「自殺することで、確かに最後の慈悲の望みから自らを断ち切るのだ」とし、また「このことを軽視することは宗教の確かな信義を軽視することになる」と付け加えているのを残念に思う。これはオセローの最後のせりふにないことを、そこに読み込むことである。[19]

オセローが感傷的に見えたり、また自己を激励しているように見えるのは、彼が死の準備をしているからでもある。そうした彼が見せている人間的弱さは、自己劇化や自己正当化と見るよりも、むしろ自己慰撫と呼んだ方が適切である。

第二節　『オセロー』は人種差別主義の劇か

一、『オセロー』と現代

一九六三年八月のワシントン大行進で、マーチン・ルーサー・キング牧師が、リンカーン記念館前に集まった二〇万人を超える大群衆を前に、「私には夢がある」という歴史的演説を行ってから、半世紀近くが過ぎた。黒人差別の激しかった当時から時代は大きく変わり、バラク・オバマが米国大統領にまで登りつめる時代となった。アメリカでは今日どのテレビ局でも必ずといってよいほどアフリカ系アメリカ人の男女がニュースキャスターに加わっている。有色の子供達を多数配した子供向け番組セサミストリートを始めとする、長年にわたる啓発・教育活動が奏功して、様々な人種の子供達が同じ教室で教育を受け、人種を問わず男女が同じ職場で働く風景が、ごく当たり前になってきた。アフリカ系アメリカ人達がアメリカで辿ってきた苦難の歴史を振り返る様々なテレビ番組が、過去の残虐な実態も隠さずにしきりに放送され、人種と人権に対するアメリカ人の理解を深めている。一月の第三月曜日はキング牧師誕生を記念する祝日となり、毎年全米各地で様々な催しや行事が行われている。アメリカではオバマやライスなどのように、政治の中枢部でもアフリカ系アメリカ人の政治家が活躍する時代となり、国際政治の舞台にも大きな影響を与えてきた。一九九四年に南アフリカ共和国での人種隔離政策アパルトヘイトの廃止で、白人が公然と黒人を制度的に差別することを法によって定めている国家が、地上から消滅した。世界的な人権意識の高まりの中で、近年多人種、多民族を抱える多くの国々で、個々の差別ケースに対する人々の意識が敏感になり、実質的な人種差別解消のための、様々な個別的で具体的な取り組みがなされてきた。そうした流れが今日の『オセロー』の解釈や演出にも、大きな影響を及ぼしつつある。『オセロー』は、異人種間結婚の失敗の劇であり、その中には人種差別的な表現が存在しており、それをわれわれはどう理解したらよいかという古くて新しい問題が、とりわけ一九八〇年代以降、『オセロー』批評の中で、新しい時代意識のもと、大きくクローズアップされてきている。

二、オセローの人生と人種問題

オセローがヴェニスの公爵と御前会議の面々の前で、自らのそれまでの人生を振り返って、デズデモーナへの求婚に至るまでの経緯を語る場面がある。ここでの彼のせりふは、これを契機にデズデモーナの父ブラバンショーの告発が退けられて、異人種間結婚が公然と承認されることになるので、彼の人生にとってきわめて重要な意味をもっている。また彼の朗々たる語り口とこのくだりの詩の質の高さは、シェイクスピア悲劇の中でもひときわ異彩を放っている。しかもここには、一六世紀から一七世紀初頭にかけてヨーロッパが抱えていた様々な問題、とりわけ異文化との衝突と摩擦の問題、人身売買問題、人種に対する偏見と差別の問題など、現代社会にとっても著しく切実な問題が顔をのぞかせており、その意味でもこのせりふは非常に重要な意味を持っている。そのせりふの一部を引用してみよう。オセローは次のように語っている。

父君がいたく私を気に入って、よく招いて下さっては
いつも私の身の上について、年を追って

くぐり抜けた戦乱、城塞包囲、運命の浮沈など
お尋ねになりました。
そこで幼少の頃より始めて、話せと仰せになった
ちょうどその折まで、お聞かせ致しました。
例えば悲惨この上ない様々な出来事、
海路や陸路で遭遇した感極まりない事件、
死が差し迫り、突破口から間一髪脱出した話、
傲慢な敵の捕虜となり、奴隷として売られ、
そこから身請けされたこと、遍歴の旅路での
振る舞いなどの身の上話でした。
そこで遭遇した巨大な洞窟や荒涼たる砂漠、
荒々しい石切場、天にも届けと聳え立つ岩山に丘陵、
よい折でしたので――そうした経緯でしたが――
互いを食い合う人食い族、アンソロポファジャイや、
顔が肩の下に付いている人種のことなど
物語りました。こうした話を何とか聴こうと
デズデモーナは熱心に耳を傾けておりました。(一・三・一二八―四六)

『オセロー』の原話、『百物語』の作者チンティオは、この物語の事件の起こった時期について、「かつてヴ

ェニスに非常にすぐれたムーア人がいた」という出だしで始めているだけで、いつのことか特定しているわけではない。しかし『百物語』の出版が一五六五年なので、シェイクスピアが背景として想定していた時代は、大体において一六世紀前半から中葉にかけてであったと考えてよいことになる。しかし同時に彼が実際に執筆したのは一六〇三年頃なので、その当時のロンドンの社会事情も、登場人物達のせりふの中には反映している。有色のオセローが白人デズデモーナとの恋の経緯もここで語られている。

このオセローのせりふで、人種・人権問題に関係して特に注意を引くのは次のような事柄である。

(1)オセローはヴェニスの外国人傭兵であるが、北アフリカから来たムーア人という異国人でありながら、多くのヴェニス人を部下に持つ高い地位に上りつめており、その地位の高さはヴェニスの貴族の娘との結婚が可能になるほどである。

(2)彼は傭兵として戦乱を幾度も経験しており、敵に捕われて奴隷の身になり、その後身請けされ解放されたという過去を持っている。彼は奴隷だったことがある。

(3)オセローはヨーロッパ人から見ると、異国文化を背負った異邦人、ヨーロッパ文明の中の他者である。

(4)人食い族や顔が肩の下にあるという人種への言及は、当時ヨーロッパにもたらされた作り話を含む誇張した新情報に基づいているが、ここには当時の英国人の、アメリカ大陸やアフリカなど未開の地に住む異人種への、異国趣味的関心と偏見の一端がのぞいている。

大航海時代のただ中にあった当時、アフリカ、カリブ海と西インド諸島、新大陸、アジアに旅した冒険家、旅行者、商人達から、ヨーロッパに様々な事実や誇張した話などの新奇な情報が数多くもたらされていた。また他方でアフリカや中東などからもイギリスやイタリアに、ムーア人、黒人、アラブ人、ユダヤ人達が、流入してきていたのである。上のオセローのせりふには、こうした時代の反映がある。

挿し絵15は『オセローの描くデズデモーナ』（一八五二頃）と題するジェイムズC・フック（一八一九―一九〇七）の絵である。

三、「黒人」達は、『オセロー』をどう見るか

『オセロー』の中の人種問題を考える上で欠かせないのは、この問題についての「黒人」達の側からの発言である。まとまったものとしては大分前になるが一九九六年にアメリカのハワード大学から出た、『オセロー』をめぐる黒人作家達による新エッセイ集』があり、アメリカでは今もよく読まれていて新鮮さを失っていない。[1]ハワード大学はアフリカ系アメリカ人の卒業生を全米で最も多く出す名門大学で、テレビ局を所有しており、その優れた教育番組には定評がある。また人権関係の教育と啓発活動も活発に行っており、本書もそうした活動の一貫として出版された。これは『オセロー』の人種差別問題を取り上げた、アフリカ系その他の有色人の学者、作家、評論家、ジャーナリスト、演出家による論文・エッセイ集である。寄稿者は必ずしもネグロイド系の人々ばかりではないが、『オセロー』の人種問題についての白人側以外からのまとまった発言として貴重である。編者はデリー大学（インド）のミシリ・コールで、序文と基調エッセイも彼女が書いている。

この本のテーマは、『オセロー』は、「人種差別主義者の観客のための、人種差別主義者の劇作家によって書かれた、人種差別主義の劇なのか、それともイアーゴーに人種差別主義者の態度を体現させた、人種差別についての劇なのか」（序文）である。様々なアフリカ系及びその他の有色人が寄稿しているが、その観点、アプローチの仕方、そして結論は、ほぼ均等に二つに分かれており、その主張の濃淡も各人各様である。コールによれば、「寄稿者全員が共有している一つの事柄は、この劇によって提起されている問題は、今日の政治、植

民地搾取、文化相対主義、とりわけ人種と、深い関連があるという認識である」（序文）という。コールは『オセロー』を人種差別の劇と見なすことには、そうした立場に十分な理解を示しながらも、否定的である。彼女の基調エッセイは黒人差別の観点から『オセロー』の上演史を示唆に富む筆致でていねいに概説しており、特にオセロー役を演じて名声を博した二人のアフリカ系の名優、第一節で紹介した一九世紀中葉のアイラ・オールドリッジと、二〇世紀前半から中葉にかけてのポール・ロウブソン（Paul Robeson, 一八九八―一九七六）に焦点を当て、彼らが人種差別の壁を乗り超えてどのように活躍し賞賛を勝ち得たかを、興味深く辿っている。また彼女は、人種差別主義であるかどうかの判断基準として、「人種差別主義の特徴は、ある人種の別の人種に対する人種的優越感と、それに基づく人種的支配である」というルイス・スナイダーの説を紹介し、この点でシェイクスピアの場合はどうであったかを検証している。そして彼女は「シェイクスピアに人種的優越感があったことを裏付けるようなものは『オセロー』の中にはない」と明言している。そしてシェイクスピアは、ムーア人、黒人に対する異質性、違和感を覚えていたが、それは人種的優越感と支配しようとする意識とは違っており、そこが人種差別主義と大きく違っている、と指摘している。[2]

寄稿者の一人でジャーナリストのP・ベンジャミンは、『オセロー』に人種差別主義的要素が存在することを否定してはいない。彼はイアーゴー、ロデリーゴー、ブラバンショーのせりふに、オセローをけなす黒人＝有色人差別的な言葉、「厚唇」（"thick-lips"）（一・一・六六）、「老いた黒い雄羊」（"old black ram"）（一・一・八八）、「バーバリーの馬」（"Barbary horse"）（一・一・一一一―一一二）、「スス色の胸」（"sooty bosom"）（一・二・七〇）などが現れることをあげ、「ここでの人種差別主義の意図はきわめて明白であって、そうではないと主張する人は誰であれ、見て見ぬふりをしているか、それとも悪意を持った反啓蒙主義者であると結論せざるをえない」と述べている。しかし彼は『オセロー』を人種差別の劇と見なすことについては、慎重に明言を避けている。

そして彼もコールの挙げた二人のアフリカ系名優、オールドリッジとロウブソンを詳しく紹介している。[3]

これに対しベニン大学（ナイジェリア）のS・E・オギュデは、この劇には明確に人種差別主義があると考えている。彼は、「オセローは圧倒的な劣等感に悩まされており、これは彼が人種的に継承している資質の一部であり、また社会的洗練のなさ、真の教育に伴うはずの理性と感性のバランスの欠如と見なされている」、「ある意味では、『オセロー』は演出されるたびに、人種間の緊張を再現しているのであり、オセローは群を抜いて黒人男性のカリカチュアである。オセローの演出にはどこかグロテスクなところがある。このことは真性の黒人がオセロー役を演じるのは、シェイクスピアの茶番劇であることの説明になる。黒人のオセローは猥せつである」、「劇全体を通してオセローはイアーゴーがぐちる自己愛と自慢癖をさらけ出している。彼が描く哀れで愚かしいヴェニスの娘の求愛の様子にしても、オセロー自身を讃える歌、彼自身の英雄崇拝以上のものではない」、「イアーゴーとロデリーゴーがいかに偏見に満ちていても、オセローは確かに『戦争の形容語句だらけの言葉づかい』を好んで使っている。大言壮語が心理的必要性として機能している」などと主張し、オセローの高潔さも全面的に否定している。[4]

演出家のシーラ・ローズ・ブランドも『オセロー』は人種差別主義の劇であり、ミンストレル・ショー[5]と同様のカリカチュアであると考えており、仮に彼女がこの劇を演出するとすれば、全員白人男性俳優による喜劇仕立てにしたいと述べている。[6]

コールとベンジャミンが紹介している二人のアフリカ系の名優、オールドリッジとロウブソンの演技と生涯については、多くの寄稿者が言及している。寄稿者の一人、アール・ハイマンは、自らもオセロー役を生涯で七五八回、三つの言語で二五年にわたり演じ続けた名優であるが、彼は実際にブロードウェイで見たロウブソンのオセローを、生涯で見た「最高のオセロー」であったとしている。彼はまた、ロウブソンについて、「威

15. ジェイムズ・フック（1819-1907)、『オセローの描くデズデモーナ』78.6 x 53.3 cm.（1852頃）。フックはヴィクトリア時代の著名な風景画家で、田園と海辺の風景画を得意とした。また歴史画やシェイクスピア劇の絵も描いている。フォルジャー・シェイクスピア・ライブラリー所蔵。
By permission of the Folger Shakespeare Library

厳というほかに言葉がなく、舞台での彼の圧倒的な存在感はまことに鮮烈であった。ブロードウェイのシューベルト劇場で、ポール・ロウブソンがデズデモーナ（ユタ・ヘイガン）の口にいっぱいに口づけすると、超満員の観客が一斉に大きく息をのみ、その音が場内に響いた。これは一九四三年のことであるが、われわれ観客はみな、確かに『シェイクスピアのオセロー』を初めて目のあたりにしていることを知っていた」と述べている。彼は『オセロー』は人種差別の劇ではないと断言し、この劇は主人公オセローの自我の劇であるとしている。なおこのエッセイ集で表明されている様々な見解は、必要に応じてさらに取り上げていくことにする。

四、白いは黒い、黒いは白い

(1) 黒と白

『オセロー』には肌色の対比を中心とした白と黒の色の対比が幾つもあり、それが人権との関わりで大きな議論を呼んできているので、この問題についてここで立ち入ってみたい。

一般に日常生活の中でわれわれは、無意識の内に白をきれいでよい色、汚れていない状態で、反対に黒を汚れた不吉な醜い色、悪い、きたない状態とごく自然に考える傾向がある。これには色々と理由があるが、ごく単純に考えても白は明るさを、黒は暗さをそれぞれ代表するので、明と暗に対応する様々な価値観、例えば善と悪、生と死、清純と汚濁、平和と争い、喜びと悲哀などがその色によって代表的に示されてしまうのである。生物の多くは昼は活動的で生き生きとしているが、夜は活動を停止して眠りにつく。闇と眠りは時として死を暗示する。純白は清浄を意味し、花嫁は白いウェディング・ドレスを着る。聖母マリアの衣装の色は白であるが、黒衣は悪魔の服である。白鳥は優美な鳥であるが、カラスは不吉な鳥である。葬儀の折には黒い喪服を着て黒いネクタイをしめる。黒はまた復讐の色でもある。勝者は白で、敗者は黒で表されるし、またシロは無実、クロは有罪である。腹黒い人は悪い人である。またエリザベス時代の舞台では、悲劇が出し物の際には屋根にあたる部分に黒い布をかけた。このように白はきれいで優っており、黒はきたなく劣っているという考え方は、われわれの文化、日常生活の中に古くからしっかりと根をはっている。不幸にも歴史の中でこうした連想が、太陽光線を多く浴びたか否かと遺伝の結果にすぎない肌色の違いにも働いて、白い肌はきれいで優っており、黒い肌は醜く劣っており、茶色や黄色の肌はその中間と見なされるようになったわけである。

しかしこれはあくまでも一般論にすぎず、必ずしも絶対的ではないのであって、黒と白の関係もそれほど単純なわけでもない。黒はわが国では黒田、黒川、黒岩など多くの名字や地名に使われているし、また英語でも人名の他多くの動植物名にも使われている。黒と白のイメージにしても、多くはないが例外がないわけではない。白は冷たさを表すことがあり、また亡霊の色でもある。黒い土はエジプトでは、赤褐色の不毛の土とは違って肥沃である。(7) 黒テンの毛皮は最高級でセーブルと呼ばれ珍重されている。わが国を含め多くの国で死者には白い経帷子を着せるため、白い色は死を連想させることがある。またしろうと（素人、白人の音便）は経験のない未熟者であり、くろうと（玄人、黒人）は熟達した専門家である。

(2) 黒い色は美しい

シェイクスピア自身も実際白と黒の属性を必ずしも絶対的なものと考えていたわけではなかった。『マクベス』の中で魔女達は「きれいはきたない、きたないはきれい」“Fair is foul, foul is fair.”と語るが、この“fair”には「色の白い」という意味もある。肌の色についても彼は白い肌を美しさの基準としていたが、しかしそれは必ずしも絶対的であると考えていたわけではなかった。よく知られているように、シェイクスピアは浅黒い肌の女性に大きな魅力を感じた時期があり、そのことを彼はダークレディー・ソネットの中に屈折した心理で書き込んだ。

昔は美の中に黒は数えられてはいなかった
仮に黒かったら美の名に値しなかった
だが今や黒こそが美を継承する世継ぎだ　（ソネット一二七）

私の恋人の眼は少しも太陽に似ていない
珊瑚は彼女の赤い唇より遥かに赤い
雪の色が白いとすれば、彼女の乳房は灰褐色だ
髪が針金なら、黒い針金がその頭に生えている
赤と白のダマスク薔薇を見たことがあるが、
彼女の頬は少しもそんな薔薇には見えない
……………………………………
だが神かけて誓うが、私の恋人は偽りの比喩で
裏切った誰にも劣らずすばらしい（ソネット一三〇）

そして誓おう、美の女神は黒い肌をしていると、
また君と同じ肌色をしていない女はみな汚いと。（ソネット一三二）

ここでは白い肌が美しく黒い肌は醜いという一般常識は、詩人にとって相対的なものでしかないことが、自嘲気味、逆説的にではあるが吐露されている。シェイクスピアにとって黒い色は必ずしも劣った色ではなく、白と黒は交代可能で、その善し悪しの価値は、境目が曖昧になったり、入れ替わったりすることがあった。肌色についての認識もそうであったのである。アメリカの公民権運動のさ中に、「黒い色は美しい」という一種の逆説がスローガンとして掲げられたことがあるが、シェイクスピアも肌色について、同じようにそう思っていた時期があったのである。

(3) 肌が黒くて賢い女性

先に紹介したP・ベンジャミンが上げている、オセローを非難する「厚唇」、「老いた黒い雄牛」、「バーバリーの馬」、「スス色の胸」などのアフリカ系有色人に対する侮蔑的な言葉は、『オセロー』の人種問題が議論される時、必ず引用される表現である。確かに現代において、これらの言葉をそのまま侮蔑に使えば、それは明白な人権問題になることに疑問の余地はない。しかしこれらの言葉をめぐっては、その現れるせりふの性質と文脈、また当時の時代状況とシェイクスピアの創作意図など、幾つか考慮しなければならないことがあるのもまた事実である。

まずこれらは全てオセローに何らかの恨みを抱いているか、または彼のために被害を受けたと考えている人々が語る言葉である。「厚唇」は、オセローを恋敵とみなして憎んでいる愚かなロデリーゴーが語る言葉であり、「老いた黒い雄羊」と「バーバリーの馬」は、イアーゴーがブラバンショーの家の前でたっぷりと悪意をこめて、半ばからかって語るせりふである。イアーゴーはオセローばかりでなくデズデモーナも「白い牝羊」

とからかっているのである。また「スス色の胸」は、デズデモーナの駆け落ちを知った父ブラバンショーが、彼女を探しに出てオセローと出会って罵る時の言葉である。

またイアーゴーの「老いた黒い雄羊」にも使われている"black"という言葉は、この劇の一つのキーワードになっているのは事実であるが、単純に白と黒の対比だけで使われているわけではない。サイプラス島でデズデモーナがうさ晴らしに、イアーゴーに機知問答をさせる場がある。ここで次のような会話が交わされる。

デズ　――色が黒くって、賢い女はどうなるの？
イアーゴー　もし色が黒くて賢い女がいたら、
その黒さにふさわしい白い男を手に入れる。
デズ　だんだん悪くなるわね。（二・一・一三一―三四）

このイアーゴーのせりふは、肌の白さと黒さを対比していて、本来白い色の方がよい色であるという前提に立っている点では常識的であるが、しかし異人種混交の観点に立ってみると、オセローとデズデモーナのケースとはちょうど正反対の、有色の女性と白人男性というケースであり、ここからはエリザベス時代にこうした異人種混交が見られるようになったことがうかがわれる。また「肌が黒くて賢い女性」達が存在し始めていることも分かる。白人男性とそうした賢い有色の女性の組み合わせという意味では、シェイクスピア自身とソネットのダークレディーとの関係と同じなのである。「だんだん悪く」なったかどうかは別として、シェイクスピアが一時深い愛を感じた女性も、肌が黒くて賢い女性であった。

オセローとデズデモーナの関係が公認される一幕三場で、ヴェニスの公爵がブラバンショーを慰めて、次のように語る。

美徳に喜ばしい美しさがあるとすれば、
あなたの婿殿は肌の黒さに優って立派ですぞ。（一・三・二八九―九〇）

この公爵の言葉も、白い色が黒い色にまさるという常識を前提にしてはいるが、しかしそれは絶対的ではなく、高い資質があれば黒い肌も問題ではなくなりうることも示している。ヴェニスやロンドンでは異邦人である有色人も、能力次第ではその不利な条件を乗り越えることができないわけではないことが示唆されていて、これは後述するが、奴隷貿易が最盛期を迎えていた時期の社会の雰囲気とは大きく異なっている。

(4) 黒い悪魔は誰か

ところで黒い色は慣習的に悪魔と結びついているが、この劇でもデズデモーナが息絶えた直後に、エミリアがオセローに向かって、「まあ、それならなおのこと奥様は天使、／あなたは真っ黒な悪魔だわ！」（五・二・一三〇―三一）と叫んでいる。ここにもはっきりと白と黒の対比があり、黒い悪魔のイメージは常識通りだが、さらにそれがオセローの肌色と結びついているため、この箇所は人種差別を裏付ける表現の一つに上げられることが多い。しかしながら、もう一度それでは本当に悪魔的なのは誰か、一体誰が最も悪魔に近い人物なのかを問い直してみよう。するとそれは巧妙きわまりない詐術に欺かれたに過ぎないオセローではありえず、白人のイアーゴーに他ならないのである。事実イアーゴーは、次のように自らを、残忍な罪悪に人を誘い込む悪魔に喩えている。

悪魔が真っ黒な大罪に誘い込む時は
まずは天使の姿を借りて唆すものだ、
ちょうど今の俺のようにな。（二・三・三五一―五三）

イアーゴーが自ら犯そうとする罪を「黒い」の最上級形“blackest”で表現しているところに注目したい。また彼の悪魔性については、事実を知ったオセローが、彼を悪魔や半悪魔に喩えている。このように『オセロー』では、実はアフリカ系有色人のオセローばかりではなく白人のイアーゴーも悪魔に喩えられているのである。なおこの劇には悪魔への言及が他にも数多くあり、特にイアーゴーのせりふと、彼にだまされた後のオセローのせりふに多い。イアーゴーはオセローばかりでなくキャシオーも悪魔に喩えており、オセローはデズデモーナを悪魔に喩えている。このように見てくると、悪魔をめぐる黒と白のイメージの対比もまた、シェイクスピアの意識の中においても、実際の『オセロー』の中の表現においても、単純ではないことが分かる。

五、黒人かムーア人か

英国の民族舞踊モリス・ダンスを見たことのある人も多いことと思う。これは英国北部起源の民俗舞踊で、民族衣装できれいに着飾った男女が、五月祭（メーデー）の折などに、足に鈴をつけて踊る楽しく華やかな激しいダンスである。この踊りはロビン・フッド伝説の人物達を表現しているが、実は語源上「モリス」は“Moorish”であり、もともとムーア人の踊りという意味である。一五世紀中葉にはすでに記録に残るモリス・

ダンスであるが、今日ではムーア人との関連は一般のイギリス人の記憶からは失われている。オセローは黒人なのか、それともムーア人なのか。われわれ日本人にとっては一見どちらでもよいようなこの問題をめぐって、長い間論争がくり返されてきた。この問題はまた、上演史においても大きな問題になってきた。

なぜこれが大きな問題になってきたかといえば、それはまさに黒人差別との関係からである。ネグロイド（黒人種）、コーカソイド（白人種）、モンゴロイド（黄色人種）という人種の三大区分は一八世紀後半に始まったが、この区分で言えば、オセローがもし本当にムーア人であれば、人種的にはコーカソイドであり、肌の色は黒人に近くても、白人種になってしまうからである。するとこの劇には黒人差別の問題そのものがありえない、という狐につままれたような話にもなってしまいかねない。

一方この劇のタイトルは正確には『オセロー、ヴェニスのムーア人』であり、劇中でも主人公は、オセローという名よりもムーアと呼ばれることの方がはるかに多いほどで[8]、変な言い方だが、シェイクスピアが主人公をムーア人であると思い込んでいたことに間違いはない。

その問題はさておいても、『オセロー、ヴェニスのムーア人』というタイトルには、微妙な意味あいが隠れている。つまりオセローは本来のヴェニス人ではなく、アフリカから流入してきた外来者、異邦人である、という意味がこの劇の題にはある。ムーア人であるにせよ黒人であるにせよ、彼はヴェニスの中にあっては、異文化を背負った他者なのである。オセローの問題は異文化問題でもある。

ムーアという言葉は語源上は、「モーリタニアの住民」という意味のラテン語“Maurus”に由来している。（さらに遡るとギリシャ語の「浅黒い」“mauros”から来ているともされる。）ここでのモーリタニアは現在のモーリタニアではなく、アフリカ北西部の古代の王国のことで、現在のモロッコおよびアルジェリアの北部を含む地域である。したがって地中海に面しておりスペインに近かった。モーリタニアにはベルベル人という在来人が住んでいたが、七世紀のアラブ人の侵入で混血が進みイスラム教地域になった。ムーア人は本来彼らを指す言葉である。しかしムーア人はヨーロッパ人に比べて肌が浅黒いので、この言葉は中世以降には「ニグロ」の同義語としても使われることがあった。また一六世紀から一七世紀になるとイスラム教徒（ペルシャ人、アラブ人、インド人など）を指して無差別に使用されるようにもなった。ムーア人とヨーロッパとの関係で特筆すべきことは、ムーア人は七一二年にスペインに侵入し、一四九二年までイベリア半島に七八〇年にも及んでイスラム王朝を維持したことである。スペインのグラナダにあるアルハンブラ宮殿はムーア人のイスラム遺跡である。[9]

シェイクスピアはオセロー以前に、二人のムーア人を描いていることはよく知られている。一人は『タイタス・アンドロニカス』に登場するエアロンであり、もう一人は『ヴェニスの商人』で箱選びに挑戦するモロッコ王子である。ここでのムーア人のイメージは大きく二つに分かれている。まずエアロンの方であるが、彼はゴートの女王タモーラの愛人で、彼の仕組んだ陰謀が、血なまぐさい一連の出来事の発端となる悪人である。彼の肌色はエアロン自らが、「このエアロンは顔色と同様魂も黒くしておくのだ」（三・二・二〇五）[10]と述べ、またローマ人達も彼を、「黒く醜い蝿」（三・二・六六）に喩えて、石炭のように「真っ黒」（三・二・七八）だとしている。また彼とタモーラの間にできた赤児を、乳母は「悪魔」（四・二・六四）と呼び、エアロンも「厚い唇の奴隷」（四・二・一七五）としている。このようにエアロンは、ネグロイド系アフリカ人であることが明らかである。

これに対し、もう一人のムーア人、モロッコの王子は、大資産家の相続人ポーシャに結婚を申し込む、高い身分の人物である。良家の美しい白人女性に求婚する点で、モロッコの王子とオセローには共通性がある。オセローが白人の女性と実際に結婚するのに対して、この王子は箱選びで金の箱を選んでしまい、あえなく失敗して結婚できない。モロッコ王子の肌色についてはシェイクスピアは、ト書きで「黄褐色」（"tawny"）と指定しており、エアロンとは違っている。この王子は舞台に登場すると真っ先に自分の肌色に触れて、「この浅黒い肌の色、どうかご容赦願いたい。／ぎらつく熱い日射しとはいわば近所付き合い、／これを身にまとうようにして育ちましたので。」（二・一・一－三）[11]と述べていて、彼が肌色を気にしていることがよく分かる。しかし彼はこのように浅黒い黄褐色なので、いわば本来の、コーカソイド系ムーア人の肌色である。そしてモロッコはまさしくムーア人（ベルベル人とアラブ人の混血、イスラム教徒）の国なので、シェイクスピアはモロッコにムーア人の王家があったことを承知していたことが分かる。オセローも自らを王家の出であると語っているが、この言葉にはこうして根拠があることが明らかである。この点でのシェイクスピアの地理と人種についての知識は正確であることになる。なお、J・ウィリアムズはこのモロッコ王子について、「彼はオセローの父親のように見える」とし、彼はオセローと同じく誇らしげに語るし、自分の肌の色についてもそれが結婚の妨げにはならないと考えている、と述べている。[12]

ところでシェイクスピアと同年生まれの劇作家、奇才クリストファー・マーロウ（Christopher Marlowe, 一五六四－一五九三）が、『マルタ島のユダヤ人』（一五八九）の中で、海運貿易で財をなしたムーア人について触れている。主人公バラバスは、

大金持ちのムーア人めは東方の岩礁で、
思いのまま玉石を拾い上げ、
家中真珠を小石のように積み上げて、

ただで手に入れたこれらを量り売りしているわ。（『マルタ島のユダヤ人』、一・一・二一―二四）

と語っている。ここでは当時、資産をなした大商人ムーア人の存在も、話題になっていたことが推測できる。

シェイクスピアが本来のムーア人について正しい知識を持っていたことを示す言葉が、『オセロー』には他に二つ使われている。一つは先に上げたイアーゴーの言う「バーバリーの馬」である。バーバリーとは、「異民族の住む土地」という意味だが、エジプトの西から大西洋岸にわたるアフリカ北部の地域を指す言葉であり、ほぼ現在のマグレブ地方にあたる。ここはモロッコ、アルジェリア、チュニジアなどを含む地域で、まさしくムーア人の地なのである。ちなみにバーバリーとベルベル人とは語源は同じである。またもう一つは、これもイアーゴーが、

――彼（オセロー）はここでの滞在が何かの事情で長引くのでなかったら、かわいいデズデモーナを連れてモーリタニアに行くつもりさ。（四・二・二二四―二二六）

と語っていることである。ここには、シェイクスピアがムーア人をどう考えていたかが透けて見えている。「モーリタニア」は先に見た通り、今のモロッコとアルジェリアの昔の王国をさし、ここに住む人々がムーア人＝「モーリタニアの住民」である。つまりイアーゴーの上のせりふの意味は、「オセローは今のサイプラス島での仕事が一段落すると、出身地であるムーア人の土地、北西アフリカに帰る」という意味なのである。この箇所も、シェイクスピアが本来のムーア人の住む地域について、非常に正確に認識していたことを裏付けている。

なおデズデモーナは、四幕三場で柳の歌を歌う前に、昔母の手伝いをしていたバーバリーという娘がいて、その娘は恋した男に捨てられて、柳の歌をうたいながら死んでいった、とエミリアに語っている。ここでバーバリーという名が突然出てくるのは、シェイクスピアがこの名を、オセローの出身地、バーバリー地方と結びつけたためなのかどうかはわからないが、一八世紀にフランス人ル・トゥルヌールは、この箇所を捕えて、デズデモーナがムーア人オセローの黒い肌に拒否感がなかったのは、幼い頃母の世話をしていたこのムーア人の娘バーバリーを見ていたので、その肌色に馴染みがあったからだ、とまで推測してみせた[13]。女性の名としてはバーバリーはバーバラと同じであって、いずれも語源上は地名のバーバリーと同じである。それは本来異郷の地という意味なので、今日でもバーバラという名は、女性のエキゾチックな美しさを表すのに、好んでつけられるわけである。

それではシェイクスピアはオセローを描く時、本来のムーア人を考えていたのか、それともネグロイド系アフリカ人を考えていたのかを、シェイクスピアの立場に立って考えてみよう。すると直ちに単純な事実が明らかになる。要するに彼にとって、この二つの区別はなかったのである。区別は後世のものである。シェイクスピアには黒人とムーア人は、肌色がブラックであろうが黄褐色であろうが、灰褐色であろうが、それは程度の差でしかなく、おしなべて、白人とは肌色の違う、同じ異郷の民であった。オセローが黒人か、それとも本来のムーア人かはどちらでもよい問題であり、そうした差別や区別をする必要を彼は感じていなかった。シェイクスピアにとってはムーア人の中には、厚い唇をした者も縮れ毛の者もあり、スス色の胸をした者もあれば、熱い日に焼けた小麦色の肌をした者もあった。そうした有色の人々は、王子にも（モロッコ王子）、多数の白人部下を従える高位の軍人にも（オセロー）、捕虜にも（エアロン）なりえたのである。またオセローがそうであったように奴隷の「ムーア人」がいることも、シェイクスピアは当然視していた。そうしてこうした認識は、当時の英国人の有色人に対する一般的認識とあまり変わるところはなかった。一六世紀の中頃から黒人を指すのにブラッカムーア（blackamoor）という言葉が使われるようになっており、シェイクスピアも一度だけだが『トロイラスとクレシダ』で使っている。今日では侮蔑的な意味を持つが、当時は必ずしもそうではなかった。この言葉の成り立ちで特徴的なことは、ブラックとムーアが同等に認識されていることである。先述のように当時ムーアだけでも黒人を指すことが出来たが、さらにブラックを加えることで、黒人であることをより明確にしたとも言えるが、ムーア人の中にも肌のとりわけ黒いムーア人がいる、とも考えられたのでこの言葉が生まれたといえる。ムーア人の肌色も黒人の肌色も、実際は決して一様ではないので、こうした認識はむしろ自然であった。

シェイクスピアにはムーア人と黒人の区別がなかったことは上に述べた通りであるが、では実態としてシェイクスピアはオセローをどのようにイメージしていたかは、また別の問題である。その点ではシェイクスピアはネグロイドか、もしくは肌色がネグロイドに近く、区別ができないような有色人を想定していたことはほぼ間違いない。少なくとも『ヴェニスの商人』のモロッコ王子の黄褐色よりも、もっと肌色の濃い有色人であったと見なすことができる。今日ではオセローは、ネグロイドを想定して描かれているとする説が圧倒的に多いし、テキスト上の描写はそのように読むのが最も自然であろう。但しその出身地は、シェイクスピアははっきりと北西アフリカを想定していたことに、疑問の余地はない。そしてネグロイド系のアフリカ人達が、モロッコに王国を築いたムーア人達と、実体的に何か違いがあるとは考えていなかった、ということになる。またネグロイドの（ような）オセローを、モロッコのようなどこかの国の王族の出であると想定していたわけである。

この問題について、先に紹介したアフリカ系俳優アール・ハイマンは次のように推測している。

オセローは黒人のアフリカの王子で、三五歳から四五歳くらいであり、それはシェイクスピアの時代には中年よりも高年に近い年齢であった。彼の種族または国は、他種族または他国から攻撃を受け敗北した。王である彼の父と王妃の母は殺された。七歳の彼とやや年上の彼の兄はどうにか逃げのびた。後にオセローは捕虜となり奴隷として売られたが、何とか自由の身になることができた。[14]

オセローの年齢がこの推測ではやや高すぎて、実際は三四歳から四三歳くらいが妥当ではないかとも思われるが、これは主観の問題なので、一つの主張として述べておくにとどめよう。[15] また、ここでいう「黒人」の範疇には、本来のムーア人も含めなければならない。この二点を除けばハイマンの推測は、シェイクスピアが想定していた通りのオセロー像を、ほぼ正確に言い当てていると思われるのである。

六、『オセロー』と奴隷

先に見たように、オセローは奴隷となった過去があると語っていた。黒人の奴隷というと、われわれはただちにアフリカからガレー船にすし詰めに積み込まれて大西洋を渡っていった、奴隷貿易の黒人達を思い浮かべる。これが英米での黒人奴隷制度と人種差別の主因となっていったために、オセローもまたそうした差別と結びつけられるようになった。しかしオセローのケースを考える場合、こうした西インド諸島やアメリカ大陸を舞台とした奴隷貿易と、直ちに結びつけるのは適切ではない。この問題については二つの点で十分な注意が必要である。

まず一つはシェイクスピアの時代には、ヨーロッパでの奴隷は黒人に限られず、もっと多様で身近な存在だったことである。たとえば紛争や戦争で捕えられた捕虜達は、奴隷にされ酷使されたり人身売買されたりしていた。『オセロー』が書かれたのは一六〇四年頃で、その舞台となっているのは地中海であるが、一五、六世紀にこの海域を航行していたガレー船の漕ぎ手は、主に奴隷や囚人達であった。その事情をクリストファー・マーロウは、『マルタ島のユダヤ人』の中で鮮やかに描いている。スペインの副提督デル・ボスコは、マルタ島総督に次のように語る。

> われわれの積荷はギリシャ人、トルコ人、アフリカのムーア人です。先頃コルシカの沿岸で、トルコ艦隊に帆を下げて敬意を表さなかったところ、彼らのガレー船にしつこく追跡されました。しかし急に風が立ちはじめたので、船首を風上に向け、ジグザクに進み、やすやすと戦いを進めました。何隻かには火を放ち、多くは撃沈しました。残りの一隻は捕獲し、船長を殺害し、あとは奴隷にしました。彼らをこのマルタ島で売りたいのですが。（『マルタ島のユダヤ人』、二・二・九―一八）

ここでは地中海沿岸諸国で戦争捕虜が奴隷となり、売買の対象にもなったことが描かれている。奴隷にはアフリカのムーア人ばかりではなく、ギリシャ人、トルコ人もいる。ヨーロッパでのこのような奴隷の実態は、ロンドンの人々も聞き知っていたわけである。敵国の捕虜は「積荷」であり、品物、商品と同じである。人間も牛馬など家畜と同じく、売買されていたのである。

こうした時代を背景にして、奴隷、スレイヴという言葉は、今日よりもはるかに日常的な言葉であった。それは実際の奴隷を指すだけでなく、単に罵りや非難の言葉として、「悪党、卑劣なやつ」ほどの意味で盛んに使われた。実際『オセロー』の中でもよく使われていて、その用例は派生語も含めると一一回もある。しかしではどのような使われ方かというと、まず当然ながら、奴隷貿易時代の黒人を指して使われた例は皆無である。この事実からだけでも、安易にオセローを黒人の人種差別と結びつけるのは危険であることが明らかである。また実際に特定個人の奴隷を指した使い方にしても、オセロー自身が自らの過去を語った時の一度だけにすぎない。最も多いのは、「悪党、卑劣なやつ」という非難の用例であり、その意味でイアーゴーが、ロドヴィーコーの「おお、オセロー殿、かつては立派な方であったのに、／忌わしい悪党《スレイヴ》の策謀にはめられて」（五・二・二九一―九二）[16]というせりふなどで、三回にわたってスレイヴと呼ばれているのである。（この言葉を最も多く使っているのもイアーゴーである。）他にロデリーゴー、キャシオーもスレイヴと非難されている。つまりこの劇では、「奴隷」という言葉は、実は主として白人達を罵るのに使われていて、黒人差別的に使われた例は存在していない、ということになる。

天正遣欧少年使節がローマへ派遣されたのは、マーロウが『マルタ島のユダヤ人』を書いた年よりわずか七年前の一五八二年のことであるが、彼らは訪れた各地で、多数の日本人男女、童男、童女が、奴隷として家畜、駄獣同然に苦役についているのを目撃し、その驚愕と憐憫、憤りを会話録に残した。また一五八七年になると、豊臣秀吉が宣教師追放令を発布したが、その中に、ポルトガル商人による日本人奴隷の売買を厳しく禁じた規定がある。日本で人買いによって買われた貧しい家庭の子供達、誘拐された子供達が、当時ヨーロッパで奴隷貿易を主導していたポルトガル商人に売り渡されて、マニラ経由でヨーロッパ各地に奴隷として売られて行き、苦役に使われていたことが推測されている。[17] ヨーロッパでのこうした奴隷の実態について、C・W・スライツは、「一七世紀には黒人と奴隷は決して同義語ではなかった」として、A・ルーンバの「ヨーロッパの奴隷人口は、タタール人、ギリシャ人、アルメニア人、ロシア人、ブルガリア人、トルコ人、チェルケス人、スラブ人、クレタ人、アラブ人、アフリカ人、そしてまれに中国人によって構成されていた」という指摘を紹介している。[18]

今一つ注意すべきことは、シェイクスピアの時代にはしかし、英国はポルトガルやスペインと違い、いまだ黒人奴隷貿易には深くは関わっていなかったので、黒人奴隷についてのわれわれの知識とシェイクスピアの知識とでは、全く違っていることである。シェイクスピアの時代の英国ではまだ、アメリカ大陸への本格的な植民は始まっていなかった。J・ウォルヴィンらによれば、英国は奴隷貿易への関わりでは、当時これを主導していたポルトガルとスペインの独占に阻まれて、この両国に大きく遅れをとった。英国人がアフリカ人奴隷を英国に連れてきた最初の明確な記録は一五五五年である。アフリカでの奴隷売買に関わっていたジョン・ロックという人物が、この年に奴隷のグループを英国に連れてきた。また英国人で最初に大掛かりな奴隷貿易を行ったのは、ジョン・ホーキンズという人物である。彼は一五六〇年代に、一時エリザベス女王の支持までも取り付けて、海賊行為にも手を染めながら、三〇〇人以上と推定される黒人奴隷を、（イングランド本土ではなく）西インド諸島を舞台に売りさばくなど、奴隷売買で巨大な利益を上げた。しかし彼はその悪辣な行動とその後の失敗で不信を買い、奴隷貿易から手を引いた。[19] 英国では、黒人奴隷の姿は一五八〇年代までは日常生活レベルでは一般にはあまり見られることはなかったようである。一五八七年にイングランドの社会状況を細部にわたって書き留めたウィリアム・ハリスンは、当時の社会階層を四種（貴族と紳士、市民、自由農民、職人や日暮し労働者）に分けて記録しているが、奴隷の状況についてはまだ次のように記すことができた。

イングランドにおける最後の第四番目の人々は、日暮しの労働者、貧しい農夫、自由土地を持たない小売商、謄本保有権者、及びすべての職人達、即ち仕立て屋、靴屋、大工、レンガ製造人、石工などである。奴隷と農奴はこの国にはいないが、それは神の特別な恩寵と諸侯の寛大さのおかげでありわが国の特権でもある。というのは仮に他の領土からそのような者が誰か来ても、この地に足を踏み入れるとただちに、彼らは主人と変わらぬ自由の身となり、奴隷の境遇のしるしは完全に取り除かれるからであり、云々」

（F・フレデリック編、『ハリスンによるシェイクスピアの若き時代のイングランドの状況』、一八七七年）[20]

この記述ではしかし、ハリスン自身がここで「この地に足を踏み入れる」奴隷達が相当数いたことを認めていることになる。彼らがみなただちにイングランドで自由の身になったはずはなく、彼の「この国にはいない」という言葉は到底そのまま信じるわけにはいかない。だがこの記述は少なくとも一五八〇年代のイングランドの本土では、黒人を含めて奴隷達が、日常的にはまだ目立つ存在ではなかったことを示している。

しかし一五九〇年代になるとかなり様子が違ってくる。黒人達がすでに九〇年代には少なからず英国に住んでいたことを示すのに、二つの資料が今日よく知られている。一つは枢密院から一五九六年に出された記録文書である。この文書では「女王陛下におかれては、近年種々の黒人達《ブラッカムーアズ》がわが領土に連れて来られているが、神のご加護によっていかに多数の国民がこの地に住んでいるかを考慮すると、この種の者達の数は既に限度を超えていると思し召されており、――彼らは国外に退去させるべきである云々」となっている。またもう一つは、一六〇一年のエリザベス女王名で出された布告で、ここでも同じように、「（女王陛下は）まことに遺憾なことだが、（報告によれば）きわめて多数のニグロと黒人達《ブラッカムーアズ》がわが国の領土に這入り込んできており、この地で食物を与えられ飲食しているので、その結果わが臣民達は彼らが消費する食物を失うことになってしまい、非常に困惑しており、また彼らの大多数は不信心者で、イエス・キリストとその福音について少しも理解していないとのことである。これらのニグロと黒人達を移送するにあたっては云々」となっている。[21] これらの文書から、一六〇一年までにはロンドンには、すでに女王や枢密院が、「多すぎる」ので国外に移送する必要がある、と考えるほどの黒人、有色人達がいたことが分かる。しかし一方でこれらの文書では、奴隷貿易が巨大な利益を生み出すことが少しも評価されていない。むしろ一部の奴隷貿易に携わる商人達が、異邦人達をイングランドに連れてきたことは迷惑である、という意味合いが行間には示唆されている。つまり、異邦人達が入り込んだ結果、限られた食料を消費するために、本国人（の貧困層）の食料が不足するという、あまり根拠があるとも思えない政策上の懸念が表明されているわけである。ここにはまだ、黒人達を劣った種族と見なし、その優越性から彼らを制度的に差別するような状況にはなかったことが読み取れる。その意味では一六〇〇年代初頭の英国は、人種差別はまだ萌芽期の段階にあったに過ぎないといってよい。ただアメリカ大陸とカリブ海での開拓は急速に進行していた。『オセロー』からおよそ七年後の一六一一年になると、シェイクスピアは『あらし』の中でキャリバンを描いたが、彼にはその名前に示唆されているように、黒人やネイティブ・アメリカンの影がつきまとうようになっている。

英国で奴隷貿易が本格化したのは、西インド諸島とアメリカ大陸の開拓が進み、植民地が形成され始めてからであって、プランテーションでの安い労働力の需要が高まったことが主因である。北アメリカ大陸に黒人奴隷が連れて来られた記録が最初に現れるのは一六一九年である。この年にオランダ商人から二〇人の黒人奴隷がヴァージニア植民地に売り渡されている。これはシェイクスピアの死から三年後のことである。しかし当初の植民地労働は白人の年期奉公人の方が主流だったので、黒人人口はあまり増加しなかった。こうした英国での黒人奴隷の歴史の流れから見て、現代人には常識となっている黒人差別構造についての知識は、シェイクスピアはほとんど持っていなかったと推定できる。それは英国では主に一七世紀中葉以降に形成されていったものだからである。しかしアメリカでの植民地の開拓が進み、一六六〇年代に至って奴隷制度が有効で巨大な利益を生み出すことが明確に認識され、英国領で奴隷制が確立する頃になると、黒人に対する見方も様相が大きく変化することになる。

七、一七世紀から一九世紀の人種差別的『オセロー』の受容

(1) 初期の観客の反応

『オセロー』の上演の記録は一六〇四年、ホワイトホール宮殿で、ジェームズ一世の前で行われたのが最初である。一六一〇年にはオックスフォードでも上演されている。この劇はまたハイデルベルクでの、エリザベス王女とフレデリック王子の結婚を祝賀して、一六一二年から一三年にかけて上演された幾つかの劇の内の一つでもあった。結婚祝賀の劇としては、陰謀と主人公の妻殺害、自殺に終わるこの悲劇は不気味にも思えるが、他にも結婚の悲劇的な結末に終わる多くの劇が上演されたという。[22] このように『オセロー』は初期に複数の王家や大学人の前で上演されており、当時すでに評判の高い悲劇であったことが分かる。この時期にオセローとデズデモーナの異人種間結婚が忌避された形跡は、何も残されていない。シェイクスピアの劇としては『オセロー』は、一八世紀を通して『ロミオとジュリエット』についで上演回数の多い劇であった。

マイケル・ニールは彼のオックスフォード版『オセロー』の解説で、最初に上演された頃の「この悲劇に対する観客の反応」について触れている。ニールによれば、「おそらく最も際立っていることは、現代の視点か

らはこの劇で最も顕著な特徴と思われる中心的出来事、すなわち異人種間情事という事件に、彼らが少しも関心を向けていないこと」である。彼はまた、「一六一〇年にオックスフォードでこの劇を見た」ある学識者の残したメモでは、「人種がこの劇で問題であることには何も触れていない」し、また一七世紀中葉にこの劇を読んだある聖職者は、そのノートの中で、「悪漢イアーゴーと嫉妬深い夫オセロー」の性格描写の巧みさを大いに賞賛しているけれども、主人公の肌色については何ら関心を示していないことを指摘している。[23]

(2) トーマス・ライマーの『オセロー』攻撃

しかしながら、英国が奴隷貿易に深く関与し始める一七世紀の後半になると、事情が大きく変わりはじめ、『オセロー』演出が人種差別と結びつく歴史が始まることになった。この頃人種差別意識を露骨に示し『オセロー』を辛辣に非難したことで有名なのは、史料編纂官トーマス・ライマーである。彼は一五巻に及ぶ外国政策に関する著述を残した有能な知識人ではあったが、彼の『オセロー』についての見解はしかし、偏狭でドグマにみちたものであった。彼は一六九三年に次のように述べている。[24]

ヴェニスの特色は戦争で異邦人を傭兵にすることである。しかし詩人（シェイクスピア）はそこからヴェニスが黒人を将軍にするとか、トルコからのヴェニス防衛をムーア人に託するだとか空想してしまう。われわれにとっては黒人は昇進してもせいぜいラッパ卒だが、しかしシェイクスピアは中将以上にまでしてしまう。われわれからすればムーア人はどこかの自堕落な小娘か、真っ黒な下層の娘っ子と結婚するところだが、シェイクスピアは大貴族か枢密顧問官の娘相続人をあてがってしまう。

ここに現れているのは、ライマー自身の人種差別意識そのものである。彼にはシェイクスピアが黒人を差別的に描いていないことが、ひどく気に入らなかったのである。ライマーは皮肉をたっぷりと込めて、「この劇の教訓」として、良家の娘達は「両親の同意を得ずに黒人と駆け落ちしてはならない」し、立派な妻達は「肌着類をよく見張って」おかねばならず、また夫達は「嫉妬が悲劇を招かぬように、非常に厳密な証拠を」探すべし、と述べ、「肝腎の悲劇の部分は、味も素っ気もない血なまぐさい笑劇にほかならない」と結論づけた。シェイクスピアは、ムーア人=黒人が高い地位につき、多くの白人を部下に従えて活躍しうることを当然視していた。しかし英国で奴隷貿易がすでに本格化していた時期のライマーには、それはありうる話とは思えなかった。人種差別に対するシェイクスピアとライマーの違いは明らかである。それは時代の差でもあったが、また人間を見る眼の確かさの違いでもあった。

(3) コールリッジの『オセロー』批評

奴隷貿易が最盛期に至るのは一八世紀であるが、この時期には英国はこれを最も強力に推進した国の一つであった。他に奴隷貿易に関わっていたのは、新大陸に植民地を所有していたポルトガル、スペイン、フランス、オランダ、そして英国から独立した後のアメリカである。英国は一八〇七年になると『奴隷貿易廃止法』を可決しているが、黒人に対する白人の差別意識はその後も長く根強く残ることになる。しかしアメリカでの黒人差別は、一九世紀を通して英国よりもはるかに厳しかった。リンカーンの奴隷解放宣言が出されるのは、やっと一八六三年のことであるが、その後もジム・クロウ法と呼ばれる黒人を差別的に扱う様々な州法が南部で作られていった。これらが最終的に廃止されるのは更に一〇〇年後の一九六四年のことである。『オセロー』の上演史には、英米でのこうした黒人差別の状況を伝える直接間接の興味深い出来事や逸話、批評が、数多く残っている。

まず英国の例であるが、イギリス・ロマン派を代表する詩人、批評家のS・T・コールリッジ（一七七二―一八三四）が、この問題について残したノートがある。彼は、ロデリーゴーがオセローについて語る、「このままうまくいくと、あの厚唇め、なんて幸運をまるごと手に入れるんだ」（一・一・六六―六七）というせりふをめぐって、次のように述べている。

まじめに考えて、シェイクスピアはこの（黒人とムーア人の）区別を知らなかったのかもしれない。しかしそう仮定できるにしても、どうしてわれわれは（オセローは黒人であるという）不愉快な一つの小さい可能性の方を採用して、（オセローはムーア人であるという）もっと一〇倍も大きな好ましい可能性を捨ててしまう必要があるだろうか。登場人物達が相互に使いあう形容語句（この場合は「厚唇」など）を、観客も実際にそう見なすべき知識として作者は描いているのだと誤解してしまうのは、よくある誤りである。確かにデズデモーナはオセローの心の中に彼の顔の色を見た。しかしながら、この美しいヴェニスの娘が、紛れもない黒人と恋におちると想像するのは、まことに奇怪である。これはわれわれの気持ちもそうだが、一七世紀初めの観客の気持ちも間違いなくそうだったはずである。[25]（カッコ内はいずれも訳者）

コールリッジはロデリーゴーの「厚唇」という言葉が、オセローを黒人にしてしまうことになりかねないので不愉快で仕方がないのである。コールリッジとしては、オセローは黒人であってほしくない。そこで「厚唇」という非難は、ロデリーゴーの言い分に過ぎない、われわれはそう受け取る必要はないのだ、と言いたいのである。しかしどうもシェイクスピア自身もオセローが黒人であると考えているようなので、それは可能性としては低い、もっと高い可能性は黒人として描いてはいないことだから、われわれはそちらの可能性の方を採用することにしたらよい、黒人とは見なさない方が心地よいからそうしよう、というのである。ロデリーゴーは悪意で意図的に本来コーカソイドのムーア人であるオセローを、ネグロイドの黒人に取り違えてしまうのだというわけである。ここには根深いコールリッジの黒人蔑視が表れている。これはしかしシェイクスピア自身の意識とは大きく隔たっており、こうしたコールリッジの読み方は、差別意識のいまだに根強かった彼の時代をはっきりと反映したものである。実際オセロー役は、第一節で触れた黒人俳優アイラ・オールドリッジが演じるまでは、白人俳優がムーア人風に黄褐色に肌を塗って演じるのが伝統になっていた。英国は奴隷廃止法の制定では最も早かった。それでもコールリッジのような第一級の知識人にして、一九世紀前半の英国ではこうした偏狭な差別意識をいかんともし難かったのである。

(4) スタンダールの経験と大統領アダムズの感想

次にアメリカでは一九世紀前半に、『オセロー』がどのように受け止められていたかを見てみたい。これはジョナサン・ベイトが紹介している例であるが、フランスの小説家スタンダールが、一八二二年にボルティモアの劇場で異様な出来事に遭遇した。ある日スタンダールが『オセロー』を観劇していると、劇場の中で警備にあたっていた一人の兵士が、舞台でオセローがデズデモーナを殺害する場になった時、彼女を守ろうとして立ちはだかり、「いまいましいニグロめ、白人女性を俺の眼の前で殺させてなるものか！」などとわめきながら、オセロー役の男性の腕に拳銃を撃ち放って大けがをさせたという。[26]

また同じく一九世紀前半のアメリカでの『オセロー』受容を示すもう一つの興味深い例を、ミシリ・コールがあげているので紹介しよう。アメリカ第六代大統領（一八二五—二九）のジョン・クィンシー・アダムズ（一七六七―一八四八）は、父親も第二代大統領（ジョン・アダムズ）だった人で、これは親子の大統領としてはジョージ・ブッシュ親子以前の唯一の例である。この親子は米国議会図書館の一つ、アダムズ館（フォルジャー・シェイクスピア・ライブラリーに隣接する建物）にその名を残している。アダムズは『オセロー』を観劇していて、デズデモーナが舞台上で「オセローといちゃつく」のを「実に不愉快」に感じた。彼は当時としては進歩的な人物であり、奴隷制には反対であったし、言論統制令（ギャグ・ルール、奴隷廃止論者達が議会に請願を出すのを阻止する法令）にも反対した。また彼は、アフリカ黒人達がスペイン奴隷船上で反乱を起こし、米国への亡命を求めた人権史上有名なアミスタッド号事件（一八三九）では、黒人の反乱者達を法廷で弁護し、奴隷達を釈放することに成功した立役者でもあった。しかしそれにもかかわらず、彼の異人種間結婚に対する見解は、きわめてどぎついものであった。アダムズによれば、もし「オセローが白人であったなら、デズデモーナにとって結婚相手として理想的だったはず」であるが、オセローの「肌色」のために、また「彼はかつて奴隷であったために、彼女の彼に対する感情は、愛ではなく不自然な熱狂」であるとした。アダムズはさらにデズデモーナについて、「社会の中で非常に高い身分に生まれ、立派な教育を受けたのに……アフリカ黒人と駆け落ちしてしまい」また「自分の父親、自分の家族、自分の性、そして自分の国に対する義務を破るような女性には、誰も同情することはできない、と手厳しく非難した。従って、「オセローが彼女をベッドで絞め殺す時、彼女は当然のむくいを受けたのだ」というのである。[27]

アダムズはここで、オセローが白人であれば、デズデモーナとの結婚相手として理想的だったはずだとしているわけだが、裏を返せばシェイクスピアは、黒人をあまりに立派な人物に描きすぎている、と非難していることになる。またアダムズはオセローが奴隷であったことを、彼女の結婚相手としてふさわしくない理由に上げているが、これは当時のアメリカで悲惨な状況におかれ、人種差別に苦しんでいる黒人奴隷達を蔑視して、このように判断しているのである。しかしながら、もともとシェイクスピアはオセローに、奴隷となった経緯について、「海路や陸路で遭遇した感極まりない事件、／死が差し迫り、突破口から間一髪脱出した話、／傲慢な敵の捕虜となり、奴隷として売られ、」と語らせていて、これは彼が奴隷になったのは、傭兵として戦争に加わり捕虜となった上での話であったことを示している。従ってシェイクスピアがここで、西インド諸島やアメリカ大陸を舞台とした奴隷貿易を想像していた可能性は、全くなかった。

一九世紀アメリカの大シェイクスピア学者H・H・ファーネスが、彼のヴェリオーラム版『オセロー』（一八八七）に、「オセローの肌色」についての様々な人々の見解を集めていて、これは当時の『オセロー』受容を示す貴重な資料になっている。そこに表れている顕著な特色は、オセローほどの高潔な人物が黒人でなければよいのだがとか、あるいはオセローが黒人であるはずがない、という評者達の苦言や苦しい説明である。そうした評言の中から次に二つを紹介してみよう。(28)

一八五二年にアメリカ人グラント・ホワイトは、「シェイクスピアほど博識で洞察の深い人が、かのアルハンブラ宮殿を建設したムーア人種と、人間を貿易在庫よろしく、奴隷として英国人に供給していた黒人種の、立場と性格の違いについて、識別できなかったはずがない」と説明している。ここでホワイトが言いたいことも、要するに先のコールリッジとほぼ同じであり、オセローは黒人ではなくムーア人である、ということである。彼はさらに、オセローの肌色が黒いことについては、『ヴェニスの商人』の浅黒いモロッコ王子も同じムーア人なのだから、オセローはムーア人でありブラックというのも黄褐色のことで、黒人ではないのだと解釈している。しかし先に示したように、シェイクスピアが『オセロー』を執筆した当時は、異人種、異民族の流入は、ようやく問題になりつつあった時期ではあっても、まだ重大な政治問題としてはごく一部でしか認識されていなかった。一般には彼らはまだ、新奇で物珍しい存在としてのみ見られる傾向の強い時代であった。ホワイトの言う「ムーア人種」と「黒人種」の違いをシェイクスピアが識別できたかどうかについては、先に述べた通り、シェイクスピアはムーア人が北西アフリカ地域に住むことを正確に認識していたが、ムーア人と黒人をホワイトのようには差別的には見ていなかったし、両者を区別する必要を感じず、実際区別しなかった、というのが実態である。だが黒人奴隷制度が最盛期にあった一九世紀のアメリカでは、白人ホワイトにとっては、高潔なオセローは自分達の仲間でなければならず、従って黒人であってはならなかったのである。

またやや遅れて一八六九年には、メアリー・プレストンというアメリカ人女性が、シェイクスピア研究の自著の中で次のように述べている。（ファーネスによれば彼女はこの著書の序文を、メリーランド州で書いている。）

『オセロー』を調べていて、私はいつもこの主人公は白人男性であると想像してきた。確かにシェイクスピアは彼を黒く描いてはいるが、この色付けはオセローには合わない。これは舞台の一つの装飾だが、私の好みで放棄したい。芸術的観点からは、配色上の誤りである。従って私は、……これを無視してきた。……シェイクスピアがオセローの肌色を「黒い」としたのは、彼の気まぐれであり、欠陥のないこの作品の「ただ一つの傷」である。……オセローは白人だったのだ！

プレストンもオセローを黒人にしたくないわけだが、勢い余って彼女はシェイクスピアの「気まぐれ」と「芸術上の唯一の欠点」を指摘するに至り、ついにその空想はオセローを完全な白人男性にまで仕立ててしまったのである！　このように彼女がオセローを白人男性と空想していた頃は、既にリンカーンの奴隷解放宣言も出された後であり、四年前の一八六五年には、彼女の住むメリーランド州でも、奴隷と本人の意に反する労役を禁じた合衆国憲法修正第一三条が批准されていたし、すぐ近くのワシントンＤＣでは、二年前の一八六七年に全米初のアフリカ系アメリカ人のための総合大学、ハワード大学も創立されていた。しかしまた他方で様々な黒人差別法案も着々と準備されつつあった。

(5) ド・マーのもじり詩と戯画

差別的な論評だけを集めていくと、一九世紀には『オセロー』はいつもそのようにしか鑑賞されなかったかのように思われてくるが、実際にはそうではない。この劇にはもともと人間心理の奥深い洞察と、美しい詩と優れた芸術性、そして圧倒的な舞台効果を生み出す巧みな構成があり、それらがこの劇が高い人気を持続してきた根拠である。

しかし他方でこの劇は、その筋を表面的に辿って戯画化し茶化す試みにも、しばしば利用されてきた。次にあげるアレキサンダー・ド・マーの、『オセロー、いや何とも面白き劇!……レンブラント風イラスト付き』と題するもじり詩文と戯画はその典型である[29]。これは一八五〇年頃ロンドンで出版されたと推測されているが、ここには一九世紀の露骨な人種差別主義、黒人蔑視が赤裸々に露呈している。この詩には四葉の戯画が付いていて（挿し絵16）、その内の一葉はマイケル・ニールも近著のオックスフォード版（二〇〇六）で紹介している。戯画を含めて八ページの小冊子であるが、その冒頭は、

ヴェニスにむかし、まこと愉快なやつがいた。
シェイクスピア名付けてミスター・オセロー、
この黒人、高くもなければ低くもなし、
中肉中背、ちょうどほどよき背恰好。

16. アレキサンダー・ド・マー、『オセロー、いや何とも面白き劇！ ――レンブラント風イラスト付き』(1850頃)。
By permission of the Folger Shakespeare Library

拍子木鳴らし、バンジョー弾いて、
得意に歌うは「オールド・ジョー」に「ダン・タッカー」！
世評も高きいい男、のどもみごとに奏でるは、
黒くて甘い恋の歌、何でもござれ、ほろほろと。

とおどけた調子で始まっている。ここでの「拍子木」"bones"とは、黒人を茶化したミンストレル・ショーに使われていた楽器である。ド・マーはこうした口調で『オセロー』のあらすじを辿ったあげく、最後の連では「教訓」と題して、「そこで、お耳にこっそり入れてあげよう」として、次のように締め括っている。

みんな愉快なやつばかり、しかし覚えておくがよい、
嫉妬ぶかいのが黒人で、ミスター・オセローにそっくりだ。
あのいい音色のバンジョーも、信じてほしい、
O夫人の皮と、ミスター・Oの骨で出来ている。

黒人達はみな嫉妬深いと決めつけ、異人種混交を露骨に警告し、根拠のない「教訓」を引き出したところに、人種的偏見をあおる剥き出しの差別主義が表れている。一九世紀中葉に、黒人で英国の舞台でオセローを演じた俳優は、第一節で紹介したアイラ・オールドリッジを除いては他にはいない。とすれば、この詩と戯画は、オールドリッジをモデルに描かれた可能性がきわめて濃厚である。しかもオールドリッジもまた、このパロディーのオセローと同様、バンジョーとギターを弾きながら歌うのを得意としていたのである。オールドリッジ

はまた実際に、偏見の中で生涯に二人の白人女性を妻にした。

(6) オセローはイスラム教徒？

ムーア人はもともとベルベル人とアラブ人が混血したイスラム教徒であったが、オセローはキリスト教徒である。これはオセローが改宗したキリスト教徒であることを思わせるが、それは彼のヴェニスでの他者としての微妙な立場を示唆している。オセローがイスラム教徒ではなくキリスト教徒であることは、明白な事実である。それはたとえば彼が、キャシオー酒乱騒動の際に登場してきて、「キリスト教徒の恥だ、この野蛮な騒動をやめろ」（二・三・一七二）[30]と命じていることや、また、第一節でも引用したが、自殺前のせりふで、「お伝え下さい、私はかつてアレッポウで、／悪意にみちたターバン姿のトルコ人が／ヴェニス人を殴りつけ、その国家を罵ったとき、／割礼したその犬の喉もとを掴み、／このように、打ち殺したと」（五・二・三五二―五六）と述べており、ここでの「割礼した」「ターバン姿のトルコ人」がイスラム教徒を指すことから明らかである。またイアーゴーにも、二幕三場にオセローが洗礼を受けていることに触れたせりふがある。そこで彼は、仮にデズデモーナがオセローに「受けた洗礼を取り消すよう」（二・三・三四三）[31]頼んでも、オセローは否とは言えない、と述べている。これらの事実から、オセローはクリスチャンであることが明らかである。

しかしそれにもかかわらず、その彼の信仰には、どこか不確かなところがある。キリスト教では自殺を禁じているが、彼は自殺する。もっとも自殺を強く禁じているのはイスラム教でも同じであり、自殺することをもって彼の信仰を否定するのは適切ではない。しかしここに興味深い数字がある。実は彼は、劇中でただの一度も、キリスト教で神を意味する大文字で始まるGodという言葉を、使わないのである。これは『リア王』が多神教時代を背景としているにもかかわらず、シェイクスピアはリア王に、ただ一度だけだが、コーディリアとともに捕われて獄に向かう時、大文字のGodを使わせていることと好対照をなしている。

シェイクスピア劇では神、神意、神々は、God、Heaven、heaven、heavens、god、godsで表される。次の表は四大悲劇の主人公達がこれらの言葉を使う回数と、これらがそれぞれの悲劇で使われている回数（主人公を含む）を示している。これらと宗教の関係はおおよそ次のようになる。

God：キリスト教
Heaven、heaven：キリスト教、その他の一神教
heavens：キリスト教を含むすべての宗教
god, gods：キリスト教以外の宗教

この表では、古い異教時代のブリテンを背景にした『リア王』では、当然ながら小文字のgodと多神教の神々を表すgodsが多用されているのが目立っている。その他の劇ではキリスト教世界が舞台になっているわけだが、瀆神的な主人公マクベスが、神という言葉を使いたがらないこともここによく表れている。またこれも当然だが、ハムレットは大文字のGodとheavenも同じようによく使う。対照的にオセローがGodを一度も使わず、代わりにHeavenとheavenを合わせて二五回も使っていることが際立っている。また『オセロー』全体で、これにheavensを加えた三語の合計が五七回にも上るのも突出している。なお『オセロー』の中で、主人公以外でこの三語を使用しているのは、多い順に、デズデモーナ（一二回）、イアーゴー（九回）、エミリア（八回）達である。

これが何を意味するかであるが、一つにはシェイクスピアは、オセローの自殺を見越して、彼にGodを使わせなかった可能性が考えられる。これはシェイクスピア自身にも、オセローを強い信仰に支えられたキリスト教徒として描くことに、少なからずためらいがあったことをうかがわせる。またもう一つにはこれは、オセ

	God	Heaven, heaven, heavens	god, gods
ハムレット	18	18	3
『ハムレット』	32	39	7
リア王	1	6	4
『リア王』	1	14	26
オセロー	0	25	0
『オセロー』	19	57	2
マクベス	3	3	0
『マクベス』	16	17	1

この表でHeavenは、God の代用の例ばかりでなく、天国を意味する例も数字に含めている。また"By heaven" などの慣用表現も含めている。しかしheavenly、god-like などの派生語、および自然現象としての「空」の意味を表すheaven(s) は除外した。数字はハーバード・コンコーダンス、リバサイド・シェイクスピア版に依拠して出している。

ローがヴェニス社会では異人種、異民族の他者であることを印象づけるためだった可能性も考えられる。もっともシェイクスピアはこの劇では、オセローばかりでなく、他の登場人物達にも、God よりも、Heaven, heaven を多く使わせていることが上の表でわかる。これはおそらく、オセローにGodを使わせたくなかったシェイクスピアが、その意識に引きずられて、他の登場人物にもGodをあまり使わないようにしたためではなかったかと推測される。

このようにオセローがキリスト教徒であることに不安定な要素があること、彼が異民族、異人種であることから、一八世紀から一九世紀にかけて、ターバン姿のオセローが舞台に登場したり、また絵画に描かれたりした(挿し絵17〜19)。われわれ日本人の眼には異様に映るが、異民族、有色人種のオセローが白人女性を殺すことに強い不快

17

OTHELLO.

18

Brabantio gives his Daughter to Othello.

19

17. ヘンリー・フラデル (1778—1865)、『オセローとデズデモーナ』(1827頃)
18. フィリップ・ルーサーバーグ (1740 —1812)、『オセロー、5幕2場』(1785)
19. チャールズ・ラム (1775—1834)、『オセロー、ヴェニスのムーア人』の口絵。「娘をオセローに与えるブラバンショー」(1807)

By permission of the Folger Shakespeare Library

感を持った人々は、オセローがクリスチャンであることに気づかないか、あるいはそれを無視して、イスラム教徒風のオセロー像を作り上げてしまった。チャールズ・ラムの『シェイクスピア物語』（一八〇七）から抜粋した小冊子『オセロー』の挿し絵画家も、ターバン姿でオセローを描いてしまっている。

ただこうしたイスラム教徒風オセローには、まったく根拠がないわけでもなかった。E・J・A・ホニグマンは、一六〇〇年から〇一年にかけて、モロッコのムーア人「バーバリー国王の大使」の一行がロンドンに約半年間滞在して、当時大きな話題になったことが、シェイクスピアが『オセロー』を書くきっかけの一つになったと推測している。シェイクスピアの所属していた宮内大臣一座が、大使達の前でクリスマスに劇を上演し、シェイクスピア自身がこの大使一行を目の当たりにした可能性が非常に高いという。[32] その大使ことアブド・エルクワエド・ベン・メサウドを描いた一六〇〇年という年号入りの肖像画が残っていて、この絵は現在ストラットフォードのシェイクスピア研究所（バーミンガム大学）に飾られているが、浅黒い精悍なターバン姿のアラビア人である。

八、高潔なオセローの意味

(1) 人種差別をめぐる『オセロー』批評の混迷

一九八〇年代の後半から始まった人種問題をめぐる『オセロー』批評は、この劇が人種差別の劇ではないかという疑惑をめぐって、教育界も巻き込んで、今も出口の見えにくい泥沼的な混迷が続いている。こうした状況について、マイケル・ニールはヴァージニア・ヴォーンの戸惑いに彼自身の戸惑いを重ねて次のように述べる。

この肌色についての競合する複数の考え方の全領域を引き込んでしまうシェイクスピアの能力が、この劇が主人公について作り出していた可変的で曖昧な反応の底に部分的に横たわっている。そしてこの深く埋め込まれた両義性こそが、代わって今度は人種問題をめぐる議論史の中で、なぜこの劇の役割について、眼を見張るほど矛盾した諸説が出されてきたのかを説明してもいる。ヴォーンが広範囲にわたりよくよく考え抜いて、この劇の「文脈史」とその受容を辿る中で、自ら二つの立場の間で揺れ動き、どうしようもなくなり、「これは私には人種差別の劇だと思えるが、またそうではないとも思える」と述懐するのも不思議ではない。(33)

ここでニールが言及しているヴォーンは、彼女の著書の別の箇所で、様々な批評を紹介した後に、「これらの色々な背景と視野からの批評家はすべて一つの点で見解が一致していることに注目したい。すなわちこのシェイクスピア劇のテキストには深く埋め込まれたステレオタイプが存在している、ということだ。不一致点は、シェイクスピアのテキストがこのステレオタイプをどのように利用しているかの分析にある」としている。(34) しかしながら、そのステレオタイプという認識自体が、現代人が現代の視点に引き寄せて認識しているステレオタイプであって、シェイクスピアがこれをステレオタイプとして認識して描いたわけでは全くなかったことには、十分な注意が必要である。あまりに現代の色眼鏡で眺めすぎると、劇本来のダイナミズムまでも見誤る恐れがあるからである。われわれが今日何気なく使っている人種差別（レイシズム）という言葉自体が二〇世紀にようやく生まれたものなのである（『オックスフォード英語大辞典』（O・E・D・）のracismの初例は一九三六年、racialismの初例は一九〇七年）。ニールと同様の見解は、表現は違うがエドワード・ワシントンもこれより先に示している。ワシントンはエリオット・トクソンが『オセロー』は高潔な人物なのか、それとも野蛮な人物なのか、またこの劇でシェイクスピアは偏狭な人種差別主義を示しているのか、そうではないのかで判断しかねている趣旨の発言を引用した後、次のように説明した。

しかしながらトクソンがこのように、オセローの黒い肌色に固有の意味を決めかねて苛立ちを隠せないでいるのは、実はまさしく要所を突いているのである。つまり、オセローの長所と欠点の曖昧な混在こそが、彼をよりまねごとだけで「人間的」にしているし、同時に悲劇的に複雑にしているのである。これはオセローの黒い肌色は、この劇の持つ「より大きな」意味に比べると、単にたまたまそうなっているだけだとか、偶然に符合しただけだと（そう主張する人も多いが）いうのではない。それどころか逆に、オセローの黒い肌色は、一次元的な象徴指標ではないけれども、まさに彼の劇的性格描写の本質的要素を表示している。それはリチャード三世の醜怪な容姿、シャイロックのユダヤ人性、フォルスタッフの肥満、リアの老齢と同じである。すなわちオセローの性格の中の黒さが、彼が与えられた劇文脈の中で、なぜあのように考え、また行動するのかを、原理的に説明しているのである。(35)

ニールとワシントンのこうした主張は、二人が深い思索の後にそれぞれこのような考えに至ったことをよく示している。二人ともこの劇を人種差別の劇と見なすことには否定的であるが、また全面的にこれを退けることもしていない。『オセロー』をめぐるこうした批評の現況は、現代社会の人種問題の置かれた難しい状況をよく反映したものでもある。

確かにオセローだけを取り出して、彼についてまわる人種差別的な言葉だけを拾い集め、微細にそれらを観察していくと、いかにもシェイクスピアは彼を差別的に描いているように思われてくる。しかしこれまで述べてきたように、そうした見方は妥当性を欠いている。もともとシェイクスピアには、後の時代と違って、ムーア人=黒人のみを差別的に描かなければならない根拠に乏しかった。なるほど確かにシェイクスピアには、有色人を異質な他者として見る眼は強く働いていた。またムーア人の住むバーバリーは野蛮を連想させた。しかしこれらは例えばわれわれ日本人が、アラブ人、黒人、白人を異質な他者として見る強い傾向があるのとよく似た、避け難い感覚であった。かつて中国人は大和国を邪馬台国とし、日本人はポルトガル人やスペイン人を南蛮と呼んだ。

(2) シェイクスピアはどのように選択したか

チンティオの『百物語』の原話には、殺される前のディズデモーナが、次第に不安をつのらせて、旗持ちの妻に、「私の例が、若い女達は決して親の同意を得ないまま結婚してはいけない、特にイタリアの娘達は、白然の情、風土、教育、肌色が違っている男達と一緒になってはいけないという、いい教訓になりはしないか、と不安になってきたの」と打ち明ける場面がある。このように異文化問題はすでに原話の中にあり、その結末はこのディズデモーナの不安を裏付ける形で終わる。こうしてこの原話は全体として、「娘達は親の同意を得ずに結婚してはいけないし、また異国、異文化の、肌色の違う男と結婚してはいけない」という、若い娘達への強い警告、教訓話となっている。

しかしシェイクスピアはこうした警告と教訓の要素は、彼自身の劇でははっきりとは示さなかった。彼はデズデモーナを造型する際に、彼女のせりふの中に、原話のディズデモーナが語るこうした「教訓」を書き込むことは、周到に避けたのである。デズデモーナが結婚相手の選択で、判断を誤った女性となることを、シェイクスピアは嫌ったのである。彼にとってデズデモーナは悲劇の女性でなければならなかった。しかしながらシェイクスピアはまた他方で、チンティオの教訓に表出している、異文化と肌色の違いを含む、不釣り合いな結婚の危険性、という白人社会の抱く不安感については、これを劇の中で大いに利用した。シェイクスピア劇の方では、デズデモーナとオセローの結婚が不釣り合いであることを語るのは、デズデモーナではなく、彼女の父ブラバンショーとオセロー自身、それにイアーゴー、エミリアである。ブラバンショーは、「あの子が、自然の情に反し、年も国も違い、／信用も何もかも捨てて、見るも怖がっていた奴と／恋におちるなんぞあるわけがない！」（一・三・九六―九八）[36]と、二人の結婚が不自然極まりないことを強調し、またオセロー自身も、「多分俺の肌が黒く、／伊達男達のような柔らかい物腰がないためか、／それとも齢も傾きかけて人生の谷間へと／差しかかったので」（三・三・二六三―六六）[37]と、二人の不釣り合いさを認めている。ブラバンショーとオセローの言葉にはしかも、新たに二人の間の大きな年齢の差と、社交術の欠如という、チンティオの原話にはなかった要素が二つ、付け加わってまでいる。イアーゴーはまさにこの不釣り合いさにつけ込むのであって、デズデモーナについて彼は、「新鮮な肉欲を満足させるためにゃ、綺麗な顔立ちで、年もマナーも美貌も一緒でなけりゃな。どれもこれもあのムーアめにはないものばかりだ」（二・一・二二八―三一）[38]と語り、またオセローを誘惑して、「ええ、そこなんですよ。はっきり申しますとね、／自分の国で肌色も同じ、身分も同じの／そんないい縁談が幾つもあったのに断って」（三・三・二二七―二九）[39]と、疑惑を植え付けるのに、二人の結婚の不釣り合いさが異常に不自然であると示唆してみせている。彼も身分の違い、という原話にはない新たな要素を加えている。このようにシェイクスピアは、チンティオの原話にあったあからさまな教訓の要素は排除したが、二人の結婚の不釣り合いさについては、年齢の差や社交術の欠如、身分の差など、原話になかった要素を加えて一層拡大し、イアーゴーがつけ込みやすくし、劇の進行がより緊迫感を増すように書き変えた。

しかしチンティオの原話とシェイクスピア劇とを比較して、その最も顕著な違いは、シェイクスピアが主人公オセローを、原話のムーア人に比べて圧倒的に高潔な人物に書き変えたことにある。この劇が人種差別の劇であるか否かを考える場合、この点は一つの重要なポイントであることを、ここで指摘しておきたい。この「高潔な」"noble"という言葉はシェイクスピアがオセローの人格を定義したキー・ワードである。この語はオセローを形容するのにくり返し使用されているが、原話のムーア人の場合は、これにあたる語は彼の就いた指揮官職が一度だけ「高貴な」とされているにすぎず、彼自身の形容には全く使用されていない。

チンティオの原話でもオセローにあたるムーア人は、最初は一見オセローに似て、才能のある立派な人物とされている。彼は物語の冒頭で、「かつて非常に勇敢で立派なムーア人がいた。彼は戦争で振る舞いの賢明さとすぐれた才能を実証したことで、ヴェニスの貴族から非常に重んじられていた」と紹介され、また彼が任官された「キプロス島指揮官の仕事は、高貴な身分で信用が厚く、勇敢さを実証した人物だけに与えられる職務であった」とされていて、彼は大きな名誉を与えられたことになっている。しかし彼についての描写はこの物語では一貫して平板であるばかりでなく、その後このムーア人は、世間を騙すこともいとわない、人格的にも大きな欠陥のあった人物であることが明らかになっている。彼の浅ましく卑しい性格は、ディズデモーナ殺害に関係して露呈する。彼は殺害が露見しないように旗持ちと相談している。そして旗持ちが「彼女の外見に傷がつかないよう砂袋で彼女を殴り殺し、その後垂木を落として事故に見せかけ、犯罪を隠蔽しよう」と持ちかけた話に乗り、これを二人で実行している。その後彼は旗持ちの裏切りで逮捕され拷問にかけられるが、ここでも彼は真実を隠し通している。最後に彼は釈放された後、ディズデモーナの親戚達に殺害されている。こうした自己保身的、背徳的で卑しい性格はオセローには全く見られないものである。

シェイクスピアがこの物語を劇化する際に、彼にはチンティオと同じような主人公像をつくり出す選択肢もあった。しかし彼はその選択肢は選ばなかった。かわりにシェイクスピアが選んだのは、オセローをまずどこまでも高潔な人物にこだわって描く方法だったのであり、それは原話を大きく書き変えることを意味し、これは彼にとって重要な選択だった。こうした道を選んだからこそ、この悲劇は四大悲劇の一つにまで高まったのである。仮にシェイクスピアが、原話にあったムーア人をほぼそのまま踏襲して劇化する道を選択していたとすれば、この劇は到底大悲劇とはなりえなかったばかりか、今日人種差別の劇としての決定的な烙印を免れなかったかもしれない。オセローとデズデモーナの肌色の違いを超えた美しい愛が最初にあってこそ、そしてオセローの高潔な人格があってこそ、この悲劇は大悲劇となった。

(3) 自然に向かって鏡を掲げる

シェイクスピアにも限界がなかったわけではない。彼には宗教、人種、女性などの問題で、今日の基準から見ると明確に限界があった。例えば宗教を例にとってみよう。現代世界にあってもその混迷の底には、キリスト教圏とイスラム教圏の利害の対立と文化の違いを中心とした、宗教的対立による相互不信が、部分的にその原因として横たわっているわけであるが、中世からルネッサンスにかけては、その構図はもっと露骨であり、鮮明であった。『オセロー』が舞台になっているのは地中海であるが、この地域では十字軍の遠征以来、キリスト教世界とイスラム教世界の対立が、きわめて重大な問題であった。それに比べれば、人種間対立の問題は、今日のように大きな問題としては意識されていなかった。シェイクスピアもこうした当時の時代状況を反映して、キリスト教徒から見た異教徒に対しては、概してきわめて不寛容であった。『オセロー』の中にも、この宗教対立の構図があり、それはトルコとヴェニスの戦争という背景的出来事や、オセローが「悪意を持ったターバン姿のトルコ人」（五幕二場）に言及していることなどに、はっきりと表れている。またシェイクスピアは『ヴェニスの商人』でシャイロックに、キリスト教への改宗を強要したり、その娘のジェシカには父を捨てさせ進んでキリスト教に改宗させることで彼女の幸せな結婚を約束したりしているが、ユダヤ人の立場からはまことに差別的でいたたまれない話である。このようにシェイクスピアが時代の子であったことも疑問の余地がない。ただこうした宗教上の不寛容と偏見は、何もシェイクスピア一人に限ったことではなかった。マーロウが『マルタ島のユダヤ人』で描き出したユダヤ人バラバスは、シャイロックよりも遥かに毒々しくステレオタイプ化された極悪ユダヤ人の、悲惨な末路の悲劇である。

しかしシェイクスピア劇にはこれらの時代の桎梏と限界を、突き破っていこうとする力強い胎動もまた見ることができる。大悲劇時代のシェイクスピアにあっては、それは何よりも彼が人間そのものに果てしない関心を抱き、そのあるがままの姿をそのまま描きだそうとしていることによっている。オセローを描く時も彼は、並外れて高潔で清廉、そして真っ直ぐな性格の主人公が、悪魔のような人物が仕掛けた巧妙なわなにはまり、苦悩しながらしだいに堕落していく心理の過程と様相を、二人の対話を通して、余すところなく、迫真的に描きだすことに全力を注いだ。このようにシェイクスピアは、主人公の苦渋に満ちた心理の葛藤と行動と堕落を、ありのままの姿で克明に描くことに徹底したのであって、黒人を差別して描くことに彼の眼目があったわけではなかった。シェイクスピアのこうした姿勢は、まさしくルネッサンスの人間中心主義精神の表出と言ってよく、それはこの劇のすぐ前に彼がつくり出したハムレットが、演技の目的について語った、「自然に向かって鏡を掲げる」というせりふで、鮮やかに示した精神でもあった。

——演技の目的は昔から、いわば自然に向かって鏡を掲げることであったし、今もそうなのだ。美しいものはその形のままに、見下げはてたものはその姿のままに、時代の様子と実態を、まさしくその有様と刻

印どおりに示すことなのだ。（三・二・二〇―二四）

役者はその演技で自然を鏡のように写さなければならないが、シェイクスピアはハムレットやオセローをつくり出す時、劇作家もまた登場人物達を、自然に鏡を掲げるようにして描かなければならないと考えていた。こうした彼の人間そのものへの尽きせぬ興味と愛着、そして時々襲いかかってくる人間への激しい嫌悪感と不信感こそが、ほぼ黒人と見なしてよい有色人を、四大悲劇の主人公の中の一人に作り上げ、また悪魔的なイアーゴーを作り上げることになった。ここでは悪魔に見えるムーア人＝黒人がアダムであり、白人が黒い悪魔である。シェイクスピアの時代以降に劇的に拡大していった奴隷制度の中で、黒人達が人権を奪われ悲惨な差別を受けていった歴史を考えると、シェイクスピアが当時の圧倒的な白人社会のイングランドの中にあって、ムーア人＝黒人という有色人を、このように四大悲劇の主人公達の一角に食い込ませたこととの意義はきわめて大きい。シェイクスピアの人間中心主義の意義を、今日もう一度確認し直すべきであろう。

シェイクスピアがオセローを差別的に描いたかどうかを判断する一つの基準として、シェイクスピア劇に登場してくる様々な人物達の間にオセローを置いて、総合的、客観的に彼の姿を見るという方法が考えられる。『オセロー』が、『ハムレット』、『リア王』、『マクベス』と並んで、シェイクスピアの四大悲劇の一つであることに、異論のある人はそう多くないはずである。つまり、それほどこの劇は優れた劇であることが、批評史と演劇史の中で実証されてきたということである。そこでここでは彼と四大悲劇の他の主人公とを、その性格について総合的に優劣比較してみたい。するとほぼ次のように言えよう。オセローは、善悪の判断力に大きく欠けるマクベスには、全体としてはっきりとまさっているのはもちろん、そのスケールではリアにまさるとも劣らない。もっとも彼は著しく高い知性と洞察力を持つハムレットには、総合的には明らかに劣ると言える。けれども、清廉さや風格の点など、部分的にはハムレットにさえもまさる風情がある。こうしてみると、シェイクスピアがとり立ててオセローを差別的に描いてなどいないことがわかる。それどころか彼は、シェイクスピア劇の中できわめて重要でユニークな位置を占めているのである。

(4) オセローの詩の音楽性

オセローは、すべてのシェイクスピア劇の中で、そのせりふの質と量を総合すると、もっとも優れた詩的、音楽的言葉を語る人物である。アーデン・シェイクスピア版でホニグマンは、シェイクスピア劇の中にあってオセローは、その語る詩において、誰よりも優っていることを指摘している。[40] 実際この点では彼は、他のシェイクスピア劇の登場人物達を大きく引き離していて、ロミオやジュリエットも、ハムレットもオベロンも、ポーシャやヴァイオラ達も、単独ではるかに彼に及ばない。オセローの言葉の詩的、音楽的要素は群を抜いているのである。オセローの詩の音楽性については、かつてG・ウィルソン・ナイトが、「オセローの音楽」というエッセイで詳しく説明し、その詩の質を高く評価した。彼は、「オセローの詩には、固有の豊かな音楽性があり、それは絵のようなフレーズとイメージの類まれな堅固さと正確さ、そして思想の独特の雅趣と清澄さとを具備している」と説明し、またオセローが自害する最後の場においても、「オセローの音楽性自体は、これまで以上に高貴な律動と、ハーモニーの一層豊かな洪水、個人を超えて普遍化された想像力の飛翔を伴って響いている。『オセロー』の世界の美は最終的には分解されるのではなく、白鳥の歌のようにして終わっており、音楽性の中で消えていく」とした。[41] ブラッドレーはかつて『リア王』をベートーベンの「最も偉大な幾つかの交響曲」に喩えた。[42] ブラッドレーはその際、四大交響曲の中の『運命』の第一楽章、『田園』の嵐や『第九』の合唱などを思い浮かべていたと思われるが、シェイクスピアも悲劇で四大戯曲を残したという意味でも、ベートーベンと比べるのは興味深い。媒体が違い与える印象も大きく違うので単純な比較はできないが、『オセロー』にも部分的にたとえば『英雄』の第一楽章や『運命』の第二楽章などを思わせるところがある。またその音楽性に注目したヴェルディは、この悲劇をもとに歌劇の傑作『オテロ』（一八八七）を作曲し大成功をおさめ、それは原作のシェイクスピア劇に勝るとも劣らぬ名声を博して今日に至っている。しかし最初にこの劇を歌劇にしたのはロッシーニである（一八一六）。仮にオセローが人種差別的に描かれ偏見に満ちているとすれば、彼の詩がこれほどの栄誉に輝くことはなかったであろう。なお、英国の作曲家エドワード・エルガーの行進曲『威風堂々』（一九〇二）は、その英語名が“Pomp and Circumstance”（字義通りには「壮麗と威風」）であるが、これは『オセロー』三幕三場の、オセロー自身のせりふから採られたものである。その第一番は今日世界で広く親しまれ、英国では第二の国歌となり、わが国でも様々な式典で栄誉を讃える折に演奏される馴染みの曲となっている。

第三章　パラドックスと真理の在りか——『リア王』の悲劇
——コーディリアの愛と死の意味

一、今日的で身近な『リア王』の主題

『リア王』の悲劇の冒頭には、三人の娘の愛情テストで王国を分割するという話が置かれている。いささかおとぎ話じみていて現代のわれわれがすなおに受け入れるにはあまりに唐突であるが、実際に舞台で見ていると、これは一種の象徴的な手法であることがよく分かり、それほど不自然な感じはしない。実際にはありえないような状況をまず描き、ドラマとして、より緊迫した自然な筋書きを作る象徴的な手法は、シェイクスピアの得意とするところであり、『ジョン王』や『リチャード三世』など歴史劇でもよく使った。

癇癪質のブリテンの老王リアは、退位して後を三人の娘達に任せて、彼女達の内の誰かのもとで余生を過ごすために、それぞれに自分をどれほど好きか話させて、その愛情の強さに応じて領土を娘達に分けることにする。既に結婚している上の二人の娘、ゴネリルとリーガンは、心にもないお世辞で父に取り入る。しかし父思いの末娘コーディリアは、父だけを愛するわけにはいかない、結婚すると夫に愛情の半分を捧げなければならない、と正直に話し、父の怒りを買う。こうしてリアは上の二人の娘に領土をすべて与えてしまう。彼が退位するとしかし、この二人の娘は手のひらを返したように本性を現し、リアを冷遇し、結局荒野に放逐する。リアは嵐の中をさまよい気が狂う。コーディリアは、フランス王に救われその妻となっているが、姉達の父に対

する冷遇の知らせに、フランス軍とともに父救出に向かう。やっと彼女は父に再会できるが、それも束の間、戦いに破れ二人は囚われの身となる。コーディリアは殺され、リアも息絶える。ゴネリルはリーガンを毒殺し自害する。これが『リア王』の主筋であるが、これに臣下のグロスター伯とその二人の息子のよく似た悲劇が絡み合って、劇は展開していく。

舞台はケルト時代の二〇〇〇年ほども昔のブリテンである。しかし扱われている問題は、すこぶる現代的である。それはまず高齢者問題であり、次に遺産の相続配分問題である。そのテーマは誰にとっても身近でありまた重い。とりわけ急速な高齢化を続けている現代日本の社会にあって、老後の問題は、子としての立場からも、親としての立場からも、誰もが避けて通れない現代的テーマである。いずれ誰もがこの問題に直面せざるをえず、実際にその立場に立たされると問題はきわめて深刻である。年老いた父親、それも独善的で横暴な癖の強い父親、しかも高齢者特有の判断力の減退が顕著な親を、一体誰がどのように世話するのか。また老いた親、高齢者の立場からは、どの子供の世話を受けるのか。親が最晩年を迎えた時、遺産の配分と相続はどうしたらよいのか。姉妹兄弟間でいさかいが起こる。それぞれが自分の都合のよいことばかりを考え、主張し、行動し始める。生前親の世話をしたこともない者が真っ先に権利を主張し画策する。何とか遺産は人より沢山取りたい、しかし高齢者のお世話はご免である。冷静さを失い怒り出す始末におえない者も出てくる。夫婦の関係もこじれておかしくなってくる。骨肉の争いである。リア王のテーマはまさにここにある。こんなことがヨーロッパの古い昔でも、またルネッサンスのイングランドでもよく起こっていた。この『リア王』の悲劇は、こうした問題を真正面から受け止めることを求めてくる。また人間としての生き方を直接に突きつけてくる。それればかりではない。そこに高い倫理性を要求してくる。観劇後気が滅入る観客もある。

高齢者介護と遺産相続にかかわる興味深い事件を紹介しよう。これはシェイクスピアの典拠を集成したジェフリー・ブローが紹介している遺産相続事件である。エリザベス女王の従者の一人に年老いたブライアン・アンズリーという、リア王によく似た立場の人がいた。彼はケントの裕福な廷臣、いわゆる「儀仗衛士」で、三人の娘がいた。長女グレイスはジョン・ワイルドゴース卿と結婚しており、次女クリスチャンはサンディス男爵と結婚していたが、末娘のコーデルは未婚であった。一六〇三年一〇月のことである。長女グレイスは特権法廷に、父は耄ろくして自分の体も財産も管理できず狂人状態である旨の、判定を求めて訴え出た。次女クリスチャンについては記録が残っていないが、末娘コーデルは、宮廷の有力者ロバート・セシルに、「父は長い間宮仕えしてきた人であり、最晩年になって狂人として登録され記録に残るのは堪え難く、もっとその功績にふさわしい扱いにしてほしい」旨訴え出た。実は老いた父の身の回りの世話と介護を長らく続けていたのは、コーデルだったことが法廷の記録に残っている。彼女はワイルドゴース卿が父の資産目録を作るのを拒否し、彼と姉の行動を食い止めることに成功したようである。一六〇四年七月にアンズリーは死亡したが、その遺言で彼は遺産の大部分をコーデルに残し、姉夫婦にはほとんど何も残していなかった。姉夫婦はその遺言について訴えを起こし争ったが、特権法廷は一二月三日に、その遺言の正当性を支持する裁決を出している。その裁決執行者の一人にウィリアム・ハーベイ卿という人がいた。彼は、サザンプトン伯爵未亡人の三人目の夫であった。この女性はシェイクスピアの若い頃のパトロンであったサザンプトン伯爵の母親である。彼女が一六〇七年に死亡すると、ハーベイ卿は、コーデルと再婚した。(1)

ブローによると、シェイクスピアは劇作家としてしばしば宮廷に出入りしていたので、この事件をどこかで知った可能性は十分にある。しかしその証拠は何も残っていない。古い劇の『レア王年代記』が思い出されたように再出版されたのが一六〇五年、同じ頃シェイクスピアも『リア王』を書き、それが上演されたのが一六〇六年、出版登録一六〇七年一一月（実際の出版は翌年）である。偶然にしては出来すぎている。

ところでリア王には男児がいない。子供は娘達ばかり三人である。国王が後継者の男児を作りそこねることは、古くから大きな政争の種になりかねなかった。日本の皇室で、しばらく前に大きな話題になったのとよく似た話なのである。しかし『リア王』の悲劇では、この王子不在の問題、男児による後継問題は、重要なテーマとしては、不思議にも全く浮かび上がってはこない。

先述のように作者未詳の『レア王年代記』が出版されたのは一六〇五年であるが、この劇は一五九四年に上演された記録が残っているので、シェイクスピアが何らかの形でこれを参考にしたことは確実である。実際はこの劇の筋の運びはひどく散漫で、およそシェイクスピアの『リア王』とは比較にならないほど劣った劇である。しかしながら、この劇では主人公のレア王は、王国を継ぐ王子がいないことで、自分の死後国が乱れはしないかと大変に恐れていて、悶々としている。そして娘達をうまく近辺の有力な王侯に政略で嫁がせて、国の安泰をはかることに腐心しているのである。男児後継が不可能なので、次善の策というわけである。この点については、三流劇に過ぎない『レア王年代記』の方が、シェイクスピア劇よりも、王国分割の方法、理由、経緯が非常に生々しく、合理的に、また説得力をもって描かれている。シェイクスピアはしかしそうした男児による王位継承に関わる話題は、彼の悲劇ではばっさりと切り捨ててしまった。こうして劇の照準を、ぴったりと親子の情愛と家族の在り方、姉妹兄弟の在り方の問題に定めた。

このように男児による王位継承の話題を完全に排除してしまうシェイクスピアは、この時代の作家としては、不思議に男女を差別する意識が薄いようにも見える。これは、彼が生まれ、物心ついた時から、イングランドの国王はエリザベス一世女王（在位一五五八－一六〇三）という女性であったし、そればかりか彼の劇が女王の御前でしばしば上演されるようになり、女王にも大いに気に入られたので、シェイクスピアはそのことを大変誇りに思っていた、という事情があったためかもしれない。もっともまた女王の容態悪化からその死、さらにジェームズ一世（在位一六〇三―二五）の即位にいたる時期は、後継者問題で英国の宮廷は大揺れに揺れた。その後も一六〇五年一一月には、今日の秋の行事、ガイ・フォークス・デイにその首謀者の名を残す火薬陰謀事件（国会開会日に議事堂を爆破し、ジェームズ王と上下両院議員を殺害しようとした事件）が起こるなど、英国の政情はあまり安定していなかった。こうした事情でシェイクスピアには、生臭い問題にかかわるのを避けたい気持ちも働いたのかもしれない。

いずれにしても、この大悲劇では、激しい善と悪の闘いがくり広げられている。そこに底流する倫理的レベルは、シェイクスピアの四大悲劇の中でも最も高い。そして他の三悲劇と違って、その善と光を象徴し代表するのは女性、悪と人間性の深い闇を象徴し代表するのも二人の女性である。女優が存在しないという、劇作家の立場からすればまことに劣悪な当時の演劇環境の中にあっても、彼はここまで女性の役割を重くした。しかもこの劇では、無口でせりふも少ないコーディリアという女性こそが、決定的に重要な意味を持っているのである。

『リア王』の中での、リアの家庭とグロスター伯の家庭という二つの家庭の崩壊は、眼を覆いたくなるほどであり、悲惨そのものである。この劇はこの二つの家族崩壊の物語でもある。二つの家庭の人々が、親子、姉妹、夫婦、兄弟間で、虐待、陰謀、毒殺、策略、決闘で殺しあう。その骨肉の争いを生き延びるのは、エドガーただ一人しかいない。これは現実には極端に過ぎるかもしれない。しかし親子の仲、夫婦の仲、姉妹兄弟の仲が、何らかの事情が引き金となってこじれ始め、激しい争いごとをくり返した末崩れ去って、時に悲劇的結末にまで至ることは、世間に珍しいことではない。『リア王』の世界のきわめて高い倫理性は、家族の在り方、人としての生き方、人生の過ごし方を考える上で、意味深い示唆を与えてくれるはずである。

さて『リア王』は多神教の時代の物語である。リア達は「神」ではなく、「神々」に言及するので、シェイクスピアは、英国でキリスト教が普及する以前の、多神教の時代を考えていたことが明らかである。ブリタニアにキリスト教が伝来したのは二世紀末とされるが、それ以前の出来事という設定である。したがってアングロ・サクソン族の時代ではなく、ケルト族の時代である。といってもこの話がケルトの史実や伝承文学に基づいているわけではない。ブローによれば、リアの物語はケルトの民族文学の中には存在しない。しかしこの物語のもとになっている娘達の親に対する忘恩と孝行をめぐる伝説、伝承は、ヨーロッパとアジアに古くから広範に存在していた。それらには様々なバリエーションがあり、形を変えながら英国にも入ってきたのである。上の二人の娘に一番下の娘がいじめを受ける点で、コーディリア（Cordelia）はシンデレラ（Cinderella）とも近似している。初めてリアの物語を記したのは「モンマスのジェフリー」の『ブリテン列王史』（一一三五頃）であるが、そこではリアはブルト王以降一〇番目の王となっている。リアという名はケルトの海の神の名である。[2] こうした事情で、シェイクスピアの『リア王』も、はっきりと特定可能な英国の史実とは何も関係はない。場所についての指定もブリテンとあるだけで特に指定はされていない。ただケント伯、グロスター伯、コーンウォール公など地名を持った人物達が登場し、グロスターはドーヴァーに向かうので、シェイクスピアがイングランドの地域を想定していたことは明らかである。

二、パラドックスと主題

『リア王』にはパラドックスが目だって多いことは、この劇を少し吟味してみるとただちに明らかになってくる。当然ながらパラドックスはこの劇の主題とも深い関わりを持っている。この悲劇で重要な意味を持つ、見かけと実体の違い、狂気と理性、愚者と賢者の交代、運命の変転、虚偽と真実、真理認識の道程などの中心的テーマは、様々なかたちのパラドックスで言い表わされている。このことについてケネス・ミュアは、「並行したパラドックス――グロスターが盲目の中で洞察力を獲得し、リアが狂気の中で英知を獲得する――が、われわれをこの劇の核心へと連れていく」[3]とした。たとえば両眼を失ったグロスターは、

目が見えた時にはつまずいた。（四・一・一九）

と自戒しているし、エドガーは錯乱状態のリアの言葉の中に人間洞察の深さを認めて、

正しさと的外れが同居している、
狂気の中の理性だ！（四・六・一七四―七五）

と述べている。ウイルソン・ナイトが『火炎の車輪』（一九三〇）の中でこの悲劇を扱った「『リア王』とグロテスク喜劇」という章は、そのタイトル自体がパラドックス風であるが、彼はこの中でいかに喜劇の様々な要素が悲劇の生地の中に分かちがたく織り込まれているか示している。[4]またブライアン・ヴィッカーズも、「『リア王』の中のパラドックス的で謎めいて矛盾した要素は、人口に膾炙してきた」とした。そして彼はシェイクスピアがこの悲劇を執筆する前に、同時代のトーマス・マイルズの『古今の宝庫』というパラドックス集を、草稿の段階で読んでいた可能性があると推測している。[5]というのはマイルズはこの書の中の、「一つのパラドックス――私生児を弁護して」という一章で、非嫡出子がいかに嫡出子よりも優秀であるかについて、大真面目にその根拠を論じていて、それが『リア王』の中でエドマンドがあげる論拠とそっくりだからである。ロバ

ート・B・ハイルマンもまたその著書、『この巨大な舞台――「リア王」のイメージと構造』で、第三幕で裸同然のエドガーを見てリアが、「人間とはこんなものに過ぎんのか?」(三・四・一〇二―〇三)とコメントすることに触れながら、ここに流れる「衣服のパターン」を取り上げて、「この劇の貧しく裸のみじめな者達、この世の犠牲者達はその精神において生き残るが、豪奢な人々は滅んでいく」と述べて、そのパラドックス性に触れている。(6)

しかしながら、このようにこの劇には様々なレベルでパラドックスが重要な働きをしていて、作者もその表現方法を意識的に用いたことははっきりと分かるにしても、パラドックスについて言及がなされるとき、その指摘は断片的になされるか、あるいはパラドックスのある側面だけが論じられるだけに止まっているのが普通であって、一体その全貌がどのようなものなのか、また作者がそこにどのような意味を託そうとしたのかについては、必ずしも十分な説明はなされてきていない。そこでこの章では、この問題について広く問題を整理しつつ、様々な見解を紹介しながら、パラドックスとこの劇の主題との関係を具体的に示し、あわせてそこに作者が託した最終的な意図がどのようなものであったのかを明らかにしてみたい。

ところで他の多くのシェイクスピア劇と同じように、この悲劇にも幾つかの材源があったことはよく知られている。それは先に触れた作者未詳の『レア王年代記』の他、フィリップ・シドニー作『ペンブローク伯爵夫人のアーケーディア』(一五九〇)、ジョン・ヒギンズの『王侯の鑑』(一五七四)、ホリンシェッドの『イングランド年代記』(一五八七)、それにダイアナ王妃の祖先筋にあたるエドマンド・スペンサー作の大長篇詩、『妖精の女王』(一五九六)の第二巻第一〇篇などである。(7)しかしそのどの原話においても、リアが狂気に陥ることはないし、また道化にあたる人物は出ていない。さらにどのリアをめぐる原話においても、グロスター親子の脇筋は存在していないし、またコーディリアとリアがともに死ぬわけでもない。ところがそのようにシェイクスピア自身が原話を大きく書き改めた、リアの狂気、道化、脇筋、コーディリアとリアの死に関係した箇所が、実はいずれもこの劇のパラドックス表現と深い関わりを持っている。この事実は、シェイクスピアがパラドックスに込めた深い意図を、雄弁に物語っている。

『リア王』でシェイクスピアは、善意の主要登場人物達に耐え難いほどの試練を幾つも経験させる。そしてそのことを通して、人が人として生きることの意味を根本から問いかけている。シェイクスピアの主要な関心は、極限状況にあって人はどのように行動するものか、またすべきなのかにあった。この劇の登場人物達はそうした逆境の中にあって、パラドックスを含むせりふをしきりに語っている。そして全体としてそれらは、月並な言い方になってしまうが、やはり自己を知り真理を認識していく過程を示している。しかしそれは、犠牲と激しい痛みに満ちみちたイバラの道、地獄のような道である。そしてこの劇では真実、真理は必ずしも見かけ通りのものではなく、意外な形で隠されていることが多いのである。それも苦難の末に、ある段階で深い真理の認識と思われるものに到達したとしても、必ずしもその人物達、特にリア、グロスター、エドガーが、本当に最終的な真理の認識に至っているとは限らないことが、次の新たな苦難にみちた試練に直面することで更に明らかになってくる。このためにその人物は自らの真理認識を修正せざるをえなくなるが、こうすることで更に深い真理の認識に至る。このプロセスが、パラドックスを通して表現されることになる。これはもっとやさしく言えば、見かけと実体は必ずしも同じではなく、その実体の在りかを知るプロセスに、パラドックスが現れてくるということでもある。

三、リアとコーディリアをめぐるパラドックス

先に述べた通り、『リア王』の劇は、おとぎ話風の王国分割の話で始まる。リアは王の座を三人の娘達に譲り渡すにあたって、一人一人から自分をどれほど愛しているか聞き出すという、たわいない一種の儀式を行おうとする。上の二人の娘が心にもない言葉で父に取り入るのに対し、末娘のコーディリアはリアの期待を裏切って、あからさまに追従を拒否してしまう。ここで交される父娘の会話に含まれる「何もない」("nothing")という言葉をめぐるやりとりは、すでにこの劇で最も重要なパラドックスの一つとなっている。

リア　さて末っ子で一番小さいが、
わしを楽しませてきた娘よ、お前の愛情を得ようとして、
フランス王が豊かなぶどう畑で、バーガンディー公は
広い牧場で、競っておられるが、姉達より
もっと肥沃な三分の一の領地だ、さ、聞かせてくれぬか？
コー　何もありません、お父さま。
リア　何もない？
コー　何もありません。
リア　何もないでは何も出てこぬぞ。言い直してみよ。
コー　不幸せ者ですが、心に思うことを口に出して

上手に言えないのです。お父さまを私の務めどおりに、
それ以上でも以下でもなく、大切に思っています。（一・一・八二―九二）
（せりふのイタリックスは筆者で、原文は“nothing”。以下同じ）

コーディリアの「何もありません」という返事は、直接には「姉達よりももっと肥沃な三番目の領地を得るためには、話すことは何もありません」という意味(8)であって、この一見無愛想な言葉に彼女は精一杯父への思いを込めて、子としての真実の愛と、その見せかけとを、はっきりと区別してみせた。しかしリアは、虚偽と真実、外見と実体の違いを見誤り、彼女の言葉の本当の意味をつかみそこなって、彼女の「何もありません」という返事を、三段論法風に、「何もないでは何も出てこぬぞ」と応じてしまう。傲慢なリアは娘達から、中味はともかく、自分を愛しているという言葉だけを聞きたかったのだが、それが裏切られて彼は一気に心の平静を失っている。もしリアに心の美しさや誠実さを見る目が少しでも働いていれば、彼は自分の醜悪な誤りに気付いたはずである。この劇の主題の展開は、いわばこの一見正しく見える「何もないのでは何も出てこぬ」、という彼の論法がくつがえる過程であるとも言える。リアは合理を真理と取り違えているとも言えるのであって、実はコーディリアの真実の愛は、リアに当然見えてよいはずのものとして、最初から彼の前に示されているのだが、彼は実際にあるものをあるがままに見ることをせず、それを捨ててしまうことになる。

コー　お父さまだけが大切だったら、決して
姉さん達みたいに結婚はしません。
リア　だがお前の心はそれだけか？

コー　　ええ、お父さま。
リア　こんなに若くて、こんなに不人情なのか？
コー　こんなに若くても、これが真実です、お父さま。
リア　勝手にせい、きさまの真実とやらを持参金にしろ！（一・一・一〇三－〇八）

自分への愛の大きさを聞き出そうとしたリアには、「お父さまだけが大切だったら、決して姉さん達みたいに結婚はしません」、というコーディリアの言葉のパラドックスの、否定的な部分しか耳に入らないのだが、状況がそれをリアに奇矯で理にあわないように見せてしまったのであって、曇りない眼が働いてさえいれば、彼女はその パラドックスを通して、言葉通り真実そのものを言い当てていることが、リアにも分かったはずである。ところがリアがそれを、「きさまの真実」（"thy truth"）という言葉で返す時、彼はその中にコーディリアは「不人情」で、愛情がない、という意味しか込めていない。こうして彼はコーディリアに追放を言い渡してしまう。

こうしたリアの短慮と無謀を公然と諫めるのは忠臣ケント伯である。

一番末の姫君が、一番愛情が足りないわけではない、
また声が小さく、うつろな響きをたてない者が、
心に何もないわけではありませぬ。（一・一・一五二－五四）

ケントは見かけと実体は違うことを指摘しているわけだが、これは当時の「空っぽの容器がもっともよく響く」

という諺を背景にしたパラドックスである。モリス・P・ティリーの『一六・一七世紀英国諺辞典』（一九五〇）には、この箇所を含めて類例が一一例上がっている。[9] そしてこれはまたコーディリアが、愛情テストのさなか、姉達が美辞麗句でリアへの愛情をうつろに響かせるのを聞きながら、ひそかに自分に言い聞かせた、「愛しているが、口には出すまい」（一・一・六二）というパラドックスに呼応したものでもある。当時はまた、「最も愛している人に対しては、最も言葉数が少なくなるものだ」という考え方もあった。[10]

そしてコーディリアの価値を正当に受け止めるのはフランス王である。その価値をフランス王は次のようにいわゆるオクシモロン（撞着語法、矛盾語法）で言い表しているが、これはパラドックスの一つの形である。

限りなく美しいコーディリア、あなたは貧しくて豊かになり、
見捨てられて選び抜かれた人だ、蔑まれて最も愛される、
あなたとその美徳を今私がいただこう、
捨てられたものを拾い上げてもよいのなら。
神々よ、神々よ！ 不思議だが、彼らのこの冷淡な無視で
私の愛情に火がつき、尊敬の気持ちが燃え上がった。（一・一・二五〇―五五）

このフランス王の言葉に含まれるオクシモロンとパラドックスは、リアがコーディリアを追放したことが作り出したのであり、それは彼がいわば価値を転倒させたからである。コーディリアは貧しくなって最も豊かになり、捨てられて選ばれた人になり、蔑まれて最も愛され、冷たく無視されて深い尊敬を得ることになった。[11] なおこの一節は、新約聖書『コリントの信徒への手紙二』にある、「罰せられているようで、殺されてはおらず、

悲しんでいるようで、常に喜び、物乞いのようで、多くの人を富ませ、無一物のようで、すべてのものを所有しています」(六・九－一〇)という言葉とも関連があるとの指摘もある。[12]

真実と虚偽をリアが区別しそこなったことは、普遍的な価値の反転を引き起こし、彼自身の身にも王から道化への交代が起こりはじめる。彼はコーディリアに何も与えなかったが、皮肉にも何もかも失ったのはむしろリアの方である。それは一つには言うまでもなく、実質的にも彼が領土と権力をすべて、その値打ちのない二人の娘に譲ってしまい、彼の所有物が何もなくなったという意味であるが、それよりも更に重大なのは、彼が知恵を捨てて愚かしさに身を委ねてしまったことである。彼に付き従う道化は、リアのその愚かしさを象徴する彼の分身となっている。

『リア王』の道化はいわゆる賢い道化(wise fool)であって、愚かしさと賢さを同時にそなえており、その存在自体がいわばパラドックスになっている。彼らの機能は辛辣な風刺で賢い人々の愚かさを暴露することにある。この道化はどの原話にも現われない登場人物で、シェイクスピア自身の全くの創作になると考えられている。

彼はしかし純然たるシェイクスピアの想像力の産物なのではなく、中世からエリザベス時代にかけて、実際に存在した貴人お抱えの職業的道化達をモデルにしたものである。「賢い道化」はシェイクスピア劇では他に『お気に召すまま』のタッチストンと、『十二夜』のフェステがいるが、彼らが登場すると観客はその身なりによってただちにそれとわかるようになっている。彼らは雑色のまだら服モトレーを着ていて、鈴をぶら下げ、先の尖った道化帽をかぶり、手にはボーブルと呼ばれる道化杖をたずさえているからである。実在した職業道化達は、概して出身階層も社会的地位も低かったが、エリザベス時代、ジェームズ一世時代の英国舞台の発展に伴って、ウィリアム・ケンプ、ロバート・アーミン、リチャード・タールトンなどのように、喜劇役者に姿を変えて活躍し、大きな名声を得るスター達が現れた。とりわけタールトンは道化としてエリザベス女王の特

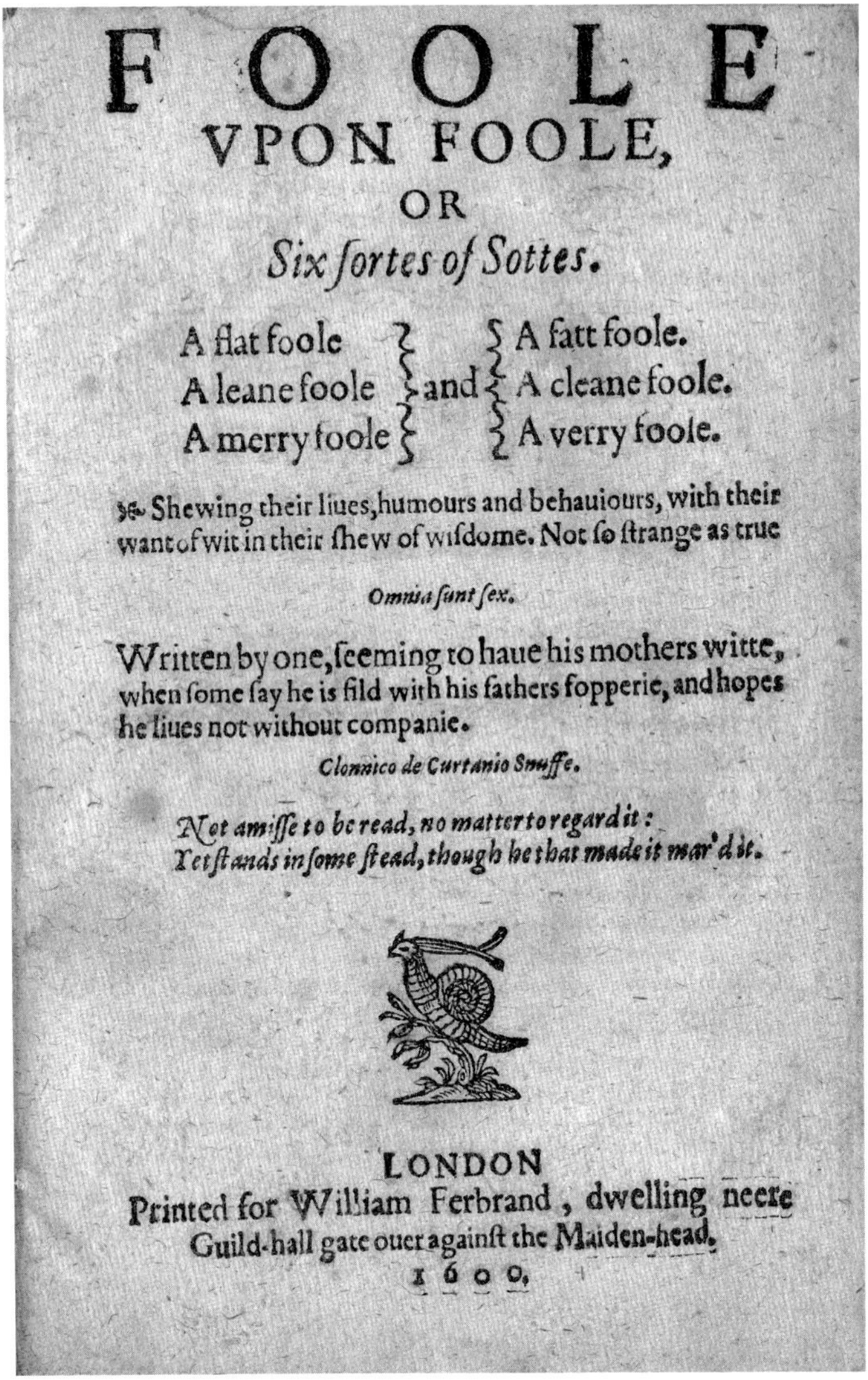

FOOLE
VPON FOOLE,
OR
Six ſortes of Sottes.

A flat foole A leane foole A merry foole	and	A fatt foole. A cleane foole. A verry foole.

Shewing their liues, humours and behauiours, with their want of wit in their ſhew of wiſdome. Not ſo ſtrange as true

Omnia ſunt ſex.

Written by one, ſeeming to haue his mothers witte, when ſome ſay he is fild with his fathers fopperie, and hopes he liues not without companie.

Clonnico de Curtanio Snuffe.

Not amiſſe to be read, no matter to regard it:
Yet ſtands in ſome ſtead, though he that made it mar'd it.

LONDON
Printed for William Ferbrand, dwelling neere Guild-hall gate ouer againſt the Maiden-head.
1600.

20. ロバート・アーミン、『道化による道化論、或いは6種の阿呆』（1600）の扉。

By permission of the Folger Shakespeare Library

別な寵愛を受け、女王の重臣達でさえも彼を通して謁見を願い出ることもあったという。『リア王』で道化役を演じたのは、ロバート・アーミンであると推測されている。彼らは劇作や著述も行い、たとえばアーミンには『道化による道化論、または阿呆の六つのタイプ』（一六〇〇）という著書があり、実際に「賢者」でもあったのである。[13]挿し絵20はこの道化論の扉である。

『リア王』の道化はシェイクスピア劇の中の道化達の中でもその白眉であり、彼は劇の構造そのものにしっかりと組み込まれている。ここでいう劇の構造とはパラドックスの構造という意味である。こうした事情で彼の語るせりふは、どれをとってもどこかにパラドックスの匂いがしないものがないほどである。しかも、道化はそもそも人を笑わせることがその本来の役目なので、その喜劇役者が悲劇の中に登場して大いに活躍することもまたパラドックスである。『リア王』の道化はこのように、二重の意味で、その存在そのものがいわばパラドックスである。彼はリアの悲劇を茶化して喜劇化してしまう。彼の放つ鋭い風刺は、リアの愚を暴露するという意味だけでなく、笑いを含むという意味でも、パラドックスになっているわけである。「無し」"nothing"という言葉はこの劇にくり返し出てくるが、道化のせりふにもこれを使ってリアをからかうものがあるので、次に挙げてみよう。

お前は知恵を両側から削り取って真ん中には*何*にも残さなかった。（一・四・一八七―八九）

あの女が睨むのを気にすることなかった頃は、お前も結構なお方だったが、今じゃ数字なしの、まあるいゼロだね。おれの方がお前よりましさ、おれは阿呆だが、お前は*何*もなしだ。（一・四・一九一―九四）

道化とリアのいわば賢者と愚人の役割の交代は、このように道化の言葉の中にはっきりと示されている。阿呆の道化である彼の方が、賢者であるはずの国王リアよりも上であり、そのわけはリアが「何もなし」だからである。リアが道化であり、王としての実体を無くした存在になってしまったことは、道化が次の二つのせりふでも語っている。

その通りさ、お前はいい阿呆になれるな。（一・五・三八）

リア　わしが誰なのか教えてくれる者は誰かおらぬか？
道化　リアの影法師。（一・四・二三〇―三一）

シェイクスピアは、上の道化の「リアの影法師」というせりふを、主要な材源として利用した『レア王年代記』の、レア王自身の言葉から採っているが、[14] これを道化のせりふに移して、風刺をきかせたのである。（挿し絵21は道化とリアを描いた一九世紀初頭の銅版画。）

しかしながら皮肉なことに、リアはまさにこのように「無し」の身にまで落ちて初めて洞察力と英知を獲得し、自らの愚かしさを知るようになる。そこにまたパラドックスがある。ある意味では道化の痛烈な言葉こそがリアの混乱を深めさせ、彼を狂気の瀬戸際にまで連れていく。そうしてリアが完膚なきまでにみずからの愚を悟り尽くし、現実のありのままの自分の姿を直視する眼を得た時、道化はリアの批判者としてのその役割を終えて退場し、その後二度と舞台には現われない。そしてこの悲劇のほぼ半ばの三幕四場で、半裸の狂人「あわれなトム」こと、実は身を落として変装しているエドガーが、突然リアの前に現われて、最終的に彼を真の

21. P. ルーサーバーグ（1740―1812)、『リア王と道化』（1806)。ルーサーバーグはドイツ生まれの画家、舞台デザイナーで、シェイクスピア全集の挿し絵も多い。

By permission of the Folger Shakespeare Library

狂乱状態へと突き落とすわけだが、[15] リアはこの狂気の中で、人間の本当の姿について、最も深く洞察するに至っている。そこではリアの言葉自体がパラドックスになっている。

何もまとわずにこの厳寒の冬空に身を晒すよりは、墓穴の中にいる方がまだましだぞ。人間とはこんなものにすぎんのか？ よく考えてみろ。お前はカイコに絹も、獣に皮も、羊に毛糸も、猫に麝香も借りておらん。はあ！ わしら三人はまだまがいものだ。お前は物そのものじゃ。飾りを剥ぎ取った人間とは、お前のように、こんなに哀れな、丸裸で、二本足の動物にすぎんのか。はずれろ、この借り物め！ うむ、ここのボタンをはずしてくれ。（三・四・一〇一―一〇九）

ここでは四つのパラドックスが層をなすように重なっている。まず第一に、ここでリアが示している洞察は、エドガーの言ういわゆる「狂気の中の理性」（四・四・一七五）というパラドックスである。リアはこのせりふを完全な錯乱状態におちた中で語っており、目の前のエドガーは娘の非道な仕打ちによってこのように落ちぶれたと信じ込んでいる。そのために全体としての彼の言葉と行動は常軌を逸している。しかしそれにもかかわらず、他方で彼は人間の本源的姿を洞察しているわけである。第二に、最高の権力者であり最も威厳に満ちた人物であるはずの王が、最も貧しく最も卑しいはずの狂人の乞食、「ベドラム（当時の精神病者施設）のトム」と、みずからを同等視するパラドックスがあり、ここでは王と乞食が一体化している。第三に、これは悲劇の中の喜劇であって、リアが大嵐の中で「借り物」の着物を脱ぎ捨てるという行為は、一方では確かに悲劇的であるが、しかし他方でばかばかしく滑稽でさえあって、見方によっては喜劇的でもある。ウィルソン・ナイトがこの場を評して、「これは悲劇ではなく、哲学的喜劇の最高の躍動である」[16] と述べたのはこのためである。

実際道化は、リアが服を脱ぎ捨てるばかばかしさを、「泳ぐにゃひどい夜だよ」と辛辣にからかっている。第四に、その人間認識の内容そのものがパラドックスになっている。シェイクスピアはこの部分を、フローリオ訳によるモンテーニュの『随想録』に依拠して書いたと推測されている。モンテーニュはこの中で、「人間だけが裸のまま剥き出しの大地の上にうち捨てられた宿なしなのであって、他の生き物からの略奪品以外には、自らを被うものも身を守るものも何一つ持っていない。ところが自然は他のすべての生き物に衣服をあてがいマントを着せたのだ、殻を、羊毛を、獣皮を、そして絹を。だが人間だけは（愚かしく浅ましい人間！）教えてもらわないことには、歩くことも、話すことも、着替えることも、自分で食べることもできないで、ただあれに嘆き悲しむだけである」と述べている。[17] これはリアの人間認識と非常に近い。それは万物の霊長であるはずの人間が、実は丸裸にしてしまうと、他の動物に頼らなければ生きていけないまことに惨めな存在である、という事実である。リアが着ている衣服を脱ぎ捨てるのは、彼が華やかな国王の衣装をまとっていて人生の晩年に誤ったことへの反省からである。こうして彼は象徴的に、彼の言葉通り「物そのもの」になる。誇り高い衣装を身に着けていて彼は失敗した。王冠を失い半裸になって彼は真実の在りかを知り、ある意味でリアは人間として救われるのである。これらのパラドックスがこの劇の中心的テーマとなっている。（挿し絵22は一八世紀中葉の画家J・H・モーティマーが、シェイクスピアの作品から一二人の人物の顔を描いたシリーズの一つで、三幕三場の嵐の中のリアを描いている。）

「狂気の中の理性」のモチーフは、狂ったリアが盲目にされたグロスターと遭遇する四幕六場でも、パラドックスの形で表現される。ここでも悲劇が喜劇化している。

リア　顔には目がなく、財布には金がないのか？　そちの目の症状は重いが、財布は軽い。じゃが世の

22. ジョン・ハミルトン・モーティマー（1740－1779）、『3幕3場のリア王』（1776）

By permission of the Folger Shakespeare Library

中の動きは見えるだろう。
グロ 感じで見えます。
リア 何だと、気でも狂ったか？ 眼がないのに世の中の動きが見えるとはな。耳で見るがよい。
（四・六・一四五―五一）

眼をえぐられたグロスターがかえって世の中の動きがよく見える。気が変になって狂乱状態のリアがグロスターに「気でも狂ったのか」と声をかけ、だじゃれを飛ばす。こうしたパラドックスをはらみながら、二人の会話はさらにこの劇全体に響いている最も重要な概念である「忍耐」について触れていく。

リア わしの不運を泣いてくれるなら、わしの目を持っていけ。
そちのことはよう知っておる。名はグロスターだ。
我慢せねばならぬぞ、皆この世に泣きながら出てきたのじゃ。
分かるだろう、初めて空気を吸うとき、誰でも
おぎゃーおぎゃーと泣きわめく。ひとつ教えてやろう。よく聞け。
［リア、草花の冠を取り外す。
グロ おお、なんといたわしい！
リア 人は産まれるとき、この阿呆どもの大舞台に
出て来たのが悲しくて泣くのじゃ。（四・六・一七六―八三）

赤子の産声は新しい生命の誕生として祝福されるべきことがらであるが、それをリアは、この世という「阿呆どもの大舞台」に出てきたことが悲しいから泣くのだと言う。これは『リア王』の中でも、もっとも有名な言葉であろう。しかしこのパラドックスは、実はルネッサンス時代の英国では諺などで広く知られていた。ティリーの『一六・一七世紀英国諺辞典』には、「人は泣きながらこの世に生まれ、泣きながらこの世を去っていく」という項目があり、そこには『リア王』のこの箇所を含めて一二の例が上がっている。(18) たとえば一五七七年の例では、

人は泣きながらこの世に生まれ、泣きながらこの世を去っていく。われわれの人生は、悲しみ、苦痛、労苦、悲哀を除けば他に何もない。

となっており、また『リア王』と同時代の例では一六〇一年の項目に、

人間だけあわれにも、自然はこの地上にまさに誕生のその日に丸裸のまま横たえてしまうので、そのようにして生まれ落ちるやまず最初にすぐに泣き叫んで悲しむ。

と出ている。ケネス・ミュアは、フローリオ訳のモンテーニュ『随想録』にも同様の記述があることを示している。『随想録』では「われわれはそのように泣き悲しんだが、この世に生まれ出るにはそれだけの代価が必要だった」となっている。また旧約聖書続編『知恵の書』七、三—六にも、「わたしも他の人と同じ空気を吸い、／同じ苦しみの地に生まれ、／最初に皆と同じ産声をあげ、／産着と心遣いに包まれて育った。／王の誕

生といえども異なるものではない。／だれにとっても人生の始まりは同じであり、／終わりもまた等しい」というソロモンの言葉がある。[19]

しかしながらこうした諺や箴言は、いわば誕生の瞬間に赤子があげる産声の中に、人生に伴う様々な苦難の象徴を見るだけに止まっているのであって、それ以上のものではない。ところがシェイクスピアはここに、「だから人は忍耐せねばならぬ」、という言葉を付け加えたのである。リアの上の説教の核心は、人生はリアやグロスターが現に経験している通り苦難に満ちみちているので、忍耐しなければならない、というところにこそある。そしてこの「忍耐」を核心とした人生観こそが、『リア王』全体を貫いているのであって、それはこの悲劇を書いていた当時のシェイクスピアを心底から支配していた想念であったと推測される。シェイクスピアは同時代の諺などに含まれる人生のパラドックスを、『リア王』という彼が渾身の力を込めて書いた大悲劇において、その中心部で使い、そこに忍耐の概念を持ち込むことによって、『リア王』をわれわれにとってまことに忘れ難い大悲劇として残したのである。

四、脇筋の登場人物達とパラドックス

『リア王』を一読すればすぐに気付かされるが、この劇では主人公リアをめぐる主筋の悲劇と、グロスター伯をめぐる脇筋の悲劇とが、終始緊密に絡み合っていて、二つは並行して互いに影響しあいながら進んでいく。グロスターのたどる道はリアのたどる道とそっくりである。このことはパラドックスについても言えることである。実際脇筋に現われる幾つかのパラドックスは、この劇にとって決定的な意味を持っていて、主筋の展開に大きな影響を及ぼしている。

「無し」（"nothing"）という言葉をめぐるパラドックスは脇筋にも現われる。それはまったく同じとは言えないが、よく似ている。その意味合いはつまるところ、「無し」に見えるものが実は必ずしも「無し」ではないし、逆もまたしかりで、「ある」ように見えるものが必ずしも「ある」とは限らない、ということである。また、さらにそれにひねりが利いている場合もある。またリアがコーディリアを「無し」に追いやることで自らも「無し」になってしまうのと同じように、グロスターもエドガーを「無し」に追いやることで、自らも「無し」になってしまうというパラドックスがある。[20]

グロスターの婚外子エドマンドは、嫡子の兄エドガーを陥れるために、兄の筆跡をまねて、あたかも兄エドガーが、自分に、「父を一緒に殺して早く財産を相続しよう」と唆しているかのような手紙を捏造する。エドマンドは父を見るや、わざと慌てて手紙を隠すふりをする。

グロ　どうしてそんなに慌ててその手紙をしまうのだ？
エドモ　何もお知らせすることは。
グロ　何をいま読んでいた？
エドモ　いえ、*何でも*ありません。
グロ　*何でも*ない？　じゃ何の必要があってあんなに慌ててポケットにしまいこんだ？　*何でも*ないというのに、あんなにして隠す必要などあるまい。見せてみろ。さ、*何でも*ないなら、眼鏡もいるまい。

（一・二・二八―三五）

グロスターがエドマンドの「何でもありません」という返事を読み誤る時、彼はリアがコーディリアの「何もありません」という言葉を読み誤ったのと、まったく同じ誤りをおかしているのであって、違いはただリアがコーディリアの「何もありません」という返事の裏に隠れている善意を読み誤ったのに対して、グロスターはエドマンドの「何でもありません」という返事の裏に隠れている悪意を読み誤ったことだけである。いずれも見かけと実体を取り違えてしまったことには変わりない。それは善と悪の取り違えであり、コーディリアがリアによって「無し」にされたのと同様、エドガーもグロスターによって「無し」にされてしまう。「哀れなトム」に身をやつしたエドガーは

哀れなターリゴッド！　哀れなトムにございい！
これならまだしもだ、エドガーでは無に等しい。（二・三・二〇―二一）

と述べている。もはやエドガーでは生き延びることができないのである。

グロスターの盲目は、この劇でも最も顕著なパラドックスであって、それは知恵の源泉としてリアの狂気と同じ効果を上げるように用いられている。(21) グロスターはひそかにリアに忠誠を尽くして、フランス軍と連絡を取るが、信頼していたエドマンドの密告で逮捕されて、眼をえぐられる。こうして本来善意の人物である彼自身も、「きたない反逆者」の烙印を押されて、リアと同様に、城を放逐されてしまう。彼もまた「無し」になっている。グロスターが城を追われてドーヴァーに向かう途中で、次のように述べる自戒のせりふは、物が見えることがかえって物を見誤らせるというパラドックスである。

わしには行く道はない、だから目はいらぬ。

目が見えた時にはつまずいた。よくあることだが、
資産があるとつい油断する。まったく物がないと
かえって便利なものだ。（四・一・一八―二一）

ヴィッカーズは、この盲目と視力のテーマを、シェイクスピアはアントニー・マンディーの『逆説の擁護』から得たのかもしれないと推測している。これは一五九三年と一六〇二年に出版されたパラドックス集であるが、そのパラドックス番号4の出だしは、「盲目である方がはっきり見えるよりもよい」とあり、続けてマンディーは、「手短かに視力の便利さとそれが人々にもたらす大きな災厄とを比べてみよう。……他方精神の強さ、想像力の豊かさ、高潔で神聖な思索、それに記憶の完全さは、眼の見える人々よりも盲目の人達に一層すぐれて顕現することを、われわれは見るべきであろう」と述べている。ここで使われている「便利さ」（"commodities"）という言葉が、同じような文脈と意味合いで、リアのここのせりふでも使われている。[22]

もっともグロスターがこのような真理への一つの認識に到達したということは、必ずしもそのまま彼が確かな洞察力を得たことを意味するわけではないのである。ちょうどリアが物事を鋭く洞察する力を得た時には精神に異常をきたしていたのと同様に、グロスターが上のような洞察力を得た時には視力を失っていたのであり、彼には視力がもはやないという事実は残っている。そのために彼は、自殺願望の自分に付き添って、ドーヴァーへの道案内をしてくれている「あわれなトム」が、実は彼の息子のエドガーであることさえ知らない。洞察力を得たとはいっても、彼の理解力のそうした限界は被うべくもない。彼にはまだ更に学ぶべきことが残っているわけである。

さて先に述べたとおり、この劇では登場人物達は、過酷な経験を通して一つの深い真理の認識に到達しても、

その認識は実は完全なものではなく、新たに一層過酷な現実に遭遇して、認識の修正を迫られる、というパターンがあり、そうすることで更に深い認識に至っている。そうした真理の認識の仕方にまたパラドックスが絡んでいるわけであるが、そのことは特にエドガーの次のせりふに顕著に示されている。

こうやって公然と軽蔑されている方がまだましだ、
いつも媚びへつらわれて、実は軽蔑されているよりは。
打ちのめされて運命のどん底にある最悪の者には
まだ希望があり、恐れながら生きる必要がない。
嘆かわしい変化は、高い身分にほど起こりやすい。
どん底の者には喜びが待っている。だから歓迎しよう、
影も形もない冷たい風よ、おまえを抱きしめよう。
お前がどん底に吹き飛ばしたこのあわれな男は
幾らお前が吹きすさぼうが、失うものは*何*もない。(四・一・一―九)

乞食に身をやつしたエドガーのこの言葉は、中世からルネッサンスにかけて席捲した『運命の女神』の回す車輪の図像が背後にある。その車輪の一番下にいるのが彼自身である。彼はここで自分の現状を最悪と考えている。窮乏にあえいでいる自分にとって、今が最悪なのだから、何か変化が自分の身に起こるとすれば、それは良い方への変化でしかありえない、という理屈である。これは当時の「最悪のことは良くなる」という諺を踏まえているとされるが、[23]このパラドックスの背後には、いかなる窮境の中にあっても、希望をもって生きると

いう楽天主義思想がある。そしてこれはこれとして、人生の試練に耐えて生きぬく上での、一つの健全な知恵であるには違いない。ところがまことに皮肉にも、エドガーが前提とした、現状が最悪であるという彼の認識自体が、実は根本から間違っていることが、直ちに明らかになってしまい、彼はその楽天的な甘い認識を改めざるをえなくなる。[24]それは彼が眼をえぐられた父グロスターと再会するからである。彼はその時の新たな認識をまたパラドックスで次のように語る。

これが最悪だ、
と言っている間は、まだ最悪なのではない。（四・一・二七—二八）

こうしてシェイクスピアは、ありふれたパラドックス的な諺をもう一つのパラドックスで反転させてしまう。本当の英知というものは一度に体得されるものではなく、経験を重ねる中で次第に得られていく。そしてこれと同じような経過をグロスターの真理の認識もたどっている。エドガーの上のせりふには、先ほどの楽天主義とは逆に今度は強い悲観主義的響きがあるが、彼は生来ペシミストではないし、またペシミズムが彼をこれ以降支配するわけでもない。しかしグロスターの次のせりふになると、悲観主義、厭世主義の色彩が著しく濃厚になっている。これは盲目になったグロスターが、そのエドガーを前にして息子と知らずに語るせりふである。

男の子が蠅をふざけ半分に殺すように、
神々はわしらを気なぐさみに殺してしまわれる。（四・一・三六—三七）

この一節はグロスターの厭世観を示しているばかりでなく、シェイクスピア自身が『リア王』を執筆していた当時ペシミズムに強く傾いていたことを示しているのかも知れない。特にこの劇の最後にシェイクスピアはコーディリアの死という事件を置いたことを考え合わせると、その可能性を一度は疑ってみたくもなる。異教の世界に時代が設定されているとはいえ、人々が祈りを捧げる神々が、実は蝿を殺すように人間を殺すのだとするグロスターの言葉は、涜神的《とくしん》であり不条理思想そのものであるとも言えるし、無神論に接近しているとも言える。しかもシェイクスピアは観客がこのグロスターの声の中に、ある程度シェイクスピア自身のメッセージも聞き取ることを予期しているのではないかと思えるほど、ここには切実な響きがある。しかしエドガーの場合、彼が得た一つの認識は一定の真実を含んではいても、実際はより深い真理認識の過程でしかなかった。実はグロスターについてもこれと同じことが言えるばかりでなく、彼の場合の方にこそむしろ、このプロセスがよりはっきりと見られるのである。ここでのグロスターには人間は蝿同然に思われているが、彼はこの同じせりふのすぐ前で、乞食男がうじ虫に見えたとも語っている。

昨夜の嵐の中でそうした男を見かけたが、
そのとき人間がうじ虫のように思えた。（四・一・三二―三三）

人間が蝿やうじ虫同然にしか思えないグロスターも、その嵐の夜に見かけたうじ虫のような気違い乞食が、実は自分に最後まで孝行を尽くし通す息子のエドガーであったし、また現に今彼のえぐられた眼の前にいるのも同じエドガーであることを知ったなら、自分の人間認識の誤りを直ちに改めて、神々に謝罪し感謝したはずである。シェイクスピアは実はそこまで読んで、あえてグロスターに先のような神々を冒涜するかのようなせりふをグロスターに語らせているのであって、グロスターはまだより深い真理認識に至る途上にあるとするのが、シェイクスピアの真の意図であったのである。

実際グロスターが神々の無慈悲について語るとき、彼は生きる上での忍耐の必要性について、ほとんど認識していない。だから彼は自殺を願う。しかしこの自殺願望に実はシェイクスピアはくみしてはいない。グロスターはドーヴァー海峡に身投げしようと決めてそこへ向かうのだが、その彼の付き添いをするのは、身を明かしていない息子のエドガーである。グロスターは断崖から飛び降りたつもりで、実は平地で気絶するだけに終るが、ここにも悲劇が喜劇に転化するというパラドックスがあり、それは悲劇の中の喜劇的息抜き（コミック・リリーフ）になっていて、実際観客はそのこっけいさに笑ってしまう。エドガーはグロスターには、手引きした男（実は彼自身）は悪魔だったようだ、神々がグロスターを生き長らえるようにして下さったのだろうと説明する。そしてエドガーはグロスターに、もっとおおらかに考えて「忍耐するように」と説いている。このように脇筋では子供が自分にひどい仕打ちをした父を救い、また父に忍耐することの価値を認識させており、これは主筋の流れと並行している。

五、忍耐のテーマとコーディリアの死のパラドックス

グロスターはこうして命の続く限り生き長らえることにするが、この決心も、フランス軍が敗北し、主君リアとコーディリアが囚われの身になったとの知らせに一度大きく揺らいでしまう。しかしまたもエドガーの説得で、自殺を思い止まる。ここでもエドガーは忍耐することの必要を説いている。

グロ　もうだめだ、ここで朽ち果ててしまおう。

エド　えっ、また悪い考えかい？　人間生まれた時と同様、あの世に行くにも、耐え忍ぶことが大切さ。機が熟するのが何よりだ。さあ。

グロ　それも確かにその通りだ。（五・二・八―一一）

グロスターはここで、エドガーの言う、「人間生まれた時と同様、あの世に行くにも堪え忍ぶことが大切」という言葉の正しさを認めているが[25]、この最後の行がグロスターの最後の言葉となっている。「それも確かにその通りだ」は原文では、"And that's true too."となっていて、エドガーの言葉が真理であると認めた形になっている。彼はこの後しばらくして息絶えている。こうして主筋と脇筋は同じ忍耐のモチーフで一つになる。そしてエドガーのこの言葉は、言うまでもなくリアの先に引用した「我慢せねばならぬ。人間はみな泣きながらこの世に生まれるのだ」というパラドックスの反響である。この考え方こそ、『リア王』の最も重要なモチーフであると言えるのであって、それは次の場のコーディリアの最後のせりふに引き継がれている。コーディリアはリアとの再会も束の間、戦いに破れて二人が囚われの身となると、父に次のように語りかけている。

最善を意図しながら、
最悪の結果を招いたのは、私達が最初ではないわ。
お父さまへのひどい仕打ちに、私も気が挫けます、私だけだったら、運命の女神を睨み返すのですけど。
あの姉達、あの娘達にお会いになりません？（五・三・三―七）

最善を意図して人事を尽せば、何らかの好ましい成果が得られると期待するのが人情であるが、実際は全く芽の出ないこともよくあることである。それればかりか逆に、最悪の事態を招くことも皆無ではないのが冷厳な現実であるし、それもまた人生のパラドックスである。そうした事態が、自分らの身にも降りかかったことをコーディリアは語っている。とはいえ彼女はグロスターと違って神々を恨むことはしない。ただ気まぐれな運命の女神を睨み返したいだけである。

先に上げたティリーの『一六・一七世紀英国諺辞典』には、上のコーディリアの言葉の内容そのものを表わした諺の例は記録されてはいないが、これに近い「最善を求めなければならず、また最悪を恐れねばならぬ」という諺とその類例が上がっている。[26]『リア王』以前では、次のスペンサーの『妖精の女王』（一五九六）からの例など、七例の記録がある。

最善を望むのが最もよい、最悪を恐れるにしても。[27]

同じ一五九六年には、「最悪を恐れねばならぬし、また最善を望まねばならぬ。[28]」という例も上がっている。シェイクスピアはまず間違いなくこの諺を知っていた。しかしコーディリア達には「最悪」はすでに実際に起こった現実であり、「恐れる」べき段階はもはや過ぎていて、彼女の言葉の重要性は、最善を尽くしてなお最悪の事態が身を襲ったとき、どのように処すべきかという場面で発せられているところにある。ここでの言葉がコーディリアの最期の言葉となっているが、ここには苦難に耐えた父リアの身に対する深い憂慮と気遣いがうかがわれ、また忍耐という言葉こそないが、最悪の事態を耐え忍ぼうとする決然とした意志が読み取れる。

ところでシェイクスピアが材源にしたと推測されている『レア王年代記』、『王侯の鑑』、『妖精の女王』、『イングランド年代記』などの劇や物語では、コーディリアにあたる女性の率いるフランス軍は姉達に勝利をおさめるのであって、リアにあたる人物は王に復位して、幸福な一生を終えている。したがってシェイクスピア劇のようなコーディリアとリアの悲劇的な死は原話にはない。しかも後の三作では、この娘は父の死後王位を継ぎ、女王として五年間にわたって善政を行っている。しかしその後姉達の子供達が勢力を伸ばし、この女王の支配を嫌い反乱を起こす。こうして彼女は逮捕されてしまい、のちに長い獄中生活に倦み果てて自殺する、という後日談までがついている。したがってシェイクスピアの『リア王』の悲劇は、あくまでも彼が明確なテーマをもって書いた彼自身による創作なのである。シェイクスピアは、原話にあったハッピー・エンドを完全に排除してしまったわけであるが、その際シェイクスピアが取った方法は、原話にはなかったリアの悲劇的死を彼自身で創作して、そのリアの死と、原話ではずっと後になって起きた娘の死を、一緒にまとめるという手法だった。そして彼はどの原話にもなかった「忍耐」の主題を劇の根底にすえた。このようにしてそのパラドックスの構造を作り上げたのである。

こうしてシェイクスピアは、「最善を意図して最悪の結果を招いたのは、私達が最初ではありません」というコーディリアのせりふを書いたが、そこに特別の意味を込めたことが当然推測されてよい。彼女の不条理とも思える死を見ると、この言葉はペシミズムの響きが著しく強いようにも感じられるが、舞台ではこの場の直前にエドガーが父に「耐え忍ぶことが大切」と説いており、二つの場面は連続していて、忍耐の主題が一貫して流れていることは明らかである。コーディリアが意図した「最善」の中には、様々な美徳が含まれている。

それは子供の親に対する深い愛情、無私、気づかいといたわり、勇気、誠実、寛容、悪を拒否する心などである。そして最善を意図した彼女が、それにもかかわらず犠牲になるところに、この劇の最大のパラドックスがある。そこに見えてくる真理は、この劇の背景となっている時代が多神教の時代であるにもかかわらず、キリスト教の殉教者達の心に近いものであったと言ってよい。

今日この劇の最後で、殺されたコーディリアをリアが抱いて登場する場面を、聖母マリアが死んだキリストを抱く「ピエタ」の像に重ね合せる読み方が広く紹介されている。この説は最初にC・L・バーバーが一九七八年に唱えたものである。バーバーによると、リアとコーディリアは個々の人間として提示されているばかりでなく、実質上イコン（聖像）になっている。それは死んだ息子を腕に抱く聖母マリアではないが、役割を交代して死んだ娘を父親が抱くかたちになっていて、父は娘の人間性の中に神性を見るというのである。[29] 確かにバーバーのこの読み方には強い説得力がある。ミケランジェロが有名なサン・ピエトロ大聖堂のピエタを制作したのは、一四九八年から一五〇〇年にかけてであった。そのおよそ一〇〇年後にシェイクスピアが、このピエタの像について何らかの深い知識を得ていた可能性がないとは言えない。しかし、『リア王』のこの最後の場面とピエタとのそうした関連性については、それを裏づける証拠は何もない。それは推測の域を出ることはできず、決定的なことは何も言えない。むしろもっと重要なことは、犠牲となったコーディリアの死の在り方が、偶然にせよキリストの死を強く連想させ、またコーディリアを抱いたリアがピエタを連想させるところに、懐疑の時代のシェイクスピア自身が至った人間認識の深さをわれわれが感知できることである。シェイクスピアはこの悲劇で、壮大な規模で、また底知れぬ深みで、人間の悲劇を描ききった。

他方この劇を書いた前後数年間のシェイクスピアには、たとえ不条理思想やペシミズムの思想そのものではないにしても、そうした方向に傾きかねない危ういところがあったのも事実であると思われる。シェイクスピ

23. ベンジャミン・ウェスト（1738 ―1820）、『リア王とコーディリアの再会』（4幕7場）（1793）。フォルジャー・シェイクスピア・ライブラリー所蔵。ウェストはフィラデルフィア出身の米国人であるが、英国王立美術院の創設者の一人で1792年にはその院長となった。

By permission of the Folger Shakespeare Library

アにはこの時期に相当に強い人間不信に陥ったところも確かにあった。それがたとえばこれより前に書いた『ハムレット』の「女性嫌い」とも取られかねない激しい女性不信（『リア王』にも継続している）や、後に書いた『アテネのタイモン』のような、徹底的な人間不信におちいる主人公を描いた作品に噴き出した。そうした危うさの中で、しかし明確にシェイクスピアは踏みとどまっている。父と娘の関係ということで言えば、大悲劇群の中にあっては、『オセロー』のブラバンショーとデズデモーナは、一たび別れてしまうと、もはや再会することなく二人とも死んでいるし、『ハムレット』でも、ポローニアスとオフィーリアの父娘の関係の結末はまことに哀れである。しかしリアとコーディリアの間では、一度切り離されてしまった二人が、再会して父娘の間の愛を確かめあっている。（挿し絵23は二人の再会を描いたベンジャミン・ウェストの絵（一七九二）である。）そしてこの後に書いていくロマンス劇では、この父と娘（それに夫と妻）の間の再会と和解が、きわめて重要なテーマとなっていく。『リア王』については、劇のバランスということでは、全体としてみると悪はやはりすべて滅びているし、善が勝利をおさめていてバランスははっきりと保たれている。そしてリア自身の忍耐をめぐるせりふ、エドガーの「機の熟するのが大切だ」というせりふ、さらにコーディリアの上述の「最善の意図」のせりふなどを合わせて考えてみると、この劇に流れているのは、人生は無意味そのものであるという不条理思想などではありえず、逆にたとえこの世が不条理に満ちみちていても、人はいつも最善を求めて行動しなければならず、仮にそれが最悪の結末を招いても、それに耐えなければならない、という思想であったに違いないと思われてくる。こうしてコーディリアの死は世界の再生につながるという、キリストの死を彷彿させる壮大なパラドックスとなっている。コーディリアの愛はいわば神の愛である。ここに慎ましくはあるが燦然と輝きを放ち続けてやまないコーディリアの姿の意味があり、またここにこそ『リア王』の世界がさし示す真理があると考えてよく、この悲劇のパラドックスの構造は、最終的にはここに収斂していると言える。

第四章　『夏の夜の夢』における三界と愛

第一節　愛の主題と「夢」、「変身」、「取り違え」

一、『夏の夜の夢』について

『夏の夜の夢』は果てしない空想の夢と幻、そして美しく愉快な恋と愛の喜劇である。「夏の夜」とはいっても、日本の蒸し暑い真夏の夜の話ではない。原題のミッドサマーは日本の盛夏とは違って、夏至のことである。そしてイギリスの夏至の頃は朝の四時にはもう夜はしらみ、午後の九時を過ぎてもまだ日は空に輝いている。夜は短い。日本では六月といえば大方の地域では梅雨の季節だが、イギリスのこの時期は肌の感覚では日本の四月から五月初めの頃の季節に近い。そのためイギリスの「夏の夜の夢」には、日本の「春の夜の夢」の趣もただよう。また舞台はアテネ近郊の森という設定だが、シェイクスピアが思い浮かべているのはまずイングランドの自然の風物である。この劇はロンドンではリージェンツ・パークにある野外劇場で、夏によくかけられる定番劇ともなっている。リージェンツ・パークは数ある広大なロンドンの公園の中でも、ハイド・パークと並んでとりわけイングランドの自然の風景がよく取り込まれた公園で（錦鯉も泳いでいるけれども）、夕暮れともなると今にも妖精達が現れ出てきそうなその雰囲気と、『夏の夜の夢』の世界とがよく溶け合っているのである。この喜劇はまたアメリカでも、ワシントン・シェイクスピア劇団が得意とする人気喜劇となっていて、ミュージカルの要素を加味した現代アメリカ風の『夏の夜の夢』の演出も行っている。

『夏の夜の夢』でくり広げられるのは、四人の若い男女の人違いの恋のてんやわんやである。また妖精の女王ティターニアが恋するのは驢馬に変身した無骨な機織り職人ニック・ボトムであり、ここには美女と獣の奇妙な恋がある。奇術の種はラヴ・ジュース、恋の媚液である。舞台に飛び交うのはかわいい辛しの種や豆の花、蜘蛛の糸に蛾の妖精達。大工や指物師、鋳掛け屋にふいご直しの職人達が演ずるのは、ピラマスとシスビーの悲恋物語のドンチャン茶番喜劇とくる。この「悲恋喜劇」?がまた、上手に演出されると、シェイクスピア喜劇の醍醐味と言えるほど面白くなってしまう。こうした世界が緊密な構成のもと詩情豊かに展開されるので、それなりの演出がなされれば、まずは誰でもたっぷりと楽しめること間違いない喜劇である。

ところで、現代人が「妖精」という言葉を聞いて思い浮かべるイメージは、実はその源流がこのシェイクスピアの『夏の夜の夢』にあると知れば、この劇への新たな興味もまた湧いてこよう。

『夏の夜の夢』は一五九四年、作者三〇歳頃の作とするのが定説であるが、これに先立って一五九一年から九四年にかけて、黒死病が大流行し、二年にわたって劇場が閉鎖された。この劇場閉鎖によって、シェイクスピアと同時代の劇作家達の中には、生活の手段を奪われて劇場を離れていった者も少なくなかった。この時期にはロバート・グリーン（一五六〇―一五九二）やクリストファー・マーロウ（一五六四―一五九三）のように、才能に恵まれながら若くして命を落とす劇作家達もあった。こうした逆境の中にあって若きシェイクスピアは、劇場再開に備えて、一方でサザンプトン伯爵に、『ヴィーナスとアドニス』と『ルクリースの凌辱』という二つの恋愛詩を献呈することでその恩顧にあずかりつつ、他方で作劇の種を探し求めて『プルターク英雄伝』やオウィディウス（四三B・C―一七A・D）の『変身物語』などの古典文学や神話・伝説に親しんでいた。彼はサザンプトン伯の愛顧を得ることでこの時期の危機を乗り切ったと考えられている。シェイクスピアは黒死病が収まるのをじっと待っていたであろう。そして劇場再開の時に備えて、この『夏の夜の夢』や同じ頃上演された『ロミオとジュリエット』等の構想を練ったのである。この二つの劇は、悲劇と喜劇という違いを超えて、ロマンティックな愛を描き出すという点で共通していて、その若々しいロマンティシズムとリリシズムには明白な共通性がある。ロミオとジュリエットの悲劇は、『ピラマスとシスビー』の劇中茶番喜劇にその趣向がよく似ているのも、必ずしも偶然ではない。シェイクスピアは黒死病の蔓延という暗い時代にあって、若々しい男女による、底抜けに楽しく、明るく、滑稽で、またロマンティックな愛の喜劇を、ロンドン市民に提供することで、そうした暗さを吹き飛ばしてもらうべく、想像力を膨らませていたのである。

二、『夏の夜の夢』の愛の主題とは

さてこれまでの三章では、シェイクスピアが大悲劇で愛と人生をどのように描いたかを細かく見てきた。そこでは主人公と主だった登場人物達はみな、自らの存在そのものが脅かされる大きな試練に直面し、その中にあって判断を誤り、また選択を誤って、つまずき、苦悩し、また愛の倫理に違背し、深く傷つき生命を落としていった。大悲劇の中でシェイクスピアが彼らを描き出す時の背後にあるのは、やはり愛と人生についての、そして人間そのものについての、彼自身の深い透徹した思索とつき詰めた洞察であると言える。

この悲劇時代に先立って、シェイクスピアはいわゆるロマンティック喜劇と呼ばれる一連の喜劇を描いた。その時代に彼が愛に対して見せた態度は、しかしながら、こうした悲劇時代の態度とは大きく違っていた。次に扱う二つの喜劇では、そのロマンティック喜劇という劇の性格もあって、悲劇時代にシェイクスピアが深く思いを潜めた愛の倫理という問題は、そもそも重要な事柄として少しも立ち現れてはこない。この章で扱う『夏の夜の夢』と次章の『お気に召すまま』のテーマも愛であることには変わりないが、その愛の形はすでに扱った悲劇の中の愛とは根本から性質を異にしているのである。特にこの『夏の夜の夢』では、彼が悲劇で見せた高度に倫理を意識した愛に対する態度は、どこにも見られない。

『夏の夜の夢』で彼が愛を描いた時、彼にとってそのただ一つの目的は、実は観客を愛の夢の世界へといざない、また愛の愚かしさ、おかしさで洪笑を誘うこと、楽しませることであった。それは盲目の愛の夢、愛の無秩序と言ってよいものであり、その作り出す世界は途方もない底抜けの笑いであった。その根底に流れる愛をめぐる基本的な考え方は、ごくありふれたものに過ぎないのであって、それ自体は深い詮索を必要とするものではまったくない。それはロマンティック喜劇全体に共通する考え方でもあって、それがどのようなものかについて、シェイクスピアは劇中でヘレナが語る次のせりふで簡潔に示している。

恋は目ではなく、心で見るのだ。だから
翼を持ったキューピッドは目隠ししている。
恋に夢中になると、まともな分別がなくなる。
不注意でせっかちなので、翼があって目がない。
だから恋は子供だと言われるが、それは
いつも相手を取り違えてばかりいるからだわ。（一・一・二三二―二三九）

シェイクスピアはこれと同様の考え方を、他のロマンティック喜劇でも登場人物達に語らせている。たとえ

ば、『お気に召すまま』でロザリンドは、

恋とは全く狂気の沙汰だ　（三・二・四〇〇）

と語り、また『ヴェニスの商人』でジェシカは、

でも恋は盲目で、恋人達は自分達の犯す
途方もない愚かしさを見ることができないの、（二・六・三六―三七）

と語っているが、これらに共通して流れる考え方は、恋とはまるで眼隠しをしたキューピッドのように気まぐれで、不確かで当てにならず、恋人達は子供と同じで判断力がなく、周囲から見ると狂気じみていて滑稽であるが、そうした自分達の愚かしさが分からない、恋人達は眼が見えない、というものである。こうした考え方そのものは、ごくありふれたものである。しかしそれだけに普遍的でもあって、ここに描かれた愛の性質は、誰にとっても身近で切実な問題になりうるということでもある。そうした愛の愚かしさ、おかしさ、無秩序を、豊かなイメージで、美しく楽しい笑いに満ちた演劇芸術に高めて描き上げたのが、この『夏の夜の夢』なのである。

一連のロマンティック喜劇執筆時のシェイクスピアは、愛についてはこのように基本的に大変楽観的であったといってよい。愛は様々な混乱を経るにしても、最後には結婚によって完成するのが理想というのが、初期喜劇時代のシェイクスピアの信念であったし、その考えのもとに、彼はこれらの喜劇の世界を描いていったの

である。(1) この彼の愛と結婚についての信念は『夏の夜の夢』でも一貫していて、冒頭でシーシアスとアマゾン族の女王ヒッポリタが予告する結婚も、シーシアスが触れている通り、彼とアマゾン族の戦争の後に、挙式の運びとなったものである。つまり、愛、混乱、そして結婚という流れがこの二人の場合でも舞台外で前提となっているわけである。そうして彼らの結婚が劇の最後に、様々な混乱を経た他の二組のカップルの結婚とともに、妖精達に祝福されることで、劇が締め括られている。しかも祝福するのは、仲違いの後に仲直りして元の鞘に収まったオベロンとティターニアという、妖精の王と女王の夫婦である。こうしてシェイクスピアは、楽しくロマンティックな喜劇で夢と空想の世界を描くことで、観客を心ゆくまで楽しませようとした。そしてそれは見事な作品となって結実した。彼は既にこの短い『夏の夜の夢』という初期に属する劇で、喜劇作家としてのその傑出した天才ぶりを存分に示したのである。そこで彼が描いた愛の形は、後に悲劇の中で描いていく愛の形とは全く違ったものである。しかしそのように根本から異なる愛の諸相を、まことに多彩に紡ぎ出していけるところに、この天才劇作家の傑出した天才たる所以もあるわけである。

三、アテネの森と夢——非日常の世界

(1) 夢の位相

ところで『夏の夜の夢』という題の「夢」には三つの意味が重なっている。それはまず第一に、登場人物達が、比喩としてではなく、実際に見る夢という意味での「夢」である。この意味ではしかし、彼らは実は夢らしい夢を見るわけではなく、実際に見るのはごく短い夢に過ぎない。その一人はハーミアであるが、彼女は森の中で眠っていて、「心臓をヘビに食われて、それをライサンダーが笑いながら座っていた」(二・二・一四九―五

〇）という夢を見たと語っているが、これはただそれだけの夢でしかない。また四幕一場で眠りから覚めたボトムが、他の職人達と一緒に劇中劇の稽古をしている夢を見ていたことを語っているが、これも夢としてはただそれだけの夢である。この二人のこうした夢だけが、登場人物達の見る実際の夢であり、この意味での夢は、『夏の夜の夢』では、その「夢」のごく小さい一部でしかない。

次に第二の、もっと遥かに重要な「夢」の意味であるが、それは夜のアテネの森全体が、実はこの劇の愛の主題が展開されていく非現実、非日常として存在していて、それが夢のような世界である、という意味での「夢」である。これがこの劇で最も重要な「夢」の意味であると言える。登場人物達は、アテネの夜の森の中に足を踏み入れることで、いわば夢の世界に入り込んでいく。上に述べた四幕一場でのボトムは、眠りから覚めた時に、ティターニアとの恋路も思い出していて、この出来事も夢の中の幻（vision、四・一・二〇五）であったと思い込んでいる。彼は「俺が見た夢はどう言っていいものか、人間の知恵を超えている。こんな夢を説明しようってやつは、馬鹿野郎だ」（四・一・二〇五―〇七）と、「ボトムの夢」（四・一・二一五―二六）について語るのである。しかしティターニアとの恋路は、この劇の中では実際に起こった出来事という設定で、この劇は成立している。その出来事が進行する劇空間では、それは「現実」であったし、オベロンやパック達も、誰かの見る夢の中に出てくるのではなく、実在しているのである。しかしそもそも森全体が「夢」の世界なのである。これと同じ意味で、四人の若い男女が経験する戯れの恋の花の汁をめぐる騒動も、彼らにとって「夢」となる。そのことを、夜が明けた時、彼ら自身が語っている（四・一・一八七―九九）。それはこの劇の愛の主題が展開していく上で必須の、現実と非現実とが交錯する「夢」である。ここでは夢と現実とが入れ替わっているとも言え、それはいわば非現実という「夢」なのであって、夜の森で起こることは現実には起こりえないという意味で、「夢」なのである。

第三に、『夏の夜の夢』にはもう一つの重要な「夢」の意味がある。もし「夢」は森の中の出来事だけであるとすれば、第五幕の『ピラマスとシスビー』の茶番劇は、「夢」の範疇には入らないことになるだろう。それは宮廷で演じられる出来事だからである。しかし、この悲喜劇もまた「夢」とするのが、パックが最後のエピローグで、観客に語りかける意味での「夢」である。パックは次のように語る。

私ども影法師がお気に障りましたら、
ただ皆様、この幻を見たひと時は
まどろんでいたと思し召しのほどを。
さすれば怒りも収まりましょう。
このつまらぬ他愛もない芝居の目的は、
ただひと時の夢を作ること、
お咎めなくお許し頂けますれば、
また改善してご覧に入れましょう。（五・一・四二三―三二〇）

パックはここで、この劇全体が「夢」であり、これを見る観客はひと時をまどろんだのだと述べている。これは劇全体を一つの「夢」として見る視点であり、『夏の夜の夢』は実はその全てが観客の「夢」なのだというのである。このように劇全体が観客にとって「夢」である、という大きな枠組みがこの劇にはあって、それはパックが語る通り、鑑賞する観客達がいわば「まどろみ」ながら見る愛の夢でもある。こうして『夏の夜の夢』の世界は、その全体が愛の夢となる。

(2) 愛と夢の非日常性

愛はなかなか形が定まらない。夢も形が定まることがない。不確かで絶えず姿を変えるのが愛であり夢である。愛の夢の中では、恋人達は日常の意識とは全く別の、狂気としか思えない意識に支配される。

夜は愛の営みの時である。アテネの森で愛をめぐる不思議な出来事が起こるのは夜である。恋人達が夜の森に入り込んで行くと、実際に、また象徴的に、日常が非日常へと変貌する。夜は夜のまま、あたかも昼と見まがうような世界に変貌する。それはどこか愛の営みを連想させるのであって、ここには夜の安らぎは存在しない。この劇では愛をめぐる演技は主に夜を舞台として進行するが、その夜は確かに夜で、昼とは真反対でありながら、あたかも昼のような夜なのである。そこで展開される筋も日常性とはかけ離れている。この劇では月のイメージが重要な意味を持っているが、それはこのように、月が夜の活動に明かりを提供してくれるためでもある。月明かりのもとでは、夜も昼と同様なので、安らぎは存在しえないのだと言える。月の光はまた人の心を狂わせる。安らぎは恋人達が眠りについて初めて訪れる。

夜の森ではまた、生物、無生物、風や水が、あたかも人のように意思を持ち、また人の姿をした妖精達が現れ出て、飛んだり、はねたり、踊ったり、争ったり、人に恋をしたりする。妖精達は夜を昼として活動の場としている。そして舞台上で透き通った衣装や半裸の妖精達が生き生きと躍動する有様には、いつもどこかに性情動の痕跡が見て取れる。それは彼らが森や川や田園の生命の精だからである。生は精に通じ、また性に通じており、底に流れる性情動が、この夜の森に繰り広げられる男女や妖精達の、愛をめぐる騒動と混乱の底流となっている。

このアテネの森の夜という非日常の世界では、夢のような出来事が現実である。この世界は、奇妙な入れ替わりが起こる世界である。異常が正常、正常が異常となり、夢が現実、現実が夢で、また虚が実、実が虚となり、人間が動物となり、理性が非理性へ、非理性が理性に変わる世界である。登場人物達の話す言葉では、奇想が普通となる。また比喩や擬人法が変身を誘い出す。形は絶えず変化し、また形のないものに形が与えられる。(2)

四、妖精達とシェイクスピアの創造

(1) 民間伝承と『夏の夜の夢』の妖精達

『夏の夜の夢』の妖精達には、その姿、行動、人間との関係などに、様々な興味深い特色が見られる。その多くは、シェイクスピアは当時の民間伝承から得たものであるとされている。(3) しかしまた、まさしくこの『夏の夜の夢』が、妖精のイメージを大きく書き変えて、その後の妖精文学と児童文学に大きな影響を及ぼし、今日の妖精の姿を決定づけたことは、よく知られた事実である。実際アト・ド・フリースの『シンボル・イメージ事典』などの諸事典、辞典での妖精の記述では、『夏の夜の夢』が非常に大きな比重を占めている。(4)

ここに描かれている妖精達には様々な特徴があるが、その主立ったものを挙げてみよう。まず彼らの姿で言えば、その形は人と同じであるが、羽根が生えている。彼らは形を色々なものに変えることができるので、大きさは定まっていない。しかし一般にはとても小さくて、「ドングリの蓋の中にもぐり込んで隠れている」(二・一・三一) ことができるほどである。ボトムと話す時の小妖精達は、舞台では子供が演じたに違いないが、本来の大きさは芥子の種や豆の花のように、やはりごく小さい姿を観客には連想させる。またティターニアはボトムに恋を語る時、人の大人の女性と変わらない大きさである。パックは姿を変えることができ、牝馬にも焼林檎にも、また熊にも火の玉にも、化けることができる。オベロンも農夫のコリンに姿を変えるし、また姿を消すこともできる。(5)

妖精達の住処について言えば、彼らは丘、谷間、藪、いばらの茂み、森、牧場、泉、小川のほとり、海辺などいたる所に棲み、水の中、火の中もくぐり抜ける。そうした彼らの行動の特色としては、まず非常に早く飛ぶことができ、月よりも早く飛ぶことができる（二・一・七、九七―九八、五・一・三八六）。その早さについて、パックは四〇分で地球を一回りする（二・一・一七五―七六）と語っている。また彼らは闇を追って飛んでいく（四・一・九六）。彼らは朝の光を避けて夜に行動するが、いわゆる亡霊達とは種類が違う存在である。

こうした妖精達が、人間とどのように関わっているかについて、その特色と意味を考えてみたい。民間伝承の範囲に限定して言えば、妖精達は、『オックスフォード英語大辞典』が「魔術を使う能力があり、人事について善しにつけ悪しきにつけ大きな影響を及ぼす」と定義している通り、(1)人間に悪さ、いたずらをする、(2)善いことをしてくれる、(3)魔術をかける、という三つ性質があった。第一の人間に悪さ、いたずらをすることでは、この劇ではパックがそうした妖精であるが、彼はホブゴブリン＝いたずら小鬼とも呼ばれていて、小鬼系の妖精である。彼と出会った妖精は次のように語る。

私がその体つきを取り違えているのでなかったら、
あなたはあのロビン・グッドフェロウという
すばしっこく、いたずら好きな妖精じゃないの？
村の娘達を驚かせ、おかみさんがバター作りで
息を切らしてひき臼を廻していると、

ミルクの上澄みを掬い取って無駄骨折らせるのは
あなたでしょう。ビールの泡を立たなくしたり、
夜中に人に道を迷わせ、困るのを見て笑うのは？（二・一・三三―三九）

パックは牛乳の上澄みを掬い取って主婦の攪乳器での仕事を無駄にして、ひき臼を廻したり、酒の酵母の発酵を止めたり、夜中に人に道を迷わせたりするというのであるが、実際彼は恋人達を闇の中で迷わせて、一所に集めて寝かせつけてしまう。『オックスフォード英語大辞典』の記述によると、パックは民間伝承で、意地悪でいたずら好きな妖精または悪魔であるが、この名前の由来についての定説はない。同じ辞典のロビン・グッドフェロウについての記述では、彼はいたずら好きで気まぐれな小妖精または小鬼で、一六―一七世紀に英国の田舎に出没すると信じられていたが、「その十分な説明はシェイクスピアの『夏の夜の夢』でなされている」となっており、結局パックについても『夏の夜の夢』の記述が、最終的なパック理解の基準になっている。また妖精達が悪さをすることで有名なのは、彼らが人の子を取り換えて、代わりに醜い子供を置いていくという「取り換えっ子」の迷信である。『夏の夜の夢』でもティターニアが取り換えたインドの王の子の話が出てくるが、この迷信は中世では広く伝わっていた。しかしシェイクスピア以前の民間伝承の中では、こうした妖精達の悪さ、いたずらは、人間世界の恋愛とはほとんど何も関係がなかった。

また『夏の夜の夢』以前の民間伝承の妖精達は、人間に善い行いをしてくれるのだが、この点では劇の中では、パックが

おれは先ぶれ、箒でもって

ドアの後ろの塵を掃く。（五・一・三八九―九〇）

と語っているところが、そうした民間伝承と合致している。掃除の他に彼らは洗濯してくれたり、立派な召使いの靴の中にお金を入れておいたりするとされていた。(6)

また妖精達が魔術を使うことについては、彼らが魔術で姿を変えたり、信じられない早さで空を飛ぶことなどが知られていたが、これは『夏の夜の夢』でも描かれている通りである。他にも妖精が支払った黄金は草の葉などに変わるとされた。『オックスフォード英語大辞典』によれば、今では廃れたが、一四世紀から一六世紀にかけては妖精を表す“fairy”という言葉自体に「魔法、魔術」の意味があった。(7)

なお、妖精の王オベロンは、もともとフランスの一三世紀前半の伝説に現れる妖精であり、パックなどイギリスの民間伝承の妖精達とは系統を異にしていることが知られている。従って彼は民間伝承の中の妖精ではなく、伝説上の妖精ということになるが、シェイクスピアはこの二つを結びつけるのに何の躊躇もなかった。彼にとってそうした区別は無意味だったに違いない。一五九三年の暮れにはオベロンの活躍する劇が上演された記録が残っている。(8)

このように、妖精の人間に対する悪さといたずら、善行、魔術のどの面をとっても、シェイクスピア以前の民間伝承では、『夏の夜の夢』に見られるような形での、妖精達と、若い男女のロマンティクな愛との間の重要な関連性は、ほとんど何もなかった。妖精達を若い男女の濃密な愛と深く結びつけたのは、まさしくシェイクスピア自身の想像力であった。

ようにして人の若い男女の愛と結びついたのかを、次に見てみよう。

(2) 妖精と愛の結びつき――民間伝承を超えて

そこで妖精達はこの『夏の夜の夢』で、どのようにして人の若い男女の愛と結びついたのかを、次に見てみよう。

民間伝承では妖精達は人間に悪さ、いたずらをする反面、簡単な仕事の手伝いもしてくれる。このこと自体は民間伝承では、若い男女の愛とは、上に見た通り、本来深い結び付きはなかった。しかしシェイクスピアは、こうした妖精達の特徴を利用して、オベロンとパックが、夜の森に迷い込んだ若い男女に、彼らの愛の成就を手伝う、という筋に仕立て上げた。オベロンの指示を受けたパックは、善行のつもりで、誤ってライサンダーの眼に恋の花汁を入れるが、それは結果として悪さに等しい行為になった。こうして妖精の善行と悪さが、若い男女の間の「恋は狂気の沙汰」というロマンティック喜劇の愛のテーマと結びつくが、ここの部分はシェイクスピアが創作したことだったのである。

また、妖精達が人間に「取り換えっ子」の悪さをすることは、上述の通り古くから民間伝承の中にあったが、このことも本来男女の愛とは何も関係がなかった。しかしシェイクスピアはこの子供を、オベロンとティターニアという妖精夫婦の、夫婦愛の険悪化を説明するための小道具に使った。彼らは二人とも妖精であって人間ではないが、「取り換えっ子」という妖精の人間へのいたずら行為が、二人の間に人間並の夫婦の痴話喧嘩を引き起こすことで、男女の愛と結びついたのである。インド人の子供を溺愛する妻と、それを嫉み、子供を取り上げ自分のものにしようとする夫という、妖精夫婦の人間くさい愛憎劇がここに描き出された。それは人間界の夫婦の愛憎劇と変わらない。またオベロンとティターニアは、夫婦でありながら、双方が人間の異性に浮気心で好意を寄せて、それを互いになじり合っている。シェイクスピアは、この妖精夫婦が、それぞれ人間に

24. ジョージ・ロムニー（1734－1802）、『ティターニア、パック、取り換えっ子』（1793）。フォルジャー・シェイクスピア・ライブラリー所蔵。
By permission of the Folger Shakespeare Library

恋心を抱く、という風に仕立ててしまった。ティターニアは、オベロンが牧童コリンに姿を変えて、ひがな色っぽいフィリダのために麦笛を吹き恋の唄を歌っていると彼を責めている。オベロンはこれに対し、ティターニアがシーシアスに恋しているとなじり、シーシアスの愛した女達を手玉に取ったと責めている。こうした感情むき出しの愛欲や嫉妬をめぐる口論は、限りなく人間世界のそれに近く、そうした彼らの様子は伝統的な民間伝承の中の妖精のイメージから大きくはみ出ているのである。このようにしてオベロンとティターニアは、民間伝承の枠を大きく超えて、気まぐれで愚かな愛のテーマそのものに、深く関わることになっている。これに加えてシェイクスピアは、二人の愛憎が人間界の愛にも混乱を引き起こす、という筋書きに仕立て上げて、ここでも民間伝承をこの劇の愛のテーマに組み入れたのである。シェイクスピアは妖精達を大幅に敷衍し、修正し、いわば人間に大きく近づけて、遥かに親しみやすく、また生き生きとした存在に変貌させてしまっている。これは詩人シェイクスピアの並外れた想像力の豊かさと密度の高さの問題であろう。こうした想像力こそが、脈々と現代にまで続く妖精達のイメージの生みの親となったのである。（挿し絵24は、J.ロムニー、『ティターニア、パック、取り換えっ子』）。

また妖精達が魔術の力を持っているという特性も、二つの方法でシェイクスピアはこの『夏の夜の夢』の愛のテーマに組み入れた。つまり、一つには、恋人達は夜の森の中で、魔法にかけられた状態に入り、不思議な愛の体験をするのだが、それはそこが魔術の力を持った妖精達の支配する場所だからである。シェイクスピアは、妖精の魔術を、こうして若い男女のロマンティックな愛と結びつけているのである。第二に妖精の魔術は、姿を変えることを可能にする。それは変身のモチーフと結びつくのである。パックの魔術でボトムは驢馬に変身し、ティターニアの恋の相手となる。こうして本来民間伝承の中では、妖精の魔術もロマンティックな男女の愛とは無関係だったにもかかわらず、シェイクスピアは夜のアテネの森全体を、不思議な愛の形が進行する

が、これは民間伝承にはなかったことなのである。

魔法の世界に変えたのである。妖精の魔術が若い男女の美しく不思議でちぐはぐな愛を可能にしているわけだ

(3) 妖精と愛と神話・伝説の幸福な「結婚」

妖精と愛を結びつけるのに、シェイクスピアはこの劇にもう一つの重要な仕掛けを施した。それは民間伝承の妖精の世界の中に、彼が神話・伝説の世界を持ち込み融合させたことである。これがこの『夏の夜の夢』の愛のテーマの展開に更に豊饒な実りをもたらすことになった。

この劇の冒頭に出てくるシーシアスはアテネの伝説上の王である。ハーミアの父イージアスは実はシーシアスの父の名である。この喜劇には他にも愛をめぐる神話と伝説が様々な形で入り込んでいる。シェイクスピアはこの喜劇を書いた頃、ローマの詩人オウィディウスの神話、『変身物語』の、アーサー・ゴールディング訳（一五六七）に親しんでいた。もともと民間伝承の中では、妖精の女王には名前はなかったのだが、シェイクスピアはティターニアの名を、この『変身物語』の中から得たことが知られている。[9] また『ピラマスとシスビー』の劇中茶番悲劇もここから採られたことは定説である。更にもっと目立たない形でも、神話・伝説上の愛の物語はこの喜劇の中に幾つも顔をのぞかせている。たとえば、ヘレナが言及するアポロとダフニーの物語（二・一・二三一）、ハーミアが触れる不実なトロイ人イーニアスとカルタゴの女王ダイドーの恋と裏切りの物語（一・一・一七三―七四）、バッカス祭りに酔った女達がオルフェウスを引き裂いた話（五・一・四九）、劇中劇でピラマスが言及するリアンダーとヒーローの悲恋物語（五・一・一九六―九七）、セファラスとその妻プロクリスの話（五・一・一九八―九九）などがあり、それらがこの喜劇の遠景となっている。オベロンとティターニアの痴話喧嘩の中にも、神話・伝説は次のように入り込んでいる。

恥を知れ、ティターニア、なぜ私にヒッポリタが寄せる
信頼を、お前が非難できるのだ、シーシアスへの
お前の恋が、私にばれているのを、知っているくせに？
あの男がペリジーニアを手込めにした後捨てたのは、
お前が星明かりにあいつを誘い出したからではなかったのか？
あいつにイーグリーズや、アリアドニー、
アンタイオパーとの誓いを破らせたのも？　（二・一・七四―八〇）

ここに出てくるペルジーニア、イーグリーズ、アリアドニー、アンタイオパーは、いずれもノース訳『プルターク英雄伝』で、シーシアスと愛をかわしたのち彼に捨てられた、伝説、神話上の女性である。例えばアリアドニーについては、プルタークによると、様々な話が伝わっていたが、その一つでは、シーシアスはクレタに来た折に、彼女と恋に落ちた。彼は彼女の手から麻糸を受け取り、迷路の通り抜け方を教わり、ミノタウルスを殺すことができた。しかし後に彼は他に慕う女性ができたために彼女を捨てたという。[10] シェイクスピアは、それは実はティターニアがシーシアスに恋心を抱いていて、そうさせたのだとしてしまったのである。

しかしながら、この劇の展開において、妖精達と愛をめぐる神話の関係が、最も重要な意味を持つのは、妖精王オベロンがキューピッドの金の矢じりについて語る、次の箇所にほかならない。

だがわしはその矢がどこに落ちたのか見た。

それは西の小さい花の上に落ちて、
それまで純白だった花は恋の傷で紫に染まり、
娘達はこれを戯れの恋の花と呼んでいる。（二・一・一六五―六八）

キューピッドはあまりによく知られたローマ神話の愛の神クピド（cupido）であるが、その名の由来は欲望、愛（desire, love）である。ギリシャ神話のエロスにあたり、その姿は羽根をつけた裸体の少年で、愛の女神ヴィーナスの子である。弓を持ち、その射る矢には恋心をいだかせる金の矢じりのものと、恋をさます鉛の矢じりのものとがあるとされ、その気紛れさから目隠し姿で描かれることが多く、シェイクスピアは『空騒ぎ』の中で、売春宿の看板に描かれた目隠し姿のキューピッドに言及している（一・一・二五四）。オベロンは上の一節で、恋の汁を出す「戯れの恋の花」（"love-in-idleness"）は、この矢に射抜かれたとしているが、この言葉は、『オックスフォード英語大辞典』の初例で、シェイクスピアの造語であると推測される。オベロンは四幕ではこの花を「キューピッドの花」（"Cupid's flower"）とも呼んでいる。シェイクスピアはこの花汁を、オベロンとパックが手に入れて、妻で妖精の女王ティターニアと恋人達の眼に注ぎ、気まぐれな愛の主題を展開させる筋立てを作ることで、妖精と神話を結びつけてしまった。（挿し絵25は、ヨハン・ハインリッヒ・フューズリの、ティターニアの眼に花汁を注ぐオベロンを描いたエロティシズム溢れる銅版画である。）

こうして劇の展開で「キューピッドの花」が重要な意味を持つことになるわけだが、この花と花の汁の持つ意味をここで考えてみたい。まずキューピッドは男の子なので、その金の矢じりは男性を象徴しており、他方白い花は女性を象徴していると言えよう。従って矢が花を射ぬくことには性行為のイメージが隠されている。そして白い花が紫色に変化するのは、一種の変身である。この白い色が紫に染まるエピソードは、オウィディ

25. ヨハン・ハインリッヒ・フューズリ（1741—1825）、『夏の夜の夢、2幕2場』（1794）。ティターニアの目に花汁を注ぐオベロンとそれを見守るパック（ロンドン）。フューズリはスイス出身の画家で、シェイクスピア劇を題材にした多くの絵を残している。

By permission of the Folger Shakespeare Library

ウスの『変身物語』の「ピラマスとシスビー」の悲話で、桑の実が白色から紫色に変化する話にヒントを得たものであることはまず確実である。そしてこの喜劇では様々な変身が描かれているが、そこにはいつもどこかに性情動が絡んでいる。変身は性情動によって日常性が非日常性へ、理性が非理性へ、正常が狂気へと変貌する瞬間であると言える。また紫色に染まった花から作られる恋の花汁は、性的分泌液のイメージを裏に隠していると理解され、従って恋の媚薬となる。オベロンはこの恋の花汁について、「ラヴ・ジュース」（“love-juice”）（三・二・八九）と呼んでおり、それはここでは性情動の表象となっているが、この語も実はこの箇所が『オックスフォード英語大辞典』の初例である。そして今日ではシェイクスピアが裏に隠した意味の方が、表の意味になってしまっているのである。

五、「変身」と「取り違え」

先に引用したヘレナのせりふの中に、「恋は子供だと言われるが、それはいつも相手を取り違えてばかりいるからだわ」（一・一・二三八―二三九）という言葉があった。『夏の夜の夢』では、「変身」は性情動を裏に隠しているわけだが、それはこの劇を楽しくしている「取り違え」とも密接に関係している。それは何故かを次に述べてみよう。

この劇の愛の主題は、先述の通り「恋とは全く狂気の沙汰」（“Love is merely a madness.”）、「恋は盲目」（“Love is blind.”）という作者の考えに基づいて展開していくのだが、英語の“love”は、日本語では愛、恋、恋愛のいずれでも指す言葉である。しかしこの英文を「愛とは全く狂気の沙汰」、「愛は盲目」と訳すと奇妙な誤訳の印象を与えかねない。それは一般に「愛」は男女の愛のみに限定されず、親子の愛、友愛、神の愛なども含むのに対し、「恋」は特に男女の愛に限定的に使われるのが普通の言葉だからである。「恋」という言葉には従って、性情動の意味あいがより強く含まれている。ところで男女の愛と性は必ずしも一致しないことは誰もが認めるところであるが、この意味を今少し正確に考えてみると、一般にある特定の異性が好きになり愛するようになる意識と、性本能とは必ずしも一致しない、ということである。その場合、愛する意識は特定の相手を排他的に選ぶが、性本能は相手を選ばないという特徴がある。このように愛は人を選ぶが、性は人を選ばないことが、この『夏の夜の夢』で頻繁に取り違えの起こる根拠になっている。

「取り違え」ということは、この劇を成立させている最も大きな要素の一つである。ここでは問題の所在を明らかにするために、「取り違え」という言葉を、一般的な意味よりも、やや広い意味で使ってみたい。つまり、一般には「取り違え」とは、あるものとそれに似たものを、知らずに間違ってしまうことであるが、ここではそれに加えて、本来自分のものではないはずのものを、そうと知っていながら自分のものとしようとすることも、「取り違え」に含めてみよう。というのは、この劇の面白さは、そうした「取り違え」によって起こる騒動の滑稽さにもよっているからである。

最初の取り違えは、ディミートリアスが、もともと結婚を約束していたヘレナから心移りして、ライサンダーと恋仲だったハーミアに横恋慕したことである。ここに三角関係の男女三人と、その枠から外れた女性一人の不安定な関係が発生し、この「取り違え」が、恋をめぐる混乱の発端になっている。最初の取り違えはこのように、森の外で起こっているが、しかし取り違えの本当の舞台は、アテネの不思議な森の夜の世界である。

オベロンは、ティターニアによると、牧童コリンに姿を変えて、浮気心で田舎娘フィリダに恋しているという。オベロンは性情動によって変身して、本来はティターニアが彼の愛の対象であるはずのところを、いわば相手を取り違えて、フィリダに恋をしたことになる。変身は性情動の表象であると述べたが、その性情動が相手を選ばないところから、この取り違えは起こっている。当然それは、本来の相手であるはずの妻ティターニアとの間での、波風の原因となっている。

戯れの恋の花汁を注がれて取り違えを起こすのは、ライサンダー、ディミートリアス、それにティターニアである。この花は、もともとキューピッドの矢が西の女王を狙ったのに、相手をいわば取り違えて、白い花に落ちて、それが変身した紫の花である。その花の汁は、このように取り違えをその属性としているので、これを眼に注がれた者は、いわば白い花が紫に染まったのと同じ変化を起こす。性情動の性質通り、恋する相手は誰でもよく、誰かまわず好きになる。こうしてライサンダーとディミートリアスは、いわば変身することになる。花汁を注がれる前と後とでは、人が変わってしまって取り違えを起こす。ただディミートリアスの場合は、森の外で一度取り違えを起こしていたので、元の鞘に収まった。花汁を眼に注がれて取り違える、というのは、結局性情動の盲目性と愚かしさが引き起こす出来事である。

六、ボトムとティターニアの愛の夢

最後にこの劇のクライマックスとなっているボトムとティターニアの恋の意味について、述べてみたい。ここにはこれまで述べてきた変身と取り違えのおかしさが、集約されている。ティターニアが、本来愛を向けるはずの対象は夫オベロンである。しかし彼女は、恋の花汁を注がれる前から、「取り違え」をしている。彼女は我が子よろしく「取り換えっ子」に愛を注ぎ、オベロンの浮気に対抗して、シーシアスに恋心を寄せていて、これらのことでオベロンとの間に波風が立っている。取り違えにはすでに素地がある。そこへ恋の花汁を注がれる。ティターニアも相手を選ばぬ性情動を解放されるわけである。日常性が非日常性へと変わり、ティターーニアは本来の自己から別の自己へといわば変身して、愛の対象を取り違えてしまい、驢馬の姿のボトムを恋してしまうのである。戯れの恋の花の汁の引き起こす騒動のおかしさは、このように相手を選ばない性情動が解放されて引き起こす、取り違えの愚かしさである。

次に相手のボトムであるが、彼は劇中劇でピラマスという恋人を演じていたので、その演技の相手は職人フルートの演じるシスビーのはずだった。それがパックによって、驢馬の頭を付けられた。これは妖精が、当時の民間伝承で人間に行うとされていた「いたずら」に沿った行為ではある。しかし愛の主題に妖精がかかわっているばかりか、変身のモチーフが妖精によって持ち込まれているところが、民間伝承と大きく違っているのは先に見た通りである。この変身の部分は、神話に根ざしているのである。そしてボトムの場合も、驢馬への変身は日常性から非日常性への移行の瞬間に起こっている。実際ここを境に、彼は人間界から妖精界へと入っていくのである。ボトムの驢馬への変身も、質的には白い花が紫色に染まったのと同じ意味を持っていて、こうして彼は、恋の演技の相手を、シスビーからティターニアに変える結果になっている。これも一種の取り違えなのである。そして驢馬は、古代ギリシャのイソップ物語の昔から馬鹿者の意味があり、英語のassも古くからそうであった。驢馬を表す英語は、シェイクスピアの時代にはassしかなく、donkeyはまだ普及していなかったので、彼もこの劇ではassしか使っていない。(11)この劇では変身は性情動の表象ともなるので、従って驢馬の頭は性情動の表象でもあり、同時に愚かしさの表象ともなっている。こうして見ると、ボトムが変身するのは、他の動物ではまず意味をなさず、どうしても驢馬でなければならなかったことが分かる。ここには、性情動は盲目的で相手を選ばず、その解放は愚かしいことであり、また周囲から見ると滑稽であるという、この劇の愛の主題が集約されていることになる。

要約すると、妖精ティターニアと人間ボトムは、ちょうど白い花が紫色に変わったように、それぞれ恋の花汁といたずらの魔術によって変身し、ともに相手を取り違えて、ちぐはぐな恋におち、性情動の盲目性と愚かしさ、そしてあまりにかけ離れた組み合わせのおかしさ、滑稽さを体現してみせる、ということになる。こうしてシェイクスピアは、ボトムとティターニアによる『夏の夜の夢』のクライマックス・シーンを、恋のロマンをたっぷり込めて、美しく、幻想的な、シャガール風の楽しい夢に仕上げたのである。それは人間の性情動へのいささか辛辣な風刺をきかした、愛の夢のパロディーであると言えよう。そしてこうしたロマンティクな愛とその風刺、及び「取り違え」のテーマはまた、「変装」を使った「取り違え」、双子や兄妹を使った「取り違え」などとも結びついて、『間違いの喜劇』、『ヴェニスの商人』、『空騒ぎ』、『お気に召すまま』、『十二夜』などのシェイクスピアの主要な喜劇で、きわめて重要な位置を占めることになっていくのである。

第二節　想像力と躍動する文体の美学

一、愛の主題、想像力、技法

第一節で詳述したように、『夏の夜の夢』に見られる愛の概念は、「恋は目でなく心で見る」、「恋に夢中になると、まともな分別がなくなる」、「それはいつも相手を取り違えてばかりいる」、などのヘレナの言葉に示される、ごくありふれたものであった。それは他のロマンティック喜劇にも共通するものであり、要するに、「恋は盲目」、「恋は全く狂気の沙汰」ということであり、シェイクスピアはこうした考えのもとに、観客を楽しませ、哄笑させることに集中した。そしてこの喜劇には、こうした愛の主題を展開させるのに様々な技法が使われていて、それがシェイクスピアの次々にイメージを紡ぎ出す並外れた力とうまく融合して、まことに変化に富んだ多彩な表現をつくり出し、豊穣な実りをもたらしている。そこでこの節では、この喜劇のそうした面から見たこの劇の面白さ、楽しさ、おかしみを見てみたい。この節に限っては、シェイクスピア劇の文体を扱い、翻訳だけで説明することは不可能なので、原文を併せて引用することにしよう。

『夏の夜の夢』にはシェイクスピアの初期の文体の特色が、様々な面に見出される。彼は特に初期の時代には、強い意図をもって修辞と詩法に基づく様々な技法で詩と劇の文体に工夫を凝らした。その背景には英国ルネッサンスの詩と劇を席巻していた詩法と修辞の伝統がある。彼は駆け出しの時代には特にその影響をきわめて強く受けたのである。彼のそうした試みは、『恋の骨折り損』の場合のように、未熟さのゆえに惨憺たる失敗に終わったこともあった。しかしこの喜劇では逆に、それが劇の主題の展開や人物描写とまことにうまく調和して、大きな成功を収めているのである。この節ではそうしたシェイクスピアのこの喜劇における技法に焦点をあてて、詩法と修辞が単なる装飾に終わるのではなく、いわば劇の展開と愛の主題に内在化されて、この喜劇特有の華やかな文体を作り出している様子を、その背景にも触れながら説明してみたい。

ドーヴァー・ウィルソンは五幕一場冒頭の詩形について、「簡潔で、韻律は規則正しく、対句と行末で終わる行が目立ち、幾分単調である」[1]と述べたが、このことはほぼ作品全体の韻文についても言えることである。また修辞をとってもハロルド・ブルックスが指摘したように、「シェイクスピアはまだ、修辞上の詞姿(schemes=言葉の形式)を顕著に用いることで、詩の言葉の様式化をはかっている」[2]という時代である。つまりシェイクスピアは言葉にまだやや技巧を凝らし過ぎていて、表現の形が少し固い、という意味である。けれども総合的に見てこの喜劇の文体が、作者のそれまでの喜劇に比べて大いに変化に富んでいることも事実である。アン・バートンは、この劇の「詩脚と詩形の異常な多様性」を指摘したが[3]、その多彩さについてJ・E・ロビンソンは、「文体の変化は万華鏡的である」[4]と述べ、またM・ドレンも、「言語とイメージによってばかりでなく、詩と散文の形式を通してもまた、多様な口調の変化が微妙に伝えられている」[5]とした。やはりこの劇でも、というよりもむしろこの劇ではとりわけ、と言った方がよいが、詩人の並はずれた想像力の世界が背後に広がっていて、それがこの喜劇の特殊性とも相まって、詩と散文に多様で華やかな表現の形をつくり出しているのである。このように『夏の夜の夢』ではシェイクスピアは、一方で初期の特徴を色濃く文体に残しつつ、同時にいわば若さにまかせてその想像力の翼を存分に広げることで、独自の文体をつくり出している。

この『夏の夜の夢』の世界は、まず人間の世界と妖精王オベロンらの妖精の世界との二つに分かれていて、さらに人間界はアテネの大公シーシアスを含む恋人たちなど宮廷に属する人々の世界と、機織り師ボトムを筆頭とする職人たち庶民の世界とに分かれている。こうして全体としては三つの世界からできている。これら三つの世界が、ある時は独立して、またある時は交錯しながら、夢と幻の喜劇を織りなしていくのである。そしてこの喜劇で登場人物たちが用いる文体、彼らの語り口に注意を向けてみると、一方ではこれらの三界に共通する幾つかの特色があるが、他方ではそれぞれの世界にはその世界特有の詩形、修辞、語彙とイメージ群があることがわかる。シェイクスピアはこの三つの世界をその文体、言葉の形によってもはっきりと描き分けている。そして全体として見ると、この二つの要素を自由に使うシェイクスピアの筆力と、その背後にある想像力が、この『夏の夜の夢』の世界にまことに変化に富んだ多彩な表現をつくり出している。

そこで以下ではまず、三つの世界に共通する文体の特色を概観してみたい。そして次に、三つの世界のそれぞれに見られる固有の表現の特色を、相互と比較しながら取り出してみよう。それらはこの喜劇に底流しているエロティシズムとも深く関係している。こうして『夏の夜の夢』の世界に見られる若きシェイクスピアの文体の美学について考えてみたい。

二、三世界に共通する文体

この戯曲全般についてまず言えることは、主要な登場人物たちが、みないつもどこか狂ったように恋に取り憑かれていて、それがこの劇に活力と若々しさに溢れた躍動感をつくり出していることである。それは当然にも登場人物たちの口調に写し出されている。一般にシェイクスピア劇には、憂鬱気質の人物や暗い翳りを帯びた人物が必ずといってよいほど出てくるが、この喜劇はそうした人物が一人も登場しない珍しい劇である。(6) もっともこの劇にも、詮索すれば、ヤン・コットが指摘したように、グロテスクさや暗い翳りがないわけではないが、[7]そうした面は明るさの中に隠れてしまっている。このためもあって、人々の言葉にはいつも溌剌とした弾みがみなぎっている。こうした躍動感は、同じ音のくり返しによってつくり出されているところが大きい。その音の反復は、同じ言葉や表現のくり返しであったり、頭韻や脚韻、母韻や子韻による音のくり返しであったりする。こうして同じ音が累積され加算されることで、せりふに弾みがつくのである。たとえば幼なじみのハーミアに裏切られ、馬鹿にされたと思い込んだヘレナは

ねえハーミア、私らは二人の手芸の神様のように
せっせと針仕事して、一つの花模様を縫ったわ、
二人で同じ敷物に座って刺繍の図案も一つ、
二人で一つの歌を一つの調子でかなでたわ、
手も、体も、声も、心も、一つになって。
そうやって二人は仲良く大きくなった、
まるで双子のさくらんぼ、見かけは二つ、
分かれていてもほんとは一つ、
同じ茎にできたかわわい二つの実。
見た目は体が二つ、でも心は一つ、
一つの大紋章と同じで、紋章が二つに見えても、
上に乗っかっている冠飾りは一つだけ。（三・二・二〇三—一四）

We, Hermia, like two artificial gods,
Have with our needles created both one flower,
Both on one sampler, sitting on one cushion,
Both warbling of one song, both in one key,
As if our hands, our sides, voices, and minds
Had been incorporate. So we grew together,
Like to a double cherry, seeming parted,
But yet an union in partition,
Two lovely berries moulded on one stem;
So, with two seeming bodies, but one heart,
Two of the first, like coats on heraldry,
Due but to one, and crowned with one crest.

と語っているが、ここでは同じ音が単語と表現のレベルで何度もくり返されている。とりわけ「一つ」（"one"）が九度、「二つ」と「二人」（"two", "both"）が合わせて八度も使われている。そしてそれが悲しいはずの彼女のせりふに、弾むような躍動感とリズムをつくり出している。こうした軽快なテンポは、どの世界の表現にもたえず現れてきて、われわれはそこにシェイクスピア自身のみずみずしい精神の躍動を感じとることができる。その躍動感、弾むような勢いにはまた、詩の形が関係していることもある。たとえばボトムは次のような詩を作る。当人は大まじめだが、観客にとっては調子だけはよいざれ歌のたぐいである。

岩石うなり
激震地鳴り、
獄舎を破り、
　錠砕け散る
輝きい出し、
大日輪よ、
愚かに斃れし
　魔の女神らよ（一・二・三一―三八）

The raging rocks
And shivering shocks
Shall break the locks
　Of prison gates ;
And Phibbus' car
Shall shine from far,
And make and mar
　The foolish Fates.

この詩は拍子を取りながら読んでみるとすぐに分かるが、二拍子である。そしてそれぞれの行はすべて正確に四音節からなっていて、それが弱強のリズムでくり返されている。いわゆる弱強二詩脚（iambic dimeter）と呼ばれる調子の良い詩形である。（日本語でそれと同じ感じを出そうとするとほぼ七―七調になるので、戯れにその語調で訳してみた。）ボトムのこの詩のおかしみは、一つにはこの弱強二詩脚が全く乱れないために、あまりに調子が良くなり過ぎているところにある。二拍子の調子のよさが弾みを作っているのである。また音の反復をとっても、この詩には頭韻、母韻、脚韻が、"The raging rocks, And shivering shocks."（字義通りには「怒れる岩々と砕ける衝撃」）などのように過剰に使われていて、それがこの詩の勢いと、滑稽感をつくり出している。こうした躍動感の仕掛けは、妖精の世界でも同じように見ることができる。いたずら妖精パックと出会った妖精は、

丘を超え、谷を超え、
いばらを抜け、薮を抜け、
囲いを超え、園を超え、
火をくぐり抜け、水を抜け、
どこだって飛んでまわるよ、
お月様より早くまわるよ（二・一・二―七）

Over hill, over dale,
Thorough bush, thorough brier,

Over park, over pale,
Thorough flood, thorough fire,
I do wander every where,
Swifter than the moon's sphere;

と語っているが、ここでは「～を超え」（"over"）と「～を抜け」（"thorough"）がそれぞれ四回くり返され、またb、p、f、w、sという子音がそれぞれ頭韻で同じ行内で二回ずつつくり返されている。さらに最初の四行は交互に押韻し、最後の二行も押韻している。このような短い詩の中にもシェイクスピアの言葉の魔術師ぶりがいかんなく顔をのぞかせている。こうした音の反復が、この妖精のせりふに勢いをつけている。

これと関連して、初期には言葉の様式化、類型化に重きをおいて用いられていた修辞の技法が、この喜劇ではその堅苦しさを残しながらも、登場人物たちのほとばしる生気を描いたり、パロディー化することで意図的に誇大な感情を表現したり、喜怒哀楽の切実な感情を伝えたりするなど、愛の主題を展開する上で、より機能的に使われていることも大きな特色になっている。恋を語る登場人物たちの躍動感が、修辞の効果によっている例は少なくないのである。次のライサンダーとハーミアが恋について語る会話は、批評家の間で大きな称賛を浴びてきた。

ライサ　本当の恋がすらすらと流れたためしなんてないよ。
血筋家柄が違っていたりとか――
ハー　まあ憎い！　身分が高すぎて恋に夢中になれないなんて。

ライサ　また年齢がうまくかみ合わないとか――

ハー　まあ悔しい！　年が違い過ぎて一緒になれないなんて

ライサ　また友人たちの好みに阻まれたりとか――

ハー　まあ地獄ね、他人の目で好きな人を決めるなんて！

ライサ　またたとえ二人が相思相愛、ぴったりでも、
戦争や死神や病魔に襲われて
あっという間に終わってしまい
影のように過ぎて、夢のようにはかなく
闇夜にぱっと光る稲妻のように短命で
一瞬かっと天と地を照らしたかと思うと
「見てごらん！」、と言う間もなく
深い闇の底に飲み込まれていく。
輝かしいものもこうしてたちまち滅んでしまう。（一・一・一三四―四九）

Lys.　The course of true love never did run smooth;
But either it was different in blood——
Her.　O, cross! too high to be enthrall'd to low.
Lys.　Or else misgraffed in respect of years——
Her.　O spite! too old to be engag'd to young.

Lys.　Or else it stood upon the choice of friends——
Her.　O hell, to choose love by another's eyes!
Lys.　Or if there were a sympathy in choice,
War, death, or sickness did lay siege to it,
Making it momentany as a sound,
Swift as a shadow, short as any dream,
Brief as the lightning in the collied night,
That, in a spleen, unfolds both heaven and earth;
And ere a man hath power to say "Behold !"
The jaws of darkness do devour it up:
So quick bright things come to confusion.

これは隔行対話（stichomythia）の技法をもとにして、首句反復（anaphola）の効果を生かして、この喜劇の愛の主題を美しく、また力強く示したものである。そして「音のように」（"as a sound"）、「影のように」（"as a shadow"）、「夢のように」（"as any dream"）、「稲妻のように」（"as the lightning"）などの直喩（simile）や、「闇の底に飲み込まれていく」（原意は「闇の顎がむさぼりつくす」）などの隠喩（metaphor）を重ねることで、短命な事象のイメージを連続させて恋の儚さを鮮明に表現したことが、この一節の詩の生命となっている。また「あっという間に」（"momentary"）、「たちまち」（"swift"）、「はかなく」（"short"）、「短命で」（"brief"）などの類語の連用（synonymia）も著しく修辞的である。

また職人たちの不細工な口調を描くのにも、修辞が機能的に使われている。ボトムが語る

> ご婦人の皆様、また麗しきご婦人の皆様、怖がったり、怯えたりなさいませんよう、お願いし、またお頼みし、またご懇請いたしまする。――（三・一・三九―四一）
>
> "Ladies," or "Fair ladies, I would wish you," or "I would request you," or "I would entreat you, not to fear, not to tremble: ――

というせりふは、修辞でいう冗語法（pleonasm）であり、必要以上に多くの言葉を重ねて表現の効果を強める方法であるが、ここではボトムの口調の馬鹿ていねいなおかしみを作り出している。

妖精の言葉にもさまざまな修辞の技法が見られるが、次のパックのせりふは、ボトムの驢馬の頭に驚いて逃げ出す職人たちにかける言葉である。

> 時には馬、犬、豚に化け、頭のない熊、火に化けて
> どこに行っても、ヒヒーン、わんわん、
> ぶうぶう、うぉーとないて燃えてやる、
> 馬や、犬や、豚や、熊や、火のように。（三・一・一〇八―一一）
>
> Sometime a horse I'll be, sometime a hound,
> A hog, a headless bear, sometime a fire,

26. フランス・フォン・フロリス（1516—1570）、「修辞学」、『七つのリベラル・アーツ』（1565）より。フロリスはルネッサンス時代のフランドルの画家。画面左下には、古代ギリシャ修辞学者イソクラテス、ローマ帝国の修辞学者キケロー、クインティリアヌスらの名の付いた書物が見える。

And neigh, and bark, and grunt, and roar, and burn,
Like horse, hound, hog, bear, fire, at every turn.

人間界に騒ぎを起こしたパックは彼自身も興奮しているが、これはその様子が伝わってくるせりふである。ここではパックが姿を変えるという動物たちと狐火が列挙されているが、その順序に対応して動詞が並列されている。そしてさらにその順序通りに後の並列された動物たちの比喩がかかって、意味を強めているわけである。このため異常な語順になっているが、これは修辞上では転置法（hyperbaton）の一種である。[8] また英文では動物たちの鳴き声を表す動詞がすべて“and”でつないであるが、このように接続詞をたたみかけるようにくり返すのは、修辞で連辞畳用（polysyndeton）と呼ばれている。他方動物たちは“Like horse, hound, hog, bear, fire”と接続詞がすべて省かれて並置されているが、これは連辞省略（asyndeton）と呼ばれる技法である。（上の訳では連辞畳用と連辞省略を英語とは逆にして訳出してある。）シェイクスピアが故郷ストラットフォードで過ごしたグラマースクールでは、ラテン語による修辞教育が徹底して行われていたし、当時修辞に関する手引書も幾つか出版されていたので、彼の文体にさまざまな修辞の工夫が見出されるわけである。[9] シェイクスピアの措辞についての知識の深さは、平均的な現代人の想像をはるかに超えていたのである。[8] 修辞学は中世から近世にかけてのヨーロッパでは、七つの自由学芸（seven liberal arts）の一つとして、文法、論理学、算術、幾何、音楽、天文学と並び、教養ある人々が身につけるべき必須の学問であった。修辞学は本来説得の技術として古代ギリシャ・ローマに発達した弁論術であり、シェイクスピアのローマ史劇『ジュリアス・シーザー』でのアントニーの演説に見られるように、聴衆に強い感銘を与えるための政治弁論の技法であった。挿し絵26はフランダース派の画家フランス・フロリス（一五一六―一五七〇）が、一五六五年（シェイクスピア誕生の翌年）に描いた七枚の『七つの自由学芸』シリーズ銅版画の内、「修辞学」と題する一枚である。

またこの劇の文体のもう一つの特色は、月と田園と森をめぐる明るく美しいさまざまなイメージ群が、愛の主題を展開する上で、この作品の独特の雰囲気と味わいをつくり出していることである。『夏の夜の夢』はその表題が示す通り大半の場面が夜の設定で進行するにもかかわらず、闇夜と結びついた殺人、犯罪、死などのイメージは影をひそめ、反対に真昼かとまがう明るさを印象づける様々な表現が圧倒的に多い。全幕を通して絶え間なく「月」と「月光」への言及があり、[10] 月をめぐる種々の神話や伝説が、多岐にわたる複雑な意味あいを文脈に生み出し、この喜劇に明るく夢幻的な雰囲気と背景を与えている。それはまた隠れたエロティシズムともなっている。

劇は冒頭でのシーシアスとヒッポリタが四日後の新月の夜の結婚式を待ちわびる会話で始まっていて、ヒッポリタは

それから新月は、引きしぼった銀の弓のように
大空にかかって、私たちの厳かな結婚の儀式の夜を
見守ってくれるわ。（一・一・九―一一）

And then the moon, like to a silver bow
New bent in heaven, shall behold the night
Of our solemnities.

と語るが、この銀の弓形の新月には、まず月の女神、森と狩猟の神、そして処女性の守り神であるダイアナの持つ弓のイメージがあるわけだが、同時にまた、大空を駆けめぐり恋の矢を放つ、愛の小僧キューピッドが引きしぼる弓のイメージとも重なっていて、そこはかとなくなまめかしい。

また職人たちが演ずる劇中劇の下稽古は月明かりの森の中で行われるし、さらにその劇の主人公ピラマスとシスビーは月夜に逢うという筋書きで、職人の一人が月に扮して登場人物の一人としてランタンを持って登場するほどである。これは中世の伝説にある月の男のイメージのパロディーである。月の男は古謡にも出てくるが、[11]いばらの薪をかつぎカンテラを持った姿でよく描かれた。

また妖精界ではオベロンが次のように語っている。

ちょうどその時だ、お前には見えなかったが
わしは見たのだ、冷たい月と地球の間を
キューピッドが弓を引きしぼって飛んでいった。
そして西の王座に坐る美しい処女王に
狙いを定めるや、幾万の心臓も射抜け、とばかり
ぴゅーっとその恋の矢を射放った。
だがこの愛の小僧の燃えるような矢は、
湿った月の清らかな光で冷やされてしまい、
誓いを立てた処女王は乙女の瞑想に耽ったまま、
恋に悩むこともなく、立ち去って行かれた。（二・一・一五五—六四）

That very time I saw (but thou couldst not),
Flying between the cold moon and the earth,
Cupid all arm'd. A certain aim he took
At a fair vestal throned by the west,
And loos'd his love-shaft smartly from his bow,
As it should pierce a hundred thousand hearts;
But I might see young Cupid's fiery shaft
Quench'd in the chaste beams of the wat'ry moon,
And the imperial vot'ress passed on,
In maiden meditation, fancy-free.

月夜に大空を飛ぶキューピッドが放った火のような矢は、西の処女王、すなわちエリザベス女王の心を射抜こうとしたものだったが、湿った月に冷やされて、女王は何事もなく立ち去って行かれた、というのである。月が湿っているのは潮の満干など水を支配するからで、また矢が女王を射抜けなかったのは月が処女性の守り神ダイアナでもあるためである。月はその他この劇では太陽神フィーバスの妹としての月の女神フィービー、三つの顔を持つ月の女神へカティとしても出ており、また不妊、狂気、亡霊の連想でも使われている。このように月の持つ様々なイメージをシェイクスピアはこの劇で幾重にも使っているが、それは劇に流れるエロティシズムと深くかかわっている。

また森と田園に関係した明るいイメージ群は、舞台の設定がアテネの森であっても、実際にはイングランドの自然の様子を写したものとなっている。好きな恋人ディミートリアスに嫌われて、悲嘆に沈んでいるはずのヘレナの言葉に漂うのは、彼女の気分とは裏腹に、

あなたの目は導きの星、その声は美しい音楽、
麦が緑に育って、サンザシのつぼみが膨らむ頃
羊飼いが聞くヒバリの声より、もっと気持ちがいいわ。（一・一・一八三―八五）

Your eyes are lodestars, and your tongue's sweet air
More tuneable than lark to shepherd's ear
When wheat is green, when hawthorn buds appear.

というイングランドの爽やかな田園のイメージである。四人の恋人たちは互いを罵りあう時ですら、「あっちへいけ、この猫め、栗のいが！」（三・二・二六〇）（"Hang off, thou cat, thou bur !"）、「この犬バラめ！」（三・二・二八二）（"You canker-blossom!"）、「五月祭の色塗りの柱みたいなノッポ」（"thou painted maypole"）（三・二・二六九）、「やいビー玉、どんぐり」（"You bead, you acorn."）（三・二・三三〇）などのように五月祭や草木と結びついた言葉を使っている。驢馬に変身したボトムが、彼を恋する妖精の女王ティターニアに、何が欲しいかと問われた時の返事、

そいじゃ飼い葉をどっさりおくんなさい、うまい乾いたカラス麦をむしゃむしゃやりてぇな。干し草一山たっぷり食いてぇ気分でさぁ。上等のうまい干し草ほどいいもんはねえ。（四・一・三一―三四）

Truly, a peck of provender; I could munch your good dry oats. Methinks I have a great desire to a bottle of hay. Good hay, sweet hay, hath no fellow.

は田園趣味の戯画である。そしてこうした田園風景の爽やかな描写は、この喜劇の愛の主題の展開の背景を形作っている。

妖精たちの言葉にはとりわけイングランドの田園と森の四季に関係したイメージ群が多い。恋の草をパックから受け取ったオベロンは、ティターニアの眠る堤を次のように描いている。

さて、麝香草が咲き乱れる堤があるが、
そこに桜草が育ち、スミレも風にゆれていて、
甘い香りのニオイニンドウに麝香バラ、
それにとげバラが天蓋となって懸かっている。
ティターニアはそこで楽しい踊りに疲れると、
花々を寝床に夜のひと時を眠って過ごしている。（二・一・二四九―五四）

I know a bank where the wild thyme blows,

Where oxlips and the nodding violet grows,
Quite over-canopied with luscious woodbine,
With sweet musk-roses and with eglantine;
There sleeps Titania sometime of the night,
Lull'd in these flowers with dances and delight;

ここでは麝香草、桜草、スミレ、ニオイエンドウ、麝香バラ、とげバラが出ているが、ほかにも植物では百合、スイカズラ、ニレ、アザミ、杏、九輪桜、それに多くの果実がこの喜劇では言及されている。また獣類では先ほどの馬、犬、豚、熊に加えて、雄牛、猿、尾なし猿、コウモリ、ヒョウ、雪ヒョウ、イノシシ、リス、ウサギ、子馬、キツネ、雌ギツネ、トラ、雌鹿、それにイルカ、クジラ、龍に至るまで言及されていて、さながら動植物誌のような趣きさえ呈している。鳥ではカラス、大ガラス、ベニハシガラス、ヒバリ、ミソサザイ、ツグミ、クロウタドリ、鶏、フクロウ、ナイチンゲール、雁、フィンチ、スズメ、鳩、カッコー、アヒルなどが上がっている。登場人物たちにさえ動植物名がある。パックは別名ロビン、すなわちコマドリであり、職人にもロビン・スターベリングがいる。劇中劇の前口上を読み上げるピーター・クインスの「クインス」とはマルメロのことであり、大工の使うくさび石コインズとのかけ言葉になっている。[12] こうして三界のどの層の登場人物たちの言葉にも、夥しい草花、果実、樹木、獣類、鳥が現れて、それに妖精界では特に昆虫や爬虫類、げっ歯類、両生類も加わって、これらのイメージが華やかに乱舞し、それらが数多くの色彩語とともに、鮮かに生動する愛の夢の世界を展開している。

次に三界のそれぞれのグループでシェイクスピアがどのように文体を書き分けているかを具体的に述べてみ

よう。

三、三界それぞれの文体

(1) 恋人たちの世界

①弱強五詩脚の韻文

英詩にはアイアムビック・ペンターミーター（弱強五詩脚、iambic pentameter）という形がある。詩のリズムを整えるのに、英語では音節の数と、その音節のどこを強く読むか、つまりどこにストレスを置くかを基本にしているが、この弱強五詩脚では各行で弱強の順で読む二音節を一詩脚として、これを五回くり返す。従って一行内には一〇個の音節がある。

二組の恋人たちを中心としたアテネの貴族らのせりふで最も顕著なことは、彼らは一幕から四幕までの間は、散文で語ることがまったくなく、常にこの弱強五詩脚による韻文だけで語っていることである。全五幕で彼らの語る韻文は九〇〇行を超えるが、例外はわずか六行しかなく、それらもせりふの最後で、弱強五詩脚が一行として完結しない中断行であるに過ぎず、異なった詩形を混入させるわけではない。四人の恋人たちは、三幕二場で入り乱れて互いに悪口雑言を応酬し合う時でさえ、この弱強五詩脚の詩形を崩すことがないほどそれは徹底している。シェイクスピアはこの詩形で恋人たちの口調を代表させて、一種の格調を与えているのである。この弱強五詩脚を、行末で脚韻を踏むことなくくり返すのがブランク・ヴァース（無韻詩、blank verse）であり、シェイクスピア劇で最もよく使われている重要な詩形である。ただ『夏の夜の夢』に限って言えば、この喜劇は行末で二行ずつ押韻するいわゆるカプレット（二行連句）、たとえば

ヴィーナスの車を引く鳩の無邪気さにかけて
心と心を結び恋を成就させる愛の力にかけて（一・一・一七一―七二）

By the simplicity of Venus' doves,
By that which knitteth souls and prospers loves,

などのように押韻詩の形をとることがきわめて多いのが、大きな特徴になっている。[13] このように弱強五詩脚の押韻詩と無韻詩がつくり出す恋人たちの口調は、後に触れるように、職人たちの散文を基調とした庶民的な口調、また妖精たちの弱強四詩脚など短い詩形を頻繁に使う軽やかな口調とは、観客の耳には、はっきりと違って響いてくるという仕掛けになっている。

②恋人たちの奇想法と「ソネットの貴婦人」のパロディー

恋人たちに特に著しい表現のかたちに奇想法（conceit）がある。『夏の夜の夢』はある意味では彼らに限らず劇全体が奇想に満ちみちた劇であるとも言えるが、表現上もっとも典型的な奇想法は恋人たちの言葉に現れている。恋におちた彼らは理性にしたがって考えているつもりでも、発想がいつの間にか常軌を逸してしまう。このことについて公爵シーシアスは、「恋人と狂人は頭の中が煮えたぎっていて／夢や幻が次々に湧き起こり」（五・一・四―五）、と述べている。しかしそのかわり恋人たちは日常の発想では思いもよらないことまでも想像してしまう。そうした恋人たちの姿を描こうとするシェイクスピアの意図に彼らの奇想はよっている。

こうして恋人たちの言葉に奇想が現われる。ハーミアは、森の中で睡眠中に恋人ライサンダーが姿を消したことが信じられず、

　むしろ地球がくり抜けて
お月様がその真ん中をくぐり抜けて
兄のお天道様と地球の裏側の人たちが
不愉快になるっていう方を信じるわ　（三・二・五二―五五）

　I'll believe as soon
This whole earth may be bor'd, and that the moon
May through the centre creep, and so displease
Her brother's noontide with th' Antipodes.

と奇想天外なことを言う。またディミートリアスは、睡眠中にパックに恋の媚液を目に注がれると、目覚めて最初に眼に写ったヘレナに、これまで彼女を嫌っていたにもかかわらず、

おおヘレン、女神、水の精、神々しい美の極致！
きみのその目を何にたとえよう？
水晶も泥だ、おお、成熟しきったその唇、

口づけしているさくらんぼ、なんと艶かしい！
あの真っ白に凍ったタウルスの峰の雪も
東風に吹かれてカラスに変わる、
きみがその手を上げるだけで。おお、真白きお姫様、
至福のしるし、僕に口づけを許して下さい！　（三・二・一三七―四四）

O Helen, goddess, nymph, perfect, divine!
To what, my love, shall I compare thine eyne?
Crystal is muddy. O, how ripe in show
Thy lips, those kissing cherries, tempting grow!
That pure congealed white, high Taurus' snow,
Fann'd with the eastern wind, turns to a crow
When thou hold'st up thy hand. O, let me kiss
This princess of pure white, this seal of bliss!

と述べる。ヘレナの眼と比べれば、水晶も泥に等しく、彼女の唇は二つのさくらんぼ、雪の白さも真っ黒なカラスと同じである。この奇想では、その比喩の極端さに加えて、わずかの詩行の中に、もともと到底収まるはずもない過剰な量の女性賛美が無理やり押し込められている。史実上の美女、女神、水の精、王女の比喩、身体各部の美化、異国趣味と、美女礼賛のオン・パレードである。そしてこれはエリザベス時代のソネット作者

達の間で当時流行していた「ソネットの貴婦人」（sonnet lady）、あるいは「合成の佳人」（composite mistress）と呼ばれる奇想法を下敷きにし、それをパロディー風に利用したものである。当時のソネット作者たちは愛を捧げる女性について語る時、イタリアやフランスの、ペトラルカ（一三〇四―七四）の模倣者達が常用した華麗で誇大な比喩を使って描写することがよくあった。彼らは女性の身体各部にわたって、まるで品定めでもするかのように、一つ一つカタログ風に美しいイメージで装飾した。その例は夥しい数に上っている。これは修辞学で美点記述（blazon）とか特徴列挙（effectio）などと呼ばれた技法である。次のソネットは、シェイクスピアの『夏の夜の夢』執筆（一五九四―五）のすぐ後の一五九六年に出版された、バーソロミュー・グリフィンという同時代の詩人のソネット集『フィデッサ』の三九番だが、当時のこの奇想の流行ぶりをよく示している。

私の愛する人の髪は打ち延ばした金の糸
彼女のひたいは澄みきった水晶のながめ
彼女の眼は天に輝く最も明るい二つ星
彼女の頬は売りに出された赤い薔薇
彼女のかわいい唇は朱に染めた紅の色
彼女の手はこの上なく真白き象牙
彼女が顔を赤らめると女神オーロラ、朝の空
彼女の乳房は銀に輝く二つの泉
その声は天上の音楽、その優美さは美の三女神
彼女の体は私が崇敬する聖人

彼女の微笑みと容姿は蜂蜜のように甘美
しかしああ、まだ最後に最悪のものが残っている、
　何故なら彼女の心は怪獣グリフォンなのだ！

My Lady's hair is threads of beaten gold;
Her front the purest crystal eye hath seen;
Her eyes the brightest stars the heavens hold;
Her cheeks, red roses, such as seld have been.
Her pretty lips, of red vermilion dye;
Her hand of ivory, the purest white;
Her blush, AURORA, or the morning sky;
Her breast displays two silver fountains bright.
The spheres, her voice; her grace, the Graces three;
Her body is the saint that I adore;
Her smiles and favours sweet as honey be.
　But ah, the worst and last is yet behind:
　For of a griffon she doth bear the mind!

シェイクスピアは『ソネット集』でもこの女性美のカタログ化の奇想法を使っているが、その態度は風刺的で

ある。彼はその行き過ぎたカタログ化には批判的だったのである。たとえばソネット二一番では、

私は違う、厚化粧の美人に
詩興を動かされて試作する詩人とは
そんな詩人は天界さえ装飾に利用し
美を描くのに数々の美をあげつらい
太陽、月、地上の宝玉、海の珊瑚
四月の早咲きの花々、宇宙で天空に囲まれた
珍しいものすべてで、誇らしそうに
比喩の組み合わせを考案している
だが私は真実の愛を守ろう、真実のみを綴ろう

So is it not with me as with that Muse
Stirr'd by a painted beauty to his verse,
Who heaven itself for ornament doth use,
And every fair with his fair doth rehearse,
Making a couplement of proud compare
With sun and moon, with earth and sea's rich gems,
With April's first-born flowers, and all things rare

That heaven's air in this huge rondure hems.
O, let me, true in love, but truly write

と書いて、女性美のカタログ化を風刺している。しかし他方でシェイクスピアは必要に応じてさまざまな形でこの技法を劇の中に取り入れた。特に円熟期の喜劇、『ヴェニスの商人』、『空騒ぎ』、『お気に召すまま』、『十二夜』などで、恋人たちは伝統に沿って愛を理想化したり、逆に愛を風刺、揶揄したりして、この奇想を効果的に使っている。シェイクスピアはまた悲劇の中の著しく緊迫した場面でさえもこの奇想を使っている。例えばオセローが、デズデモーナ殺害前に眠る彼女を見ながら、「だが血は流すまい、／あの雪花石膏より滑らかな、／雪より白い肌は傷つけまい」（五・二・三–五）と独白しているのは、この技法によったものである。『夏の夜の夢』に限って言えば、上に引用したディミートリアスのせりふは笑いを誘うが、しかしその比喩自体は伝統に沿っていて、錯乱の中に色彩豊かな空想をつくり出している。また恋の媚薬の力でヘレナに恋したライサンダーが、

透き通ったヘレナさん、自然がその技を見せる、
その透き通ったみ胸の奥に心の真像が見える（二・二・一〇四–〇五）

Transparent Helena, nature shows art,
That through thy bosom makes me see thy heart.

と語るのも、「ソネットの貴婦人」の奇想法をベースにして、これを風刺して笑いに変えている。ここでは心と心臓がだじゃれになっている。

「ソネットの貴婦人」の奇想法についてやや詳しく説明したが、それは実はこの奇想法が、職人たちの劇中劇にも違った形で取り入れられているためである。後述するが、職人たちのこの奇想の場合は、比喩そのものが不適切に使用されており、恋人たちの場合とは大きく違っている。

(2) 職人たちの言葉

①本来の生地は散文

『夏の夜の夢』で庶民界を代表するのは職人たちだが、彼らの文体の本来の生地は散文である。それは恋人たちの世界、妖精の世界で語られるのが韻文であることと、際立った対照をなしている。四幕までの職人たちは、劇中劇下稽古のせりふとボトムの詩歌を除くと、通常の会話はいつも散文で交わしているのである。これは庶民を描く際のシェイクスピアの常套手段でもある。このために三幕一場、四幕一場での恋するティターニアとボトムの会話では、韻文で話す妖精界のティターニアの口調と、散文で話す職人ボトムの口調とが交錯し、住む世界を異にする二人の奇妙な恋路の滑稽さが、その対照的な語り口の違いでも表わされている。

②言い間違い

またこの劇でもう一つ職人たちの語り口を特徴づけているのは、言葉の滑稽な言い間違い（malapropism）である。彼らは単純な不注意からばかりでなく、学識をひけらかすため大げさな言葉を使おうとして言い間違ってしまい、笑いをさそう。たとえばボトムは

というのはライオンほど怖い野禽はこの世にはいないからな。（三・一・三一―三二）

for there is not a more fearful wild-fowl than your lion living;

と述べているが、「野禽」（wild-fowl）は「野獣」（wild beast）の誤りである。また彼が劇中劇で演ずるピラマスは、「見える」と「聞こえる」を取り違えて

声が見える！ ならば隙間のところに行き、
そっと覗いてシスビーの顔を聞いてみよう。（五・一・一九二―九三）

I see a voice! Now will I to the chink,
To spy and I can hear my Thisby's face.

と語っているが、こうした言葉の誤用は、この劇では二七語にも上っており、それらはすべて職人たちのせりふにのみ現れてきて、彼ら庶民たちを特徴づけている。[14] そしてその大部分はボトムの言い間違いである。こうした職人たちの言い間違い、誤用はしかし、単語のレベルにとどまらず、劇中劇を演じる時の、修辞法や詩法の誤用、それらのパロディー化にもつながっている。そして悲恋喜劇『ピラマスとシスビー』をこうした言葉で演じることで、愛を主題にしたこの喜劇を楽しい笑いに包みこんでいる。

③修辞と詩法の誤用とパロディー化

ところが、ボトムを中心とするこうした庶民たちさえもが、彼らなりに詩的感性を備えていて愛の主題に深くかかわってくることは、いかにもこの喜劇らしいところである。ボトムは詩を朗詠し、歌を歌い、悲恋物語の主人公の恋人役を演じもする威勢のいい素人役者である。またクインスやフルートも稚拙とはいえ詩を作る。このことについて、まとめ役のピーター・クインスとボトムとの間に、前口上をどのように書くかをめぐって、次のような興味深い会話がかわされている。悲恋物語の芝居を詩劇にして演じようというわけである。

クイン　じゃ、そうした前口上をひとつ作ってみよう。八―六調でいこうか。
ボト　いや、あと二つ増やして、八―八調でどうだい。（三・一・二三―二六）

Quin.　Well; we will have such a prologue, and it shall be written in eight and six.
Bot.　No; make it two more; let it be written in eight and eight.

ここで二人が上げている数字は音節の数のことである。クインスは一詩脚二音節で、四詩脚（tetrameter）と三詩脚（trimeter）の組み合わせで、二行単位の押韻を絡めた前口上を作ろう、と主張していることになり、これに対しボトムは音節を二つ足して八音節―八音節、つまり四詩脚―四詩脚で書くよう求めているのである。これは職人たちが、こうして音節を数えて詩を作る知識をしっかり持っていることを意味する。舞台は伝説の英雄シーシアスが活躍した紀元前のギリシャではあるが、彼らの語る言葉は英語である。二人ともエリザベス時代の人物たちと見なして差し支えない。それでは英詩の韻律法の知識を当時の職人たちは、どこで学んで身につけたのだろうか。この一節は、彼らの中にはそれなりの高い学校教育を受けていた人々がいた、少なくともシェイクスピアはそうした職人たちの存在をはっきり認めていたことを示している。実はシェイクスピアの時代のイングランドでの子供の教育は、エリートだけに限定されたものではなく、一般大衆の子弟にも開かれていた。今日のような民主主義の理念に基づく組織立った大衆教育ではなかったが、わが国の寺子屋に近い小学校での教育が当時四～五歳頃には始まり、子供たちは二年から三年の間、アルファベットや英語の音節の基礎、スペリングの初歩について知識を得た。その後、半数の子供はグラマースクールという初等中学校に通ってラテン語と修辞法の基礎も勉強した。このため大工でも音節やラテン語の知識を持っている者が珍しくなかったのである。[15]こうしてクインスらが詩を作っても、少しもおかしくはなかった。

しかし実際には、五幕の劇中劇でクインスが語る前口上は、結局実際には八―六でも八―八でもなく、一〇―一〇、すなわち弱強五詩脚の押韻詩になっている。

何とぞご配慮を、ぜひ皆様の恨みを買いますよう。
真の意図はそれ、私どもは皆様にご満足頂くために、
参上してはおりませぬ。皆様に喜んでいただくよう
参ってはおりませぬ。皆様が後悔なさるために、
役者一同ここに控えおりまする。（五・一・一一二―一一六）

Consider then, we come but in despite.

We do not come, as minding to content you,
Our true intent is. All for your delight
We are not here. That you should here repent you,
The actors are at hand;

ここでクインスは句読点の置き方を間違って、意味を逆さにしてしまっているのだが（拙訳では句読点の移動だけでは意味は元に戻らない）、この詩形は交互に押韻していて、二行が単位になっている点で、かろうじて先の二人の会話に合致している。

それではクインスの言う八―六音節の詩形はどうなったかと言えば、実は二人の会話の後、ボトムは驢馬に変身して妖精の世界に入り込み歌をうたうが、その歌が八―六調になっている。シェイクスピアは結局このソングにクインスの述べた詩形をあてたのである。

色は真っ黒クロウタドリよ
そのくちばしはもみじ色
ツグミは歌う妙なるしらべ
細きのど笛ミソソザイ――　（三・一・一二五―一二八）

The woosel cock so black of hue,
With orange-tawny bill,

The throstle with his note so true,
The wren with little quill——

八―六の音節をそのまま日本語に移すことはできないので、ここでは仮に七―七―七―五調に直してみたが、人間界を離れて妖精の世界に入り込んだボトムは、その使う語彙も妖精に近づいてしまう。ここでは小鳥たちの名を歌に盛り込むが、彼が妖精たちと交流する時に限って、妖精たちと同じように昆虫や植物にもよく言及している。彼は妖精と同じ性質の擬人法も使っている。

しかし妖精界に入り込んだボトムのソングを別にすれば、職人たちが使う韻文は劇中劇のせりふに限られている。そしてこの悲恋茶番劇『ピラマスとシスビー』で彼らが口にする韻文を聴く観客の笑いは、彼ら本来の散文とは正反対の口調で無理に語ろうとしてしくじる滑稽さによっている。四幕までの彼らのせりふでは韻文の占める割合は当然ながらごく低く、一割にも満たないのだが、彼らがこの劇を演じる五幕では、そのせりふの九割以上が韻文になってしまう。そしてこの劇中劇は、二重の意味でパロディーである。それは一つにはローマの詩人オウィディウス（四三BC―一七AD?）の悲恋物語を喜劇に変えたという意味でパロディーであるが、また伝統的な修辞学と作詩法の稚拙で極端な模倣、あるいは誤用であるという意味でもパロディーである。以下にその概要を示してみよう。

まず修辞の戯画化は前口上役のクインスが語る、

見るやピラマスきっとなり、切っ先キラリと短剣抜きて
無念無情に血のたぎる胸、剣できりりと切りまする。（五・一・一四六―四七）

Whereat, with blade, with bloody blameful blade,
He bravely broach'd his boiling bloody breast;

に見られる極端な頭韻が一つのよい例であるが、またシスビーがピラマスの顔立ちを描く際の、

白百合のくちびる、
さくらんぼの鼻、
黄色い九輪桜のほっぺた、
　みんな無くなった！
　恋人たちよ、嘆くがよい、
あの目はネギのように青かった　（五・一・三三〇－三五）

These lily lips,
This cherry nose,
These yellow cowslip cheeks,
　Are gone, are gone!
　Lovers, Make moan;
His eyes were green as leeks.

というせりふも、直喩と隠喩を濫用し誤用した戯画的な例である。先にディミートリアスらがヘレナを賛美するせりふが「ソネットの貴婦人」を下敷きにしていることについて触れたが、このシスビーのせりふも「ソネットの貴婦人」をモデルにしていることでは同じである。しかしここでは、女性であるシスビーが、ピラマスという男性を賛美するのに、女性の美しさを列挙する「ソネットの貴婦人」の比喩の技法をあてはめているところに、そもそも誤りがある。その上にまた、その比喩自体不適切であり誤用であるところにさらにおかしみがある。ディミートリアスの場合は、比喩自体は適切に使っていたが、それが誇張されているところからくるおかしみであった。これに対し職人たちの場合は、不適切な比喩、拙劣な模倣、誤用であるところがおかしさをつくり出している。[16] さらにピラマスは、

そして汝、おお壁よ、おお優しき、おお愛しき壁よ
かの人の父君の土地とわが土地をさえぎって！
汝壁よ、おお壁よ、おお優しき、愛しき壁よ、
汝の隙間を見せよ、いざ覗き見んこの眼にて！　（五・一・一七四―七七）

And thou, O wall, O sweet, O lovely wall,
That stand'st between her father's ground and mine!
Thou wall, O wall, O sweet and lovely wall,
Show me thy chink, to blink through with mine eyne!

と語っているが、これはいわば擬人法を誤用したものであって、これによって、壁、月光、ライオンらが劇中人物として口を開いてせりふをしゃべることが可能となっている。これとは対照的に妖精の世界では後述のように、空想豊かな擬人法で、豆の花や蜘蛛の糸たちが躍動することになる。

また作詩法の戯画化もこれに劣らずはなはだしい。職人たちの韻文はそのほぼ全てが行末で押韻していると
ころにその極端さが出ているが、恋人たちと妖精たちの世界では、すべての韻文で押韻詩の占める割合は約半数に過ぎない。しかも職人たちの押韻詩では交互韻がほぼ七割を占めている。これは他の二つの世界では一割に満たないのである。シェイクスピアがいかにステレオタイプな交互韻を職人たちに使って、彼らの紋切り型の不細工さをその口調に描き出そうとしたかがこれでよく分かる。このように職人たちの韻文はその形からだけでも、型破りにみちている。

涙よ、流れてわれを滅ぼせ
剣よ、出てきて刺し殺せ
ピラマスの乳
そうだ、左の乳
そこだ、心臓が飛びはねる　［刺す
かくしてわれは死ぬる、死ぬる
今やわれ死ねり
今やわれ飛べり

わが魂、大空にあり（五・一・二九五―三〇三）

Come, tears, confound,
Out, sword, and wound
The pap of Pyramus;
Ay, that left pap,
Where heart doth hop.
Thus die I, thus, thus, thus. [*Stabs himself.*]
Now am I dead,
Now am I fled;
My soul is in the sky.

これはピラマスが、恋人シスビーはライオンに殺されたと思い込み早まって自害してしまうという、ロミオなみのせりふのはずであるが、その極端な頭韻、母韻、脚韻、対句に加えて、ここでもその詩脚は一つの乱れもない紋切り口調になっている。ここの詩形は、弱強で二―二―三の詩脚が三回くり返されているのであるが、二詩脚を二度くり返すと実質的には四詩脚と同じになるので、音節数では事実上八―六調と同じになる。ただシェイクスピアは、一行を短い二詩脚にすることで脚韻数を増やし、それだけせりふを紋切り型の口調に仕立てあげているわけである。なおここでは"pap"（乳）と"hop"（飛ぶ）が押韻しているが、これは当時同じ母音で発音されていたので誤用ではない。[14]こうしてこの『夏の夜の夢』は、最終幕での職人達の茶番悲恋喜劇によって、さらに楽しい愛の喜劇に仕上がっている。

(3) 妖精たちの言葉

①擬人法に特色がある

妖精たちのせりふにはおびただしい擬人法が用いられていて、彼らの言葉の大きな特色となっている。それは彼らに特有な擬人法であって、この夢幻喜劇にふさわしい特殊な趣をつくり出している。通常の擬人法が、人以外の事象や動植物を、あたかも人と同じ意志があるかのように仮定して描写するとすれば、妖精たちが使っている擬人法では、それらが人と同様の意志を実際に持った存在として描かれる傾向がはっきりと見られるのである。つまり妖精たちにとって気象、動植物、昆虫、無生物等が比喩としてでなく、実際に人と同じ生命と意志を持っていることになる。日常的な自然もこうして妖精たちによって変容が加えられ、彼らの眼を通して全く別の世界として再現されている。いわば妖精をとりまく世界には生命が吹き込まれているのである。そうした例をティターニアのせりふから次に引いてみよう。

そのために、満ち潮を支配する月は、
怒りに青ざめて、大気を水浸しにして、
リュウマチの病が跳梁しているわ。
この異常な気象の乱れのために、
季節が調子を狂わし、白髪頭の霜が、
咲きでた紅バラの葉を膝枕にし、

年老いた冬将軍の薄い氷の頭には、
夏の芳しい花のつぼみの冠が、
嘲るみたいに乗っかって、春、夏、
子持ちの秋、怒った冬が、いつも装う服を
取り換えている。（二・一・一〇三―一一三）

Therefore the moon (the governess of floods),
Pale in her anger, washes all the air,
That rheumatic diseases do abound.
And thorough this distemperature, we see
The seasons alter: hoary-headed frosts
Fall in the fresh lap of the crimson rose,
And on old Hiems' thin and icy crown
An odorous chaplet of sweet summer buds
Is, as in mockery, set; the spring, the summer,
The childing autumn, angry winter, change
Their wonted liveries;

お月様も涙で目が濡れている。

操を無理やり奪われるのを嘆いて
月が泣くと、小さな花たちもみんな泣くの。（三・一・一九八–二〇〇）

The moon methinks looks with a wat'ry eye;
And when she weeps, weeps every little flower,
Lamenting some enforced chastity.

お眠りなさいな、手を廻して抱いてあげよう。
妖精たち、さあ、みんなあっちへお行き。［妖精たち退場］
こうしてニオイニンドウは甘いスイカズラに
やさしくからみつき、メヅタは
ニレの木の堅い指に巻きつくの。（四・一・四〇–四四）

Sleep thou, and I will wind thee in my arms.
Fairies, be gone, and be all ways away. [*Exeunt Fairies.*]
So doth the woodbine the sweet honeysuckle
Gently entwist; the female ivy so
Enrings the barky fingers of the elm.

これらの擬人法は、シェイクスピアが体質的に持つ詩人としての豊かな想像力と、深く結びあっている。最初の例は、ティターニアが夫オベロンとのいさかいがもとで、気象が異変を来しているとして語るせりふであるが、月は「怒りに青ざめて」、「白髪頭の霜」はバラを「膝枕」にしている。また「年老いた」冬の「薄い頭」を、花のつぼみが「嘲って」いる。秋は「子持ち」で、冬は「怒って」おり、春や夏と、「服を取り換えている」。（なおこの個所は一五九五―九六年に起こった異常気象の様子を伝える描写と考えられている。）第二例では水と植物を支配する月のイメージが、処女神で月の女神のダイアナと重なり、その落とす悲しみの涙が、花に結ぶ露から連想される涙のイメージを生んでいる。シェイクスピアはまた第三例では、絡みあったニオイニンドウとスイカズラからは恋人たちの抱擁を、メヅタとニレの枝からは恋人の指を連想している。このように妖精達の擬人法も、この喜劇のエロティシズムと深く結び付いている。そうしてこうした表現を背景にして、蛾の精、豆の花、蜘蛛の糸、芥子の種といった無生物と植物が、小妖精となって、自ずと舞台の上で躍動することになる。

②愛らしい小動物のイメージ群

悲劇『マクベス』では魔女たちが奇怪な呪文を唱えながら蛇、イモリ、ヘビトカゲ、ハリネズミなどを大釜に投げ込んで煮詰めるが（四幕一場）、こうした「毒がある」とされ気味の悪いイメージで出てくる小動物たちも、『夏の夜の夢』では逆に妖精の女王ティターニアを甘美な眠りへといざなう子守歌をつくり出すだけである。

［**妖精一**］　二叉舌のまだら蛇、

ハリネズミたち、出てくるな、
おやめ、イモリにヘビトカゲ、
女王様の邪魔するな
［**コーラス**］　小夜鳴き鳥の妙なるしらべ、
　甘い眠りの子守唄、
ララ、ララ、ララ、ラ、子守唄
　　悪さはいけない、
　　呪文にまじない、
　お妃様に近づくな、
　おやすみなさい、子守唄
［**妖精一**］　はた織り蜘蛛は、近寄るな、
足なが蜘蛛も、出てお行き！
クロカミキリも、来てはだめ、
やめろ、毛虫にかたつむり　（二・二・九―二三）

[*1. Fairy.*]　You spotted snakes with double tongue,
Thorny hedgehogs, be not seen,
Newts and blind-worms, do no wrong,
Come not near our fairy queen.

[*Cho.*]　Philomele, with melody,
　Sing in our sweet lullaby,
Lulla, lulla, lullaby, lulla, lulla, lullaby.
　　Never harm,
　　Nor spell, nor charm,
　Come our lovely lady nigh.
　So good night, with lullaby.
[*1. Fairy.*]　Weaving spiders, come not here;
Hence, you long-legg'd spinners, hence!
Beetles black, approach not near;
Worm nor snail, do no offense.

ここでは蜘蛛や毛虫たちも、妖精たちに嫌われてはいても、どこか愛嬌のある生き物に変わっている。蜘蛛たちは機を織るし（Weaving spiders）、その織った蜘蛛の糸は妖精となって舞台に登場する（Cobweb）。ボトムも機織り職人（weaver）なのである。クロカミキリと上に訳した黒い甲虫（Beetles black）は、わが国では一般に「カブトムシ」と訳されているが、しかしシェイクスピアが思い浮かべていたのは実際はもっと小さい虫なので、おそらく「クロカミキリ」の方が実態に近い。そしてこの虫は『マクベス』、『あらし』などで不吉なイメージで出てくるが、[18]ここでは頭韻を伴って子守唄の中に歌い込まれていて、どこか愛らしい。蛇でさえ『夏の夜の夢』ではオベロンが

そこでは蛇がエナメルの皮を脱ぎすてて、
妖精一人を包むのにちょうどよい服になる　（二・一・二五五―五六）

And there the snake throws her enamell'd skin,
Weed wide enough to wrap a fairy in;

と語るように、美しく艶めかしいイメージに転じているほどである。そして動植物への言及は妖精たちの言葉に圧倒的に多く現れるわけであるが、とりわけ昆虫、爬虫類、両生類などの小動物への言及が妖精たちには多く、他にも尺取り虫、ツチボタル、蝶、ミツバチなどへの言及がある。また果実類ではイチジク、ぶどう、桑、野生リンゴ、キイチゴ、あんずなどが妖精たちの言葉にのみ現れている。いわばシェイクスピア自身が小さな妖精の身になって、その眼で自然界の動植物を眺めてみせているのである。シェイクスピアがいかにイングランドの自然と四季に愛着を持っていたかが窺われて、まことに興味深い。シェイクスピアは妖精たちを、そしてこの喜劇を、大いに楽しみながら書いたに違いない。

③妖精たちは散文を使わない

妖精たちはその登場する全ての幕（二幕～五幕）で例外なく韻文で語っている。シェイクスピアは彼らにはただの一行も散文を使ってはいない。その意味では彼らの韻文の用い方は、恋人たちよりもはるかに徹底している。また妖精たちの韻文では押韻詩がおよそ七割を占め、貴族と恋人たちの四割よりも遥かに高く[19]、それだけ耳で聞いた時の彼らのせりふには、日常性から離れた詩の言葉としての調和が感じとれることになる。

恋人たちの韻文と彼らの韻文の形態上の最も大きな差はしかし、弱強五詩脚しか用いない恋人たちに比べて、妖精たちの韻文はその三割にあたる一八二行を、それ以外の、より詩脚の少ない詩形が占めていることである[20]。それらはまたことごとく押韻詩である。そうした詩形は妖精たちの歌、恋の媚薬を点ずる際の妖精王オベロンやいたずら者パックのせりふ、エピローグ等の、儀式的色彩の濃い箇所で役立てられている。シェイクスピアは妖精たちにこうした特殊な詩形を与える時、観客の意識に劇の節目を伝えている。

④強弱四詩脚の行末欠節、七—七調にも特色あり

妖精たちが使う詩脚の少ないに詩形は、大部分が強弱四詩脚の行末欠節と呼ばれる形である。英語ではトロケイック・テトラミーター・キャタレクティク（trochaic tetrameter catalectic）と呼ばれ、舌をかみそうだが、上に引用した妖精たちの子守唄もこの詩形で書かれている。これは『夏の夜の夢』では妖精たちだけが用いていて、彼らのせりふ以外では皆無である。この詩形では、一行が四詩脚であるにもかかわらず、音節数が行末で一つ欠けて七音節しかない。先の子守唄の一行を例にとると、“*Newts* and *blind*-worms, *do* no *wrong*,”（「イモリにヘビトカゲ、悪さをするな」）では、斜字体で示したように、行頭の“Newts”に強勢を置き、続けて弱強の順で“blind”、“do”、行末の“wrong”に強勢をおいて読む。行末で最後に弱く読むはずの音節が一つ欠けているわけである。この詩形は二行連句になることが多いので、その場合は七—七調になる。シェイクスピアは『夏の夜の夢』以外では、こうした詩形はしばしば劇中にはさむ短い詩やソングに使っている。たとえば『お気に召すまま』でオーランドーがロザリンドを賛美する詩や、『マクベス』で魔女たちが唱える呪文などがこの詩形である。ロマンス劇『あらし』で、ファーディナンドが聞く空気の妖精エアリエルのソングもこの詩形であ

る。この詩形では、一〇音節の無韻詩（ブランク・ヴァース）に比べて、一行が三音節も短い上に、行頭と行末の音節がいずれも強音となるために、詩形がとても引き締まり、また音楽性にも優れ、弾むような勢いを言葉につくり出すこともできるという特徴がある。このためにシェイクスピアは、他の劇ではこの詩形を、儀式性の強いせりふやソングなど、ごく狭い範囲で使ったわけだが、『夏の夜の夢』に限っては、オベロンとパックという二人の妖精の言葉に大幅に取り入れて、妖精たちの口調を人間界の口調と区別した。そしてこの試みはみごとに成功した。終幕でオベロンは次のように語る。（強弱四詩脚行末欠節は我が国の詩形では七－五調に近いので、その形を使って訳出してある。）

東の空が白むまで、
館をめぐれ妖精ら
われらは王の新床へ、
ここに恵みがあるように
つくり出される世継ぎらに、
幸せ続けいつまでも
三組の新たな夫婦らも、
とわに愛して愛される
彼らのつくる子宝に、
醜い汚れは現れぬ（五・一・四〇一－一〇）

Now, until the break of day,
Through this house each fairy stray.
To the best bride-bed will we,
Which by us shall blessed be;
And the issue, there create,
Ever shall be fortunate.
So shall all the couples three
Ever true in loving be;
And the blots of Nature's hand
Shall not in their issue stand;

これはパックによるエピローグの直前に置かれていて、劇を締めくくり、観客にフィナーレを知らせるせりふであって、儀式性が非常に強い。人間界の王シーシアスの婚礼の新床に、妖精界の王オベロンが祝福を与えることで、愛の喜劇がめでたく終ることになる。このように四強勢の詩形と、それに伴う脚韻によって、シェイクスピアは妖精たちに超自然的な雰囲気をつくり出しているのであって、[21]観客が彼らから受ける軽やかな躍動感も、このようにシェイクスピアが詩形にほどこした仕掛けによっているところが大きいわけである。愛の主題はこうして爽やかに、しかし強い儀式性を伴って、締めくくられている。それは夢の世界にふさわしい幕切れである。

『夏の夜の夢』の多彩な表現はこれまで見てきたように、喜劇を構成する三つの世界のそれぞれに使われた異質な三種類の文体が、互いに絡み合い対比されることで成立している。そしてそれは躍動感あふれる抒情詩調と色彩に富む華やかなイメージ群、それに底流する柔らかいエロティシズムが特色となっている。そして道化芝居バーレスクの演じられる第五幕にあっても、笑いをさそう劇中劇の出来事とせりふには、劇作家であるばかりでなく詩人でもあるシェイクスピアのまことに豊かな想像力と、入念といってよい細工が随所に見られて、その背後には劇作家、詩人シェイクスピアの意外なほどの知的な笑いが隠されている。

四、「狂人、恋人、詩人」とシェイクスピアの想像力

シェイクスピアの『夏の夜の夢』の中の修辞、詩法、語彙とイメージについて、愛の主題との関係に触れながら述べてきたが、この劇の五幕にはアテネの公爵シーシアスが詩人とその想像力について語る有名なせりふがあり、それは若きシェイクスピア自身の想像力論、詩人論が含まれているので、ここに引用してみよう。

恋人と狂人は頭の中が煮えたぎっていて
夢や幻が次々に湧き起こり、冷静な理性では
理解できないものまで感知してしまう。
狂人と、恋人と、詩人はみな
想像力でぎっしりと詰まっている。
一人は広大な地獄にも入らぬほどの悪魔を見るが、
それが狂人だ。恋人も同じほど気が高ぶって

ジプシーの額に美しきトロイのヘレンを見る。
詩人の眼は狂おしく回転し、
天を見ては地を見、地を見ては天を見る。
そして想像力は未だ知られざるものを
実体ある姿に具象化するので、詩人のペンは
無なる空を形あるものに変えて、
この世にその住処と名前を与える。
強い想像力にはそうした技があるので
かすかに喜びを感知しただけで
何がその喜びを運びくるかを理解する。
真夜中に恐怖に襲われると、何とたやすく
ただの茂みが熊に思えてしまうことか！　（五・一・四－二二）

Lovers and madmen have such seething brains,
Such shaping fantasies, that apprehend
More than cool reason ever comprehends.
The lunatic, the lover and the poet
Are of imagination all compact.
One sees more devils than vast hell can hold;

That is the madman. The lover, all as frantic,
Sees Helen's beauty in a brow of Egypt.
The poet's eye, in a fine frenzy rolling,
Doth glance from heaven to earth, from earth to heaven;
And as imagination bodies forth
The forms of things unknown, the poet's pen
Turns them to shapes, and gives to aery nothing
A local habitation and a name.
Such tricks hath strong imagination,
That if it would but apprehend some joy,
It comprehends some bringer of that joy;
Or in the night, imagining some fear,
How easy is a bush suppos'd a bear!

このシーシアスのせりふは、恋人達から森での不思議な体験についての報告を受けて、その感想を述べたものである。従って、確かにシーシアスはここで、狂人、恋人、詩人を同列に置いて、その想像力について論じてはいるが、それはもともと恋人達の異常な経験の話を聞いた上でのことなので、恋人達の愛を想像力との関係で語ったところが重要であろう。この一節で恋人についてシーシアスは、「恋人と狂人は頭の中が煮えたぎっていて／夢や幻が次々に湧き起こり、冷静な理性では／理解できないものまで感知してしまう」としている。

人は恋に落ちると精神のバランスを崩し、様々な空想で煮えたぎり、狂人同様となる、というのである。その想像力は狂人のように異常に強く働く。恋とは狂気の沙汰なのである。そしてここに狂人が出てきたのは、この劇の背景に月のイメージが働いていることと関係している。月の満ち欠けは人や動物の心のバランスを狂わせると考えられていたが、実際この一節でも冒頭で「狂人」の意味で使われた“madmen”が、三行下では月を語源とする“the lunatic”に置き換えられている。（パックの最後のせりふには月に向かって吠える狼も出ている。）[19]
ここでシーシアスは恋と理性の関係についても触れていて、恋人は冷静な理性を超えた鋭敏な感知力を得る、としている。恋と理性の関係については、シェイクスピアはこの劇では他の個所でも触れている。ボトムはティターニアに語るせりふの中で、「奥さん、理性をなくしておいでのようで。でも、実のところ近頃理性をもって恋してるなんて聞かないけどね」（三・一・一四二―四四）と言う。上の一節でシーシアスは、「恋人も同じほど気が高ぶって／ジプシーの額に美しきトロイのヘレンを見る」と述べているが、ライサンダーは理性で愛を語ろうとして、トロイのヘレンならぬアテネのヘレンに、「だが今や人間として物事がわかる域に達して／理性が意志の司令官となった。そして僕を君の眼へと／導いてくれる。その眼は愛の最高の書物だ／僕は今そこに様々な愛の物語を読んでいる」（二・二・一一九―二二）と述べて、その愚を晒け出す。ヘレナが語ったように、「恋に夢中になると、まともな分別はなくなる」（一・一・二三六）のである。（挿し絵27はロバート・スマーク、『ヘレナに熱烈に求愛するライサンダー』（一八二〇―一八二五頃）。）
シーシアスのせりふでまた重要なのは、恋人の想像力を離れて、詩人と想像力の関係について触れていることである。これは詩人論になっていて、ここでシェイクスピアが描いている詩人の姿とその想像力の働きには、彼自身が日頃から自らについても思い感じていたところを、たっぷりと含めていると見て差し支えない。想像力という言葉は複雑な意味を含みうる言葉で、多くの定義が可能であるが、シェイクスピアはここではごく一般的に、二つの広い意味で使っている。それは一つには、文字通り物事をイメージする力で、様々なことを空想する力であるが、ここには恋人達の気まぐれや奇想、狂人達の夢想、幻想、妄想までもが含まれていて、その異常な働きにシェイクスピアは強調している。同時に、今一つには、想像力のより重要な働きであるが、「詩人のペンは未だ知られざるものを／実体ある姿に具象化する」とあるように、何も存在しないところから全く未知のものを生み出し、新しく独自なものを創造していく強靭な力である。そうした創造はまさしくシェイクスピア自身が、この戯曲を通して実現していることである。この喜劇の恋人達、妖精達を描く際にも、彼には、「詩人の眼は狂おしく回転し、／天を見ては地を見、地を見ては天を見る」と思えるほど、自らの眼、そして想像力が、異常に強く、目まぐるしく、活発に働く時があったはずである。ただシェイクスピアは他方で、冷静に全体の構想を練り、個々のせりふの効果などもよく考慮して、そうした狂おしい想像力の働きを創造力へと転化していった。妖精達や驢馬に変身したボトムと妖精の女王の恋は、現実にはありえないことであり、それはいわば、「未だ知られざるもの」、「無なる空」であったが、詩人、劇作家シェイクスピア自身がこれを、「形あるもの」に変えて、この世に「その住処と名前」を与えたのである。こうしてこの劇はまことに豊穣な愛の喜劇となった。

27. ロバート・スマーク（1752－1845）、『ヘレナに熱烈に求愛するライサンダー』（2幕2場）（1820－1825頃）。油絵。フォルジャー・シェイクスピア・ライブラリー所蔵。
By permission of the Folger Shakespeare Library

第五章　『お気に召すまま』の光と影
――美しい人生と愛とは

一、アーデンの森への招待

『お気に召すまま』は楽しく美しい喜劇である。主人公ロザリンドの男装によって引き起こされる騒動は、『夏の夜の夢』の夢幻的な空想の世界のものとはひと味違うが、到底実際に起こりうる話ではない、という意味ではこの劇も同じである。ロザリンドは好きなオーランドーに森で再会しても男のふりをしているばかりか、父を探してわざわざアーデンの森に逃れて来たのに、父に会っても「身分を明かさなかった」と語っているが（三幕四場）、現実にはありえないことである。やはりこれも想像上のおとぎ話の世界である。そして上手に演出された時のこの喜劇の舞台の楽しさは、観客に忘れがたい印象を残してくれる。この喜劇には『夏の夜の夢』や『十二夜』と同じように、シェイクスピアのロマンティシズムとリリシズムが溢れている。

恋愛喜劇が華やかに展開される場所はアーデンの森。アーデンという名はシェイクスピアの母方の姓でもある。母の結婚前の姓はメアリー・アーデン。当然シェイクスピアにとって、生まれ故郷ウォリックシャー、ストラットフォード・アポン・エイボンの美しく豊かな田園と森を思い起こさずにはおれない懐かしい言葉であった。しかも実際にウォリックシャーに「アーデンの森」という森があり、それがシェイクスピアの時代にはストラットフォードのすぐ近く、妻のアンの生家ショッタリー付近にまで広がっていた。そこには彼自身が何度も経験した厳しい冬もあった。シェイクスピアはこの喜劇で森や田園を描くとき、美しい故郷の自然、田園風景をしばしば思い浮かべ、この劇に出てくるようなその緑の木立、大きな樫の木、柳の岸辺、流れる小川、森の鹿、小鳥のさえずり、草をはむ牝羊達、麦畑、春の花々、輝く日の光、風のそよぎ、凍てつく冬の空、厳しい天候を（そして多分ときには懐かしい母のことも）思い出しながら、この劇を書いたのである。シェイクスピアがこの喜劇を書いていた一五九九年頃には、母メアリーは、ロンドン劇団で活躍しているわが子ウィリアムのことを思いながら、夫ジョンとともにストラットフォードに暮らしていた。母が亡くなったのは一六〇八年、父の他界は『ハムレット』執筆期と重なる一六〇一年である。

このアーデンの森には色々と生活の匂いが立ちこめていることも、シェイクスピアが故郷の森を思い浮かべていたことを裏付ける。ジュリエット・デュサンベールによればストラットフォード近くのケニルワースで、シェイクスピアがまだ子供だった一五七五年に、エリザベス女王が鹿狩りを楽しんだ記録がある。[1] この森には鹿が沢山住んでいて、暮しの一助に鹿狩りをする人々もいる。また羊飼いの手は節くれ立っていて、タールで汚れており、彼らが刈り取る羊毛は脂ぎっている（三幕二場）。

もっとも他方でシェイクスピアは、故郷の森だけを思いながらこの劇を書いたわけではない。この森については一七九〇年にエドマンド・マローンが、フランスのフランダース地方に広がり数々の伝説を生んでいたアルデンヌの森である、として以来、さまざまな議論を呼んできた。一つには「アーデンの森」は、シェイクスピア喜劇の原話であるトーマス・ロッジ（Thomas Lodge, 一五五六？–一六二五）の物語、『ロザリンドまたはユーフィーズの黄金の遺産』*Rosalynde, Euphues Golden Legacie*（一五九〇）の中にすでに出ている名であって、それはフランダースの森とはまったく違い、同じフランスでもリヨンとボルドー地方に広がる森だったからである。しかしいずれにしてもシェイクスピアはロッジの原話にあった森の様々な描写（たとえばライオンなど）

も取り入れながら、自由に想像を膨らませ、古代ギリシャにあったとされる桃源郷アルカディアに関連した牧歌、田園詩の伝統にも沿いつつ、ヤシの木がありライオンまでも現れるアーデンの森を作り上げた。またイギリス人なら誰でも、貴族達が宮廷から逃れて森に暮らす話は、ノッティンガムシャーにあったシャーウッドの森のロビン・フッド伝説も思い浮かべるが、実際この喜劇の中でも、レスラーのチャールズが、老公爵達はアーデンの森で「昔のイングランドのロビン・フッドのように暮らしているそうです」と語っている。また劇に「アダム」という名の老人が登場すること、「アダムの罰」という言葉を老公爵が二幕一場で森の生活に触れながら使うこと、アーデンとエデンとの音の類似などから、聖書のエデンの園もシェイクスピアは思い浮かべたともされている。(2) アーデンの森にはこのように幾つもイメージが重なっていて、シェイクスピア自身、アーデンをそうした様々な姿に仕立てあげるのを楽しんでいたに違いない。

二、『お気に召すまま』と複数の視点

シェイクスピアはあることを描き出す際に、それが登場人物達の行動や性格であれ、心情や思想や発想であれ、また劇の主題と深く関係した価値基準であれ、それを一つの角度からのみ描くのではなく、いつも互いと矛盾し対立する複数の視点を並置してみせる劇作家であった。このことはシェイクスピアという大劇作家を際立たせている、最も大きな特色の一つである。そうした複数の視点は、悲劇の場合では、たとえば『マクベス』での善と悪の対立概念や、『リア王』に見られる「自然」についての複数の対立する概念などのように、互いに本質的に非妥協的な性質を帯びていて、最終的にははっきりと二つに分解、分裂していくのが普通である。ところが喜劇の場合では、その複数の視点は、互いを補い合い、一見相対立するように見えても、最後にはよ

り豊かな視座へと統合されていき、一つの美しい均衡と調和を作り出している観を呈するのである。シェイクスピアのロマンティック喜劇の『お気に召すまま』は、そうした複数の視点の配置の技法がこの上なくみごとに、微妙に駆使されている喜劇である。このことはハロルド・ジェンキンズも的確に指摘していることであって、彼によるとこの喜劇では、人間性質の中の対照的要素が同時に示されていて、その並置ないしは相互作用を通して、それらは互いに批評しあうようになっている。そうした対立する視点は互いと鋭く矛盾するにしても、相殺されるわけではなく、かわりにそのそれぞれよりも一層完全で、もっと包括的視座へと帰着していくのである。(3) ジェンキンズを受けて、ヘレン・ガードナーは、『お気に召すまま』では一人の登場人物がある視点を呈示すると、別の人物がそれとは矛盾することを述べたり、それを訂正したりするために、この喜劇全体が、甘美さと酸味、冷笑主義と理想主義のバランスという様相を呈し、人生は辛い運命と幸運の融合として示される、とした。(4)

ここではしかし、そうしたこの劇の構成を一般的に説明するのではなく、この喜劇の表現の形態にまず焦点をあわせて、それをシェイクスピアのバランスを好む体質と関連づけて、対照的要素には実際にどのようなものがあり、それが何を表すかも具体的に明らかにしたい。そして『お気に召すまま』をシェイクスピアの詩情と感性に注意しながら読み直し、この喜劇でのシェイクスピアの愛と人生に対する見方を探り、彼の心の在りかを確かめることにしたい。

三、複数の視点の三つの層

『お気に召すまま』はシェイクスピアのロマンティック喜劇の中でも、『十二夜』と並ぶ円熟期の最高傑作の一つであって、ヘレン・ガードナーはこれを最もモーツァルト的な作品であるとしている。(5)この喜劇にはその劇のかたちからごく常識的に言って、三つの大きな複数の視点がある。その第一は、この劇の展開される場が、宮廷とアーデンの森という二つの対照的な世界によって構成されていることである。宮廷では野心、敵意、嫉妬が渦巻き、奢侈と華美に満ちあふれ、追従が横行しているのに対し、アーデンの森と田園では宮廷を追われた貴族達が寄り集まって、伝説的英雄ロビン・フッドのように「楽しく」月日を過ごしている。第二の層は、アーデンの森自体の持つ二面性である。宮廷との対比ではアーデンは、黄金時代さながらの理想郷である。しかし実際に生活が営まれる場所としてのアーデンは、厳しい自然に支配されているし、またそこに住む人々も好ましい人物ばかりとは限らず、少しも自由の楽園ではないことが、多くのせりふやソングによって明らかにされてくる。(6)森に住む鹿達も狩人達に殺される。森ばかりでなく、あたりの田園での暮しでは、のどかな牧歌的世界とは対照的に、ひなびた田舎の生活の現実がある。第三の層は、愛と人生とが、ロマンティシズムと反ロマンティシズム、理想主義と現実主義という対照的な二つの視点から描かれていることである。特に愛の主題の展開においてこの第三の層は顕著であり、その場合精神主義と肉欲主義の対照という視点もここには含まれている。この喜劇では大詰めで四組のカップルが結婚することになるが、その内三組までは、大筋ではロマンティシズム、理想主義、精神主義の立場から描かれ（戯画化と風刺もあるが）、もう一組が反ロマンティシズム、現実主義、そして肉欲主義の立場で描かれている。こうした複数の視点の呈示を、もっと一般化して言えば、この喜劇にあっては、愛と人生が光と影、明と暗、温かさと冷たさ、楽しさと苦しさ、夢と現実といった二面の対照によってたえず示されてくるということになる。

もっともここには、注意しなければならないことが二つある。それは一つには、これら複数の視点は、その両方に平等な重みが与えられているのではなく、明らかに優劣がつけられていることである。この点は特にここで強調しておきたい。つまり、アーデンの森と宮廷をとればアーデンの方に、アーデンの明るさと暗さをとれば明るさの方に、またロマンティシズムと反ロマンティシズムではロマンティシズムの方に、シェイクスピアはそれぞれはっきりと好意的に描いているのであって、そこに『お気に召すまま』を書いた時期に、シェイクスピアが人生をどのように見ていたかについての、一つの明確な姿勢をわれわれは感じ取ることができる。しかしながら、第二に、この優劣には絶対性がなく、これらの対照的な二面に、様々な相対化と修正とが図られていることである。それは楽しかるべきはずのアーデンの森に影の部分があることでも明らかであるが、またたとえば宮廷も時には賛美されることや、ロマンティックな愛にも欠陥が指摘されることなどに、そうした価値の相対化を見ることができる。宮廷と森の関係では、劇の最後で老公爵と貴族達の地位と領地が回復すると、彼らはまた宮廷に帰っていくのである。森と宮廷はこのように時と場合によってその優劣の価値が逆転してしまうことになる。ロマンティックな愛を代表しているロザリンドはまた、単に道化タッチストンからからかわれるばかりでなく、彼女自身が二つの視点を持っていて、もう一人のロマンティックな愛の代表者、彼女の恋人オーランドーをからかう役に回る。[7]そしてこのように愛と人生を両面から見るシェイクスピアの態度は、登場人物達のせりふやソングの表現のかたちにも様々な対照的な表現をつくり出している。それらの形は、ごく単純な対句に過ぎないものから、むしろシェイクスピアの初期の文体に属するあくの強い修辞技巧を利用した対照や、さらに劇の構造自体を内に取り込んでいる密度の濃いものにいたるまで多彩である。それらは短いけれども明確に対立する二つの意見の表明であったり、逆説や並列表現を生かした対照の形であったりする。以下に具体的に例を上げながら、この喜劇に表れるそうした対照的な表現の構成と、その持つ意味を考えてみたい。

四、宮廷とアーデンの森

宮廷とアーデンの森の対照は、たとえばシーリアのせりふに出てくる次のような表現のかたちをとる。

さあ満ち足りて行きましょう、
追放ではなく、自由に向かって。（一・三・一三七―三八）

森へ行くことは宮廷の側から見れば追放である。しかし立場を森に移せば同じ行為が自由への旅立ちとなる。また老公爵は宮廷と森を比べて、

昔ながらのこの暮しの方がずっと心地よくないか、
豪華に飾った生活よりも？　この森の木立の方が
こころ晴れやかではないか、妬み深い宮廷よりも？　（二・一・二―四）

と語る。華やかな虚飾の宮廷生活よりも、質素な森の暮しの方が心地よく自由なのである。ここでは宮廷と森が、その生活と環境の二面で対比されている。

しかし宮廷は暮しにくく、アーデンの森は理想郷であるとする考え方は、追放の身の貴族の一人アミアンズが歌う抒情的ソングとそれに対置して皮肉屋のジェイキズが作るパロディーの対照によって微妙に修正を受け

ることになる。

［アミ］　緑の森の木の下で
ともに寝そべりかなでよう、
楽しきしらべ
小鳥たち、
みんな集まれ寄ってこい！
冬のあらし
厳しいが
ここには他に敵もなし　（二・五・三八－四五）

さんさん輝く日の光
野心はいらぬこの暮し、
貧しいけれど
満ち足りて、
みんな集まれ寄ってこい！
冬のあらしは
厳しいが
ここには他に敵もなし　（二・五・一－八）

このソングでアミアンズは、誰もが休日の遠出や散策で折にふれて経験する心地よさ、晴れやかな気分を、緑の森、小鳥のしらべ、日の光などごくありふれた語彙を象徴的に用いながら、水彩画風に鮮やかにスケッチしている。アーデンはここでは心を和ませ、安らぎと平穏を与えてくれ、心ゆくまで自由な生活を満喫させてくれる詩情豊かな森として描かれている。しかしこの歌でも半面人生の辛さが、野心や敵の存在と冬のあらしへの言及で示唆されている。しかしソング全体の基調はどこまでもリリシズムとロマンティシズムである。ところがこれにジェイキズは次の辛辣なパロディーを対置してみせるのである。

［ジェイキ］　ある日誰かが馬鹿になり
　頑固に意地を通そうと、
　富と安らぎ
　捨てるなら、
ダックダム、ダックダム、ダックダム！
　ためしにここに
　やってこい、
お前と同じど阿呆ばかり　（二・五・四八―五五）

アーデンの生活は偏屈な強情を満足させるだけで、富と安らぎを捨てる愚行だとするこのパロディーは、アミアンズのソングに潜む現実逃避的な人生態度を手厳しく風刺している。アミアンズの美しい歌も、視点を変えれば、人生の闘いに敗北して逃亡した貴族達が、自己満足的に甘い夢想を自画自賛したものと受け取れるわけである。ジェイキズはアミアンズのリリシズムとロマンティシズムに、むき出しの現実を突きつけることで、アーデンの生活の表飾りを容赦なく剥ぎとってしまっている。しかし実はここにはもう一つひねりが隠れていて、この幕の最後で、老公爵と貴族達が地位と領地を回復して森を去る時、ジェイキズだけはそれを拒否して、ここで自らが手厳しく風刺したはずの、森での「ど阿呆」の生活にとどまる道を選ぶのである。

アーデンの森と田園は二面を持っており、その住み心地のよさに絶対性はないという発想は、次の道化タッチストンのせりふでも示される。

確かに羊飼い君、それ自体としちゃ、いい生活だよ。しかしそれが羊飼いの暮しだという点じゃ、つまらんな。それが孤独だという点じゃ、とても好きだ。だがそれが一人っきりという点じゃ、みじめな生活だ。それが野っ原の中だという点じゃ、とても気に入っている。だがそれが宮廷じゃないという点じゃ、退屈だね。それは質素な生活なので、うん、わしの気分にはよく合っている。だがちっとも余裕がないんで、腹がへってしょうがない。（三・二・一三―二一）

このせりふは牧歌的詩的イメージを持ったアーデンを、現実の生活感覚を伴った日常性のレベルに引き下ろして見直しを図っていると言える。アーデンはここでは少しも理想郷ではなく、住み心地の良さと悪さの同居するごく普通の田舎にすぎない。タッチストンはアーデンの生活にひそむ侘しさ、貧困、退屈といった田舎特有の欠点を、ユーモラスに観客に意識させることによって、宮廷の価値を相対的に引き上げてもいる。そしてこのせりふはセンテンスのすべてが人生の二面を比べているが、その対照の客体であるアーデンの生活の実態そのものが異質な二面から構成されているわけではない。タッチストンが語っているアーデンの生活の実態は一つであり、それ自体に客観的な二面性があるわけではないのである。孤独であれば一人暮らしなのは当然であり、田園にいれば宮廷にいるわけではないし、質素な生活が豊かでないこともまた当然である。タッチストンはしかし、こうした一つの事実から比較をひねり出しているのだが、このように一つの客体が正反対の二つのものに見えて対比することが可能なのは、その客体を見る視点の方が移動するからに他ならない。タッチストンは恣意的にアーデンを見る態度を変えることで、アーデンの持つ二つの姿を観客に見せているのである。ここにも一つの対象を一面的に見ようとしないシェイクスピア自身の態度の反映がある。

アーデンの森の明と暗、光と影は、次にあげるアミアンズのソングになると、一層微妙な陰影で人生の辛さと楽しさを写し出してくる。

［アミ］　吹け吹け冬の寒い風、
　その冷たさは心地よい
　　もっと冷たい恩知らず、
　世間の牙は身にしみる、
　お前もつれなく吹くけれど、
　　かげもかたちも見えはせぬ
　緑のひいらぎ、ヘイ、ホウ、ホウ！
　友情なんて偽りさ、愛情なんか愚かしい、
　　だからひいらぎ、ヘイ、ホウ、ヘイ！

なんと楽しき人生よ

凍れ、凍れ、寒い空、
どんなにお前が寒くとも
　もっと冷たい世の非情、
凍れる川も温かい、
忘れ去られたあの友は、
　つらい痛みに泣いている
緑のひいらぎ、ヘイ、ホウ、ホウ！
友情なんて偽りさ、愛情なんか愚かしい、
　だからひいらぎ、ヘイ、ホウ、ヘイ！
　なんと楽しき人生よ（二・七・一七四—九〇）

このソングは人生を強風の吹く冬空のひと時の中に捉え、そこに存する明と暗、光と影の両立併存を詩情豊かに歌い上げている。ここには宮廷とアーデンの森の対立を原型とした、森の外の堪え難い実人生と、相対的に安らぎを与えてくれる森という二つの生活の対比がまず認められる。ここでは宮廷固有の虚栄や野望といったイメージこそ消えているが、それに代わって森の外の俗世間での忘恩、偽りの友愛、冷淡といった概念が現れていて、こうした都会、俗世間と、厳しくはあっても温もりのある森の自然とが比べられることで、実人生の厳しさが際立たせられている。同時にまた森自体を過酷で非情であるとする視点も、このソングには働いている。森もまた寒く非情で厳しいところである。しかしそうした森の姿と、緑のひいらぎに象徴される森の生活の明るさ、楽しさとの対比もここにはある。ひいらぎは永遠の緑と変わらぬ愛、善意、そしてクリスマスの歓楽などを連想させるのである。そしてさらにこのソングには一層深いレベルでの人生の明と暗、光と影の対照が横たわっている。このソングの明るさと暗さの両極では、人生という概念自体に、森や宮廷という特殊性を超えた普遍化、抽象化が起こっている。こうして人生は一方ではその厳しさ、耐え難さが強調され、他方でこの上ない歓喜として歌い上げられ、その影と光がほとんどパラドックスの彩りで微妙に写し出されている。そして一番、二番ともに寒風吹きすさぶ冬空の描写から始まりながら、いずれも「なんと楽しき人生よ」という一行で締めくくられることで、全体としてはどこまでも明るく陽気な色調で調和が図られている。この一行は、森の生活の心からの楽しさを美しい調べで歌い上げているばかりではない。それは『お気に召すまま』全体に流れる人生の主題と深く結びついているのであって、ただ単に森の生活が楽しいという以上に、人生そのものがもっと普遍的な意味で楽しい、という響きを持っている。

五、人生の七つの時代とは

ところでこのソングのすぐ前にはジェイキズが語る有名な「人生の七つの時代」のせりふが置かれているのだが、このせりふもまた人生の明と暗、光と影を象徴的手法で描写したものである。

　　この世はすべて一つの舞台、
　男も女もみなただの役者に過ぎぬ、

ただ退場と登場をくり返すだけ。
人は生涯に幾つも役を演じるが、
その人生は七幕だ。まずは乳母に抱かれた赤ん坊、
乳を飲んでは吐き戻し、おぎゃーおぎゃーと泣き叫ぶ。
お次は泣き虫小学生、かばんを肩にのろのろと
歩く姿はかたつむり、まぶしい朝日を顔に受け、
いやいや通う小学校。次に来るのは恋人だ、
かまどのようなため息で、愛しき人の眉に
寄せて作るは悲しき恋の歌。これに続くは兵士の時代、
奇怪な誓いをまくしたて、口に生やしたヒョウのひげ、
名誉がかかるやカッとなり、喧嘩っ早さは天下一、
あぶくの名声求めては、大砲の口の中にも
飛び込んでいく。次の時代は裁判官、
でっぷり太ったほてい腹、賄賂のトリ肉詰め込んで、
厳しい目つきに刈り揃えた顎のひげ、
垂れる話は賢げな金言と陳腐な事例ばかり。
こうして役を演じると、時代は移って六番目、
やせっこけたスリッパ姿の老いぼれ道化、
腰には巾着、鼻には眼鏡、

よくぞ残った昔のズボン、縮んだすねには
ちとだぶだぶだ。かつての雄々しい大声は
またもや子供の金切り声、ぴぃぴぃ、ひゅうひゅう
鳴るばかり。かくも不思議な一代記、
その波乱万丈を締めくくる最後の幕は、
第二の赤ん坊時代、完全なる忘却、
歯もなく、眼もなく、味もなく、そして何もなし。（二・七・一三九―六六）

人生は舞台であり、人間は皆役者に過ぎず、登場しては自分の役柄を演じてまた退場してゆく。その人生は七幕から成っている。それは順に、幼児時代、学童時代、恋人時代、兵士時代、裁判官時代、老いぼれ喜劇役者時代、最後に第二の幼児時代となっていて、ジェイキズはそのそれぞれの時代にユーモラスで辛辣なコメントを加えている。一見劇の筋の流れとは無関係に唐突に語られるかのようなこのせりふは、実は愛と人生という、この劇の主題にしっかりと組み込まれている。というのはこのせりふは、それぞれの時代を一人の象徴的な人物像で代表させることで、あたかも鳥瞰図のようにまたたく間に人間の生涯を観客に写し出してみせるからである。この人生の七幕は、第四の兵士の時代を頂点に置いてみると、次の図1のように前半の明るい昇り坂の時代と、後半の日暮れゆく下り坂の時代とに二分されていることが明らかとなる。そして愛の主題は、この鳥瞰図の三番目に恋人の時代として組み入れられている。

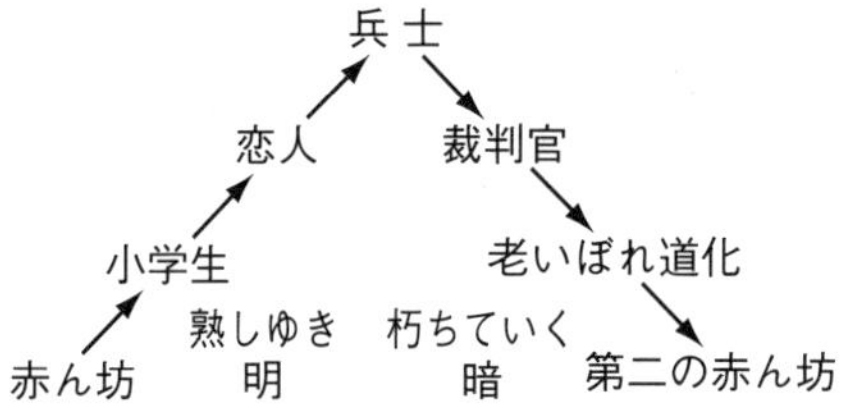

図1

この七つの時代は当然ながら人生の昇り坂である前半がおおむね明るく陽気で、下り坂の後半が暗めに描かれている。ワシントンDCのフォルジャー・シェイクスピア・ライブラリーには、そのリーディング・ルームの東壁に、このジェイキズの「人生の七つの時代」をテーマに描いた壮麗なステンドグラスが飾られている（挿し絵28）。これは同ライブラリーの創立者、ヘンリー・フォルジャーの要請によって、フィラデルフィアのステンドグラス工房主ニコラ・ダセンツォが、ライブラリーの開館に合せて制作したものである。ダセンツォはイェール大学とプリンストン大学のチャペル、ワシントン国立大聖堂のステンドグラスなども手がけた人である。一九三二年に同ライブラリーがオープンした際には、このステンドグラスは大きな話題を集めた。[8]このジェイキズのせりふはまた、彼が語る次の言葉ともぴったりと符号している。

そうして絶えず刻々と、誰もがしだいに熟しゆき、
それから絶えず刻々と、誰もがしだいに朽ちていく、
そこにいささかわけがある。（二・七・二六―二八）

これは人生の時間を前後に二分し、前半を明るい成熟期、後半を暗い衰退の過程とする発想であるが、「人生の七つの時代」のせりふは要するにこの考え方を、より具体的に示したものと言ってよい。挿し絵29のロバー

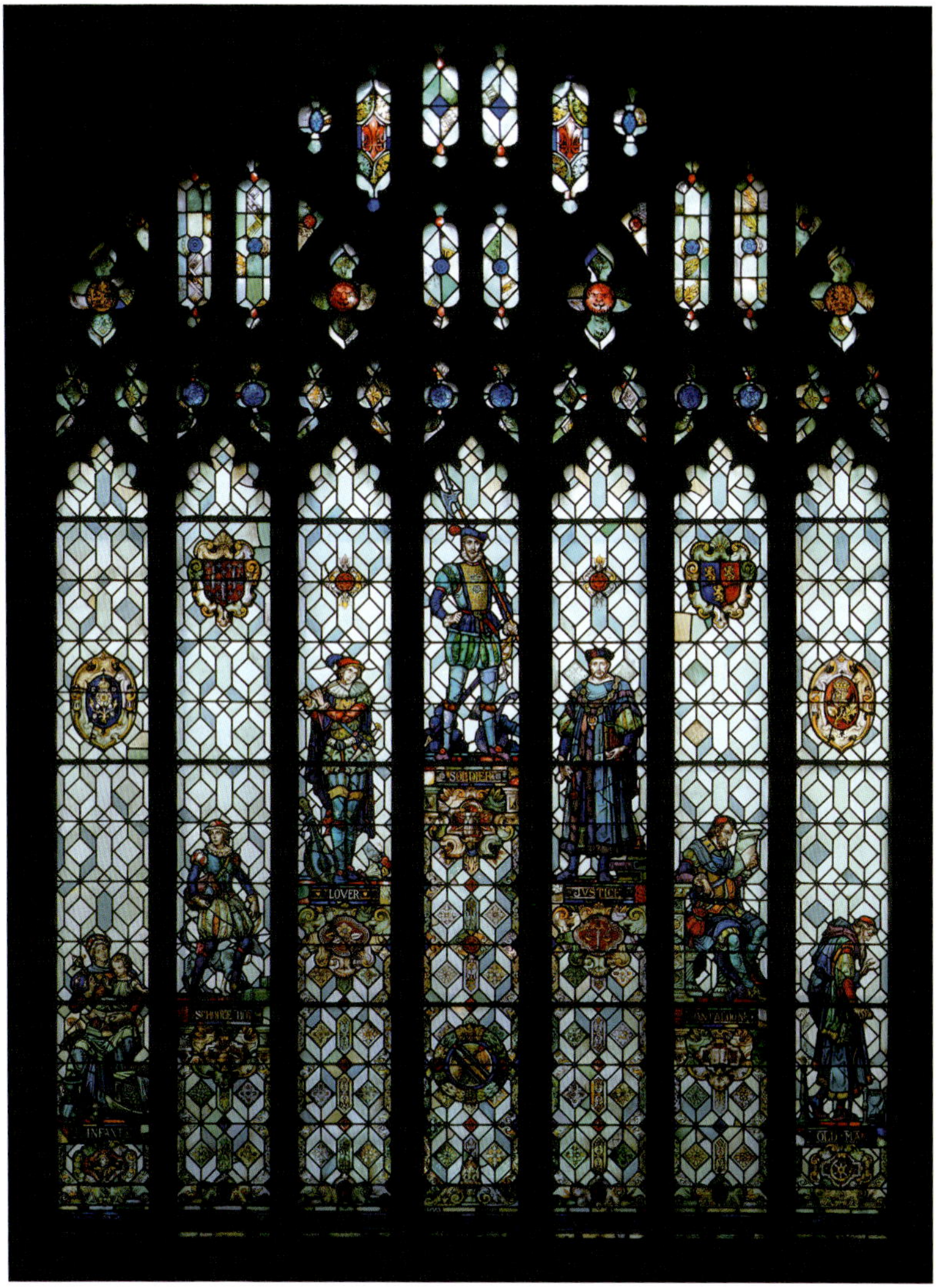

28. ニコラ・ダセンツォ（1871−1954）、『人生の七つの時代』（1932）。フォルジャー・シェイクスピア・ライブラリー読書室を飾る大ステンドグラス。左より順に赤ん坊、小学生、恋人、兵士、裁判官、老いぼれ道化、第二の赤ん坊の時代が描かれている。

By permission of the Folger Shakespeare Library

29. ロバート・スマーク（1752―1845）原画、G.ノーブル彫版、『オーランドーとアダム』（2幕6場）（1783）。恋人の時代のオーランドーとおいぼれ道化時代のアダム。

By permission of the Folger Shakespeare Library

ト・スマークの銅版画は、劇中のオーランドーとアダム老人を描いたものであるが、二人はそれぞれ恋人の時代とおいぼれ道化の時代を象徴している。

六、ロマンティシズムと反ロマンティシズム

さて劇の後半では愛の主題がロマンティシズムと反ロマンティシズム、理想主義と現実主義、精神主義と肉欲主義という対照を内にはらみながら展開されていく。ロマンティシズム、理想主義、精神主義の主役はロザリンドとオーランドーで、反ロマンティシズム、現実主義、肉欲主義の主役はタッチストンである。次にあげるロザリンドが読むオーロンドーの恋愛詩と、それに道化タッチストンが対置するパロディーとの対照は、先に人生を主題にアミアンズが歌った詩情あふれたソングともう一人の道化ジェイキズのパロディーとの対照と、好一対をなしている。

ロザ　「東の果てから西インド
ダイヤモンドはロザリンド
疾風《はやて》に乗った高き名は
世界に馳せるロザリンド
白き美女らも黒い絵よ
さらにま白きロザリンド
いとしき顔はただ一つ

わが麗しきロザリンド」（三・二・八八－九五）

タッチ　さかりのついた雄の鹿
めざす牝鹿はロザリンド
雄を欲しがる牝の猫
男を欲しがるロザリンド
寒い衣にゃ裏付けろ
男にくっ付けロザリンド
刈って縛って晒す麦
晒し者だよロザリンド
甘い木の実に渋い皮
そんな木の実はロザリンド
甘い香りのバラにとげ
ちょっと痛いぞロザリンド　（三・二・一〇一－一二）

この二つの詩は説明を要しないほど一見して分かる明白な対照を形づくっている。ロザリンドの読むオーランドーの書いた詩では、奇想と誇張法によって、派手で陳腐な「ソネットの貴婦人」風イメージが濫用されてはいるものの、空想と色彩に富んでいて、愛は精神主義的に理想化されている。他方タッチストンのパロディーは、人間を動物と同じ位置にまで引きずり下ろす現実主義、肉欲主義である。ロザリンドの読むオーランドー

30. トーマス・ストザード（1755―1834）原画、C. テイラー彫版、『血だらけのナプキンを見たロザリンド』（4幕3場）（1783）。男装のロザリンドは、森で恋人オーランドーが獅子に襲われたと知らされ気絶する。
By permission of the Folger Shakespeare Library

の詩には、地の果てインド、風、宝石、美女達の描かれた絵画、白と黒の対比などのイメージが散りばめられ、異国趣味も漂っているが、これに対してタッチストンの詩では、ロザリンドの愛も猫や鹿の性と同じ次元である。衣に裏を「付ける」とあるが、原文の“lin'd”には犬の交尾のイメージがあるとされている。一見のどかな農家の収穫風景も入っているが、原文では刈り入れた麦を束ねて日に晒し、荷車で市場へと運ぶイメージが、売春婦が縛られて晒し者として車で町中を引き廻されるイメージと重なっている。ロザリンドも晒し者にされる売春婦というわけである。またここでバラの「とげ」に刺されて「痛い」とあるのは、表向きはロザリンドというバラのとげに刺されたオーランドーの「恋の痛み」ほどの意味だが、ここには性に関係したもう一つの卑猥な意味が裏に隠れているとされている。(9) このようにありふれた言葉が巧まずしてごく自然に様々な意味を帯びてくるのは、シェイクスピアの詩のいつもながらの著しい特色である。

しかし愛と性をめぐるこうした二つの視点は両者が対等に置かれているわけではなく、シェイクスピアはこの喜劇に関してはやはり理想主義、ロマンティシズムの方にはっきりと優位を与えている。ただロザリンドやオーランドーの行き過ぎた理想主義に、タッチストンの肉欲主義と現実主義をぶつけることで、全体としてのバランスをとったのである。挿し絵30は、好きなオーランドーが獅子に襲われたと聞いて、気を失うロザリンドを描いた絵である。支えている女性はシーリアで、知らせに来たオリバー（右の紳士）とたちまち恋仲になり、二人も結婚してしまう。こうしたロマンティックな愛に理由はいらない。

このように愛の主題でロマンティシズムと反ロマンティシズム、理想主義と現実主義、精神主義と肉欲主義を並置対照して、結局はロマンティシズム、理想主義、精神主義に優位を与えて統一を図る方法は、作劇術の上では先に見たように、人生の主題でその明るさと暗さとを並置対照しつつ、最後には明るさに優位を与えて、それを基調に調和を図った方法と同じである。いずれの場合においても、調和の中に一度調和を掻き乱す要素をまぎれ込ませ、その後に全体としてより高い次元での再調和、不統一の中の統一を作り出すことをシェイクスピアは意図したのである。この方法は表現が著しく儀式性を強める第五幕になって、数度にわたって用いられているのだが、その内代表的な例を二つ次に見てみよう。

七、美しい人生と愛

四組のカップルが誕生する第五幕第四場では、ロザリンドとともに婚姻の神ハイメン(10)が登場し、次のように祝福する。

ハイ　さあ、みなさん静かに！　話はやめなさい。
世にも不思議なこの物語もいよいよ
締めくくる時が来ました。
婚姻の神このハイメンが、集まった八人の
手と手を固く結びあわせます、あなた方に
本当の愛する心が宿るように。
［オーランドーとロザリンドへ］
あなた達を妨げることは誰もできない。
［オリバーとシーリアへ］
あなた達は一つの心に結ばれる。

［フィービーへ］
あなたが結ばれるのはあなたを愛する人、
さもなくば女を夫にするがいい。
［タッチストンとオードリーへ］
あなた達も一緒に結ばれます、
寒い冬と激しいあらしのように。――
結婚を祝って賛美歌をうたう間、
尋ね合いなさい、不思議な出会いと
そのわけを、どうしてこうなったのか
色々な出来事の疑問が解けるように。（五・四・一二五―四〇）

ハイメンはこのように四組、八人の恋人達に手と手を取り合わせている。しかしこれら四組の新郎新婦の内、ハイメンの厳かな祝福を受けているのは、オーランドーとロザリンド、オリバーとシーリア、シルビアスとフィービーという、それぞれロマンティックな愛を実らせた最初の三組目までのカップルであって、最後の現実主義者タッチストンと田舎娘オードリーへの言葉は、厳かな儀式の中に滑稽味を混ぜ入れて観客の微笑をさそう。最初の三組にはハイメンは固い契りと明るい未来を約束するのに反し、タッチストン達には冬と荒天の関係という寒々とした仲を予言していて、彼らだけをはっきりと他と区別している。これは儀式性の単調さを避けるための工夫であるとともに、調和の中に一度それを掻き乱す要素を混ぜて、さらにもう一度調和を図るという、この劇に顕著な技法に沿ったものである。タッチストンらはいわば和音の中にまぎれこんだ不協和音である。しかしながら、このせりふのすぐ後には一同によって歌われる祝婚のソングが続いていて、生命の再生と繁栄の讃歌の中にタッチストンらも温かく包み込まれていく。そして全体として見れば、この祝婚の儀式は一層美しい旋律をつくり出している。このように劇が最後には結婚へと収斂されていくのはシェイクスピアの喜劇の大きな特色である。

最近では女性が中心的に活躍するこうした楽しい喜劇の中にさえも、フェミニズムの批評の立場から、家父長制による女性抑圧とおぼしき箇所を指摘して、これに不快感を表明する論調も見られるようになった。たとえばライザ・ホプキンズは、『お気に召すまま』について、「確かに結婚がこの劇の中心テーマであるが」、この劇では恋人達には父親はいても「母親がいない」ために、「結婚の意味の見かけ上の観念的安定性は壊れていて、最後でカップル達が結婚しても、「男性達には明るい将来が約束されている」ようだが、「女性の登場人物達には、その母親達が跡形もなく消えてしまっている」ことに示されるように、母の世代と同じく「希望が持てない未来しか約束されてはいない」」、これは「家父長制の力のもとに女性を従属的な位置に確定させる」ものである、と述べている。[11]

ここで恋人達に父親がいて「母親がいない」というのは、ロザリンドには老公爵、シーリアにはフレデリック現公爵、オーランドーとオリバーにはサー・ローランドという亡父がいるが、母親達については何も言及がない、という意味である。しかし価値観と舞台条件の大きく違う時代の話に、こうした議論を持ち込むことにどれほどの意味があるかいささか疑問に思う。当時は女優がいないために、女性役は少年俳優が演じるという著しい悪条件の中で、シェイクスピアはそれでもロザリンドのような女性を生き生きと描いた。年配の女性は少年俳優にとっては演じにくいという事情も、シェイクスピア劇に母親ばかりでなく女性自体が少ないことと無関係ではない。それにオードリー、タッチストン、フィービー、シルビアスには父親も出てこない。そして

「母親達が言及されていない」ので、最後に結婚する「女性達には希望の持てる将来が約束されていない」、というホプキンズの主張になると、劇の最後を締めくくってエピローグまで颯爽と語る華やかな女主人公ロザリンドの、一体どこが男性よりも暗い将来しか約束されていないように描いてあるのか、正直のところ首をかしげてしまう。シェイクスピアがこの『お気に召すまま』で、その結婚に、将来の希望が持てそうもない描き方をしているのを「女性達」と決めつけるのは、ホプキンズの誤解であり、実際にはそれは先に見た通り、タッチストンとオードリーだけである。昔も今もうまくいかない結婚、破綻する結婚があるのは世の常で、シェイクスピアはそうした人生の実際をタッチストンとオードリーに反映させている。しかしこの二人でも破綻すると決まっているわけでもない。

またホプキンズは、この劇で「結婚の意味の見かけ上の観念的安定性は壊れている」としているが、シェイクスピアは結婚の本質的意義までも不安定に描いているわけではないことも、ここで指摘しておきたい。価値観の多様な現代では、結婚という形式がかつてほど重視されなくなっているが、それはそれでよいではないか。しかしシェイクスピアが描いているのは、もっと深い意味で、男女が共に仲良く暮らし、生命を新たに生み育てていくという、生命の再生としての男女の結びつきの形である。それは現代もシェイクスピアの時代も変わることのない生命の営みである。ここは様々な騒ぎのあとに幸せな結婚に終わるシェイクスピア喜劇の、肝心かなめのところである。その意味ではこの『お気に召すまま』などロマンティック・コメディーではシェイクスピアは結婚の意義をはっきりと安定的に描いている。シェイクスピアはこの劇で様々な価値を複数の視点から描いているが、だからといってすべてが相対的で定まった価値はないとしているわけではないのである。価値に優劣をつけているというのはこの意味である。ロマンティックな愛と結婚を、その行き過ぎを修正する見方も示しバランスを取ってはいるものの、それ自体の高い価値までもシェイクスピアがこの喜劇で否定しているわけではない。
またホプキンズが、四組の幸せな結婚に終わるこの劇の終幕について、これを「家父長制の力のもとに女性を従属的な位置に確定させる」ものだと述べている点についても、フェミニズム理論を画一的に当てはめすぎていて、劇の実際からずれているように思う。この『お気に召すまま』は、まことに楽しく華やかで美しい喜劇であり、また愛と人生について深く考えさせてくれる稀にみる名作である、というほかなく、シェイクスピアは少なくともこの『お気に召すまま』では、女性を従属的位置に確定させる意図やイデオロギーはまずなかった。

さてハイメンによる婚礼の祝辞とそれに続くソングに見られる光と影の対比は、この劇の大団円でジェイキズが語る言葉と行動の中まで持ち込まれており、光と影の対照の構図はこの喜劇の終り方までも決定づけていて、シェイクスピアがこの技法に最後までいかにこだわったかがよく分かる。四組の夫婦が誕生すると、老公爵と追放の身の貴族達の地位と領地が回復したという朗報が宮廷から届く。老公爵の弟の現公爵フレデリックが世を捨てたためなのだが、一同がこの慶事と婚姻を祝って歓を尽くそうという段になった時、突然ジェイキズが、まるで冷や水をみんなに浴びせかけるように、自分は世を捨てたフレデリックと行動をともにすると言い出して、老公爵との間に次の対話を残して歓楽の輪を一人だけ離れていく。

ジェイキ　私は回心された公爵のもとに行きます。
聞くべきこと、学ぶべきことがいっぱいあるはずだ。
［老公爵へ］　あなたにはもとの名誉を回復されますように。
そのご忍耐と高い徳、十分にその価値がおありだ。

［オーランドーへ］ あなたを心から愛するふさわしい人に託そう。
［オリバーへ］ あなたはその領地、愛する人、そして友垣のもとへ。
［シルビアスへ］ きみには末永く幸せな結婚生活が続くように。
［タッチストンへ］ きみには夫婦喧嘩が待っている。その愛の船出も
安らかな食事はほんの二ヶ月だけだ。――では皆さん、お楽しみを。
さらばです、この優雅な踊りに加わる気にはとてもなれない。
公爵 おいおい、ジェイキズ、待ってくれ。
ジェイキズ 気晴らしなどしたくない、皆さんがどうなるか、
皆さんが捨てた洞窟で知らせを待つことにします。［退場
公爵 続行、続行。さあ儀式をとり行なおう。
最後はみんなで本当の歓びの輪に包まれよう。
［ダンス］ ［ロザリンドを残して全員退場（五・四・一八四―九八）

ジェイキズのせりふは、先のハイメンの祝婚とその作りがそっくりである。特に、最初の老公爵への言葉を除いた四組のカップルにかける言葉は、ハイメンの祝福にそのまま対応している。そしてジェイキズもまたハイメンと同じように、タッチストンとオードリーだけを例外として扱い、他の三人と明暗をはっきり区別している。彼はこの二人だけには愛の旅路は二ヶ月だけに過ぎず、夫婦喧嘩がたえないと予告して見せる。それはいわば婚姻の持つ影の部分であって、観客の中にも我が身につまされて苦笑を禁じえない人々もいるはずである。

ジェイキズの言葉と行動はしかし、ハイメンとは二つの重要な点で異なっている。それは一つにはジェイキズは、結婚とは無関係な祝福の言葉をこのせりふの最初で語っていることである。彼はせりふの最初で老公爵に名誉の回復を祝う言葉を送っているが、これに相当する部分はハイメンの言葉にはない。またもう一つは、ジェイキズはハイメンと違い、自らを歓楽の輪に包まれる人々一同から孤立させ、その場を立ち去っていくことである。ジェイキズの突然の唐突な言葉と行動は、その意味でハイメンの言葉よりも一層膨らみと広がりを持っていて、それはこの劇の人生の主題そのものに直接つながっている。ハイメンは愛のレベルで理想主義、精神主義的愛を実らせた三組のカップルと、現実主義、肉欲主義的愛にこだわりすぎるタッチストンらとの明と暗を区別しただけだった。これに対してジェイキズの言葉はいわば対比が二重になっていて、愛のレベルを内に包み込みながら、さらに一回り大きな、人生のレベルで、その光と影を対比する形になっている。この関係を図で示すと、図2のようになる。左がハイメンの祝婚、右がジェイキズの言葉である。ジェイキズのせりふでは、この図で影が二つあるように、調和を乱す要素の混入の仕方もいわば二重になっていて、それがタッチストンとジェイキズ自身という、この劇の二人の道化にみごとに体現されている。またジェイキズは、ここで人生の光と影の対比を、愛を包み込みながら、示しているが、実はこれは先ほどの「人生の七つの時代」のせりふと、その作りがそっくりなのである。このタッチストンとジェイキズは、『お気に召すまま』の原話であるトーマス・ロッジの『ロザリンド』の物語には登場しない、シェイクスピア自身のまったくの創作になる人物としてよく知られている。ブラッドブルックはタッチストンを「甘い道化」(sweet fool)、ジェイキズを「苦い道化」(bitter fool)と呼んだが、[12]愛と人生を裏から見る役目を担っているこの道化達の内、甘い道化のタッチストンは一同の結婚の喜びの中に加わっていくが、苦い道化のジェイキズは一同の歓楽の輪の外に外れていくわけである。しかし劇はそうして立ち去っていくジェイキズをよそに、老公爵の「さあ儀式をとり行なお

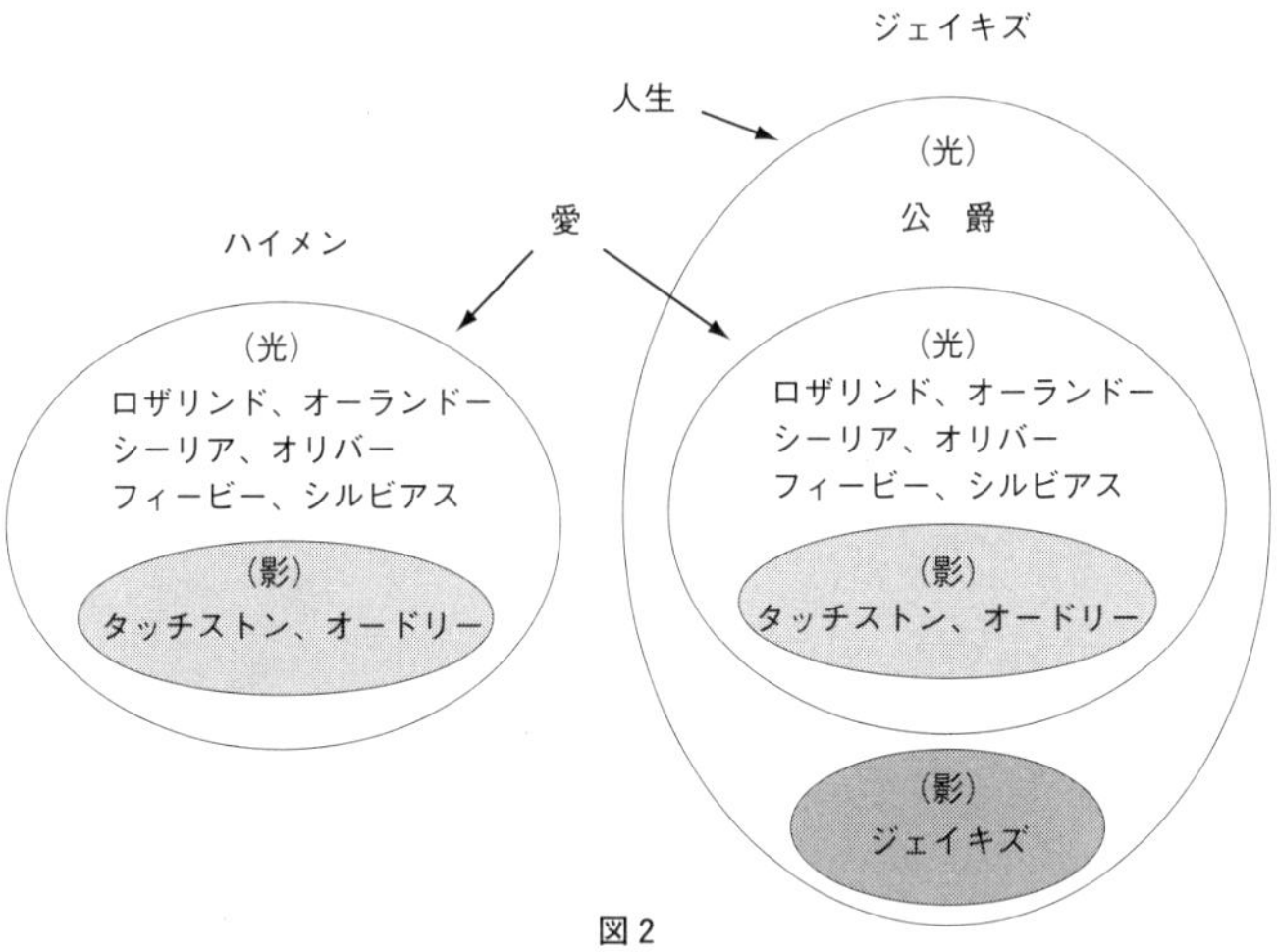

図２

う。最後はみんなで本当の歓びの輪に包まれよう」、という音頭で始まる楽しく華やかな舞踏と、最後のロザリンドの爽やかなエピローグによって幕を閉じる。ジェイキズの言葉と行動で一度大きく掻き乱されたかに見えた調和は、こうして再び回復し、愛と人生のみごとな光と影の対照を観客に強く印象づけて劇は終わっている。一同の歓喜によってここで示唆されているのはここでも生命の再生である。人生の明るさと美しさを象徴する結婚は、いうまでもなく生命の再生につながる営みであるが、老公爵達の地位と領地の回復という出来事もいわば再生である。再生の対極にあるのは、当然ながら生命の停止、すなわち死であるが、それは闇であり、悲劇のテーマに他ならない。『お気に召すま』は愛と人生を主題とするロマンティック喜劇であり、その性質から死と闇の概念がここに入り込む余地はほとんどない。しかしながらわれわれは、立ち去っていくジェイキズの憂鬱をかすかな死の兆しと見なしてよい。先に見たジェイキズの「人生の七つの時代」のせりふも、最後は死で終わっていた。ジェイキズはまた瀕死の鹿を見て、その仲間に見捨てられた孤独を憐れんだと報告されているし（二幕一場）、実際の鹿の死にも立ち会っている（四幕二場）。劇の中で伴侶のないジェイキズの孤独と厭世、そして憂鬱が、歓喜に包まれる一同の明るい輪の中に一抹の影を落とし、それが人生の闇と死を暗示することで、生命の美しさがいっそう輝きを増し、愛と人生の意味に深い奥行きが与えられているのである。

シェイクスピアの三つの悲劇と二つの喜劇を取り上げて、彼が登場人物達を通して描いた愛と人生の諸相を、その技法と文化的、文学史的、社会史的背景にも言及しながら説明してきたが、つくづくこの大劇作家は、若い頃から、人生と愛が、そして人間が、非常によく見えていた人であったと思う。それは彼がすでに10代の終りに子供ができたこととも関係があったのかもしれない。もちろん彼が若い時代から大悲劇時代を経てロマンス劇にいたる過程には、年齢を重ねて晩期へと成熟していく精神的変遷を辿ることはできるのだが、それにしても『お気に召すまま』で、たえず愛と人生を複数の視点から描き、若々しい恋の狂気の沙汰を描く一方で、「人生の七つの時代」のせりふを辛辣な風刺家に語らせるシェイクスピアには、すでに老成して人生万事を知り尽くした大家の趣さえある。この「人生の七つの時代」のせりふに象徴されるように、彼は英国ルネッサンスの劇作家にふさわしく、愛と人生をいつも光と影の中で描いていった。『お気に召すまま』の終幕のジェイキズを描くシェイクスピアは、人生にはいつも悲哀と死の影がつきまとい、それがしかしまた人生をこの上なく美しく有意義にする、と語りかけているように私には思われるのである。本書では取り上げなかったが、喜劇『十二夜』の幕切れで道化フェステが歌う哀愁にみちたソングにも同様のメッセージが込められている。シェイクスピアは人生のパラドックスということを、実によく知っていた。

Widdicombe, Toby, *Simply Shakespeare* (Longman, 2002).

Williams, J. A., "Who is Desdemona?", Kaul, ed., *'Othello'*.

Wilson, J. Dover, "The Parallel Plots in 'Hamlet'," *MLR* xiii (April, 1918).

———, *Shakespeare's Happy Comedies* (Faber and Faber, 1962).

———, *What Happens in Hamlet* (Macmillan, 1935).

Wilson, Thomas, *The Art of Rhetoric* (1560), ed. Peter E. Medine (Pennsylvania State U. P., 1994).

Wofford, Susanne L., ed., *Hamlet*, Case Studies in Contemporary Criticism (Bedford Books of St. Martins Press, 1994).

Taylor, A. B., "'When Everything Seems Double': Peter Quince, the Other Playwright in *A Midsummer Night's Dream*," *Shakespeare Survey* 56 (Cambridge U. P., 1999).

Taylor, Warren, *Tudor Figures of Rhetoric* (The Language Press, 1972).

Tilley, Morris Palmer, *A Dictionary of the Proverbs in England in the Sixteenth and Seventeenth Centuries* (The Univ. of Michigan P., 1950).

"Titania," 3 Oct. 2007 <http://en.wikipedia.org/wiki/Titania>.

Trumbach, Randolph, *Sex and Gender Revolution, Vol. 1: Heterosexuality and the Third Gender in Enlightenment London* (Chicago U. P., 1998).

Vaughan, Virginia M., *Othello: A Contextual History* (Cambridge U. P., 1994).

———, *Performing Blackness on English Stages, 1500-1800* (Cambridge U. P., 2005).

Vickers, Brian, "*King Lear* and Renaissance Paradoxes," *MLR*, 63 (April 1968).

———, "Shakespeare's Use of Rhetoric," K. Muir & S. Schoenbaum, ed., *A New Companion to Shakespeare Studies* (Cambridge U. P., 1971).

"Victorian Death Rituals," *Ancestry Magazine Archive*, Vol. 19 No. 5 (1 Sept. 1999), 5 May 2006 <http://www. ancestry.com/learn/library/article.aspx?article=151>.

Vries, Ad de, *Dictionary of Symbols and Imagery* (North-Holland Publishing Company, 1974).

アト・ド・フリース著、山下圭一郎他訳、『イメージ・シンボル辞典』、大修館書店、1981年。

Wagner, Linda Welshimer, "Ophelia: Shakespeare's Pathetic Plot Device" in *Shakespeare Quarterly* Vol. XIV (1963).

Walvin, James, *The Black Presence: A Documentary History of the Negro in England, 1555-1860* (Orbach & Chambers, 1971).

Washington, Edward, "'*At the Door of Truth*': The Hollowness of Signs in *Othello*," Kaul, ed., '*Othello*'.

Welsford, Enid, "The Court-Fool in England," Chap. VII of The *Fool: His Social and Literary History* (1935; rpt. Faber and Faber, 1968).

West, Rebecca, *The Court and the Castle* (New Haven, 1958).

White, R. S, "Ophelia," *Innocent Victims: Poetic Injustice in Shakespeare's Tragedy* (Newcastle Upon Tyne, 1982).

Rymer, Thomas, *Critical Works*, ed. Curt A. Zimansky (Yale U. P., 1956).

The Saga of Amleth, trans. into English by the Compte de Falbe, in Appleton Morgan, ed., *The Bankside Shakespeare*, Vol. XI (The Shakespeare Society of New York, 1890; rpt. AMS Press, 1969).

Schanzer, Ernest, "A Midsummer-Night's Dream," Kenneth Muir, ed., *Shakespeare: The Comedies, A Collection of Critical Essays* (Prentice-Hall, Inc., 1965).

———, "The Moon and the Fairies in *A Midsummer Night's Dream*," A. Price, ed., *Casebook Series: A Midsummer-Night's Dream* (Macmillan, 1983).

Schmidt, Alexander, *Shakespeare-Lexicon* (1902; rpt. 1971).

Sheila Rose Bland, "How I Would Direct *Othello*," Kaul, ed., *'Othello'*.

Showalter, Elaine, "Representing Ophelia: Women, Madness, and the Responsibilities of Feminist Criticism," *Shakespeare's Middle Tragedies: A Collection of Critical Essays*, ed. David Young (Prentice Hall, 1993).

Sidney, Sir Philip, *The Countesse of Pembrokes Arcadia* (1590).

Smith, Rebecca, "A Heart Cleft in Twain: the Dilemma of Shakespeare's Gertrude," *The Woman's Part: Feminist Criticism of Shakespeare*, ed. Carolyn R. S. Lenz, Gayle Greene and Carol T. Neely (Univ. of Illinois P., 1980).

"Source C from a proclamation (statement) by Elizabeth, 1601," *Elizabeth and the Blackmoores*, Jan. 28, 2007 <http://www.blackhistory4schools.com/tudors/blackmoores.pdf>.

Spargo, R. Clifton, *The Ethics of Mourning: Grief and Responsibility of Elegiac Literature* (The John Hopkins University Press, 2004).

Spenser, Edmund, *The Faerie Queene* (1596).

Spevack, Marvin, *A Complete and Systematic Concordance to the Works of Shakespeare, Vol. III, Drama and Character Concordances to the Folio Tragedies and Pericles, The Two Noble Kinsmen, Sir Thomas More* (Georg Olms, 1968).

Spurgeon, C., *Shakespeare's Imagery* (1935; rpt. Cambridge U. P., 1968).

Stendhal, "From Racine to Shakespeare," Jonathan Bate, ed., *The Romantics on Shakespeare* (Penguin, 1992).

Tamaya, Meera, *An Interpretation of Hamlet Based on Recent Developments in Cognitive Studies*, (The Edwin Mellen Press, 2001).

Muir, Kenneth, *Shakespeare's Tragic Sequence* (Hutchinson University Library, 1972).

Neely, Carol Thomas, *Feminist Criticism and Teaching Shakespeare*, ADE Bulletin, 087 (Fall 1987):15-18, 2 Mar. 2007 <http://www.mla.org/ade/bulletin/n087/087015.htm>.

Neill, Michael, "*Othello* and Race," Peter Erickson & Maurice Hunt, ed., *Approaches to Teaching Shakespeare's 'Othello'* (The Modern Language Association of America, 2005).

Novy, Marianne, *Love's Argument: Gender Relations in Shakespeare* (North Carolina U. P., 1984).

"Oberon," 3 Oct. 2007 <http://en.wikipedia.org/wiki/Oberon_(Fairy_King)>.

Ogude, S. E., "Literature and Racism: The Example of Othello," Kaul, ed., *'Othello'*.

Open Source Shakespeare, 13 May 2006 <http://www.opensourceshakespeare.com/>.

Parker, Patricia, "(Peter) Quince: Love Potions, Carpenter's Coigns and Athenian Weddings," *Shakespeare Survey 56* (Cambridge U. P., 1999).

———, & Geoffrey Hartman, ed., *Shakespeare and the Question of Theory* (Methuen, 1985).

Peacham, Henry, *The Garden of Eloquence* (1577).

Potter, Lois, *Shakespeare in Performance: Othello* (Manchester U. P., 2002).

M・プライア編、三好洋子編訳、『結婚・受胎・労働――イギリス女性史1500～1800』（刀水書房、1989年）「第二章　寡婦の再婚」（バーバラ・J・トッド著）pp. 77-125。

Puttenham, George, *The Arte of English Poesie* (1589) (Kent State U. P., 1970).

Quilligan, Maureen, *Incest and Agency in Elizabeth's England* (Pennsylvania U. P., 2005).

Ridley, Jasper, *Henry VIII: The Politics of Tyranny* (New York: Viking, 1985), 151-53, 157-80, 270.

Robinson, J. E., "The Ritual and Rhetoric in *A Midsummer-Night's Dream,*" *PMLA*, 83 (1968).

"Royal newlyweds vow to be faithful," CNN News (10 April 2005), 2 June 2006 <http://www.cnn.com/ 2005/WORLD/europe/04/09/royal.wedding/>.

Ruthven, K. K. *The Conceit* (Methuen & Co., 1969).

Kellogg, A. O., *Shakespeare's Psychological Declinations: Ophelia* (Utica, 1864).

Kelsey, Harry, *Sir John Hawkins: Queen Elizabeth's Slave Trader* (Yale University Press, 2003).

Knight, G. Wilson, *The Wheel of Fire* (1930; rpt. Methuen & Co., 1949).

———, "*King Lear* and the Comedy of the Grotesque," *The Wheel of Fire*.

———, "The *Othello* Music," *The Wheel of Fire*.

Knights, L.C., *Some Shakespearean Themes* (Chatto and Windus, 1959).

Kökeritz, H., *Shakespeare's Pronunciation* (Yale U. P., 1953).

Kott, Jan, "Titania and the Ass's Head," *Shakespeare Our Contemporary* (Methuen & Co, 1965).

Lancaster, F. M., *Genetic and Quantitative Aspects of Genealogy* (Oct. 2005), 5 June 2006 <http://www.genetic-genealogy.co.uk/index.html>.

Lanham, Richard, *A Handlist of Rhetorical Terms* (University of California, 1968).

Lausberg, Heinrich, *Handbook of Literary Rhetoric* (1960), trans. from German & ed. David E. Orton and R. Dean Anderson (Brill, 1998).

Lidz, Theodore, *Hamlet's Enemy: Madness and Myth in 'Hamlet'* (Basic Books, 1975).

Lökse, Olav, *Outrageous Fortune; Critical Studies in Hamlet and King Lear* (Oslo U. P., 1960).

Mabillard, Amanda, *Shakespeare's Gertrude*, Shakespeare Online (2000), July 5, 2006 <http://www.shakespeare-online.com/playanalysis/gertrudechar.html>.

Marriage(Prohibited Degrees of Relationship) Act 1986
<http://www.statutelaw.gov.uk/content.aspx?LegType
=All+Primary&PageNumber=37&NavFrom=2&parentActiveTextDocId=1548710&
activetextdocid=1548713>.

Marshall, H. & M. Stock, *Ira Aldridge: the Negro tragedian* (1958; rpt. Howard U. P., 1993).

Millett, Kate, *Sexual Politics* (Doubleday, 1970).

Milward, Peter, *Biblical Influence in the Great Tragedies* (Tokyo, 1985).

"Mourning and Funeral Usages," (17 April, 1869 [electronic ed.]), Harper's Bazaar, *Nineteenth Century Fashion Magazine* (2005), 5 May 2006
<http://harpersbazaar.victorian-ebooks.com.>.

Kenneth Muir (Cambridge U. P., 1980).

Hook, Frank S., *The Original Text of Four of Belleforest's Histoires Tragiques* trans. by Geoffrey Fenton and William Painter (University of Missouri, 1948).

Hopkins, Lisa, "Marriage as Comic Closure," Emma Smith, ed., *Shakespeare's Comedies* (Blackwell, 2004).

Hyman, Earle, "*Othello*: Or Ego in Love, Sex, and War," Kaul, ed., *'Othello'*, 24.

池本幸三、布留川正博、下山晃共著、『近代世界と奴隷制――大西洋システムの中で』、人文書院、1995年、第二章　大西洋奴隷貿易。

"An Interview with Margaret Clarke (Helen M. Buss)" Canadian Adaptation of Shakespeare (Jan. 2004), 20 May 2006 <http://www.canadianshakespeares.ca/i_mclarke.cfm.>.

Ira Aldridge, 2 Mar. 2007 <http://www.100greatblackbritons.com/bios/ira_aldridge.html>.

Ira Aldridge, 3 Mar. 2007 <http://www.lib.subr.edu/BLACK_HISTORY/Aldridge,_Ira_Frederick_3.pdf>.

Jardine, Lisa, *Still Harping on Daughters: Women and Drama in the Age of Shakespeare* (The Harvester Press Ltd., 1983).

Jenkins, Harold, "As You Like It," *Shakespeare Survey*, 8 (Cambridge U. P., 1955).

Johnson, Samuel, *Preface to the Plays of William Shakespeare* (1765).

Johnson-Haddad, Miranda, "Teaching *Othello* through Performance Choices," *Approaches to Teaching Shakespeare's Othello, ed.* Peter Erickson and Maurice Hunt (Modern Language Association of America, 2005).

Jones, Ernest, *Hamlet and Oedipus* (V. Gollancz, 1949).

Joseph, Sister Miriam, *Shakespeare's Use of the Arts of Language* (Columbia U. P., 1947; rpt. Hafner Publications, 1966).

Kallendorf, Hilaire, "Intertextual Madness in *Hamlet*: The Ghost's Fragmented Performativity," *Renaissance and Reformation* 22.4. (1998).

Kaul, Mythili, ed., *'Othello': New Essays by Black Writers* (Haward U. P., 1997).

———, "Background: Black or Tawny? Stage Representations of Othello from 1604 to the Present," Kaul, ed., *'Othello'*.

Keller, Wolfgang, "Bücherschau," *Shakespeare Jahrbuch* (Berlin und Leipzig, 1919).

Garber, Marjorie B., "Spirits of Another Sort: A Midsummer Night's Dream," *Dream in Shakespeare: From Metaphor to Metamorphosis* (Yale University, 1974).

Gerard, Albert, "'Egregiously an Ass'; The Dark Side of the Moor. A View of Othello's Mind," *Shakespeare Survey*, 10 (1957).

Gordon, George, "Shakespeare's Clowns," Chap. VIII of *Shakespearian Comedy and Other Studies* (Oxford U. P., 1944).

Grammaticus, Saxo, *Historiae Danicae*, trans. into English by Oliver Elton (1894) as *The First Nine Books of the Danish History of Saxo Grammaticus*, Geoffrey Bullough, ed., *Narrative and Dramatic Sources of Shakespeare*, Vol. VII (Routledge and Kegan Paul, 1973); also in Israel Gollancz, *The Sources of Hamlet: With Essays on the Legends* (Humphrey Milford, Oxford U. P., 1926).

Greenblatt, Stephen, *Hamlet in Purgatory* (Princeton U. P., 2001).

Grebanier, B., *The Heart of Hamlet* (Thomas Y. Crowell Company, 1960).

Grudin, Robert, *Mighty Opposites: Shakespeare and Renaissance Contrariety* (Berkeley and Los Angeles: Univ. of California P., 1979).

Hamana, Emi, "Whose Body Is It, Anyway? —— A Re-Reading of Ophelia," *Hamlet and Japan*, ed. Yoshiko Ueno (AMS Press, 1995).

Harbage, Alfred, *William Shakespeare: A Reader's Guide* (The Noonday Press, 1967).

Heilbrun, Carolyn, "The Character of Hamlet's Mother," *Shakespeare Quarterly* Vol. VIII (Spring, 1957).

Heilman, R. B., *Magic in the Web: Action & Language in Othello* (Univ. of Kentucky P., 1956).

———, *This Great Stage: Images and Structure in 'King Lear'* (1948; rpt. Greenwood Press, 1976).

Henslowe's Diary, ed. W. W. Greg, (A. H. Bullen, 1904); ed. R. A. Foakes (Cambridge U. P., 2002).

Higgins, John, *A Mirror for Magistrates* (1574).

Holland, Norman N., *Psychoanalysis and Shakespeare*, (McGraw-Hill Book Company, 1964).

Honigmann, E. A. J., *Shakespeare: Seven Tragedies* (Macmillan, 1976).

———, "Shakespeare's 'bombast'," *Shakespeare's Styles: Essays in Honour of*

Draper, John W., *The 'Hamlet' of Shakespeare's Audience* (Duke University Press, 1938).
Duffin, Ross W., *Shakespeare's Songbook* (W. W. Norton & Company, 2004).
Dyer, T. F. Thiselton, *Folk-Lore of Shakespeare* (Griffith & Farran, 1883).
Eliot, T. S., *Shakespeare and the Stoicism of Seneca* (Humphrey Milford, 1927).
———, "The Last Great Speech," in E. Pechter, ed. *Othello*, A Norton Critical Edition (W. W. Norton & Company, 2004).
Encyclopedia Britannia, 11th Edition (Cambridge, 1911), Vol. XVII.
Evans, G. L., "Shakespeare's Fools: The Shadow and the Substance of Drama," Chap. VII of *Shakespearian Comedy* (Stratford-upon-Avon Studies 14), ed. M. Bradbury & D. Palmer (Crane, Russak & Co. Inc., 1972).
Ewbank, Inga-Stina, "*Hamlet* and the Power of Words," *Shakespeare Survey* 30 (Cambridge U. P., 1977).
Family Finder: *A Transcript of the Deceased Brother's Widow's Marriage Act, 1921*, 5 June 2006 <http://freepages.genealogy.rootsweb.com/~framland/acts/1921Act.htm>.
Farren, George, *Essays on the varieties in mania : exhibited by the characters of Hamlet, Ophelia, Lear, and Edgar* (Dean & Munday, 1833).
Faucit, Helena, Lady Martin, *On Some of Shakespeare's Female Characters* (William Blackwood and Sons, 1885).
Feminist Agenda, 29 May 2006 <http://www.got.net/~elained/index.html>.
"The Forme of Solemnizacion of Matrimonie", *Book of Common Prayer* (1549), 22 August 2006 <http://justus.anglican.org/resources/bcp/1549/Marriage_1549.htm>.
Fraunce, Abraham, *The Arcadian Rhetorike* (1588), ed. E. Seaton (Oxford, 1950).
Fryer, Peter, *Staying Power: The History of Black People in Britain* (Pluto Press, 1984).
Furnivall, Frederick J., ed., *Harrison's Description of England in Shakespeare's Youth* (London: N. Trübner & Co., 1877).
Gardner, Helen, "As You Like It," Kenneth Muir, ed., *Shakespeare: The Comedies* (Prentice-Hall, Inc., 1965).
———, "'Othello': A Retrospect, 1900-1967," *Shakespeare Survey* 21 (Cambridge U. P., 1968).

Campbell, O. J., & E. G. Quinn, ed., *The Reader's Encyclopedia of Shakespeare* (Thomas Y. Crowell, 1966).

Camden, Carroll, "On Ophelia's Madness," *Shakespeare Quarterly*, Vol. XV (Spring, 1964).

Carpenter, H & M. Prichard, *The Oxford Companion to Children's Literature* (Oxford U. P., 1984).

Carvell, Stanley, "The Avoidance of Love," J. Adelman, ed., *Twentieth Century Interpretations of 'King Lear'* (Englewood Cliffs, N. J. Prentice-Hall, Inc., 1978).

Champion, Larry S., "The Cosmic Dimensions of Tragedy: *King Lear, Macbeth,*" *Shakespeare's Tragic Perspective* (The Univ. of Georgia, 1976).

Christopherson, John, *Jephthah*, the Greek text ed. and trans. into English by F. H. Foabes (Delaware U. P., 1928).

Clark, Andrew, ed., *The Shirburn Ballads 1585-1616* (Clarendon Press, 1907).

Clarke, Margaret, *Gertrude and Ophelia: A Play* (1993), 5 Mar. 2007 <http://www.canadianshakespeares.ca/ a_gertrude.cfm>.

———, *Feminist Criticism and Teaching Shakespeare*, Bamber, 79 (Feb., 2004), 10 Jan. 2007 <http://www.canadianshakespeares.ca/i_mclarke.cfm>.

Coleridge, Mrs. H. N., ed., *Notes and Lectures upon Shakespeare and Some of the Old Poets and Dramatists with Other Literary Remains of S. T. Coleridge*, Vol. I (London: William Pickering, 1849).

Curtis, M. H., "Education and Apprenticeship," *Shakespeare Survey* 17 (Cambridge U. P., 1964).

Dam, B. A. P. van, *The Text of Shakespeare's Hamlet* (John Lane, The Bodley Head Ltd., 1924).

Danson, Lawrence, "*King Lear* and the Two Abysses," L. Danson, ed.,*On 'King Lear'* (Princeton U. P., 1981).

Deceased Wife's Sister's Marriage Act 1907, 5 June 2006 <Geo.http://en.wikipedia.org/wiki/Deceased_Wife's_Sister's_Marriage_Act_1907>.

Dent, R. W., *Shakespeare's Proverbial Language* (Univ. of California P., 1981).

Do Mar, Alexander, *Othello: An Interesting Drama, Rather! ; With Illustrations after Rembrandt* (London: T. L. Marks, 1850?).

Doren, M., *Shakespeare's Dramatic Language* (The Univ. of Wisconsin P., 1976).

Illinois P., 1944).

Bamber, Linda, *Comic Women, Tragic Men: A Study of Gender and Genre in Shakespeare* (Stanford U. P., 1982).

Barber, C. L., *The Idea of Honour in the English Drama 1591-1700* (Elanders, 1957).

———, "On Christianity and the Family: Tragedy of the Sacred," Janet Adelman, ed., *Twentieth Century Interpretations of 'King Lear,'* (Prentice-Hall, Inc., 1978).

———, *Shakespeae's Festive Comedy* (Princeton U. P., 1959).

Barton, Ann, "A Midsummer Night's Dream," G. B. Evans, ed. *The Riverside Shakespeare,* 2nd ed. (Houghton Mifflin Co., 1997).

Belleforest, F. de, *Le Cinqviesme Tome des Histoires Trageqves* (Paris, 1582) in Israel Gollancz, *The Sources of Hamlet* (Humphrey Milford, Oxford U. P., 1926).

Berry, Ralph, *Shakespeare's Comedies: Explorations in Form* (Princeton U. P., 1972).

Benjamin, Playthell, "Did Shakespeare Intend Othello to Be Black? A Meditation on Blacks and the Bard," Kaul, ed., *'Othello'*.

Best, Michael, *Shakespeare's Life and Times*. Internet Shakespeare Editions (Univ. of Victoria, 2001-2005), 23 Oct. 2006 <http://ise.uvic.ca/Library/SLT/>.

Bethell, S. L., "Shakespeare's Imagery: the Diabolic Images in Othello," *Shakespeare Survey*, 5(1952).

Bradley, A. C., *Shakespearean Tragedy* (1904; rpt. Macmillan, 1969);
<http://www.clicknotes.com/bradley/index.html>.

Brockbank Philip, & Alan Sinfield, "King Lear: Justice and Pity," Alan Sinfield, ed., *Shakespeare's Tragedies* (Sussex Publications Ltd., 1979).

Bullough, G., ed., *Narrative and Sources of Shakespeare*, Vol. VII (Routledge and Kegan Paul, 1973).

Bradbrook, M. C., *Shakespeare and Elizabethan Poetry* (Cambridge, 1951).

Brooke, Christopher N. L., "Marriage and Society in the Central Middle Ages," *Marriage and Society: Studies in the Social History of Marriage*, ed. R. B. Outhwaite (Europa Publications Ltd., 1981).

Brooks, Harold F. ed., *A Midsummer Night's Dream*, The Arden Shakespeare (Methuen & Co. Ltd., 1979).

Hunter, G. K., ed., *King Lear*, New Penguin Shakespeare (1973).

Jenkins, Harold, ed., *Hamlet*, The New Arden Shakespeare (Methuen, 1982).

Jordan, Constance, ed., *Hamlet*, A Longman Cultural Edition, 2nd ed. (Claremont Graduate University, 2005).

Kehler, Dorothea, ed., *A Midsummer Night's Dream: Critical Essays* (Garland Publications, Inc., 1998).

Mowat, B., and P. Paul, ed., *As You Like It*, The Folger Shakespeare Library (Washington Square Press, 2004).

Muir, Kenneth, ed., *King Lear*, The Arden Shakespeare (1952; rpt. 1966).

Neill, Michael, ed., *Othello*, the Moor of Venice, The Oxford Shakespeare (Clarendon Press, 2006).

Quiller-Couch, A. & J. D. Wilson, ed., *A Midsummer-Night's Dream*, The New Shakespeare (Cambridge U. P., 1924).

Spencer, T. J. B., ed., *Hamlet*, The New Penguin Shakespeare (1980).

Wells, Stanley, *The History of Othello*, The Oxford Shakespeare (Clarendon Press, 2000).

Wilson, J. Dover, ed., *Hamlet*, The New Shakespeare (Cambridge U. P., 1934).

———, ed., *King Lear*, The New Shakespeare (Cambridge U. P., 1960).

———, ed., *Othello*, The New Shakespeare (Cambridge U. P., 1957).

Abbott, E. A., *A Shakespearian Grammar* (Macmillan, 1869).

Alexander, Nigel, *Poison, Play, and Duel; A Study in Hamlet* (Routledge & Kegan Paul, 1971).

Aldus, P. J., *Mousetrap: Structure and Meaning in 'Hamlet'* (Univ. of Toronto P., 1977).

Anon., *The True Chronicle Historie of King Leir and his three daughters, Gornerill, Ragan and Cordella* (1605).

Articles, Agreed upon by the Archbishops and Bishops of both Provinces, and the Whole Clergy, In the Convocation holden at London in the Year 1562, 20 June 2006 <justus.anglican.org/resources/bcp/1662/articles.pdf>.

Baldwin, T. W., *William Shakspere's Small Latine and Lesse Greeke* (Univ. of

引用言及文献一覧

作品からの引用、訳出は、すべてG. B. Evans, ed., *The Riverside Shakespeare* (Houghton Mifflin Co., 1974, 1997) によった。解説や注については下記の版も参照した。

Alexander, Nigel, ed., *Hamlet*, The Macmillan Shakespeare (1973).

Bevington, D., & D. S. Kastan, ed., *As You Like It*, The New Bantam Classic (Scot, Foresman & Co., 2005).

Brissenden, Alan, ed., *As You Like It*, The Oxford Shakespeare (Clarendon, 1993).

Brooks, H. F., ed., *A Midsummer-Night's Dream*, New Arden Shakespeare (Methuen, 1979).

Dowden, Edward, ed., *Hamlet*, The Arden Shakespeare (1899; 8th ed., 1938).

Dusinberre, Juliet, ed., *As You Like It*, The Arden Shakespeare (Thomson Learning, 2006).

Edwards, Philip, ed., *Hamlet*, The New Cambridge Shakespeare (1985).

Foakes, R. A, ed., *A Midsummer Night's Dream* The New Cambridge Shakespeare, updated ed. (Cambridge U. P., 2003).

Furness, H. H., ed., *As You Like It*, A New Variorum Edition (J. P. Lippincott, 1890).

———, ed., *Hamlet*, A New Variorum Edition (J. B. Lippincott & Co., 1877).

———, H. H., ed., *A Midsommer Nights Dreame*, A New Variorum Edition, Vol. X (J. P. Lippincott Co., 1895).

———, H. H., ed., *Othello*, A New Veriorum Edition (J. B. Lippincott Co., 1887).

Hankey, Julie, ed., *Othello*, Shakespeare in Production (Cambridge U. P., 2005).

Hataway, Michael, ed., *As You Like It*, The New Cambridge Shakespeare (Cambridge U. P., 2000).

Hibbard, G. R., ed., *Hamlet*, The Oxford Shakespeare (Clarendon Press, 1987).

Halio, Jay L., ed., *The Tragedy of King Lear*, The New Cambridge Shakespeare (Cambridge U. P., 1992).

Honigmann, E. A. J., ed., *Othello*, The Arden Shakespeare (Thomas Nelson & Sons Ltd., 1997).

Comedies (Blackwell, 2004), 43.

(12) Bradbrook, 69. またガードナー はタッチストンを「パロディスト」、ジェイキズを「冷笑家」と呼び、バーバーは、前者を「職業道化」、後者を「素人道化」としている。 Gardner, 229; G. L. Barber, *Shakespeare's Festive Comedy* (Princeton U. P., 1959), 255. なおジェイキズは道化の概念には入りきれない面がある。それは彼は道化というよりも冷笑的な厭世主義者、「哲学者」であり、『アテネのタイモン』の中のタイモンやアペマンタスと共通するところが大きいからである。また濃厚な憂鬱気質を持っている点ではハムレットとも共通性があり、職業道化達と一線を画している。

Furness, ed., *As You Like It*, A New Variorum Edition (J. P. Lippincott, 1890), 16-18.

(3) Harold Jenkins, “As You Like It,” *Shakespeare Survey*, 8 (Cambridge U. P., 1955), 43-45.

(4) Helen Gardner, “As You Like It,” Kenneth Muir, ed., *Shakespeare: The Comedies* (Prentice-Hall, Inc., 1965), 65.

(5) Gardner, 59.

(6) Ralph Berry, *Shakespeare's Comedies: Explorations in Form* (Princeton, 1972), 175; J. Dover Wilson, *Shakespeare's Happy Comedies* (Faber and Faber, 1962), 151; Jenkins, 44; Gardner, 64-65.

(7) M・C・ブラッドブルックも少し角度が違うが、この劇ではロザリンドとオーランドーという恋人達のそれぞれの中に、人間的で英雄的なところと、滑稽で馬鹿馬鹿しいところ、という二つの面が共存していて、シェイクスピアは、そのようなこの二人に観客が共感し、楽しむように描いている、としている。ブラッドブルックは、「これはありきたりに聞こえるかもしれないが、エリザベス時代の劇には、共感して笑うということはほとんどなかったのだ」と言う。M. C. Bradbrook, *Shakespeare and Elizabethan Poetry* (Cambridge, 1951), 225.

(8) Folger Shakespeare Library, *Seven Ages of Man Stained-Glass Window*, 25 Mar. 2007, <http://www.folger.edu/ template.cfm?cid=1333>.

(9) “prick: with probable wordplay on the sexual meaning.” B. Mowat and P. Paul, ed., *As You Like It*, The Folger Shakespeare Library (Washington Square Press, 2004), 98.

(10) ハイメン（Hymen）はギリシャ・ローマ神話の婚姻を司る神で、たいまつを持ちベールをかけた若い男性の姿で表わされる。このハイメンの登場する祝婚の儀式の場面は原話にはなく、すべてシェイクスピアが創作したものである。ファーネスによれば、この劇より後に書かれたベン・ジョンソンの仮面劇 *Hymen*（1605）では、ハイメンは白い衣の上に薄紫のローブをまとい、黄色い靴下姿で、黄色い絹のベールを左手にかけ、右手にたいまつを持ち、バラとマヨナラの花冠で登場するよう指示されている。Furness, ed., *As You Like It*, 277. なお解剖学上の用語としての hymen が英語文献に現れるのは1615年（O. E.D.）で、ここではイメージ上の関連は何もない。

(11) Lisa Hopkins, “Marriage as Comic Closure,” Emma Smith, ed., *Shakespeare's*

ついで第二位である。通常この比率は殆どの作で10%以下であることから、この劇は『恋の骨折り損』と同じ文体の実験期の作であるとされる。"Verse tests," O. J. Campbell & E. G. Quinn, ed., *The Reader's Encyclopedia of Shakespeare* (Thomas Y. Crowell, 1966).

(12) K. K. Ruthven, *The Conceit* (*Methuen* & Co., 1969), 23.

(13) 下稽古中もスターベリング扮するシスビーは「ソネットの貴婦人」の比喩をピラマスに使う。"Most radiant Pyramus, most lily-white of hue,/ Of color like the red rose on triumphant brier "「光り輝くピラマスさん、色合い真白き百合の花／色は真っ赤なバラのよう、茂ったイバラに咲きほこる」(3・1・93–95) は、ソネットで女性を飾るのに用いられた花々の色合いの比喩を、男性のピラマスにあてはめたパロディーである。

(14) H. Kökeritz, *Shakespeare's Pronunciation* (Yale U. P., 1953), 244.

(15) *Macbeth*, 3.2. 42; *Tempest*, 1.2. 339-40, "All the charms/ Of Sycorax, toads, beetles, bats, light on you!"

(16) ブランク・ヴァース189行に対し、押韻詩は418行。数字は筆者。

(17) ほかに妖精達には弱強６詩脚（アレクサンドリン）の詩行や、行の半ばでせりふが終わる中断行など計14行があり、総計でその韻文は621行になる。

(18) E. A. Abbott, *A Shakespearian Grammar* (Macmillan, 1869), §540.

(19) "the wolf behowls the moon."（5・1・372）

第五章

(1) Juliet Dusinberre, ed., *As You Like It*, The Arden Shakespeare (Thomson Learning, 2006), 52.

(2) ブリッセンデンは、アーデンの森に現れる蛇とライオンは旧約聖書詩編91：13の毒蛇とライオンに関係しており、オリバーの悪しき罪の象徴であるとしている。Alan Brissenden, ed., *As You Like It*, The Oxford Shakespeare (Clarendon, 1993), 203. なおアーデンの森の名をめぐる議論については色々と紹介されているが、上掲書 Brissenden, 39-42; Michael Hataway, ed., *As You Like It*, The New Cambridge Shakespeare (Cambridge U. P., 2000), 6-8; D. Bevington & D. S. Kastan, ed., *As You Like It* , The New Bantam Classic (Scot, Foresman & Co., 2005), vii-xなどに手頃な説明がある。また古いけれども ニュー・ヴェリオーラム版のファーネスのアーデンの森についての説明は非常に優れている。H. H.

Eloquence (1577); George Puttenham, *The Arte of English Poesie* (1589) (Kent State U. P., 1970); Thomas Wilson, *The Art of Rhetoric* (1560), ed. Peter E. Medine (Pennsylvania State U. P., 1994) などが特によく知られている。 また修辞学用語の簡便な参考書としては、Heinrich Lausberg, *Handbook of Literary Rhetoric* (1960), trans. from German & ed. David E. Orton and R. Dean Anderson (Brill, 1998); Richard Lanham, *A Handlist of Rhetorical Terms* (University of California, 1968); Warren Taylor, *Tudor Figures of Rhetoric* (The Language Press, 1972) などが手頃であろう。特にLanhamのものが便利である。また シェイクスピアの修辞研究については、T. W. Baldwin, *William Shakspere's Small Latine and Lesse Greeke* (Univ. of Illinois P., 1944) があるが二巻本の大冊で簡便さに欠ける。Sister Miriam Joseph, *Shakespeare's Use of the Arts of Language* (Columbia U. P., 1947; rpt. Hafner Publications, 1966) はシェイクスピアの文体をすべて修辞技巧に分類するという方法で 網羅的であり簡便だが、シェイクスピアの意図をこえた用語のあてはめ方には行き過ぎもある。他に簡便な入門書に、Brian Vickers, "Shakespeare's Use of Rhetoric," K. Muir & S. Schoenbaum, ed., *A New Companion to Shakespeare Studies* (Cambridge U. P., 1971), 83-98; Toby Widdicombe, *Simply Shakespeare* (Longman, 2002) (See chapter three) などがある。

(9) 「月」(moon) と「月光」(moonshine, moonbeam) は計43回も使用されている。月のイメージについては 以下の説明が参考になる。C. Spurgeon, *Shakespeare's Imagery* (1935; rpt. Cambridge U. P., 1968), 259-61; Ralph Berry, *Shakespeare's Comedies: Explorations in Form* (Princeton U. P., 1972), 90; Brooks, cxxviii; Ernest Schanzer, "The Moon and the Fairies in *A Midsummer Night's Dream*", A. Price, ed., *Casebook Series: A Midsummer-Night's Dream* (Macmillan, 1983), 70-75.

(10) 次のような古い童謡もある。"The man in the moon was caught in a trap/ For stealing the thorns from another man's gap./ If he had gone by, and let the thorns lie,/ He'd never been Man in the Moon so high."「月の男はよそのお家の垣根でさ、/いばらの薪盗んで罠にはまったとさ、/そのままにしといて通り過ぎとけばね、/あんな高いとこで月の男せずにすんだのにね」。

(11) 『夏の夜の夢』はシェイクスピアの全戯曲の中でも押韻詩がとりわけ多い劇であって、韻文に対するその割合は43%に上り、『恋の骨折り損』の62%に

(11) O.E.D.の記録によると、donkeyが普及したのは、18世紀後半のことである。

第四章　第二節

(1) A. Quiller-Couch & J. Dover Wilson, ed., *A Midsummer-Night's Dream*, The New Shakespeare (Cambridge U. P., 1924), 83.

(2) H. F. Brooks, ed., *A Midsummer-Night's Dream*, New Arden Shakespeare (Methuen, 1979), xlv.

(3) Ann Barton, "A Midsummer Night's Dream," G. B. Evans, ed. *The Riverside Shakespeare* 2nd ed. (Houghton Mifflin Co., 1997), 252.

(4) J. E. Robinson, "The Ritual and Rhetoric in *A Midsummer-Night's Dream,*" *PMLA*, 83 (1968), 390.

(5) M. Doren, *Shakespeare's Dramatic Language* (The Univ. of Wisconsin P., 1976), 14.

(6) シェイクスピアはこの劇の冒頭近くでシーシアスのせりふに、メランコリーという言葉を一度だけ使っている。しかしそれは憂鬱な気分は捨てて大いに楽しもうという文脈になっている。"Turn melancholy forth to funerals:/ The pale companion is not for our pomp."（1・1・14–15）

(7) この喜劇の暗い面については、例えば劇の冒頭部でシーシアスがハーミアに「父の選んだ男と結婚するか、一生独身で通すか、死を選ぶか」という三者択一を突きつける残酷さ、オベロンとティターニアの争いのもとになっているインド人の男の子の暗い出生、妖精パックと悪魔の近似性、劇が夜を舞台に進行すること、終幕でパックが言及する夜にさまよう死者の亡霊達の存在などがあげられる。ヤン・コットが驢馬に転身したボトムとティターニアの恋と性のグロテスクさを、自らのアウシュビッツでの体験をもとにえぐり出し、それがピーター・ブルックの演出に大きな影響を与えたことは有名である。Jan Kott, "Titania and the Ass's Head," *Shakespeare Our Contemporary* (Methuen & Co, 1965), 171-90; Also reprinted in Dorothea Kehler, ed., *A Midsummer Night's Dream: Critical Essays* (Garland Publications, Inc., 1998), 107-25; cf. R. A Foakes, ed., *A Midsummer Night's Dream* The New Cambridge Shakespeare, updated ed. (Cambridge U. P., 2003), 26-28.

(8) 当時の修辞学関係の文献は数多いが、Abraham Fraunce, *The Arcadian Rhetorike* (1588), ed. E. Seaton (Oxford, 1950); Henry Peacham, *The Garden of*

Adelman, ed., *Twentieth Century Interpretations of 'King Lear,'* (Prentice-Hall, Inc., 1978), 119.

第四章　第一節

(1) こうした愛と結婚のテーマについてのシェイクスピアの姿勢については、Harold F. Brooks, ed., *A Midsummer Night's Dream*, The Arden Shakespeare (Methuen & Co. Ltd., 1979), cxxx-cxxxiii を参照。

(2) Marjorie B. Garber, "Spirits of Another Sort: A Midsummer Night's Dream," *Dream in Shakespeare: From Metaphor to Metamorphosis* (Yale University, 1974), 59-87は、『夏の夜の夢』の比喩と変身の関係を丁寧に論じた優れた論稿である。

(3) T. F. Thiselton Dyer, *Folk-Lore of Shakespeare* (Griffith & Farran, 1883), 1-23.

(4) Ad de Vries, *Dictionary of Symbols and Imagery* (North-Holland Company, 1974), "fairy"; H Carpenter & M. Prichard, *The Oxford Companion to Children's Literature* (Oxford U. P., 1984), "Fairies."

(5) シャンツァーはこの劇の妖精は三種に分かれるとしている。一つは小鬼のパックで騒々しく乱暴な男の子風である。次にティターニアのお供の小妖精達で、大気の中の精であり、臆病で礼儀正しい。最後がオベロンとティターニアで、人と同じ大きさである。Ernest Schanzer, "A Midsummer-Night's Dream," Kenneth Muir, ed., *Shakespeare: The Comedies, A Collection of Critical Essays* (Prentice-Hall, Inc., 1965), 29-30.

(6) Ad de Vries, *Dictionary*, "fairy"; Dyer, *Folk- Lore*, 18.

(7) O.E.D., "Fairy" 3. Enchantment, magic; a magic contrivance; an illusion, a dream. *Obs.*

(8) " Shakespeare saw or heard of the French heroic song, through the ca 1540 translation of John Bourchier, Lord Berners, called Huon of Burdeuxe. In Philip Henslowe's diary there is a note of a performance of a play, Hewen of Burdocize, on December 28, 1593."
http://en.wikipedia.org/wiki/Oberon_(Fairy_King), "Oberon," October 3, 2007.

(9) http://en.wikipedia.org/wiki/Titania: "Titania," October 3, 2007.

(10) Theseus, 19-20, in Thomas North's translation of Plutarch's Lives; "Ariadne," The Oxford Classical Dictionary (Oxford U. P., 1970).

プ』の原題は、*Foole Vpon Foole, or Six Sortes of Sottes* (London, 1600)。

(14) Cf. *The True Chronicle Historie of Leir*, 1110-12: "Cease, good *Perillus*, for to call me Lord,/ And think me but the shaddow of my selfe."

(15) Muir, *Tragic Sequence*, 129: G. Wilson Knight, 166: Alfred Harbage, *William Shakespeare: A Reader's Guide* (The Noonday Press, 1967), 418.

(16) G. Wilson Knight, 167.

(17) J. Florio's translation of Montaigne's *Essays*が出版された1603年は、『リア王』執筆期と重なっている。シェイクスピアは『リア王』と『あらし』でこのフローリオを大いに利用したことが知られている。 Kenneth Muir, ed., *King Lear*, The Arden Shakespeare (1952; rpt. 1966), 122.

(18) Tilley, W 889, D 82; Dent, W 889.

(19) Muir, ed., *King Lear*, 181. 聖書の引用は新共同訳（日本聖書協会、1995年）による。

(20) Cf. G. K. Hunter, ed., *King Lear*, New Penguin Shakespeare (1973), 'Introduction,' 25.

(21) Robert Grudin, *Mighty Opposites: Shakespeare and Renaissance Contrariety* (Berkeley and Los Angeles: Univ. of California P., 1979), 138.

(22) Vickers, "*King Lear*," 312. 『逆説の擁護』:*The Defence of Contraries*.

(23) "When things are at the worst they will mend." R. W. Dent, *Shakespeare's Proverbial Language*, T216; Stanley Wells, *The History of Othello*, The Oxford Shakespeare (Clarendon Press, 2000), 212.

(24) J. Dover Wilson, ed., *King Lear*, The New Shakespeare (Cambridge U. P., 1960), 230: "This cheerful declaration that he has faced the worst is deeply ironical in view of what immediately follows."

(25) ピーター・ミルワードは、新約聖書『テモテへの手紙一』に、「なぜならば、わたし達は、何も持たずに世に生まれ、世を去るときは何も持って行くことができないからです」（6・7）という一節があることを指摘している。Peter Milward, *Biblical Influence in the Great Tragedies* (Tokyo, 1985), 197-98.

(26) Tilley, B 328.

(27) "Its best to hope the best, though of the worst affrayed."

(28) "We must feare the worste, and also hope the best."

(29) C. L. Barber, "On Christianity and the Family: Tragedy of the Sacred," Janet

(5) Brian Vickers, "*King Lear* and Renaissance Paradoxes," *MLR*, 63 (April 1968), 310. 『古今の宝庫』:*Treasurie of Ancient and Modern Times*, 1613.

(6) R. B. Heilman, *This Great Stage: Images and Structure in 'King Lear'* (1948; rpt. Greenwood Press, 1976), 86.

(7)『レア王年代記』: Anon., *The True Chronicle Historie of King Leir and his three daughters, Gornerill, Ragan and Cordella* (1605);『ペンブローク伯爵夫人のアーケーディア』: Sir Philip Sidney, *The Countesse of Pembrokes Arcadia* (1590);『王侯の鑑』: John Higgins, *A Mirror for Magistrates* (1574);『イングランド年代記』:*The Historie of England*, XII.2059 (1587);『妖精の女王』: Edmund Spenser, *The Faerie Queene* (1596).

(8) Philip Brockbank & Alan Sinfield, "King Lear: Justice and Pity," Alan Sinfield, ed., *Shakespeare's Tragedies* (Sussex Publications Ltd., 1979), 61.

(9) Morris Palmer Tilley, *A Dictionary of the Proverbs in England in the Sixteenth and Seventeenth Centuries* (The Univ. of Michigan P., 1950), V36, "Empty vessels sound most."; R. W. Dent, *Shakespeare's Proverbial Language*(Univ. of California P., 1981), V36.

(10) Tilley, L165,"Whom we love best to them we can say least."; R. W. Dent, L165.

(11) Cf. Lawrence Danson, "*King Lear* and the Two Abysses," L. Danson, ed.,*On 'King Lear'* (Princeton U. P., 1981): "To measure the new state of things France employs the proportions of paradox —— the paradox of divine reversals, in which the poor becomes rich, the outcast and despised the first chosen."

(12) Jay L. Halio, ed., *The Tragedy of King Lear*, The New Cambridge Shakespeare (Cambridge U. P., 1992), 109.

(13) Enid Welsford, "The Court-Fool in England," Chap. VII of *The Fool: His Social and Literary History* (1935; rpt. Faber and Faber, 1968), 158-81, 282-84; George Gordon, "Shakespeare's Clowns," Chap. VIII of *Shakespearian Comedy and Other Studies* (Oxford U. P., 1944), 60-63; G. L. Evans, "Shakespeare's Fools: The Shadow and the Substance of Drama," Chap. VII of *Shakespearian Comedy* (Stratford-upon-Avon Studies 14), ed. M. Bradbury & D. Palmer (Crane, Russak & Co. Inc., 1972), 147; Michael Best, *Shakespeare's Life and Times*. Internet Shakespeare Editions (Univ. of Victoria, 2001-2005), 23 Oct. 2006 <http://ise.uvic.ca/Library/SLT/>.『道化による道化論、または阿呆の六つのタイ

(33) Neill, "*Othello* and race," 51.

(34) Virginia M. Vaughan, *Othello: A Contextual History* (Cambridge U. P., 1994), 65.

(35) Edward Washington, "'*At the Door of Truth': The Hollowness of Signs in Othello*," Kaul, ed., *'Othello'*, 169.

(36) "and she, in spite of nature,/ Of years, of country, credit, every thing,/ To fall in love with what she fear'd to look on!"

(37) "Haply, for I am black/ And have not those soft parts of conversation/ That chamberers have, or for I am declin'd/ Into the vale of years"

(38) "to give satiety a fresh appetite, loveliness in favor, sympathy in years, manners, and beauties —— all which the Moor is defective in."

(39) "Ay, there's the point; as (to be bold with you)/ Not to affect many proposed matches/ Of her own clime, complexion, and degree."

(40) Honigmann, ed., *Othello*, 1.

(41) G. Wilson Knight, "The *Othello* Music," *The Wheel of Fire* (1930; rpt. Methuen & Co., 1949), 97, 119.

(42) Bradley, 199.

第三章

(1) G. Bullough, ed., *Narrative and Sources of Shakespeare*, Vol. VII (Routledge and Kegan Paul, 1973), 270-71, 309-11.

(2) Bullough, 271-72: *Historia regum Britanniae*（『ブリテン列王史』）。

(3) Kenneth Muir, *Shakespeare's Tragic Sequence* (Liverpool U. P., 1979), 120. このようにリアの「狂気の中の理性」とグロスターの「盲目の中での洞察力」が並行していることについては多くの指摘がある。 L.C. Knights, *Some Shakespearean Themes* (Chatto and Windus, 1959), 107; Larry S. Champion, "The Cosmic Dimensions of Tragedy: *King Lear, Macbeth,*" *Shakespeare's Tragic Perspective* (The Univ. of Georgia, 1976), 158-60; Stanley Carvell, "The Avoidance of Love," J. Adelman, ed., *Twentieth Century Interpretations of 'King Lear'* (Englewood Cliffs, N. J. Prentice-Hall, Inc., 1978), 70-71.

(4) G. Wilson Knight, "*King Lear* and the Comedy of the Grotesque," *The Wheel of Fire* (1930; revised ed., Methuen, 1954), 160-76.

(Clarendon Press, 2006), 1-2.

(24) Thomas Rymer, *Critical Works*, ed. Curt A. Zimansky (Yale U. P., 1956), 131-64; "The character of Venice is to employ strangers in their wars; But shall a poet thence fancy that they will set a Negro to be their General; Or trust a Moor to defend them against the Turk. With us a Black-amoor might rise to be a Trumpeter; but Shakespear would not have less than a Lieutenant-General. With Us a Moor might marry some little drab, or small-coal Wench: Shakespear, would provide him the Daughter and Heir of some great Lord or privy-councillor." (134)

(25) "if we could in good earnest believe Shakespeare ignorant of the distinction, still why should we adopt one disagreeable possibility instead of a ten times greater and more pleasing probability? It is a common error to mistake the epithets applied by the dramatis personae to each other, as truly descriptive of what the audience ought to see or know. No doubt Desdemona saw Othello's visage in his mind; yet, as we are constituted, and most surely as an English audience was disposed in the beginning of the seventeenth century, it would be something monstrous to conceive this beautiful Venetian girl falling in love with a veritable negro. It would argue a disproportionateness, a want of balance, in Desdemona, which Shakespeare does not appear to have in the least contemplated." Mrs. H. N. Coleridge, ed., *Notes and Lectures upon Shakespeare and Some of the Old Poets and Dramatists with Other Literary Remains of S. T. Coleridge*, Vol. I (London: William Pickering, 1849), 259-60.

(26) Stendhal, "From Racine to Shakespeare," Jonathan Bate, ed., *The Romantics on Shakespeare* (Penguin, 1992), 218-37; Michael Neill, "*Othello* and Race," Peter Erickson & Maurice Hunt, ed., *Approaches to Teaching Shakespeare's 'Othello'* (The Modern Language Association of America, 2005), 44.

(27) Kaul, "Background: Black or Tawny?", 6-7.

(28) Furness, ed., *Othello*, 389-99.

(29) Alexander Do Mar, *Othello: An Interesting Drama, Rather! ; With Illustrations after Rembrandt* (London: T. L. Marks, 1850?), 1-8.

(30) "For Christian shame, put by this barbarous brawl."

(31) "to renounce his baptism"

(32) Honigmann, ed., *Othello*, 3-4, 14-16.

テムの中で』、人文書院、1995年、第二章　大西洋奴隷貿易。

(18) Camille Wells Slights, "Slaves and Subjects in *Othello*," *Shakespeare Quarterly* 48 (Winter 1997), 385.

(19) James Walvin, *The Black Presence: A Documentary History of the Negro in England, 1555-1860* (Orbach & Chambers, 1971), 48-51, 61-64; Harry Kelsey, *Sir John Hawkins: Queen Elizabeth's Slave Trader* (Yale University Press, 2003), 52-69.

(20) "The fourth and last sort of people in England are daie labourers, poore husbandmen, and some retailers (which have no free land) copie holders, and all artificers, as tailers, shomakers, carpenters, brickmakers, masons, &c. As for slaues and bondmen we haue none, naie such is the priuilege of our countrie by the especiall grace of God, and bountie of our princes, that if anie come hither from other realms, so soon as they set foot on land they become so free of condition as their masters, whereby all note of seruile bondage is vttterlie remooued from them, —— ." Frederick J. Furnivall, ed., *Harrison's Description of England in Shakespeare's Youth* (London: N. Tr_bner & Co., 1877), 134.

(21) "Her Majestie understanding that there are of late divers blackamoors brought to this realm, of which kinde of people there are already too manie, considering how God hath blessed this land with great increase of people of our own nation —— this kinde of people should be sent forth of the land —— ", "The Queen is highly discontented to understand the great number of Negroes and blackamoors which are (living in England); who are fostered here, to the great annoyance of her own people who are unhappy at the help these people receive, as also most of them are infidels having no understanding of Christ and the Gospel —— in taking these Negroes and blackamoors to be transported —— " J. Walvin, *The Black Presence*, 64-65; Peter Fryer, *Staying Power: The History of Black People in Britain* (Pluto Press, 1984), 12; "Source C from a proclamation (statement) by Elizabeth, 1601," *Elizabeth and the Blackmoores*, Jan. 28, 2007 <http://www.blackhistory4schools.com/tudors/blackmoores.pdf>.

(22) Lois Potter, '*Shakespeare in Performance: Othello* (Manchester U. P., 2002), 12.

(23) Michael Neill, ed., *Othello, the Moor of Venice*, The Oxford Shakespeare

第二章　第二節

(1) Mythili Kaul, ed., *'Othello': New Essays by Black Writers* (Haward U. P., 1997).

(2) M. Kaul, "Background: Black or Tawny? Stage Representations of Othello from 1604 to the Present," Kaul, ed., *'Othello'*, 1-19.

(3) Playthell Benjamin, "Did Shakespeare Intend Othello to Be Black? A Meditation on Blacks and the Bard," Kaul, ed., *'Othello'*, 91-104.

(4) S. E. Ogude, "Literature and Racism: The Example of Othello," Kaul, ed., *'Othello'*, 151-66.

(5) ミンストレル・ショーは、黒人に扮した白人の芸人達が演じる人種差別的なミュージカル演芸で、黒人とその生活を面白おかしく茶化した対話と歌曲、舞踊からなる。19世紀に米国で広まり、ペリー来航の折にも黒船上で演じられた。

(6) Sheila Rose Bland, "How I Would Direct Othello," Kaul, ed., *'Othello'*, 29-41.

(7) Ad de Vries, *Dictionary of Symbols and Imagery* (North-Holland Publishing Company, 1974), white, black; アト・ド・フリース著、山下圭一郎他訳、『イメージ・シンボル辞典』、大修館書店、1981年。

(8) 劇中では「オセロー」が34回、「ムーア」が59回使われている。

(9) Oxford English Dictionary; Online Etymology Dictionary; Wikipedia: "Moors," 1 Jan. 2007 <http://en.wikipedia.org/ wiki/Moors>.

(10) "Aaron will have his soul black like his face."

(11) "Mislike me not for my complexion, / The shadowed livery of the burnish'd sun, / To whom I am a neighbor and near bred."

(12) J. A. Williams, "Who is Desdemona?", Kaul, ed., *'Othello'*, 114.

(13) H. H. Furness, *Othello*, A New Veriorum Edition (J. B. Lippincott Co., 1887), 389.

(14) Earle Hyman, "*Othello*: Or Ego in Love, Sex, and War," Kaul, ed., *'Othello'*, 24.

(15) E・A・J・ホニグマンは40歳から50歳ほどであると推測している。E. A. J. Honigmann, ed., *Othello*, The Arden Shakespeare (Thomas Nelson & Sons Ltd., 1997), 14.

(16) "Oh thou Othello, that was once so good,/ Fall'n in the practice of a cursed slave"

(17) 池本幸三、布留川正博、下山晃共著、『近代世界と奴隷制 —— 大西洋シス

Honour of Kenneth Muir (Cambridge U. P., 1980), 159.

(5) Albert Gerard, "'Egregiously an Ass'; The Dark Side of the Moor. A View of Othello's Mind," *Shakespeare Survey*, 10 (1957), 99.

(6) T. S. Eliot, *Shakespeare and the Stoicism of Seneca* (Humphrey Milford, 1927), 1-17; Eliot, "The Last Great Speech," in E. Pechter, ed. *Othello*, A Norton Critical Edition (W. W. Norton & Company, 2004), 244.

(7) R. B. Heilman, *Magic in the Web: Action & Language in Othello* (Univ. of Kentucky P., 1956), 135-44.

(8) S. L. Bethell, "Shakespeare's Imagery: the Diabolic Images in Othello," *Shakespeare Survey*, 5(1952), 62-80.

(9) J. Dover Wilson, ed., *Othello*, The New Shakespeare (Cambridge U. P., 1957), xlvii-l.

(10) シェイクスピアはこの論理学の用語を知っていた。Cf. *Twelfth Night*, 1.5. 50.

(11) ここでワーズワースは彼自身が心酔したことのある政治思想家、理論家のウィリアム・ゴドウィンを念頭においていたばかりでなく、ロベスピエール（フランス革命を指導した合理主義者で、革命で主導権を握ると恐怖政治へと突き進み、その後彼自身も断頭台の露と消えた）の一派のことも考えていた。

(12) S. L. ベセルは、『オセロー』には地獄と悪魔に関連するイメージは64あるという。その内イアーゴーは18回、オセローは26回使用している。Bethell, "Shakespeare's Imagery," 69.

(13) "O, hardness to dissemble!"

(14) Bradley, 161.

(15) C. L. Barber, *The Idea of Honour in the English Drama 1591-1700* (Elanders, 1957), 276.

(16) H. H. Furness, *Othello*, A New Veriorum Edition (J. B. Lippincott Co., 1887), 310.

(17) Bradley, 374.

(18) T. S. Eliot, 8.

(19) Helen Gardner, "'Othello': A Retrospect, 1900-1967," *Shakespeare Survey* 21 (Cambridge U. P., 1968), 6.

Magazine Archive, Vol. 19 No. 5 (1 Sept. 1999), 5 May 2006 <http://www.ancestry.com/learn/library/article.aspx?article=151>.

(39) 日本では民法733条に「1. 女は、前婚の解消又取消の日から六箇月を経過した後でなければ、再婚をすることができない。2. 女が前婚の解消又は取消の前から懐胎していた場合には、その出産の日から、前項の規定を適用しない」と規定されている。100日への短縮案が国会で議論されているが、まだ日の目を見てはいない。

(40) この点については、R. Clifton Spargo, *The Ethics of Mourning : Grief and Responsibility of Elegiac Literature* (The John Hopkins University Press, 2004), 63-64が参考になる。

(41) "I N. take thee N. to my wedded husbande, to have and to holde from this day forwarde, for better, for woorse, for richer, for poorer, in sickenes. and in health, to love, cherishe, and to obey, till death us departe: accordyng to Goddes holy ordeinaunce: And thereto I geve thee my trouth." "The Forme of Solemnizacion of Matrimonie", *Book of Common Prayer* (1549).

第二章　第一節

(1) Miranda Johnson-Haddad, "Teaching *Othello* through Performance Choices," *Approaches to Teaching Shakespeare's Othello, ed.* Peter Erickson and Maurice Hunt (Modern Language Association of America, 2005), 156-61.

(2) 以下のオールドリッジについての記述は次の資料を参考にしている。H. Marshall & M. Stock, *Ira Aldridge : the Negro tragedian* (1958; rpt. Howard U. P., 1993); Virginia M. Vaughan, *Performing Blackness on English Stages, 1500-1800* (Cambridge U. P., 2005), 168-69; Lois Potter, *Shakespeare in Performance: Othello* (Manchester U. P., 2002), 107-18; Julie Hankey, ed., *Othello*, Shakespeare in Production (Cambridge U. P., 2005), 53-56; *Ira Aldridge*, 2 Mar. 2007 <http://www.100greatblackbritons.com/bios/ira_aldridge.html>; Ira Aldridge, 3 Mar. 2007 <http://www.lib.subr.edu/BLACK_HISTORY/Aldridge,_Ira_Frederick_3.pdf>.

(3) A. C. Bradley, *Shakespearean Tragedy* (1904; rpt. Macmillan, 1969), 142-43, 161: "not in hate but in honour; in honour, and also in love." オセロー自身の釈明の言葉、"nought I did in hate, but all in honor."（5・2・295）をもじったもの。

(4) E. A. J. Honigmann, "Shakespeare's 'bombast'," *Shakespeare's Styles: Essays in*

(29) John W. Draper, *The 'Hamlet' of Shakespeare's Audience* (Duke University Press, 1938), 109-126.

(30) Carolyn Heilbrun, "The Character of Hamlet's Mother," *Shakespeare Quarterly* Vol. VIII (Spring, 1957), 201-06.

(31) Olav Lökse, *Outrageous Fortune; Critical Studies in Hamlet and King Lear* (Oslo U. P., 1960), 80-83.

(32) Rebecca Smith, "A Heart Cleft in Twain: the Dilemma of Shakespeare's Gertrude," *The Woman's Part: Feminist Criticism of Shakespeare*, ed. Carolyn R. S. Lenz, Gayle Greene and Carol T. Neely (Univ. of Illinois P., 1980), 201-03.

(33) Amanda Mabillard, *Shakespeare's Gertrude*, Shakespeare Online (2000), July 5, 2006 <http://www.shakespeare-online.com/playanalysis/gertrudechar.html>.

(34) 1幕5場の亡霊の"treacherous gifts" (裏切りの贈り物) の"gifts"は、坪内逍遥訳を始めとする筆者が目を通した10種の翻訳では、すべて「才能」や「才」あるいはその系統の訳語で訳されている。しかし上記のテキスト上の事実に照らすと分かるように、ここには贈り物の意味がはっきりとある。実際、上記のドーヴァー・ウィルソンもこれを「才能」ではなく「贈り物」の意味に解している。男性が好きな女性への求愛に贈り物をするヨーロッパの当時の風習については、ハムレットもオフィーリアに数々の贈り物をしているなどシェイクスピア劇にも幾つも例がある。オセローもクローディアスと同じように、言葉の「魔術」とハンカチという贈り物でデズデモーナに求愛した。『夏の夜の夢』でもライサンダーがハーミアに数々の贈り物をしている。なお亡霊は同じせりふでもう一度 "gifts" という言葉を使っているが（1・5・50)、これは「資質、才能」の意味である。

(35) Edwards, 176.

(36) M・プライア編、三好洋子編訳、『結婚・受胎・労働――イギリス女性史1500～1800』（刀水書房、1989年）「第二章　寡婦の再婚」（バーバラ・J・トッド著）pp. 77–125。

(37) Margaret Clarke, *Feminist Criticism and Teaching Shakespeare*, Bamber, 79 (Feb., 2004), 10 Jan. 2007 <http://www.canadianshakespeares.ca/i_mclarke.cfm>.

(38) "Mourning and Funeral Usages," (17 April, 1869 [electronic ed.]), Harper's Bazaar, *Nineteenth Century Fashion Magazine* (2005), 5 May 2006 <http://harpersbazaar.victorian-ebooks.com>; "Victorian Death Rituals," *Ancestry*

含まれるのは直系姻族（妻の連れ子など）のみなので、配偶者が死んだのち、義理の兄弟姉妹（二親等だが姻族であって血族ではない）と結婚することも禁止されてはいない。つまり今日の日本であれば、ガートルードとクローディアスのケースは、近親婚問題に限っては、完全に合法である。

(18) "Royal newlyweds vow to be faithful," CNN News (10 April 2005), 2 June 2006 <http://www.cnn.com/2005/WORLD/europe/04/09/royal.wedding/>.

(19) A. C. Bradley, *Shakespearean Tragedy* (1904; rpt. Macmillan, 1969), 134.

(20) シェイクスピアはこの語を6回使ったが、Alexander Schmidt, *Shakespeare-Lexicon* (1902; rpt. 1971)の用例では当個所を除くと「不義密通の」2例、「「淫らな、ふしだらな」3例である。

(21) J. Dover Wilson, ed., *Hamlet*, The New Shakespeare (Cambridge U. P., 1934), 160-61, 212; ——, "The Parallel Plots in 'Hamlet'," *MLR* xiii (April, 1918), 140-42; ——, *What Happens in Hamlet* (Macmillan, 1935), 292-94. なお本文にあげた関係各版の該当個所は次の通りである。Harold Jenkins, ed., *Hamlet*, The New Arden Shakespeare (Methuen, 1982), 321, 455-56; G. R. Hibbard, ed., *Hamlet*, The Oxford Shakespeare (1987), 279; Philip Edwards, ed., *Hamlet*, The New Cambridge Shakespeare (1985), 107, 176; Nigel Alexander, ed., *Hamlet*, The Macmillan Shakespeare (1973), 80; T. J. B. Spencer, ed., *Hamlet*, The New Penguin Shakespeare (1980), 296.

(22) Nigel Alexander, *Poison, Play, and Duel; A Study in Hamlet* (Routledge & Kegan Paul, 1971), 45.

(23) この点を最初に明確に指摘したのは1924年のヴァン・ダムである。注(28)を参照。

(24) F. De Belleforest, *Le Cinqviesme Tome des Histoires Trageqves* (Paris, 1582) in Israel Gollancz, *The Sources of Hamlet* (Humphrey Milford, Oxford U. P., 1926), 188.

(25) Dover Wilson, ed., *Hamlet*, 160.

(26) Jenkins, 456.

(27) Wolfgang Keller, "Bücherschau," *Shakespeare Jahrbuch* (Berlin und Leipzig, 1919), 151-52.

(28) B. A. P. van Dam, *The Text of Shakespeare's Hamlet* (John Lane, The Bodley Head Ltd., 1924), 55-56.

者の間では、必ずしも禁忌されてばかりいたわけではないのである。

(10) ブルックによればこうした近親婚は他方でまた、世継ぎとなるべき男子が生まれない場合は、婚姻無効（事実上の離婚）の格好の口実ともされた。C. N. L. Brooke, 23-26.

(11) Maureen Quilligan, *Incest and Agency in Elizabeth's England*, (Pennsylvania U. P., 2005), 33-34; Jasper Ridley, *Henry VIII:The Politics of Tyranny* (New York: Viking, 1985), 151-53, 157-80, 270.

(12) *Articles, Agreed upon by the Archbishops and Bishops of both Provinces, and the Whole Clergy, In the Convocation holden at London in the Year 1562*, 20 June 2006 <justus.anglican.org/resources/bcp/1662/articles.pdf>.

(13) 英国では“A Table of Kindred and Affinity”として知られている。

(14) Randolph Trumbach, *Sex and Gender Revolution, Vol. 1: Heterosexuality and the Third Gender in Enlightenment London* (Chicago U. P., 1998), 344-45.

(15) F. M. Lancaster, *Genetic and Quantitative Aspects of Genealogy* (Oct. 2005), 5 June 2006 <http://www.genetic-genealogy.co.uk/index.html>; *Deceased Wife's Sister's Marriage Act 1907*, 5 June 2006
<Geo.http://en.wikipedia.org/wiki/Deceased_Wife's_Sister's_Marriage_Act_1907>;
Family Finder: *A Transcript of the Deceased Brother's Widow's Marriage Act, 1921*, 5 June 2006
<http://freepages.genealogy.rootsweb.com/~framland/acts/1921Act.htm>;
B. Grebanier, *The Heart of Hamlet* (Thomas Y. Crowell Company, 1960), 196. 法案提出関係についてはグルバニエによる。彼の典拠は*Encyclopedia Britannia*, 11th Edition (Cambridge, 1911), Vol. XVII, 756である。

(16) Marriage (Prohibited Degrees of Relationship) Act 1986に基づく。

(17) わが国では今日法的に近親結婚で禁止されている範囲は、民法第734条で「直系血族又は三親等内の傍系血族の間では、婚姻をすることができない。但し、養子と養方の傍系血族との間では、この限りではない。」と規定している通り、直系血族または三親等内の傍系血族の間での婚姻である。これは分かりやすく言えば、血のつながった親子、祖父母、孫に加えて、血族の叔父、叔母、甥、姪とは、結婚できないということである。しかし従姉妹なら四親等になり法的には結婚は可能であるし、またいわゆる姻族については、民法第735条に「直系姻族の間では、婚姻をすることができない」とある通り、禁止の範囲に

(2) incest は一般の辞典では「近親相姦」以外に訳語はないが、姦という文字には女性差別的な意味合いが感じられるので、ここではあえて“incest”には「近親性交渉」という用語を使い、その形容詞の“incestuous”（「近親相姦の」）には、必要な場合を除き「近親邪淫の」という訳語をあてる。なお“incest”の原義は「（性的）不純」という意味である。以下本書での「近親性交渉」、「近親邪淫の」はすべてこうした特殊な意味に限定して使用している。

(3) 英語の“adultery”は、結婚生活の床を自ら汚すことで、原義は堕落、裏切り、偽りの意である。これに対応するもっとも的確な言葉は「姦通」であるが、他に密通、私通、不義、不倫、不貞などの訳語がある。しかし「姦通」以外の訳語はどれも的確性に欠ける。だが注(2)に述べた理由で「姦」の文字の使用は避けることとし、本書では「密通」という言葉を“adultery”の対応語として使用している。従って以下ではこの言葉は、「夫または妻が、他の異性とひそかに性交渉を持つこと」という限定的意味で使用している。なお例外として、「姦通罪」のように他の言葉を充てることができない場合と、聖書からの引用の場合は（聖書では姦通という用語が使用されている）、「姦通」も使用している。

(4) Linda Bamber, *Comic Women, Tragic Men: A Study of Gender and Genre in Shakespeare* (Stanford U. P., 1982), 78-79.

(5) Ernest Jones, *Hamlet and Oedipus* (V. Gollancz, 1949).

(6) Saxo Grammaticus, *Historiae Danicae*, in Bullough, 62. また、主人公は母を追及する時、“thou hast entered a wicked and abominable state of wedlock, embracing with *incestuous* bosom thy husband's slayer,”（65）となじっている。

(7) 以下『聖書』からの引用は、すべてこの日本聖書協会の共同訳（1995）による。

(8) Christopher N. L. Brooke, “Marriage and Society in the Central Middle Ages,” *Marriage and Society: Studies in the Social History of Marriage*, ed. R. B. Outhwaite (Europa Publications Ltd., 1981), 17-34.

(9) わが国を含め中国、ギリシャ、トルコなど様々な国で、古代から中世にかけては王侯貴族の間で極度に血統が重んじられた結果、はなはだしい血族結婚が広く行われていたことが知られている。エジプト王の家系では、五代にわたって兄弟姉妹間の近親結婚をくり返した末に誕生したトトメス三世は、エジプト王家史上最強の王となったと言われている。近親結婚は歴史的には、特に高位

(29) Kate Millett, *Sexual Politics* (Doubleday, 1970)（藤枝澪子他訳『性の政治学』、ドメス出版、1985年）はフェミニズムの古典で、この中で家父長制は「われわれの社会は、他のあらゆる歴史上の諸文明と同じく、家父長制である。軍事、産業、技術、大学、科学、行政官庁、財政──要するに、社会における権力のあらゆる通路は、警察の強制力まで含めて、完全に男性の手中にある。」(邦訳、72頁）とされている。フェミニズムのpatriarchy（家父長制）の定義についてフェミニスト・アジェンダというサイトは、"All the governments, class structures, and major religions on Earth are based on patriarchy, or male supremacy."とし、「もし私がハンマーを持っていたら、家父長制を叩きつぶす」という標語を掲げている。Cf. Feminist Agenda, 29 May 2006 <http://www.got.net/~elained/index.html>.

(30) "An Interview with Margaret Clarke (Helen M. Buss)" Canadian Adaptation of Shakespeare (Jan. 2004), 20 May 2006 <http://www.canadianshakespeares.ca/i_mclarke.cfm>; Lisa Jardine, *Still Harping on Daughters: Women and Drama in the Age of Shakespeare* (The Harvester Press Ltd., 1983), 72-73.

(31) Margaret Clarke, *Gertrude and Ophelia: A Play* (1993), 5 Mar. 2007, <http://www.canadianshakespeares.ca /a_gertrude.cfm>.

(32) Marianne Novy, *Love's Argument: Gender Relations in Shakespeare* (North Carolina U. P., 1984), 84 ; Carol Thomas Neely, *Feminist Criticism and Teaching Shakespeare*, ADE Bulletin, 087 (Fall 1987):15-18, 2 Mar. 2007 <http://www.mla.org/ade/bulletin/n087/087015.htm>. ; Emi Hamana, "Whose Body Is It, Anyway? —— A Re-Reading of Ophelia," *Hamlet and Japan*, ed. Yoshiko Ueno (AMS Press, 1995), 143-54.

(33) Helena Faucit, Lady Martin, *On Some of Shakespeare's Female Characters* (William Blackwood and Sons, 1885), 4.

(34) Jenkins, 152.

第一章　第三節

(1) Marvin Spevack, *A Complete and Systematic Concordance to the Works of Shakespeare, Vol. III, Drama and Character Concordances to the Folio Tragedies and Pericles, The Two Noble Kinsmen, Sir Thomas More* (Georg Olms, 1968), 828の統計による。

な影響を及ぼしている。英訳では早くは1568年に翻訳された13の悲劇談（Geoffrey Fenton, *Tragical Discorses*）が残っている。シェイクスピアへの影響も『ハムレット』ばかりでなく、『十二夜』、『空騒ぎ』にもみられる。こうした事情については、Frank S. Hook, *The Original Text of Four of Belleforest's Histoires Tragiques translated by Geoffrey Fenton and William Painter* (University of Missouri, 1948), 9-50 に詳しい。なおハムレット伝説自体はサクソ・グラマティカス以前にその原型が最も古いものでさらに200年前にさかのぼって北欧伝説の中に残っている。その全容については Gollancz, 1-92に詳しい。

(23) Hibbard, 243; Bernard Lott, ed., *Hamlet*, New Swan Shakespeare Advanced Series (1968), 100; J. H. Walter, ed., *Hamlet*, The Player Shakespeare (1972), 121; T. J. B. Spencer, ed., *Hamlet*, The New Penguin Shakespeare (1980), 271-72; Jenkins, 282; Philip Edwards, ed., *Hamlet*, The New Cambridge Shakespeare (1985),149.

(24) 原文は"Theres an old Nunnerie at hand. What's that? A bawdy-house."となっている。

(25) Cf. Furness, 347-48; Dowden, 171; Dover Wilson, 226; Nigel Alexander, ed., *Hamlet*, Macmillan Shakespeare (1973), 228; Jenkins, 359, 539-40; Hibbard, 182.

(26) Norman N. Holland, *Psychoanalysis and Shakespeare*, (McGraw-Hill Book Company, 1964), 198. ホランドはまた、オフィーリアの病状については医師達は躁病であるとの見解で一致している、とも指摘しているが、実はこのオフィーリア躁病説はすでに一九世紀前半には、ジョージ・ファレンという障害者施設関係者から出されている。彼はオフィーリアのケースはmania（躁病）の中のsorrowing distraction（悲しみによる精神錯乱）に分類できるとした。George Farren, *Essays on the varieties in mania: exhibited by the characters of Hamlet, Ophelia, Lear, and Edgar* (Dean & Munday, 1833).

(27) A. O. Kellogg, *Shakespeare's Psychological Declinations: Ophelia* (Utica, 1864), 13-15.

(28) Ross W. Duffin, *Shakespeare's Songbook* (W. W. Norton & Company, 2004). シェイクスピアのソングには楽譜は残っていないものが多いが、それでも有名な「グリーンスリーブズ」をはじめ、今日に伝わっているものも相当数にのぼる。その実態については上掲書に詳しい。

(20) このソングの原文は幾つかヴァージョンがあるが、ここではAndrew Clark, ed., *The Shirburn Ballads 1585-1616* (Clarendon Press, 1907), 174-76によった。なおハロルド・ジェンキンズは旧ニュー・アーデン版（1982）でこのバラッド全文を掲載している。Harold Jenkins, ed., *Hamlet*, The New Arden Shakespeare (Methuen, 1982), 475-77.

(21) サクソの原話は第1節の注(2)で上げたブローの素材資料集の他、ゴランツの『ハムレット材源集』(1926)にも収録されている。Saxo Grammaticus, *Historiae Danicae*, trans. into English by Oliver Elton (1894) in Israel Gollancz, *The Sources of Hamlet: With Essays on the Legends* (Humphrey Milford, Oxford U. P., 1926).　また、A･モーガンの資料集『バンクサイド・シェイクスピア』（1890）にもサクソの原話は収録されているが、この資料集には他にもサクソと同時代のものと思われる『アムレットのサーガ』という物語がファルベの英語訳で収録されている。これはその英語訳で見る限りサクソに近似しているがやや簡略で、細部で様々な違いも見られる。このサーガはモーガンによればコペンハーゲン王立図書館所蔵の写本で、12世紀の書法による書き込みがあるという。*The Saga of Amleth*, trans. into English by the Compte de Falbe, in Appleton Morgan, ed., *The Bankside Shakespeare*, Vol. XI (The Shakespeare Society of New York, 1890; rpt. AMS Press, 1969), xxxvi-li. サクソやベルフォレの原文は第一級の重要文献であるにもかかわらずブローの素材資料集には入っていない。これは原文がそれぞれラテン語とフランス語であったためであるが、これらの原資料は上記ゴランツ『ハムレット材源集』に収録されている。そのベルフォレのフランス語原文については、F. de Belleforest, *Histoires Tragiques* (Paris, 1582), in Gollancz, 164-310を参照。なお ベルフォレの仏語翻訳の全貌は大英博物館や、フォルジャー・シェイクスピア・ライブラリーで見ることができる。

(22) フランス、イタリアのルネッサンス文学の翻訳はエリザベス時代にはきわめて盛んで、英国の作家達にとって重要な意味をもっていた。ベルフォレの『悲劇物語』全七巻はフランス当地では1564年に出版が始まったが、アムレットの話を扱った第5巻は1570年に出版され、この巻だけとっても1601年までに9回も版を重ねたほど人気があった。このためベルフォレの英国の作家達への影響も甚大であった。すでに1566年にペインターの*Palace of Pleasure*『快楽の館』が出たのに始まり、フェットストン、キッド、ロッジ、ペティらに大きれても、真実とは本来嘘なので、疑いをはさむ余地が出てきてしまう。この詩が漠然と何か捉えがたい奇妙な印象を与えるのは一つにはこのためである。

(15) Camden, 249.

(16) Edward Dowden, ed., *Hamlet*, The Arden Shakespeare (1899; 8th ed., 1938), 'Introduction', xxviii.

(17) レアティーズに、“the chaste unsmirched brow of my true mother”「わが母上の貞淑で汚れなき額」(4・5・121) というせりふがある。

(18) エフタ劇は英国では1544年頃にジョン・クリストファーソンというケンブリッジ大M.A. が書いたギリシャ語劇が同大に残っており、その原文と英訳が1928年に出版されている。この劇では(舞台裏でという設定ではあるが)、エフタ自らが祭壇の前で娘を斬り殺している。これはポローニアスがオフィーリアを斬り殺すようなものである。Cf. *Jephthah by John Christopherson, the Greek Text Edited and Translated into English by F. H. Foabes* (Delaware U. P., 1928), 153-55. 訳者のフォーブズによると、このギリシャ語劇は学生劇として上演されたらしい。これとは別にフランス人ジョルジュ・ブキャナン (George Buchanan) がラテン語で1554年にエフタ劇を書いており英語訳も数回出された。これらのうちのどれかを基にデッカーらがロンドンの舞台用に作劇したのであろう。なおファーネスは、1877年のニュー・ヴェリオーラム版でこのソングにまつわる基本的な事柄を網羅的に説明し、エフタの娘のソングの第一節を示している。H. H. Furness, ed., *Othello*, 173-74.

(19) *Henslowe's Diary*には次のような記録がある。“Lent vnto the companye the 5 of maye 1602 to geue vnto antoney monday & thomas deckers J earnest of a Bocke called Jeffae as may apeare the some of ....”(F. 105v, vll),“Layd owt for the companye when they Read the playe of Jeffa for wine at the tavern dd vnto thomas downton”(F. 105v, ij8), “pd at the apoynt of thomas downton vnto the tayller for mackynge of sewte for Jeffa the 25 of June 1602 some of” (F. 106v, xxx8). *Henslowe's Diary*, ed. W. W. Greg, (A. H. Bullen, 1904), 166, 168. これは劇団が1602年5月5日にエフタという表題の本の手付金をアントニー・マンディーとトーマス・デッカーJに支払えるように、ヘンズロウが劇団に金を貸したことを示している。ここにあるJeffae, Jeffaがエフタのことである。なおこの日記は2002年にも出版されている。*Henslowe's Diary*, ed. R. A. Foakes (Cambridge U. P., 2002).

のぼる。オフィーリアは58回である。作品全体のせりふの回数では『ハムレット』は4番目に多く1250回、最も多いのは『アントニーとクレオパトラ』の1361回、最も少ないのは『夏の夜の夢』の605回である。行数では『ハムレット』は3924行あり最も長い作品で、ハムレット自身のせりふは1569行にのぼり、単一作品の登場人物として最も長い。ついで長いのがリチャード三世で、1161行に過ぎない。いかにハムレットが突出して多弁であるかが分かる。

(7) Inga-Stina Ewbank, "*Hamlet* and the Power of Words," *Shakespeare Survey* 30 (Cambridge U. P., 1977), 160.

(8) Linda Welshimer Wagner, "Ophelia: Shakespeare's Pathetic Plot Device" in *Shakespeare Quarterly* Vol. XIV (1963), 94.

(9) G. R. Hibbard, ed., *Hamlet*, The Oxford Shakespeare (Clarendon Press, 1987), 7.

(10) Cf. R. S White, "Ophelia," *Innocent Victims: Poetic Injustice in Shakespeare's Tragedy* (Newcastle Upon Tyne, 1982), 48-60.

(11) Showalter, 57.

(12) "O most pernicious woman!" 亡霊が父暗殺を告知して去った直後のせりふである。

(13) フォルジャー・シェイクスピア・ライブラリーの創設者、ヘンリー・フォルジャーはこの手紙について、所持していたファーネスのヴェリオーラム初版（1877）の中に、わざわざ手書きのメモを挟んで残した。それによると、彼はニューヨークで1903年に『ハムレット』の舞台を見た。この演出では、1幕3場で、オフィーリアがレアティーズと話す際、手紙を読んでいる。レアティーズが去ると、ポローニアスとオフィーリアの間でハムレットをめぐる会話になるが、そこでポローニアスは、「おまえ達の間はどうなっているのだ。本当のことを言ってみろ」というせりふのところで、この手紙を取り上げてしまった。そしてこの手紙をポローニアスはこの2幕3場で読んだという。Folger Shakespeare Library, Call number: PR2807 A476 v.2 Sh. Col., H. H. Furness, ed., *Hamlet*, A New Variorum Edition (J. B. Lippincott & Co., 1877), Vol. I, 60-61.

(14) doubt（〜であることを疑う）の意味が三行目だけは、suspect（〜ではないかと疑う）の意味になっている。しかし同時に他の行の意味とも同じにも響かないこともない。つまり，「ひょっとして真実が嘘をついているのではないか、と疑ったとしても」、という意味の他に、「本来真実とは嘘つきだが、そのことを疑ったとしても」、とも聞き取れる。このために「わが愛を疑うな」と言わのか、逆に足りないことを言っているのかで説が分かれている。ジェンキンズは、レアティーズへの弁明では、ハムレットの狂気が激情による興奮であると認めている。だがどうしたわけかこの箇所の脚注では“passion”を眠らせ続けたこと、すなわち激情が足りないことをハムレットは指しているという説にくみしている。Cf. Jenkins, 326.　しかしこの個所はハムレットは激情を母親に爆発させた直後のことであり、多すぎるというのが正しい。

(18) Cf. J. Dover Wilson, ed., *Hamlet*, The New Shakespeare (Cambridge U. P., 1934), lxiv.

第一章　第二節

(1) Elaine Showalter, “Representing Ophelia: Women, Madness, and the Responsibilities of Feminist Criticism,” *Shakespeare's Middle Tragedies: A Collection of Critical Essays*, ed. David Young (Prentice Hall, 1993), 61.　これはフェミニズムのオフィーリア批評が如何に高い水準に達したかをよく示すすぐれた論文で、最初 Patricia Parker & Geoffrey Hartman, ed., *Shakespeare and the Question of Theory* (Methuen, 1985)に出た。またSusanne L. Wofford, ed., *Hamlet*, Case Studies in Contemporary Criticism (Bedford Books of St. Martins Press, 1994) にも収録されている。

(2) Carroll Camden, “On Ophelia's Madness,” *Shakespeare Quarterly*, Vol. XV (Spring, 1964), 254.

(3) Theodore Lidz, *Hamlet's Enemy: Madness and Myth in 'Hamlet'* (Basic Books, 1975), 90, 112-13.

(4) Rebecca West, *The Court and the Castle* (New Haven, 1958), 18.

(5) 演出家が実際の舞台や映画などのメディアで、どう演出するかはまた別の問題である。もともと脚本というものはその性質上、演出家がその時代に合わせて自らの才覚と責任で自由に演出すべきものだし、またそうすることで脚本も時代を越えて生きていくものである。現代人の性意識に合わせてオフィーリアの演出がなされるのは自然な流れである。

(6) Open Source Shakespeare, 13 May 2006 <http://www.opensourceshakespeare.com/> の統計によれば、ハムレットには「言葉、言葉、言葉」（2幕2場）という彼のせりふもある通り、単一の劇としては彼のせりふの頻度はシェイクスピア劇の登場人物の中で最も多く、358回に

(Macmillan, 1976), 60-69 を参照。

(5) Samuel Johnson's Preface to The Plays of William Shakespeare (1765). “I wish Hamlet had made some other defence; it is unsuitable to the character of a good or a brave man to shelter himself in falsehood”.

(6) Johnson's Preface, “He sacrifices virtue to convenience, and is so much more careful to please than to instruct, that he seems to write without any moral purpose.”

(7) 悪いクォートーの第一クォートー版では、王妃ははっきりと心を入れ変えて、夫に逆らいハムレットを助ける筋書きになっている。この版の四幕六場には、王妃が、帰国したハムレットを出迎えに行くホレイショーとひそかに会う場面があり、彼女はホレイショーに「母親から息子への心からの祝福」を託している。第一クォートーはシェイクスピアの筆になったものとは認められていない。

(8) Cf. N. Alexander, *Poison, Play, and Duel: A Study in 'Hamlet'* (Routledge & Kegan Paul, 1971), 143.

(9) Muir, 77.　なおウィルソン・ナイトは恋煩いを憂鬱の一因 とみなした。Cf. Knight, 20-21.

(10) ベルフォレなどの典拠の問題については第二節の注(21)、(22)を参照。

(11) Cf. Harold Jenkins, ed., *Hamlet,* The New Arden Shakespeare (1982), 150.

(12) Muir, 67.

(13) Muir, 70.　また、cf. 2 *Henry IV,* 2.3. 21-32.

(14) フィリップ・エドワーズとハロルド・ジェンキンズはともに弁明の誠実さを一部認めている。Cf. Philip Edwards, ed., *Hamlet,* The New Cambridge Shakespeare (1985), 235; Jenkins, 567.

(15) Israel Gollancz, *The Sources of Hamlet* (Humphrey Milford, Oxford U. P., 1926), 113-115; Bullough, 63-64.

(16) ハムレットには意識の中での時間と現実の時間の間にずれがあり、二重の時間が流れている。現実の時間が流れていく一方で、彼の主観の中では時間が止まっていることがある。この点については、認識論の立場からの研究もある。Meera Tamaya, *An Interpretation of Hamlet Based on Recent Developments in Cognitive Studies*, (The Edwin Mellen Press, 2001), 42.

(17) この箇所では、ハムレットはpassion（激情）が多すぎることを指している

注

第一章　第一節

(1) 本稿は拙論「Hamletと狂気」『松元寛先生退官記念英米文学語学研究』（英宝社、昭和62年10月）を大幅に加筆修正したものである。

(2) Hilaire Kallendorf, “Intertextual Madness in *Hamlet*: The Ghost's Fragmented Performativity,” *Renaissance and Reformation* 22.4 (1998), 70-78.　なお新歴史主義批評による『ハムレット』解釈としては、Stephen Greenblatt, *Hamlet in Purgatory* (Princeton U. P., 2001)がある。新歴史主義の成果をもとにした『ハムレット』の一般向けテキストConstance Jordan, ed., *Hamlet*, A Longman Cultural Edition, 2nd ed. (Claremont Graduate University, 2005)は、当時の憂鬱質、精神生活、煉獄、復讐、自殺の概念などについてティモシー・ブライトやロバート・バートンら当時の知識人達の説をそのまま原文で紹介するなど斬新な解説を試みている。煉獄についての解説はグリーンブラットの上掲書を踏まえている。

(3) サクソの原話は、O・エルトンの英語訳がG・ブローの素材資料集に収められている。Saxo Grammaticus, *Historiae Danicae*, trans. into English by Oliver Elton (1894) as The First Nine Books of the Danish History of Saxo Grammaticus, in Geoffrey Bullough, ed., *Narrative and Dramatic Sources of Shakespeare*, Vol. VII (Routledge and Kegan Paul, 1973), 60-79.

(4) ハムレットの病的異常性については、Theodore Lidz, *Hamlet's Enemy: Madness and Myth in 'Hamlet'* (Basic Books, 1975), 27-46.に詳細な指摘がある。またP. J. Aldus, *Mousetrap: Structure and Meaning in 'Hamlet'* (Univ. of Toronto P., 1977), 209-19はハムレットの病名を精神分裂症と偏執病（schizophrenia and paranoia）であると特定してさえいる。問題はそうした病名を当てはめてみてもすり抜けていくことの方が多く、ハムレットの精神活動の相貌を捉えるのにはあまり役に立たないことであろう。G. Wilson Knight, *The Wheel of Fire*（1930）あたりから始まったハムレットの欠陥の指摘は、20世紀後半から21世紀初頭のハムレット批評の大きな流れとなったが、その反批判はたとえば、Kenneth Muir, *Shakespeare's Tragic Sequence* (Hutchinson University Library, 1972), 56-60; E. A. J. Honigmann, *Shakespeare: Seven Tragedies*

あとがき

二〇〇六年四月一日に、ワシントンDCのフォルジャー・シェイクスピア・ライブラリーの宿舎で、一年間の在外研究生活に入った。出発前には「シェイクスピアはイギリス人のはず、どうしてアメリカに行くのか」と多くの人から尋ねられた。

実はフォルジャー・シェイクスピア・ライブラリーは今日、本家のイギリスのどの研究機関や図書館にもまさって、文字通り世界最大のシェイクスピア関係の蔵書と資料を誇っている研究図書館である。アメリカのアングロ・サクソン系の人々の歴史を遡って行くと、当たり前のことだが、イギリスの歴史と重なってしまう。アメリカ人はイギリスからの独立、ヨーロッパとの相違、アメリカ独自の伝統と文化を、非常に誇りにしている。しかし、歴史的にアメリカ文化の重要な源泉であるイギリス、ヨーロッパと共通する文化もまた、大切にしていることは言う迄もない。アメリカ人が自分達の演劇文化を遡って行くと、その古典としてシェイクスピアの伝統に出会うのに時間はかからない。研究関係でもアメリカには、一九世紀の碩学、H・H・ファーネスが編纂したヴェリオーラム・シェイクスピア版を始め、長く広くまた濃密なシェイクスピア研究史がある。今日ワシントンDCには、「アメリカ人の、アメリカ人による、アメリカ人のためのシェイクスピア」が溢れている。

フォルジャー・シェイクスピア・ライブラリーは、米国国会議事堂の正面から真っ直ぐ東に延びる道路沿いで二ブロックのところにある。歩いてわずか二、三分の距離である。国会議事堂は最高裁判所と向かい合っているので、ライブラリーは十字路をはさんで最高裁の斜め裏にあたり、また米国議会図書館（世界最大の蔵書を誇る）の三つの建物の内二つと隣接している。こうした文字通りの一等地に英国の劇作家の名を冠した研究図書館があることは、実を言えばそれを知った時、私自身にとっても大きな驚きであった。こうした場所にシェイクスピア図書館ができたのは、ヘンリー・フォルジャーという、ある一人の大企業家の生涯をかけた情熱と努力によっている。彼は学生時代に受けたアメリカの誇る一九世紀の大思想家R・W・エマソンのシェイクスピア講義に深い感銘を受け、シェイクスピア関連の資料の収集を始め、こうした図書館の建設を思い立ち、その場所に現在の地を選んだのである。

九月にはかつて一年間過ごした英国バーミンガム大学シェイクスピア研究所（シェイクスピアの生まれ故郷のストラットフォードにある）で美しい秋を一ヶ月過ごした。

ワシントンのフォルジャーには総勢六〇人近い専任スタッフがおり、『シェイクスピア季刊報』の発行など多彩な研究、教育、文化活動を展開している。館内には地域に開かれた劇場もあり、シェイクスピア劇をはじめ様々な劇の斬新な演出を見ることができるし、研究員達によるレクチャーもよく開かれる。またエリザベス朝音楽を専門とする室内楽団フォルジャー・コンソートが活動していて、新春にはワシントン大聖堂で、この楽団による演奏会が開かれた。大聴衆を前に四〇〇年昔の英国の古楽器による美しいしらべが流れ、オフィーリアの「すてきなロビン」もしっとりと歌われた。フォルジャーではまたペン・フォークナーというアメリカの著名な作家・詩人達による朗読会・セミナーも、定期的に開かれている。

また市内にはシェイクスピア・シアターという劇場が、リンカーン暗殺現場のフォード劇場や国立肖像画美術館のすぐ近くにあり、シェイクスピア・シアター劇団が年間を通して活動している。ここで見た『リチャード三世』はまことにみごとな出来映えで、英語も完全なイギリス英語で演出され、観劇中ロンドンのグローヴ座か、ストラットフォードのスワン劇場にいる錯覚にとらわれて、どうしてもアメリカの首都にいるとは信じることができなかった。

二〇〇七年に入るとケネディ芸術センターの肝入りで、一月から六月にかけて、「シェイクスピア・イン・ワシントン」という近辺の大学、図書館、劇団、楽団等を巻き込んだ長期大型企画が始まったが、その幾つかには出かけたものの、あまりの多さにとても付き合いきれないので、大方は見過ごすことになり、途中の三月末に帰国した。

実はワシントンに来るまでは、英国のシェイクスピア研究所などと同じように、この図書館にも常時日本人研究者が数人は滞在しているだろうと推測していた。しかし案に相違して、この年度は日本人はおろかアジアからの研究員も私以外は誰もおらず当てがはずれた。秋からは誰か来るのではと期待したが、結局帰国まで全く私一人で、その点ではいささか寂しい毎日だった。言うまでもなく過去に相当数の日本人研究者が訪れてはいるのだが（宿舎には浮世絵も飾ってある）、日本人はどうしてもシェイクスピア研究ではまずイギリスに目が向いてしまうので、ここは死角になってあまり多くないのかもしれない。

研究図書館としてフォルジャーはまことに優れており、充実した蔵書、資料、研究者支援体制のもとで、大変に恵まれた一年を過ごすことができた。本書はこの図書館で、以前書きためていた論稿を大幅に書き直し、さらに新たな稿を書き加えて出来上がったものである。ワシントンDCは全米でも黒人の比率が非常に高く、かつて公民権運動で中心になった都市であるが、ちょうど『オセロー』の人種差別問題に取り組んでいたので（第二章第二節）大いに刺激になった。

本書の作成に当たっては、『フォルジャー・シェイクスピア全集』の編集主幹、バーバラ・A・モウワット博士を始め、フェロウシップ管理官のキャロル・ブロベックさん、学芸員で特別コレクション担当のエリン・ブレイク博士、写本担当のヘザー・ウルフ博士、写真デジタル映像部のベティーナ・スミスさん、それにいつも丁寧に応対していただいたニコル・ムレイさんなどリーディング・ルームのスタッフの方達に大変お世話になった。お世話になった方達は殆ど女性である。モウワット先生のお部屋からは国会議事堂が真正面に見えたが、「九・一一以後は、あの議事堂がひどく脆く見えるようになりました」と寂しそうに語られた。ガートルードのことに話が及ぶと、「フォリオ以外ではギャトラドになっているのですよ」と教えて下さった。滞在中リーディング・ルームでは、借出し中の書籍置き場を、先生名の書棚のすぐ右隣に作っていただき大変恐縮した。この場を借りて先生他ライブラリーの方々に厚くお礼を申し上げたい。また本書中の幾つかの稿は、「シェイクスピアと現代作家の会」及びその前身の「広島シェイクスピア研究会」で発表したものが原型になっている。同会の方達、とりわけ本書を原稿段階で細部に亘って目を通し、貴重な助言を下さった故中村裕英元広島大学大学院文学研究科教授、並びに同会を興し主宰されていた恩師故松元寛広島大学名誉教授に、心から感謝の意を表したい。また出版に当っては溪水社の木村逸司社長と編集担当の西岡真奈美さんに大変お世話になった。お二人にも厚くお礼を申し上げる。

な

に

ね

の

は

索　　引

【著者】熊谷次紘（くまがえ　つぐひろ）

宮崎県出身、広島大学大学院文学研究科博士課程単位取得満期退学。現在広島修道大学商学部教授。1983～84年英国バーミンガム大学シェイクスピア研究所にて在外研究、2006年8月～9月同研究所客員研究員、2006～07年米国フォルジャー・シェイクスピア・ライブラリー（ワシントンD.C.）特別研究員。

住所　広島市佐伯区城山2-12-26
電話　(082)928-6577
E-mail: kumagae@shudo-u.ac.jp

愛、裏切り、美しい人生
――シェイクスピアの心――

広島修道大学学術選書45

2009年2月20日　発　行

著　者　熊谷　次紘

発行所　株式会社 溪水社
広島市中区小町1－4（〒730-0041）
電話（082）246－7909
FAX（082）246－7876
E-mail：info@keisui.co.jp

印刷・製本　㈱平河工業社

ISBN978-4-86327-029-9　C1097